DEZ, NOTA DEZ!

EU SOU CARLOS IMPERIAL

CB079442

DENILSON
MONTEIRO

DEZ, NOTA DEZ!

EU SOU CARLOS IMPERIAL

Planeta

Copyright © Denilson Monteiro, 2008
Copyright © Editora Planeta, 2015
Todos os direitos reservados.

Revisão: Rinaldo Milesi e Paola Morsello
Projeto gráfico de capa e miolo: Marcos Gubiotti
Imagem de capa: © Folhapress

Com exceção das fotos de "O Globo" e de Ivan Cardoso, as imagens contidas nesse livro foram cedidas diretamente ao autor, que se responsabiliza por suas reproduções.

CIP-BRASIL. CATALOGAÇÃO NA PUBLICAÇÃO
SINDICATO NACIONAL DOS EDITORES DE LIVROS, RJ

M774d
Monteiro, Denilson
Dez, nota dez! Eu sou Carlos Imperial / Denilson Monteiro. - 1. ed. - São Paulo: Planeta, 2015.
il.

ISBN 978-85-422-0432-2

1. Imperial, Carlos, 1935-1992. 2. Compositores - Brasil - Biografia. 3. Produtores de registros sonoros - Brasil - Biografia. 4. Apresentadores (Teatro, televisão, etc.) - Brasil - Biografia. I. Título.

14-15345 CDD: 927.8042
CDU: 929:78.02

2015
Todos os direitos desta edição reservados à
EDITORA PLANETA DO BRASIL LTDA.
Rua Padre João Manuel, 100 – 21º andar
Ed. Horsa II – Cerqueira César
01411-000 – São Paulo-SP
www.planetadelivros.com.br
atendimento@editoraplaneta.com.br

SUMÁRIO

1 Boas Festas e Um Feliz... 9

2 No Princípio era Cachoeiro 13

3 Terra que a Todos Seduz 21

4 Tempo de Mudança 29

5 Nós Gostamos de Rock'n Roll 41

6 Com uma Argola na Canhota 51

7 Dixon Savannah 55

8 Elvis no Brasil 59

9 Coronel Imperial 67

10 Dias de Luta 79

11 Eu Também Quero ser Bem 87

12 O Disc-jóquei da Juventude 101

13 Novos Sócios no Clube 113

14 Império 125

15 Iê-iê-iê 141

16 O Dono da Festa 157

17 Pilantrocracia 173

18 Antes do Temporal 191
19 Hóspede do Governo 203
20 Em Plena Atividade 211
21 Tudo ao Mesmo Tempo Agora 223
22 Transa Geral 237
23 Vá ao Teatro 253
24 Cinema É a Maior Diversão 269
25 Vacas Magérrimas 285
26 Maldade 299
27 Embalos Alucinantes 309
28 Os Sentidos do Imperial 325
29 Excelência 341
30 Uma Hora Aqui, Outra Ali 357
31 Vida Nova 373
32 Logo Agora 385
33 Pra Virar Cinza Minha Brasa Demora! 397
Agradecimentos 401
Bibliografia 405

Para Cláudio Marcus de Sá

BOAS
FESTAS
E UM
FELIZ

1
BOAS FESTAS E UM FELIZ...

Em 13 de dezembro de 1968, a linha dura do regime militar recebia antecipadamente o seu presente de Natal por meio do Ato Institucional nº 5. A partir dessa data, terminavam os pudores e o Brasil passava a viver assumidamente numa ditadura, com a intensificação da censura aos meios de comunicação e muita gente presa. "Às favas, senhor presidente, todos os escrúpulos de consciência", disse o então ministro do trabalho, Jarbas Passarinho, ao General Costa e Silva durante a reunião no Palácio Laranjeiras onde foi decidida a promulgação do mais perverso dos Atos Institucionais.

Contudo, em Copacabana, no apartamento da Rua Barata Ribeiro 814, onde morava o compositor, jornalista, apresentador, produtor musical e mais um sem-número de ocupações, Carlos Imperial, o destino do país não era prioridade naquele momento. O gordo encrenqueiro vivia outro de seus dias agitados, excitadíssimo com sua mais recente ideia. Criara um cartão de Natal para lá de irreverente, que no lugar da figura do velhinho de barbas brancas e roupa vermelha, trazia uma foto sua sentado num vaso sanitário com as calças arriadas e mão no queixo com semblante meditativo – sua livre interpretação da escultura "O Pensador" de Auguste Rodin. Ao lado a dedicatória: "Espero que Papai Noel não faça no seu sapato o que eu estou fazendo neste cartão". Porém, tais dizeres eram apenas para os amigos, já que para os inimigos – e ele os tinha – o "não" era eliminado da frase, manifestando o desejo de que o "bom velhinho" não tivesse a mesma consideração para com o sapato do desafeto em questão. O cartão também tinha uma capa que trazia o desenho de dois pares de pés, um masculino e outro feminino, em lados opostos, simulando uma popular prática sexual simultânea e recíproca. O restante dos corpos era encoberto por um retângulo com a frase: "Boas festas e um feliz...". Os bons votos de Imperial para 1969 que se aproximava.

Carlos Eduardo Corte Imperial conseguira projeção nacional em 1967, na gincana musical "Esta Noite se Improvisa", na TV Record. Aparecia como o grande vilão do programa, o homem do contra que adorava provocar a plateia agindo com arrogância e enaltecendo sua superioridade. Recebia vaias ensurdecedoras que retribuía com beijos, o que irritava ainda mais o público. Na imprensa, toda vez que lhe davam algum espaço, não deixava de atacar alguém, principalmente a personalidade que se encontrasse gozando de maior popularidade no momento. Acreditava que, ao fazer isso, as atenções se voltariam também para ele. Era um sujeito tão implicante quanto aquele garoto que fica na sala de aula dando petelecos nas orelhas dos colegas para rir da irritação deles. O cartão de Natal era apenas um peteleco em novas orelhas.

Para ajudá-lo a pôr a ideia em prática, Imperial recorreu a amigos mais chegados e membros da família. Andava envolvido com a produção de um grupo vocal chamado "A Turma da Pesada", e pediu que as gêmeas cantoras do conjunto, Célia e Celma, o ajudassem. As duas mineirinhas de Ubá, por serem professoras formadas no Sacré-Coeur de Marie e terem letra bonita, foram incumbidas de escrever nos envelopes o nome dos endereçados. Maria Luíza, sua filha de 13 anos, colou as fotos no papel-cartão. Outros amigos, como o "mimiqueiro" Tony Checker, e os cantores Fábio, Luiz Henrique (ou Gastão Lamounier) e Ângelo Antônio, estes dois últimos também integrantes da "Turma da Pesada", levaram os 100 envelopes nos endereços indicados.

Depois de entregues, os cartões provocaram variadas reações: riso, espanto e indignação. E foi justamente um indignado – provavelmente alguém que recebeu a mensagem desejando que seu sapato fosse feito de penico –, que acabou por complicar a vida do Gordo. Essa pessoa fez com que o cartão fosse parar nas mãos de membros do governo militar, dando a entender que a brincadeira de Imperial era uma provocação, que na verdade ele queria era ver sujas as botas dos generais que se encontravam no poder. Tudo isto justo naquele finalzinho de 1968.

Na noite de 1º de janeiro, a "A Turma da Pesada" havia se apresentado no programa do comediante Ronald Golias, na TV Tupi. Logo após, Imperial levou Célia e Celma em casa, na Rua Barão de Ipanema, frisando muito bem que iria apanhá-las na manhã seguinte, pois haveria ensaio em seu apartamento. Depois seguiu para a cantina La Fiorentina, no Leme, onde a classe artística carioca batia ponto, na companhia dos pupilos Fábio e Gastão Lamounier (ou Luiz Henrique). Conversava animado e já nem se lembrava da travessura natalina que havia aprontado. O que queria realmente era discutir seus vários planos para a "Turma da Pesada". Imaginava o grupo viajando por todo o país e tocando sem parar nas rádios. Também sonhava faturar alto com o lançamento de "O Rei da Pilantragem", sua segunda produção cinematográfica. Dizia que teria um desempenho bem melhor do que "Tropeiro", o maldito filme que lhe trouxera apenas prejuízo e dor de cabeça. A conversa prosseguia, até que três homens dirigiram-se à sua mesa.

– Senhor Carlos Imperial?

– Pois não?

– O seu carro está trancando o nosso, nós não estamos conseguindo sair. Será que o senhor poderia ir lá com a gente para tirá-lo?

O Gordo estranhou, não lembrava de ter dificultado a saída de ninguém quando estacionou seu Mercury Cougar, mas atendeu aos homens. Pediu que Fábio e Gastãozinho aguardassem e os acompanhou. Minutos depois, os três o trouxeram de volta, estava com as mãos algemadas. Tudo não passara de uma desnecessária encenação de um trio de maus atores. Imperial explicou aos amigos o que acontecia:

– Estou sendo preso pelo Dops, avisem meus pais.

O grande gozador agora sentia um friozinho na espinha. Já havia se metido em algumas merdas anteriormente, mas aquela o deixava amedrontado de verdade. Naquele momento, toda a preocupação que não havia tido com o que acontecia no país passou a existir. Ouviu comentários sobre a prisão de quem era tido como inimigo do regime. No entanto, não conseguia imaginar o que tinha feito para ser considerado um. Aqueles três pediam que ele os acompanhasse, mas para onde? A sede do Dops, lá na Rua da Relação? Muita gente dizia que quem entrava ali apanhava um bocado. E se pretendessem coisa pior? Aquela história de jogarem gente no Guandu podia ser verdade...

Gastão, numa demonstração de amizade ou falta de noção do perigo, pediu e obteve dos agentes permissão para acompanhar o amigo no camburão. Para Fábio, restou observar a viatura com os dois companheiros desaparecer na Avenida Atlântica, e imaginar a melhor maneira de dar a notícia aos pais de Imperial, sem que após recebê-la terminassem precisando dos cuidados de um médico.

Gabriel e Maria José, o jovem prefeito de Cachoeiro de Itapemirim e sua primeira-dama.

2
NO PRINCÍPIO ERA CACHOEIRO

O pai de Carlos, Gabriel Corte Imperial, era o oitavo filho de nove do casal Francisco Aurélio e Maria da Penha. Nasceu no dia 4 de janeiro de 1905 na cidade de Cachoeiro de Itapemirim, Espírito Santo, onde Francisco chegara em 1878, vindo do Rio de Janeiro. O imponente sobrenome veio de seu avô, o baiano Francisco Maria da Costa, que recebeu de Dom Pedro II o título de "moço da Corte Imperial" por ter hospedado o imperador em sua casa em Salvador. Francisco Maria percebeu que seria vantajoso demonstrar proximidade com a nobreza e achou por bem livrar-se do Costa e virar Corte Imperial. Segundo escriturário da recebedoria na Bahia, foi transferido para Alagoas e acabou no Rio de Janeiro. Na Corte, mais próximo do imperador, solicitou a ele a concessão da "Ordem da Rosa" por serviços prestados. Mas jamais recebeu a almejada graça honorífica.

Gabriel começou a trabalhar cedo, pois Francisco Aurélio morreu de um ataque cardíaco fulminante quando ele tinha 15 anos. Seu primeiro emprego foi como contínuo do Banco do Espírito Santo, onde demonstrou vocação para o ambiente bancário, o que anos depois lhe rendeu a gerência de outra instituição, o Banco Pelotense. Transferido de Cachoeiro para uma agência na cidade vizinha, Alegre, conheceu Maria José Cardoso, a Zezé, filha do português Manoel Maria Cardoso e de Dagmar, a Dona Zizinha. Manoel Maria era proprietário das fazendas de café "Horizonte" e "São Francisco", e havia migrado de uma cidade mineira chamada Leopoldina, onde Maria José nasceu em 24 de novembro de 1910. Além de Zezé, havia outras duas filhas: Maria Sebastiana e Maria do Carmo. Gabriel e Zezé casaram-se em Alegre no dia 24 de maio de 1930 e foram morar em Cachoeiro. De volta à cidade natal, o bom desempenho do rapaz como gerente de banco rendeu-lhe a nomeação para o cargo de procurador-contador da Fazenda na administração do prefeito Fernando de Abreu.

Cachoeiro era uma cidade encravada no meio das montanhas, com um calor senegalês e implacáveis chuvas de verão que volta e meia faziam com que o rio que divide a cidade, o Itapemirim, transbordasse, provocando terríveis enchentes. Nascida de uma vila criada em 1812, durante expedições que visavam explorar minas de ouro, sua economia durante a gestão do procurador Gabriel Corte Imperial tinha como base a pecuária de corte e leite, e a cafeicultura. Cachoeiro também tinha filhos orgulhosos, que a chamavam de "A Princesa do Sul". Para eles, a cidade era mais importante que a própria capital do estado, Vitória.

Nos primeiros cinco anos de casamento Gabriel e Maria José tiveram três filhos: Francisco Manoel, Maria Luíza e Carlos Eduardo – além de uma menina prematura que não resistiu. Carlos nasceu às 9h10min do dia 24 de novembro de 1935, na residência da família, Rua Vinte e Cinco de Março 140. Era o aniversário de Zezé, que escolheu Carlos Eduardo como nome do menino devido ao personagem de "Os Maias", romance do português Eça de Queiroz, que lera durante a gravidez. Gabriel registrou a criança no dia 27 de novembro, afirmando que ela havia nascido no dia 26. Este era um recurso utilizado por muitos pais para escapar da multa aplicada a quem levasse mais de um dia para registrar os filhos. Quatro dias após a chegada de Carlos Eduardo, Gabriel assumiu temporariamente a prefeitura da cidade, no lugar de Pedro Brício, que havia renunciado ao cargo para tomar posse como deputado estadual. O secretário de Fazenda ficou como prefeito interino até dezembro, e após indefinição quanto ao resultado das eleições convocadas, foi nomeado para um mandato de dois anos.

Durante os dias que cercaram o nascimento de Carlos, o país vivia em alvoroço. Um grupo de militares integrantes da ANL (Aliança Nacional Libertadora), organização que congregava comunistas, socialistas, católicos e liberais, tendo inclusive um diretório em Cachoeiro, deu início a um levante nos quartéis de Natal, Recife, Praia Vermelha e Campo dos Afonsos, estes dois últimos no Rio de Janeiro. Pretendiam depor o presidente Getúlio Vargas, eleito indiretamente no ano anterior e no poder desde 1930. O episódio ficou conhecido como Intentona Comunista, devido à ligação entre os rebeldes e a União Soviética, e terminou com as tropas de Vargas vitoriosas, dada a desorganização do levante. As diferentes datas das revoltas possibilitaram ao governo tempo para reagir e abafar o movimento. Após a derrota, aqueles que participaram foram presos e enquadrados na recém-criada Lei de Segurança Nacional.

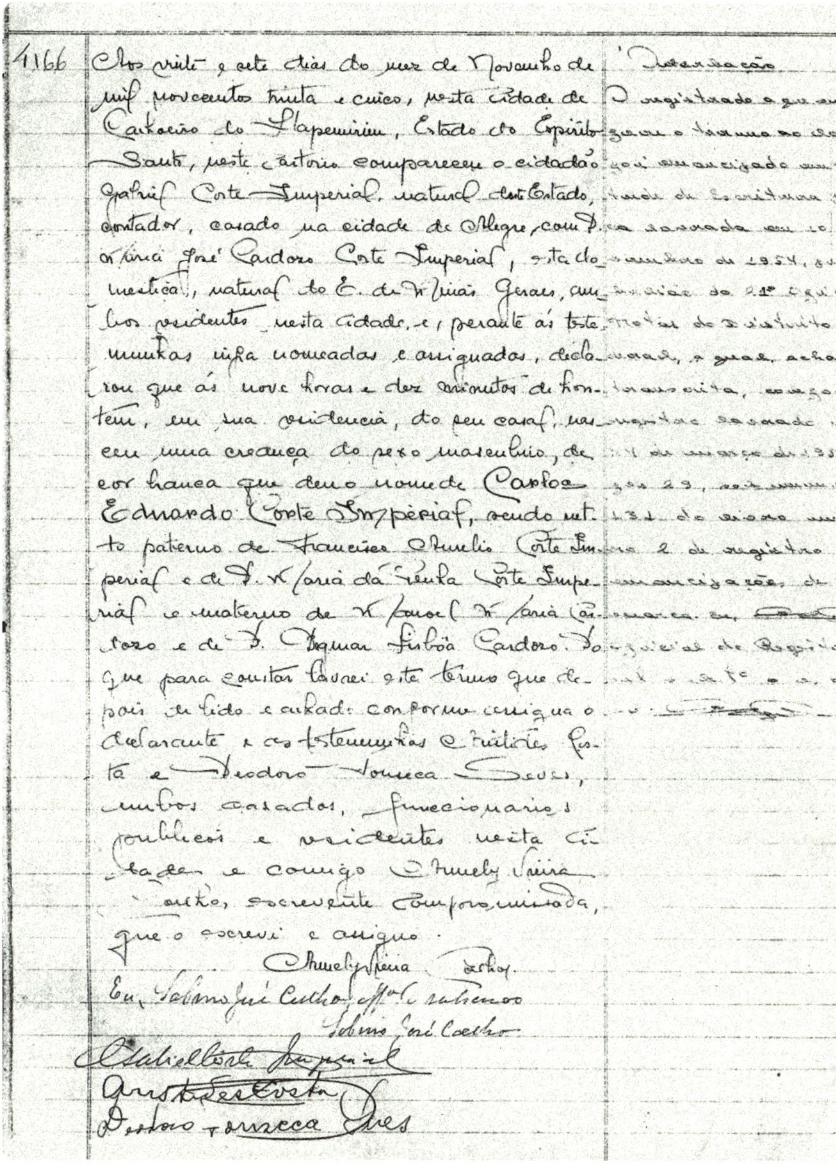

4166 Aos vinte e sete dias do mez de Novembro de mil novecentos trinta e cinco, nesta cidade de Cachoeiro do Itapemirim, Estado do Espirito Santo, neste cartorio compareceu o cidadão Gabriel Corte Imperial, natural deste Estado, contador, casado na cidade de Alegre, com D. Maria José Cardoso Corte Imperial, esta domestica, natural do E. de Minas Geraes, ambos residentes nesta cidade, e, perante as testemunhas infra nomeadas e assignadas, declarou que ás nove horas e dez minutos de hontem, em sua residencia, do seu casal, nasceu uma creança do sexo masculino, de cor branca que deu o nome de Carlos Eduardo Corte Imperial, sendo neto paterno de Francisco Aurelio Corte Imperial e de D. Maria da Penha Corte Imperial e materno de Manoel Maria Cardoso e de D. Aquina Lisboa Cardoso. Do que para constar lavrei este termo que depois de lido e achado conforme commigo o declarante e as testemunhas Aristides Costa e Deodoro Fonseca Lessa, ambos casados, funccionarios publicos e residentes nesta cidade e commigo Aurely Vieira ..., escrevente compromissado, que o escrevi e assigno.

Aurely Vieira

Eu, Sabino José Coelho, off.al ... subscrevo

Sabino José Coelho

Gabriel Corte Imperial

Aristides Costa

Deodoro Fonseca ...

Folha do livro de registro de nascimento de Carlos Eduardo Corte Imperial. No futuro, ele iria inventar que seu nome completo era Carlos Eduardo Souza Monteiro Costa da Corte Imperial, tetraneto do Barão de Itapemirim. “Existe uma grande diferença entre mentir e contar vantagem.”

Dentre os feitos da administração Gabriel Corte Imperial, constam obras para melhorar a distribuição de água, a inauguração da comunicação telefônica da cidade com Vitória e o início da construção da ponte Governador Bley, que atravessaria o rio Itapemirim. Mas, além disso, havia na prefeitura um sujeito que Gabriel não suportava, e de quem não conseguia livrar-se. Embora tivesse tentado de todas as maneiras demitir o desafeto, jamais obtinha sucesso, pois o homem não dava motivo para isso. Até o dia em que conseguiu enfiar uma carta de demissão na pilha de papéis que o sujeito teria de assinar. O documento foi publicado no jornal da cidade, e a contragosto o infeliz teve de deixar a prefeitura. Gabriel contava aos amigos com orgulho suas realizações como prefeito, mas seu sorriso era um pouco maior quando relatava esse ardil administrativo.

Da esquerda para a direita: Maria Luíza, Francisco Manoel e Carlos Eduardo. Ao fundo, Gabriel e Zezé. Uma família feliz na "Princesa do Sul".

Em janeiro de 1937, Gabriel ficou adoentado e saiu de licença da Prefeitura. Seu substituto, o superintendente Ary Lima, teve de lidar com as implacáveis chuvas de verão que causaram uma daquelas terríveis enchentes. Cachoeiro ficou debaixo d'água. Por vários dias a canoa virou o único meio de transporte. Teria sido praga daquele ex-funcionário?

Maria José era professora, e além de cuidar dos filhos lecionava português, inglês e francês no Liceu Muniz Freire. Tocava piano e acordeom, e compunha canções. Para ajudá-la a cuidar da casa, Zezé contava com duas empregadas, Enedina e Adelice (ou Delícia), que Carlos chamava de "mãe preta".

Gabriel e Zezé nunca encostaram a mão nas crianças. No máximo as colocavam de castigo ou davam um carão. Um método moderno de educar, pois a maioria dos pais da cidade esquentava o couro dos filhos se saíssem um milímetro da linha.

Carlos e seus irmãos brincavam na Praça Jerônimo Monteiro, que ficava bem perto de sua casa. Mas o principal divertimento dele e de Francisco era aguardar a chegada do caminhão de lixo para a coleta em sua rua. Nessa hora, os dois garotos entravam na cabine de Luís, o motorista, e tomavam suas primeiras lições de direção. Com toda paciência, o rapaz ensinava aos meninos os segredos para se tornar um bom volante.

Maria Luíza era fisicamente bem diferente dos irmãos, ambos morenos – Carlos um pouco mais, quase um índio –, de cabelos e olhos escuros. Ela era loira de olhos azuis, herança do lado português da família da mãe. Muito delicada, trazia um olhar um tanto triste. No Grupo Escolar Bernardino Monteiro, onde estudava, recitava durante as festinhas um poema bastante popular entre as crianças da cidade:

Maria Luíza, a irmã de Carlos Eduardo. "Passou pela vida em branca nuvem e em plácido repouso adormeceu."

O filho do meu vizinho
Armou uma arapuca
Pra pegar passarinho
Passarinho chegou, espiou, espiou
Não foi trouxa
Bateu asas e voou
O filho do meu vizinho
Arranjou um galho bem verdinho
Pra pegar passarinho
Passarinho chegou, espiou, espiou
Não foi trouxa
Bateu asas e voou
O filho do meu vizinho, coitadinho
Não nasceu pra pegar passarinho

Gabriel e Zezé não conseguiam disfarçar o orgulho que sentiam diante dos aplausos que sua garotinha recebia.

No carnaval, Carlos Eduardo, Maria Luíza e Francisco Manoel saíam vestindo fantasias feitas por Zezé e participavam do Baile Infantil dos Caçadores Carnavalescos. Em 1940, Carlos foi terceiro lugar num concurso organizado pelo clube.

Aos quatro anos de idade, Imperial é a primeira criança à esquerda, no baile de Carnaval infantil em que tirou o terceiro lugar no concurso de fantasias. (Imagens de Cachoeiro da coleção Gil Gonçalves.)

A Praça Jerônimo Monteiro, alagada na terrível enchente de 1937. (Imagens de Cachoeiro da coleção Gil Gonçalves.)

Um pouco antes, em janeiro, o jornal "O Correio do Sul" havia criado o primeiro concurso de músicas de carnaval da cidade. A comissão julgadora escolheu quatro composições – duas marchas e dois sambas – como vencedoras. Maria José saiu vitoriosa com uma canção em cada categoria, a marcha "Ah! Não Sei" (letra do primo de Gabriel, Elysio Imperial) e o samba "Volte Meu Amor" (parceria com Claudionor Ribeiro).

Numa noite de janeiro de 1942, Maria Luíza chamou a mãe até a varanda do casarão da Vinte e Cinco de Março e apontando para o céu disse:

– Mãe, aquela estrela está tão perto de Jesus, eu vou ficar mais perto ainda.

Maria José quis saber o porquê de a filha dizer aquilo, mas a menina nada respondeu. Alguns dias depois, Maria Luíza começou a se queixar de dores na barriga, além de arder em febre. O médico foi chamado e constatou apendicite. Embora tivesse sido feito todo o possível para salvá-la, em 25 de janeiro a menina faleceu. Tinha apenas 8 anos.

Zezé caiu em profunda depressão, não conseguia entender a razão da morte da filha. Procurou consolo na religião frequentando diariamente a igreja e repetia a todos a frase que Maria Luíza dissera antes de adoecer.

Preocupado com o estado em que a esposa se encontrava, Gabriel, novamente trabalhando no mercado financeiro desde o fim do seu mandato como prefeito, resolveu aceitar o convite para ser o gerente da filial do Banco Mercantil de São Paulo no Rio de Janeiro. Acreditava que, além de ampliar seus horizontes, a mudança de cidade poderia aliviar Maria José da constante lembrança da filha. Em março de 1942, os Corte Imperial deixaram Cachoeiro rumo à Capital da República.

Imperial no colégio, detalhe.

3

TERRA QUE A TODOS SEDUZ

Assim que chegou ao Rio de Janeiro, a família de Carlos se hospedou provisoriamente na pensão de uma prima de Gabriel, em Laranjeiras. Pouco tempo depois foram para a Rua Silveira Martins, no Catete, e em 1945 mudaram-se para o Edifício dos Bancários, no Flamengo, um prédio com duas entradas, uma pela Rua Senador Vergueiro 200 e outra pela Marquês de Abrantes nº 157. O apartamento era espaçoso, e essa melhora na moradia foi um dos benefícios trazidos pelo bom desempenho de Gabriel como gerente do Banco Mercantil. A outra foi ter tido condições de estudar e se formar em Direito. A partir daí era tratado por todos como o Dr. Gabriel.

Em 29 de abril 1945, nasceu Paulo Roberto, o filho temporão do casal Imperial, cuja vinda amenizou um pouco a perda de Maria Luíza.

Carlos Eduardo é que não andava muito bem. Os garotos do Edifício dos Bancários olhavam com má vontade para ele. Não foram com a cara daquele menino de rosto delicado e cabelo penteadinho, vestindo camisa de jérsei bem passada, calça curta de veludo presa por suspensório e calçando sapatos que eram um brilho só. Para eles, o garoto não passava de um almofadinha, o filhinho da mamãe que não aguentaria uma corrida durante o pique-pega. Eles só o toleraram graças a Francisco, que logo se enturmou, ganhando até apelido: Chico Macaco. O irmão mais velho de Carlos era baixinho, troncudo, com orelhas grandes e olhos pequenos. Para a molecada do prédio, tinha cara de macaco.

A bronca dos meninos com Carlos aumentou quando viram que as meninas se derretiam por ele. Diferentemente deles, elas adoravam sua maneira de vestir e seu jeito educado. Como vingança passaram a chamá-lo de "O Grã-fino".

Mas, com o passar do tempo, a rejeição sofrida pelo pequeno Imperial foi superada e os garotos o aceitaram em definitivo no grupo. Um deles era Agildo Barata Ribeiro Filho, cujo pai, o capitão Agildo Barata, havia liderado o levante de 1935 no quartel da Praia Vermelha, e após cumprir pena de dez anos encontrava-se em liberdade e morando com a família no mesmo prédio que os Corte Imperial. Agildo, o filho, era interno do Colégio Militar e passava os finais de semana em casa. Ele frequentava o apartamento do Dr. Gabriel para brincar de minijóquei e víspora com Carlos e Chico. Depois, os três desciam para o parquinho e juntavam-se ao resto da turma.

Com o dinheiro recolhido dos moradores, a garotada construiu um teatrinho onde encenavam peças que iam inventando. Imperial participava delas e conseguia dizer suas falas sem erro.

Os meninos do prédio iam nadar nas claras águas da praia do Flamengo. Lá, fizeram amizade com os moleques pobres que moravam em casas de cômodos. Um desses garotos era um mulato grandalhão com sotaque nordestino que numa ocasião, quando uma senhora perdida lá no bairro perguntou onde ficava determinada rua, respondeu:

– Olhe, moça, eu num sei se ela fica pra lá ou pracolá – ao ouvir isso, a molecada não perdeu a oportunidade e passou a chamá-lo de "Pracolá".

Pracolá era muito querido por Carlos e os outros garotos do prédio, assim como outro moleque que conheceram na praia, Lucas, um negrinho metido a falar inglês. Ele assistia a filmes americanos no cinema e sempre voltava com alguma palavra nova. Quando alguém tentava meter a mão em seu bolso era comum ouvi-lo gritar:

– Tira a mão do meu pocket!

Por volta dos 14 anos, Imperial ia com os amigos às festinhas nos salões dos prédios vizinhos onde se aventuravam a convidar as meninas para dançar o sucesso que estivesse tocando na eletrola. Vencer a timidez e fazer o convite era uma tortura. Receber um "sim" como resposta, digno de comemoração.

Certa vez, para que Pracolá pudesse acompanhá-los numa festa mais grã-fina em que terno e gravata era o traje exigido, a turma o enfiou em um paletó apertado tomado emprestado do pai nanico de um deles. Na falta de sapatos que calçassem sua prancha, lhe arranjaram um par de galochas. É lógico que o resultado passou longe da elegância, mas Pracolá se divertiu e ficou sensibilizado com a demonstração de amizade daqueles meninos com situação melhor que a sua.

O convívio com os amigos do prédio apagou definitivamente a imagem de pequeno dândi que Imperial ostentava quando recém-chegado. Ele ficara mais esperto, transformara-se em um brincalhão disposto a fazer piada com a cara de alguém a qualquer hora. Até aqueles que lhe ensinaram os caminhos da malandragem viravam suas vítimas. Se arrependimento matasse...

Enedina e Delícia acompanharam os Corte Imperial na mudança para o Rio de Janeiro. As duas empregadas continuavam ajudando Zezé nas tarefas domésticas, além de tomar conta das crianças. Isto possibilitou que Maria José voltasse a trabalhar como professora, coisa que agradava Gabriel, pois com a mente ocupada a esposa não estaria vulnerável aos ataques de melancolia provocados pela lembrança de Maria Luíza.

Depois de algum tempo lecionando, Zezé passou no concurso para chefe das Inspetoras Federais. Só que fazendo valer o ditado de que "em casa de ferreiro, o espeto é de pau", a vida escolar de Carlos Eduardo não poderia ser considerada motivo de orgulho para aquela mãe. Desde que chegara ao Rio, o garoto pulara de escola em escola com notas nada invejáveis. Seu primeiro colégio na capital foi o Rui Barbosa, no Largo do Machado. Depois foi para o Santo Inácio, e agora estava no Ginásio Brasileiro.

Imperial chegou ao colégio da Rua Tonelero, em Copacabana, em 1948. Ali era considerado um rapazinho educado e bem cotado entre as meninas, mas também muito indisciplinado. Usar o uniforme era algo que fazia quando lhe dava na telha, e embora não fosse dado a badernas, tratava os mestres de maneira irônica, debochada mesmo. Sua vítima predileta era Reginaldo Purin, o professor de inglês, um homem sério e elegante que sempre trajava terno e gravata, além de carregar em qualquer estação do ano um inseparável guarda-chuva. Quem visse Purin pela primeira vez poderia pensar que Lorde Mountbatten, o último vice-rei da Índia, mudara-se para Copacabana. Porém, a fleuma britânica do mestre não resistia às piadas de Carlos durante suas aulas. Era muito comum sua paciência se esgotar e ele pedir ao garoto para que deixasse a sala. Entretanto, isso não era suficiente para fazer com que a ordem voltasse, já que a saída de Imperial acarretava uma enorme algazarra no restante da turma, o que obrigava Purin a perguntar:

– Vocês querem aula?

A resposta era sempre a mesma:

– Não!

O professor ordenava que acompanhassem Carlos, aplicava zero em todos e ficava lendo o jornal na sala vazia. Mas apesar das brincadeiras com o mestre – talvez por influência de Zezé –, Imperial conseguia ser bom aluno em inglês. Contudo, nas outras matérias o desempenho não era o mesmo e sua única saída era colar.

Carlos exercia alguma influência sobre a turma, tanto que numa ocasião, quando a diretoria quis impedir um colega de fazer prova por atraso no pagamento da mensalidade, gritou revoltado:

– Se ele não fizer a prova nós também não faremos! – e retirou-se da sala, mais uma vez seguido pelos outros alunos.

A rebelião acabou surtindo efeito, pois o colégio voltou atrás e marcou nova prova. Dessa vez com o aluno segregado podendo participar.

O Ginásio Brasileiro oferecia uma aula de reforço chamada de "banca", onde grupos de alunos com dificuldades compareciam ao outro turno para estudar. Imperial fazia parte da mesma banca que uma menina loira e bem magrinha chamada Celeste. A garota adorava tê-lo em seu grupo, já que as aulas tornavam-se mais divertidas. Graças a Carlos, Celeste virou uma exímia jogadora de palitinho, pois era o que a dupla fazia no lugar de estudar. O amigo também contava histórias sobre suas férias em Cachoeiro e na fazenda da avó em Alegre. Além de revelar o nome da namoradinha que tinha na sua cidade natal, Lucy. Em um caderno escreveu o nome da amada e qual era sua canção predileta: "Moonlight Serenade", com a orquestra de Glenn Miller.

Mesmo tendo Celeste como amiga mais constante e confidente, Imperial não a poupava de suas brincadeiras. Uma das mais frequentes era na hora da saída correr ao bicicletário do colégio, apanhar a bicicleta da menina e deixar no lugar a sua, uma lata velha caindo aos pedaços. Quando chegava ao local, Celeste percebia que mais uma vez era vítima do colega. Não lhe restava outra opção a não ser aguardar pela boa vontade de Carlos em decidir a hora de retornar. Para ela seria muito mais difícil explicar à mãe o fato de chegar a casa com aquele trambolho em duas rodas. Depois de algum tempo, Celeste arranjou uma corrente para prender a bicicleta e pôs fim à sociedade.

Carlos podia aprontar das suas no Ginásio Brasileiro, mas não era o único. Havia um grupo que fazia coisas nada inocentes, como falsificar carteiras de estudante para vendê-las a quem desejasse o benefício da meia-entrada nos cinemas de Copacabana, um negócio que se tornou bastante lucrativo. No entanto, o derrame de carteirinhas foi tamanho que o cinema Roxy, por um certo período, passou a não aceitar as de alunos do Ginásio Brasileiro.

Deste tipo de velhacaria Imperial não fez parte. Contudo, no "ataque dos discos voadores" sim. Esse incidente se deu quando ele e mais um grupo – Celeste, é claro, também tomou parte – subiram no alto do prédio do colégio e começaram a arremessar velhos discos de 78 rotações que haviam achado na rua. A diversão foi grande, mas o preço pago nada agradável: todos os envolvidos foram suspensos, além de seus respectivos responsáveis terem de comparecer ao colégio. Foi uma situação bastante constrangedora para dona Maria José, que, como chefe das Inspetoras Federais, tinha como função zelar pela disciplina dos estudantes, mas era mãe de um filho bagunceiro.

Para Celeste, a consequência de acompanhar Imperial em suas brincadeiras foi a ameaça de reprovação em inglês durante o terceiro ano do ginásio. O professor Purin a aterrorizou:

– Você vai fazer a prova oral precisando tirar nove. Você não vai conseguir tirar essa nota, vai ser reprovada.

Celeste entrou em desespero, não saberia o que dizer à mãe caso isso realmente acontecesse. Com certeza levaria uma sova como punição. Solidário, Carlos ofereceu sua ajuda à amiga. A conclusão imediata é que ele se prontificou a ensinar-lhe a matéria, a única que dominava. Mas não foi isso que aconteceu, sua oferta foi um plano para colar que considerava infalível:

– É o seguinte, na prova oral o professor manda o aluno meter a mão num saco e tirar uma pedrinha com o número do ponto que ele vai ter de responder. Isso nunca muda, são sempre os mesmos números para os mesmos pontos. Estuda o ponto número 1 que é o mais fácil.

– E como é que eu vou tirar justamente este ponto? – Celeste ainda não estava convencida.

– Deixa comigo.

– Deixar contigo?

– É, deixa comigo, que eu sei o que faço. Vai por mim.

Celeste tratou de estudar o ponto nº 1 muito bem estudado. Não tinha mesmo o que perder, já que não daria tempo para aprender a matéria do ano inteiro em apenas uma semana. No dia da prova, minutos antes de ser chamada pelo professor, Imperial apareceu. Ele a chamou num canto e entregou a pedra nº 1, que sabe-se lá como acabou parando em suas mãos, sem esquecer de dizer como a menina deveria proceder:

– Você mete a mão no saco com a pedra escondida. Quando tirar, é lógico que vai sair o ponto nº 1.

– Ah, mas eu não vou ter coragem! Eu tenho medo.

– Vai, vai ter coragem sim! Ou acha melhor apanhar da tua mãe porque ficou reprovada em inglês? – era realmente um bom argumento.

Celeste foi chamada por Purin tendo de achar coragem para fazer o que Imperial orientara. Mesmo tremendo, enfiou a mão no saco escondendo a pedra que lhe garantiria o sorteio do ponto nº 1.

E não é que Carlos tinha razão? As perguntas foram exatamente aquelas que ele disse. Cesleste respondeu a todas, errando apenas uma. Mas foi o suficiente para tirar o nove que o professor dissera ser impossível.

O pesadelo da reprovação acompanhado da surra da mãe não assombraria mais Celeste – ao menos naquele ano. Aliviada como o condenado que recebe indulto segundos antes da execução, convidou Imperial para uma comemoração no Bob's da Domingos Ferreira. Naquela tarde a banana split seria por sua conta.

O ano de 1949 foi o último de Imperial no Ginásio Brasileiro. Passara raspando, o que fez com que Dona Zezé resolvesse matriculá-lo em outro colégio. Mais uma tentativa para ver se o garoto tomava gosto pelos estudos.

Aos 13 anos, Carlos Eduardo no Ginásio Brasileiro. O único estudante sem uniforme. (Acervo Ronaldo Ferreira Gomes.)

A viatura seguia pela Avenida Princesa Isabel, e Imperial, sentado entre Gastão e um agente do Dops, continuava a se perguntar qual o motivo de o levarem preso. Não tinha tempo para essas coisas de política, e mesmo que tivesse, aquilo não despertava seu interesse. Se ao menos fosse daquela turma dos festivais, o pessoal das "músicas de boiadeiro" falando mal do governo, ainda vá lá. Mas não era o caso, o seu negócio era apenas um: mulher. Se bem que a maioria das encalacradas em que se meteu tinha mulher no meio.

Os aristocráticos Corte Imperial. No sentido horário: Francisco, Dr. Gabriel, Carlos, Dona Maria José e Paulinho.

4

TEMPO DE MUDANÇA

Em 1950 a situação melhorava um pouco mais para os Corte Imperial e eles foram morar em um prédio na Avenida Copacabana 685. O Dr. Gabriel deixou de ser funcionário do Banco Mercantil e montou seu próprio negócio, abrindo com dois amigos na Avenida Rio Branco nº 185, grupo 312, uma cooperativa de crédito, o Banco de Reservas Populares e Responsabilidade Fiscal.

Quem se juntou à família foi o irmão caçula de Zezé, Manoel Maria Filho. Ele viera de Alegre para estudar no Rio de Janeiro após a morte do pai, que não sobreviveu a uma queda de cavalo numa de suas fazendas. Gabriel gostava muito do garoto e o acolheu em casa. Pouca coisa mais velho que Carlos, Manoel era muito admirado por ele, que o tinha como um outro irmão mais velho. Os dois dividiam o mesmo quarto e todas as noites demoravam a pegar no sono discutindo futebol. O tio era torcedor do Fluminense e o sobrinho, do Botafogo.

Imperial tinha grande paixão pelo clube, frequentava a sede na Rua General Severiano, onde a família era sócia, para ver o treino dos jogadores. Um dos irmãos do Dr. Gabriel, em visita ao Rio de Janeiro, foi o responsável por Carlos torcer pelo time carioca. Assistindo a um treino, falou para o sobrinho:

– Menino, o uniforme desse time é igual ao Estrela do Norte lá de Cachoeiro. Você tem que torcer por ele. É o Estrela do Norte do Rio.

Realmente, assim como o Botafogo, o Estrela do Norte tinha o preto e branco como suas cores. E, lógico, uma estrela como símbolo.

Mesmo no novo endereço, Imperial continuava encontrando o pessoal do Edifício dos Bancários e do Ginásio Brasileiro, e também fez novas amizades, passando a integrar a turma que frequentava a praia na altura do

Posto 4, onde havia uma barca de salvamento do serviço marítimo. Ele e os outros garotos nadavam até lá apostando para ver quem chegava primeiro. Não demorou muito para que, assim como no Ginásio Brasileiro, fosse considerado o "boa praça" simpático e gozador da turma. As meninas de início o chamavam de Carlos Corte, que depois acabou virando Calcôte, pois era assim que Paulinho, nessa época com 5 anos, conseguia chamar o irmão.

O prédio onde Carlos morava ficava próximo à galeria Menescal, ali funcionava uma loja de discos chamada Sparta. Ele aparecia por lá todos os dias para bater papo com o proprietário, Ramalho Neto, que lhe mostrava os mais recentes lançamentos. Isso fez com que adquirisse um bom conhecimento musical, pois ouvia com muito gosto tudo o que Ramalho lhe apresentava. Naquelas tarde na Sparta tornou-se íntimo das canções de Isaurinha Garcia, Blecaute, Billy Eckstine, Frank Sinatra, e muito mais. Com tudo o que aprendeu, Imperial virou funcionário informal do lugar, dando orientações aos clientes sobre quais eram os principais sucessos do momento.

Durante a Copa de 1950, os Corte Imperial foram assistir aos jogos no Maracanã. A família vibrava com as expressivas vitórias da nossa seleção sobre México, Suécia e Espanha. No jogo decisivo, contra o Uruguai, aguardavam apenas o apito final do juiz para comemorar o mais do que certo título de campeão. Mas acabaram deixando o estádio em silêncio, tentando prender o choro, assim como os demais 170 mil torcedores naquele melancólico 16 de julho. Uruguai 2 × 1.

A vida sexual dos adolescentes da turma a que Imperial pertencia se limitava à masturbação e ataques às empregadas. Alguns garotos mais safados surrupiavam dinheiro dos pais e corriam para a Rua Pinto de Azevedo, no centro da cidade, onde ficava a zona meretrícia, à procura da prostituta mais em conta do lupanar. Em geral era uma polaca daquelas bem gordas e afetuosas. Um sexo quase incestuoso. No final ainda sobrava um trocado para um bolo com guaraná no botequim mais próximo. Quem tinha idade e condição para um carro, encontrava maior facilidade, já que um rapaz ao volante despertava a atenção de qualquer garota.

Para Imperial, a entrada no jardim das delícias foi bem menos penosa do que a de seus camaradas. Seduzido por um Pontiac preto estacionado na calçada próxima ao seu prédio, o moleque acabou conhecendo a dona do automóvel, a jovem e bela esposa de um médico, que por coincidência era amigo de seu pai. Percebendo o fascínio do rapazola pelo carro, a mulher ofereceu-se para dar-lhe aulas de direção. Desnecessário dizer que além da beleza do carro, Carlos também se interessou pelos atributos daquela dama de tão bom coração. Aceitou a oferta.

O aprendizado começou pelas ruas de Copacabana, mas foi tomando distância e terminou na longínqua Barra da Tijuca, onde timidamente o menino virou homem no banco da frente do carro. A mulher o acariciou, tirou suas roupas e ele apenas seguiu suas orientações. Estava tão encabulado que somente depois de uma semana de "aula" teve coragem de sugerir o banco de trás do veículo. Mais tarde, a esposa infiel recorreu a uma amiga para que cedesse seu apartamento e ela pudesse privar de maior conforto durante os encontros com seu jovem amante.

Imperial aos 16 anos em um Pontiac preto. Ele dizia ter perdido a virgindade aos 14 no banco da frente de um automóvel do mesmo modelo.

Calcôte já demonstrava melhor desenvoltura durante o sexo. Também estava mais assanhado. Assim que bateu o olho na amiga da sua professora de direção, percebeu as qualidades da mulher, que por sua vez enxergou as suas. Os dois acabaram mantendo um caso e a dona do Pontiac ficou em segundo plano. Depois, paralelamente ao affair com as duas senhoras, Imperial arranjou uma namoradinha mais avançada, formando o único casal do grupo de amigos da sua idade que mantinha relações sexuais. Tudo isso com apenas 14 anos...

Com 15 anos, Carlos ficou com uma aparência mais rude, nada lembrando o garotinho de feições delicadas de sua infância. Sua estatura e físico tornaram-se superiores aos dos outros rapazes da sua faixa etária. Ele aparentava ser mais velho do que realmente era, muitas vezes passando por homem feito. Além disso, deu adeus à bela pele de seus primeiros dias no Edifício dos Bancários, já que seu rosto e as costas foram tomados por acne. Por passar a ser essa figura abrutalhada, Imperial deixou mais um colégio – desta vez um internato na cidade mineira de Cataguases – com o apelido de Brucutu, um homem das cavernas das histórias em quadrinhos, criação do americano Vincent T. Hamlin, que os garotos do colégio liam em "O Globo Juvenil".

Alley Oop, no Brasil, Brucutu. As formas abrutalhadas com que Carlos Eduardo ficou a partir da adolescência fizeram com que os colegas de colégio o apelidassem com o nome do personagem. (Reprodução.)

Apesar da metamorfose, o espírito brincalhão de Carlos permaneceu o mesmo. Ele continuava se divertindo ao expor os amigos mais comportados ao ridículo. Uma vez, quando encontrou no Bob's da Domingos Ferreira um desses bons moços rodeado de meninas, Brucutu gritou:

– E aí, meu amigo, como vão as suas hemorróidas? – o rapaz ficou sem ter onde enfiar a cara de tanta vergonha, enquanto Carlos gargalhava.

Após o retiro em Cataguases, Imperial foi matriculado no colégio Mallet Soares, onde um dos alunos era Luiz Mainzi da Cunha Eça, que durante as aulas de música dava um showzinho ao piano para os colegas. Apesar de jovem, Luizinho demonstrava ser talentosíssimo. Vendo a popularidade que o colega obtinha por saber tocar um instrumento, Carlos procurou aprender algum também. Embora tivesse o piano de Dona Zezé em casa, optou por uma clarineta. Ficava ensaiando em seu apartamento durante horas, mas quando os amigos que iam visitá-lo pediam para que tocasse algo, a única coisa que saía do instrumento era barulho. Depois de alguns sopros, para alívio da família e vizinhos, o sonho do rapaz em virar o novo Benny Goodman foi abandonado.

A proprietária do Mallet Soares chamava-se Estephânia Helmond, um terror para quem gostava de matar aula. Muitas vezes o Roxy – aquele mesmo cinema onde houve o derrame de carteiras falsas de estudante – teve as luzes acesas no meio das sessões, com Dona Estephânia balançando uma sineta, sua marca registrada, à procura de jovens com o uniforme do seu colégio. Quando ela encontrava algum em flagrante, o gazeteiro era reconduzido ao Mallet Soares e seus pais chamados para saber o que o filho andava fazendo no lugar de estudar.

Imperial escapou da Senhora Helmond no Roxy, mas não teve a mesma sorte quando ela dirigia seu Lincoln Zephir pela Lagoa Rodrigo de Freitas e o viu com outros moleques perambulando pelo local. Os fujões foram enfiados no automóvel e levados para o Mallet Soares. Mais uma vez, Dona Maria José Imperial, que além de chefe das Inspetoras Federais, fora homenageada com seu nome batizando um colégio no bairro de Botafogo onde trabalhava como voluntária, era convidada a comparecer onde o filho estudava para conversar com a direção.

Nesse período Imperial andava bastante com Enrico, um filho de italianos magro, muito branco, com o rosto cheio de espinhas e que usava óculos de lentes grossíssimas. Ele era uma explosão de hormônios ambulante, grande apreciador de revistinhas de sacanagem dinamarquesas, andava de um lado para o outro com elas enfiadas em um livro para não dar na vista. Quando Enrico se encontrava com alguma menina, lhe mostrava a "obra literária" acreditando que aquilo despertaria a libido da jovem e ela se entregaria a ele imediatamente, tomada pela excitação provocada pelas imagens. Mas isso nunca aconteceu; na verdade, a única coisa que Enrico conseguia despertar nas garotas era repulsa. Numa ocasião, ainda levou um tremendo esporro de Imperial, que o viu na praia com o livrinho na mão tentando vir de saliência para o lado de Celeste, sua amiga do Ginásio Brasileiro. Carlos deu um berro ensurdecedor:

– Pra ela não! – ainda que não fosse mais um garoto inocente, Calcôte ainda queria manter sua boa imagem com as meninas de família.

Imperial não fumava e não gostava que fumassem perto dele. Ficava irritado com o cheiro da fumaça. Uma vez na praia, um garoto franzino, mas muito folgado chamado Carlos Victor, teve uma discussão com ele justamente por estar fazendo isso. Quando o tabagista adolescente esgotou todos os seus argumentos na conversa, resolveu apelar e encostou a ponta do cigarro na barriga de Imperial, que era um sujeito de boa paz, mas naquele momento ficou fora de si e começou a cobrir de sopapos a cabeça do moleque até levá-lo para a água, onde o derrubou. Carlos Victor nunca mais acendeu um cigarro na frente do Brucutu.

Imperial, à esquerda, após a metamorfose – Calcôte transformado em Brucutu.

Os bailes de formatura no final do ano nos clubes do Fluminense, Ginástico Português e na Associação dos Empregados do Comércio eram um evento aguardado com grande expectativa pelos jovens. Além de dançar ao som das orquestras de Oswaldo Borba e Ruy Rey, era a oportunidade de casais acabarem sendo formados. Imperial frequentava todos, onde as meninas o chamavam de Carlinhos; e, apesar das acnes, gostavam de seu rosto rechonchudo e bem barbeado, além do jeito desembaraçado e afável com que se dirigia a elas. Era o par de muitas nas danças.

Tomava-se muita cuba-libre nos bailes. Só que Imperial, além de não fumar, também não bebia nada que tivesse álcool. Sua cuba era sem rum, apenas Coca-Cola com muito gelo e uma rodela de limão. Ele pedia ao garçom para servir dessa maneira a fim de não aparentar imaturidade diante dos colegas que bebiam.

Em 1952 o Dr. Gabriel comprou um luxuoso apartamento na Rua Miguel Lemos 106, um triplex com terraço e vários quartos, assim como vários banheiros. Os amigos de Carlos ficaram muito assanhados, todo mundo queria conhecer seu novo endereço. Um apartamento com mais de um banheiro era algo digno de visitação para eles. Perturbaram tanto o moleque que ele decidiu fazer uma festa de inauguração. Convidou todos os amigos do Mallet Soares e da praia. O detalhe é que se esqueceu de providenciar um tira-gosto para os convidados. Mas ninguém se importou, já que matar a curiosidade de conhecer a nova morada da família Imperial amenizava qualquer buraco no estômago.

Embora a clarineta tivesse sido aposentada, Imperial não esquecia o sucesso que Luizinho Eça fazia com seu piano naqueles dias de Mallet Soares. Seu amigo Agildo Ribeiro, lá do Edifício dos Bancários, também estava nessa vida. Conseguira convencer o Capitão Barata de que a carreira militar não era a sua vocação; estava trabalhando como ator em peças de teatro de revista do produtor Zilco Ribeiro e fazia muito sucesso entre as menininhas. Cada vez mais, Carlos acreditava que ser artista era uma boa maneira de chamar a atenção. Frequentando no Centro o ponto de encontro da turma do cinema, descobriu que o diretor Watson Macedo iria começar a rodar um filme chamado "O Petróleo é Nosso". Decidiu ser astro de cinema. Partiu para a Tijuca, onde ficava o estúdio Vita Filmes na Rua Conde de Bonfim 1331. Lá, sem a menor cerimônia pediu uma oportunidade como ator. Watson Macedo foi com sua cara e deixou-o fazer figuração numa cena de briga de bar.

A enorme disposição de Carlos agradou bastante ao diretor, que no final daquele dia de filmagem falou para seu assistente de direção, Roberto Faria:

– Manda voltar amanhã aquele cara que topa tudo.

Com a estreia do filme, apesar de cenas em que sua presença mal era notada, Imperial passou a considerar-se um ator nato. Quis dar continuidade à carreira. Na verdade, seu maior desejo era ficar famoso da maneira que fosse. Com seu jeito espaçoso, visitava redações de revistas e jornais a fim de conseguir sua foto publicada em qualquer seção. O Dr. Gabriel achava aquilo tudo muito engraçado, mas tinha certeza de que não passava de fogo de palha do filho. Carlos Eduardo e os irmãos o ajudariam a tocar os negócios.

No aniversário de 18 anos, Imperial ganhou do pai o seu primeiro carro, um Dodge Wayfarer 1951, azul-claro conversível, com pneus faixa branca, que batizou de "Napoleão". Mesmo não estudando mais no Mallet Soares, seu passatempo predileto era chegar à porta do colégio apertando a buzina para chamar a atenção. Juntava um número enorme de alunos querendo ver o automóvel, e ele pacientemente mostrava todos os detalhes da máquina.

Para sair guiando o "Napoleão" pelas ruas de Copacabana, Imperial mandou fazer um traje especial: camisa no mesmo tom de azul, calça e sapatos brancos como os pneus. Era como se o dono fosse uma extensão do carro.

O Dodge deu maior confiança a Imperial, que ficou mais ousado do que o Carlinhos das festinhas ou o Calcôte das garotinhas da praia. Abordava várias garotas ao dia, convidando-as para dar uma volta no "Napoleão". Convite aceito, dirigiam-se a São Conrado para comer milho cozido no Bar Bem. O passeio terminava na Barra da Tijuca, lugar que povoava os pesadelos de muitos pais zelosos da virgindade de suas filhas.

O curioso é que, apesar de ser um carro novo, depois de algum tempo o "Napoleão" danou a enguiçar toda vez que passava pela Avenida Atlântica próximo a um determinado prédio. Lá, segundo Imperial dizia à jovem que o estivesse acompanhando no momento, morava um amigo seu, ótimo mecânico, que poderia ajudá-lo a consertar o defeito. Na verdade, o lugar era um apartamento de quarto e sala cujo aluguel Carlos rachava com mais dois amigos para manter encontros amorosos, uma garçonnière. Quando a "vítima" da vez chegava ao "matadouro", percebia que não havia amigo algum. Mas já era tarde. Na volta, "Napoleão" funcionava milagrosamente, como se jamais houvesse tido defeito algum. E realmente não havia, já que Imperial desativava um dispositivo que cortava a ignição do carro, anteriormente acionado para fingir a pane.

O Dr. Gabriel era amigo de Henrique Dodsworth, e por influência dele o sucedeu como diretor do Banco do Distrito Federal, passando a gozar da simpatia de Getúlio Vargas, de volta à presidência, desta vez pelo voto popular, após ter sido deposto em 1945.

O sucesso de Gabriel com Getúlio era realmente grande, com seu nome cogitado para o Ministério da Fazenda. Caso isto se concretizasse, trazia na manga o seu "Plano Imperial", que proporcionaria grande desenvolvimento ao país. Estava preparado. Mas chegou a crise de agosto deflagrada pelo atentado a Carlos Lacerda, o ferrenho opositor do presidente, que resultou na morte do major Rubem Vaz, membro da segurança do jornalista. Escapando com apenas um ferimento de raspão no pé, o jornalista aumentou ainda mais suas críticas a Vargas, lançando a suspeita do seu envolvimento no crime. A situação de Getúlio se agravou com a prisão do chefe da guarda presidencial, Gregório Fortunato. O "anjo negro" do presidente era acusado de ter contratado os pistoleiros que atiraram contra Lacerda. Pressionado, assumiu toda a responsabilidade. Mas ainda assim a situação de Vargas continuou crítica. Perdera o apoio da opinião pública e sofria pressão dos militares para que renunciasse. Em 24 de agosto de 1954, suicidou-se no Palácio do Catete, sede da presidência. A bala no peito do presidente pôs fim ao sonho do Dr. Gabriel ministro.

Foi passeando pelo bairro do Flamengo ao volante do "Napoleão" que Imperial avistou duas meninas caminhando pela calçada da Avenida Oswaldo Cruz. Como de costume, resolveu jogar charme para elas. Enquanto reduzia a velocidade do carro, se apresentava:

– Olá, bonecas, eu sou Carlos Imperial, ator de cinema. Será que não poderia saber o nomezinho de vocês?

Uma das jovens lhe deu atenção, chamava-se Rose – na verdade Roseclair, nome francês que detestava. Morava com a família logo ali perto, num apartamento na Praia do Flamengo. Carlos viu que a garota não era de se jogar fora: alta, pele bem morena, felinos olhos castanho-amarelados, seios fartos e corpo de violão. Deixou o número de seu telefone, insistindo para que passeasse com ele no seu conversível.

Numa tarde, Robson, um dos irmãos de Rose, chegou ao apartamento da família e estranhou a presença daquele rapaz falante e cheio de gentilezas para com as mulheres e crianças que o rodeavam na sala. Reconheceu o sujeito de uma foto de revista em que ele aparecia mordendo uma maçã de maneira um tanto esquisita para os seus padrões de macheza. O falastrão deu por sua presença e iniciou uma conversa. Era Imperial, que em questão de segundos já conquistava também a simpatia de Robson, inclusive lhe oferecendo a chave do "Napoleão" para ele sair com a namorada. Dentre as várias coisas que Carlos disse, uma chamou mais a atenção do rapaz. Embora conhecesse Rose há poucos dias, afirmava que iria casar-se com ela sem demora.

Saber a que família um jovem pertencia era fundamental para que ele pudesse frequentar a casa de uma moça. Para Carlos isso não costumava ser problema, já que era filho de um banqueiro, um Corte Imperial. Mas o sobrenome de Rose também era importante, pois ela pertencia à família Gracie, a responsável pela introdução do jiu-jítsu no Brasil. Seu pai, também

Carlos, e o tio, Hélio, difundiam a luta no país, e doutrinavam cada membro da família ensinando segredos e aprimorando a técnica.

Desejando cada vez mais ser aceito pela família da namorada, Imperial começou a frequentar a academia Gracie para praticar jiu-jítsu. Mas nada aprendeu, uma vez que ficava a maior parte do tempo sentado fazendo observações sobre o desempenho dos outros alunos ou dando sugestões a Robson e Carlson, outro irmão de Rose, sobre como administrar a academia. Os dois lutadores ouviam a tudo sem dar muita importância.

Carlos Gracie é que não nutria tanta simpatia para com o namorado da filha. Ficava incomodado ao ver o rapaz sem fazer nada em sua academia, assim como com os desvios que ele provocava em Robson, levando-o para noitadas em Copacabana. Mesmo antes de conhecer o "futuro genro", seu santo não bateu com o dele. Quando Rose veio mostrar-lhe uma fotografia de Carlos Eduardo em meio a outros rapazes, o pai da menina disse sem hesitação:

– Minha filha, espero que teu namorado seja qualquer um, menos este aqui – o dedo do homem foi parar bem em cima de onde Imperial aparecia.

O Jovem Carlos, aos 18 anos, com garotas.

Os três agentes que prenderam Imperial nada diziam, o que o deixava ainda mais com a pulga atrás da orelha. De suas bocas não saía uma única palavra. Ele até que tentava puxar conversa, mas era completamente ignorado. Quando o camburão chegou em Botafogo, a velocidade foi reduzindo, e ele percebeu que iriam parar. Conseguiu ver uma outra viatura com homens do lado de fora.

Imperial e seu piano sempre em dó.

5
NÓS GOSTAMOS DE ROCK'N ROLL

O rock'n roll nasceu nos Estados Unidos da fusão do blues dos negros com o western e o country dos brancos. O nome foi dado pelo disc-jóquei Alan Freed, que o tirou de uma expressão utilizada por velhos bluesmen para designar o ato sexual. Foi Bill Haley, um cantor branco, gorducho, já beirando a casa dos trinta, que nada lembrava a figura de um transgressor, o responsável por tornar popular o ritmo que seria associado à rebeldia.

William John Clifton Haley surgiu nas paradas de sucesso em 1953 com a canção "Crazy Man Crazy". Mas só viraria uma explosão de vendas graças a um moleque de nove anos chamado Peter Ford. O pai do garoto, o astro do cinema Glenn Ford, iria estrelar "Blackboard Jungle", dirigido por Richard Brooks. Durante uma visita à casa de Glenn, o diretor ouviu no toca-discos de Peter a canção "(We're Gonna) Rock Around The Clock" interpretada por Bill e seu conjunto, "The Comets" (um trocadilho com o cometa de Halley). Brooks a achou perfeita para fazer parte da trilha sonora do seu filme sobre estudantes barra-pesada que infernizam a vida do professor Glenn Ford. Nos cinemas, após o rugido do leão da Metro e de um moralista texto de apresentação homenageando instituições de ensino e aconselhando a mocidade a ser comportada, a plateia entrava em êxtase ao ouvir a canção enquanto os créditos iniciais eram exibidos. Aqueles jovens nunca tinham ouvido música parecida, ela lhes causava vontade de saltar da poltrona e começar a dançar. "Rock Around the Clock" acabou se espalhando não apenas pelos Estados Unidos, mas por grande parte do planeta.

No Brasil, o filme estreou em dezembro de 1955, com o título "Sementes da Violência". Um pouco antes disso, "Rock Around the Clock" já era bastante ouvida nas rádios. Porém, quem quisesse possuir o registro da canção com o intérprete original teria que desembolsar uma quantia considerável com discos importados, já que eles demoravam bastante para serem lançados aqui no país. Quem primeiro encontrou uma solução para o problema foi a gravadora Continental, que decidiu lançar uma versão com um artista brasileiro. Nora Ney, uma cantora de sambas-canções de dor de cotovelo, como "Ninguém me Ama" e "De Cigarro em Cigarro", mas com um inglês fluente que a tornava capaz de interpretar a canção sem dar vexame, foi a escolhida. No final de outubro de 1955, antes mesmo da estreia do filme no Brasil, Nora gravou um 78 rotações cantando "Rock Around The Clock", com um acordeom substituindo a guitarra da versão original. A gravação na voz de Nora obteve grande êxito, encabeçando a parada de sucessos da Revista do Rádio na semana seguinte ao seu lançamento. Mas sua intérprete não passou disso no rock, retornando em seguida às canções de corações despedaçados. Porém, outros artistas seguiriam a trilha roqueira, alguns "peixes fora d'água" como Nora Ney, mas outros já verdadeiramente encegueirados pelo rock.

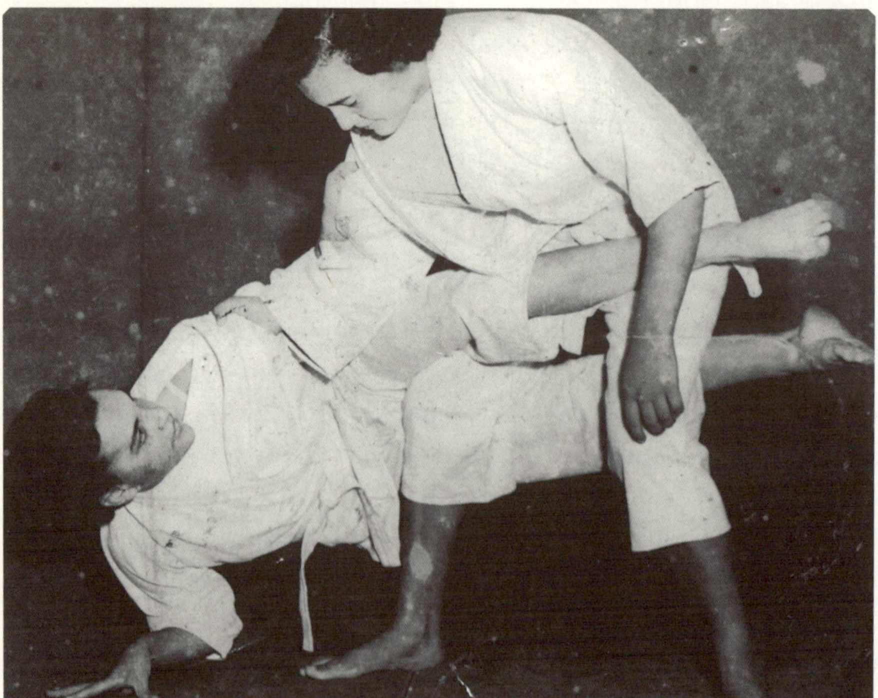

Rose Gracie (à esquerda) e Geísa, mulheres de luta.

Outro filme de grande importância para a formação dos primeiros roqueiros foi "Juventude Transviada" ("Rebel Without a Cause") estrelado pelo ator James Dean. A fita não contava com nenhum rock em sua trilha sonora, mas foi a responsável pelo figurino dos jovens amantes do ritmo. Assim como no restante do mundo, aqui no Brasil os rapazes vestiam calças jeans, as calças americanas (da marca Lee, pois ao usá-las com a bainha dobrada para fora, o verso do tecido, mais claro, fazia um contraste que ajudava a compor o visual), camisetas brancas ou vermelhas, e jaquetas acetinadas também vermelhas ou azul "elétrico" (a moda do casaco de couro vinha de outro filme, "O Selvagem"). Quanto às meninas, Natalie Wood, o par romântico de Dean no filme, com sua saia rodada, suéter e sapato baixo, era a principal fonte de inspiração. "Juventude Transviada" foi tão popular por aqui, que seu título em português serviria para classificar pejorativamente seus jovens fãs.

Imperial se encontrava entre os jovens atraídos pelos acordes do rock. Depois de assistir a "Sementes da Violência", virou um entusiasmado simpatizante da nova música americana, e com a mesada do Dr. Gabriel conseguia não só o disco de Haley, como também dos demais artistas ligados ao gênero que iam surgindo: Chuck Berry, Little Richard e Elvis Presley, que começava a ser chamado de "rei do rock". Em pouco tempo Carlos tinha uma invejável coleção de discos de rock, o que lhe possibilitava estar a par de todas as novidades vindas dos Estados Unidos antes mesmo das rádios começarem a executá-las.

Carlos e outros jovens aprenderam a dançar o rock assistindo a "Sementes de Violência". Eles iam aos cinemas várias vezes para decorar todos os movimentos de uma rápida cena em que os estudantes dançam no pátio do colégio. Em casa, treinavam exaustivamente na companhia de amigos ou mesmo sozinhos. E como o rock possuísse alguns passos que exigiam verdadeiras acrobacias com o par feminino, alguns deles, também praticantes do judô da Academia Cordeiro ou do jiu-jítsu da família Gracie, começaram a utilizar os princípios dessas artes marciais na nova dança. Uma improvisação que terminou por dar certo.

O grande problema era encontrar um lugar onde tudo o que aprendiam pudesse ser exibido. As orquestras dos bailes de formatura ainda não demonstravam receptividade ao rock'n roll. Fazer reuniões em suas próprias residências era a opção que restava aos pioneiros do rock brasileiro. Acompanhado dos amigos Sérgio Tenius, Alberto de Castro e Ruy de Santa Marta Piquet, Carlos frequentava esses bailes improvisados que em geral realizavam-se no apartamento dos gêmeos Waldir e Walmir, na Praia de Botafogo. Os rapazes levavam algumas meninas – Carlos na companhia de Rose – com quem dançavam, num ambiente extremamente familiar, sob o olhar dos pais de Waldir e Walmir, e sem a presença de bebida alcoólica ou cigarro.

Na Avenida Copacabana, altura do Posto 6, havia o Copa Golf, um sobrado com um golfe de jardim semelhante aos que existiam nos Estados Unidos. No interior da casa, dois conjuntos se apresentavam: o de Fred Falcão (um pianista de 18 anos que mentia ter 21 para poder tocar sem ser aporrinhado pelo Juizado de Menores) e o dos Irmãos Castro Neves. No repertório de ambos, não havia nada que se aproximasse do rock. O que se ouvia era o jazz de Charlie Parker e Dizzie Gillespie. Porém, com o passar do tempo, o público cada vez mais pedia pelo novo ritmo, e os músicos foram obrigados a tocar aquela música que consideravam demasiado limitada. Os amantes do rock foram chegando cada vez mais e a casa passou a ser conhecida como o lugar onde ele podia ser dançado. Imperial e sua turma tinham enfim onde mostrar seus passos.

Todos os domingos a partir das 4 da tarde passaram a ser dedicados ao rock'n roll, com a presença de um grande número de moças e rapazes se deleitando com a oportunidade de poder dançar o ritmo da moda. A farra terminava por volta das 11 da noite, com garotos mais prevenidos levando uma camisa de reserva para trocar durante as intensas sessões de dança, pois quem gostava de rock lá no Copa Golf realmente suava a camisa. Tão logo chegaram à casa, no início de 1956, Carlos e sua turma tornaram-se verdadeiras atrações. Eles dançavam muito bem, deixando os frequentadores mais antigos perplexos com seus movimentos acrobáticos de dança. Não demorou muito para Imperial batizar aqueles domingos de "rock sessions" e inventar o "Clube do Rock".

Além da forte personalidade, Rose Gracie tinha outras qualidades que atraíam o jovem Imperial.

Com a onda do rock, Carlos finalmente acabou aproveitando a mãe pianista e pediu que ela lhe desse algumas lições. Criou um conjunto, Os Terríveis, um quarteto que além do seu teclado contava com trompete, contrabaixo e bateria, tocada por um rapaz chamado Vítor Manga. As rock sessions passaram a contar com a participação do novo grupo, que além de músicas dos artistas do momento, também executava algumas de autoria de Imperial, que também começava a se aventurar como compositor. Porém, sua técnica no instrumento era sofrível, as pobres teclas eram impiedosamente marteladas por ele. E somente as teclas brancas, porque ele só sabia tocar em Dó. Não adiantava os músicos do conjunto pedirem por outro tom, dos dedos de Imperial só saía Dó.

O desempenho como dançarino de rock atraiu para Carlos um grande número de meninas interessadas em aprender mais sobre o ritmo. Após o encerramento dos trabalhos no Copa Golf, ele as levava para dar uma volta no "Napoleão" e concluía a aula sobre rock'n roll na sua mais recente garçonnière ensinando de onde viera o nome dado ao ritmo. Mas isso só podia acontecer nas noites em que Rose não estivesse presente, porque senão haveria uma confusão dos diabos. A garota não era uma Gracie à toa, sabia lutar muito bem e tinha pavio curtíssimo. Junto com a irmã, Geísa – a menina que a acompanhava no dia em que conheceu Carlos –, treinava na academia da família os golpes que o pai e o tio Hélio ensinavam. Imperial não era besta de testar o grau de ciúme da namorada.

Além do "Clube do Rock", Carlos criou uma turma de lambretistas chamada Os Centauros. Um pouco antes das rock sessions do Copa Golf, o rapaz viajou a São Paulo, entrando em contato com uma fábrica de lambretas situada no bairro Vila Anastácio, zona oeste da cidade. Ele passou a trabalhar para a empresa como divulgador do veículo no Rio de Janeiro, circulando pela cidade e distribuindo cartões para os curiosos que o abordavam a fim de saber mais sobre a novidade em duas rodas. O veículo tornou-se muito popular e Imperial, inspirado nos grupos de motociclistas americanos, reuniu os jovens lambretistas, criando a associação, que contava inclusive com carteirinha de sócio. Em geral, podiam ser encontrados na Praça do Lido, no Tatuí Clube no Arpoador e, é claro, no Copa Golf.

Apesar do visual rebelde ostentado pelos "Centauros", todos os seus membros comportavam-se como bons moços de família. Ninguém bebia ou fumava, e drogas eram algo completamente fora de cogitação. Infringir essas regras era o caminho para o desligamento do grupo. O filho de Dona Maria José não tolerava tais abusos.

Mas nem todos os jovens comportavam-se como os "puros" integrantes de Os Centauros. Alguns faziam uso de lança-perfume e maconha, além de envolverem-se em brigas onde valia de tudo: mão, porrete, corrente e faca. Isso começou a causar sérias preocupações nos mais velhos, que se mostravam extremamente incomodados com o rumo que as coisas iam tomando. A música que não consideravam música ganhava espaço nas rádios, invadia seus lares e mudava o comportamento de seus filhos. Para eles, o rock era o grande causador dos males que assolavam a juventude, que começava a ser chamada de "transviada".

O conjunto de Fred Falcão no Copa Golf, jazzista tendo que executar o rock'n roll. (Acervo Fred Falcão.)

Um pai que também se mostrava preocupado era o Dr. Gabriel. Apesar de não ser propriamente um sujeito "anteontem", não se encontrava satisfeito com a maneira com que Carlos Eduardo levava a vida. Sonhava para o filho um futuro mais estável, e até então achava que seu envolvimento com a vida artística através do rock era apenas um passatempo. "Os Terríveis" por muitas vezes animaram as festas do apartamento da Miguel Lemos, e Gabriel mostrava-se simpático ao conjunto do rapaz e às suas músicas. Porém, quando o filho comunicou que queria ter aquilo como modo de vida, o banqueiro passou a fazer de tudo para que abandonasse essa ideia.

O irmão mais velho de Carlos, Francisco Manoel, também fazia parte do ambiente artístico. Trabalhava como locutor na rádio Continental – no que contou com a ajuda de Gabriel, amigo do proprietário da emissora, Galeano Neto. Além disso, era apreciador da vida boêmia, era assíduo frequentador de boates como "Night and Day" e "Casablanca", "muito amigo" de várias vedetes. Mas o Dr. Gabriel sabia que quando chegasse a hora de seguir uma carreira mais estável, ele não ofereceria resistência.

Com Carlos Eduardo a situação não era nada fácil. Gabriel o colocou para trabalhar como representante de vendas de uma distribuidora de produtos farmacêuticos da qual era sócio, a Farmos. Contudo, para sua decepção, o filho não se manteve muito tempo na empresa. Obteve boas vendas, graças à sua lábia, mas não chegava no horário e acabou abandonando o emprego. Tudo porque depois da experiência no cinema, com aquela rápida aparição em "O Petróleo é Nosso", resolveu diversificar suas atividades e tentar a sorte na televisão. Foi até a Urca, onde ficava a TV Tupi, disposto a conseguir uma oportunidade com o diretor Jacy Campos, seu vizinho lá da Rua Miguel Lemos, com quem conversava de vez em quando. Jacy era responsável pelo "Câmera Um", um programa de suspense transmitido todas as sextas-feiras às 23h30. Sentado numa cadeira na penumbra, anunciava: "Hoje é sexta-feira e é dia de 'Câmera Um'". Havia estudado técnica de TV nos Estados Unidos, além de cursar o Actor's Studios. Muitos diziam que seu programa era influenciado por "Festim Diabólico" de Hitchcock, filme que assim como o programa da Tupi também contava com apenas uma câmera. Carlos encontrou a sala do diretor e lhe contou de seus dotes como dançarino de rock, o talento como compositor e "exímio" pianista, sua experiência no meio cinematográfico e, o mais importante, sua grande vontade de trabalhar em televisão.

– Muito bem – disse Jacy – , estou realmente precisando de alguém como você. Pegue aquela caneta que está encostada na parede.

Imperial olhou para onde o diretor apontava e disse:

– Seu Jacy, mas aquilo não é uma caneta. É uma vassoura.

– Pois é isto mesmo, a vassoura é que vai ser a tua caneta aqui. A única vaga que tenho é para faxineiro. Aceita?

Claro que Imperial aceitou, melhor ser faxineiro do que nada. Mas isso é o que ele passou a contar a fim de romancear a história. Na verdade, sua primeira função na Tupi foi carregador de cabos das câmeras de TV. Porém, se Jacy Campos realmente pedisse para ele pegar uma vassoura e varrer todo o estúdio, ele o faria na mesma hora. O mais importante era ter entrado no meio televisivo, não importava como, pois tinha certeza de que em pouco tempo iria conseguir progredir lá dentro, ser um grande artista. "As oportunidades são carecas. Temos que agarrá-las pelos cabelos", era um conselho que seu pai vivia dando aos filhos e foi lembrando disso que não se incomodou de começar em uma função mais modesta.

Em outra situação o Dr. Gabriel ficaria orgulhoso da força de vontade do seu Carlos Eduardo. Mas, se já não simpatizava com suas pretensões artísticas, saber que ele estava trabalhando como carregador de cabos na emissora da Urca o deixou ainda mais incomodado. O banqueiro olhava para a placa com o nome do filho presa na porta da sala que reservara para ele no banco e balançava a cabeça em sinal de desaprovação.

Os policiais saíram do camburão, mantendo Carlos e Gastão em seu interior, sem nada lhes dizer. Foram em direção ao grupo que os aguardava. Trocaram algumas palavras com os colegas e ficaram por lá. Outros três homens os substituíram, mas desta vez, o que ficou incumbido de ir no banco de trás com Imperial carregava uma metralhadora. Porém, o homem não parecia muito confortável naquela situação; ele, assim como os outros dois, não conseguia encarar o Gordo.

Imperial decidiu inquirir o sujeito:

– Vamos falar sério, campeão, o que está havendo?

Aos 21 anos, Imperial entrava para o time dos "homens sérios".
Três meses depois do casamento com Rose, seria pai.

6

COM UMA ARGOLA NA CANHOTA

A aposta de Carlos em um futuro promissor na TV Tupi demonstrava ser acertada. O dedicado carregador de cabos foi reconhecido por Jacy Campos, que começou a lhe dar alguns pequenos papéis no "Câmera Um". Em geral fazia algum bandido que entrava para matar ou morrer logo nos primeiros minutos, já que a atração das sextas-feiras era um bocado sangrenta. Conhecido como "el matador", Jacy brincava: "Se não mato um não estou satisfeito". A audiência do programa era grande.

Jacy tinha dois assistentes, Paulo Max e Daniel Filho. Carlos conhecia Daniel desde moleque, por volta dos 13 anos, época em que pertenciam a turmas rivais que se encontravam na praia para briguinhas de cinco minutos. Marcavam hora e local, xingavam-se mutuamente, para em seguida trocarem alguns tapas. Logo depois cada turma ia para o seu lado. À medida que foram crescendo, o antagonismo desapareceu, com Daniel esbarrando com Imperial no carnaval da Rua Miguel Lemos e admirando seu jeito safo e animado. Também gostava de vê-lo agitar as tardes do Copa Golf, onde ia com alguma namoradinha.

A mente inventiva de Jacy exigia muito de seus assistentes. Para cada programa ele lhes dava tarefas cada vez mais difíceis. Durante a pré-produção de um "Câmera Um", Jacy chamou Daniel e lhe disse:

– Esta semana vou precisar de uma onça.

– Tudo bem, eu vou ligar lá para o Mundo Teatral para ver se eles têm.

– Não, eu não quero onça empalhada. Eu quero uma viva.

– Mas onde é que eu vou achar uma onça?

– Não sei, só sei que preciso dela para esta sexta.

Daniel passou a semana correndo de um lado para o outro atrás da onça, sem obter sucesso. Até que ficou sabendo da existência de uma em um circo de subúrbio. Correu para lá acompanhado de um veterinário. Após tratar do aluguel do animal com o dono, pediu ao doutor que desse um "sossega leão" (ou onça) na fera. Quando chegou à Urca, entregou o animal grogue ao chefe, dizendo:

– Jacy, aqui está a tua onça. E também o meu pedido de demissão.

Imperial aproveitou a oportunidade e pegou a vaga de assistente do diretor deixada por Daniel. Seu amigo Beto de Castro e o cunhado Robson também estavam na equipe do "Câmera Um". A fim de investir na carreira de ator, os três matricularam-se no Teatro do Estudante de Paschoal Carlos Magno, lá em Santa Tereza. Os detratores dos Gracie aproveitaram a notícia de que um dos membros da família fazia curso de teatro para pôr em dúvida a masculinidade de seus lutadores. Havia um pessoal que considerava a profissão de ator "coisa de bicha", e saber daquilo era um prato cheio para os fofoqueiros. Mas Robson não deu importância, continuou estudando e foi conseguindo melhorar suas participações no "Câmera Um". O jovem lutador foi responsável pelo argumento de um dos episódios do programa, intitulado "Vale Tudo", que obviamente tinha o jiu-jítsu como tema.

Da esquerda para a direita: Tito Santos, Jacy Campos, Trio Guaraná, Imperial e o cantor Isnard Simone.
O esforçado carregador de cabos passava a assistente de Jacy no programa "Meio-dia".

Graças ao sucesso do rock lá no Copa Golf, Jacy resolveu dar à Imperial um quadro em outro programa que iria dirigir, o "Meio-dia", um show de variedades que exibiria receitas culinárias, cães amestrados, fisioculturismo e números musicais. Imperial recebeu quinze minutos para apresentar seus artistas do Copa Golf. Batizou o quadro como "Clube do Rock". O programa ia ao ar às terças-feiras, mas em algumas ocasiões não era exibido, dando lugar a algum cachorro que fazia acrobacias ou coisa semelhante. O público jovem ficava desapontado e os dançarinos e cantores iniciantes que aguardavam o momento de se apresentar, mais ainda.

A cada dia Imperial obtinha algum progresso no caminho que resolveu trilhar. Mas teve de frear um pouco sua busca pelo sucesso e dar atenção a um assunto bastante delicado: Rose lhe comunicou que estava grávida. Não se sabe se a menina – tinha apenas 16 anos – caiu no conto do enguiço do "Napoleão", ou se foi passear na Barra da Tijuca, mas a realidade é que o jovem casal iria receber a visita da cegonha. Toda Copacabana comentava o acontecido. Diziam que Carlos não havia demonstrado muita disposição para o casamento, mas que Carlson, um dos melhores lutadores da família Gracie, a quem anteriormente tanto fizera questão de chamar de cunhado, lhe havia providenciado fortes incentivos para ingressar no time dos homens sérios.

Em 23 de abril de 1956, Carlos Eduardo Corte Imperial e Roseclair Gracie casaram-se na presença de familiares. Foram morar com os pais de Imperial, no Edifício Ubatan. Três meses depois, no dia 13 de julho de 1956, na Maternidade São José, nascia uma menina a quem Carlos e Rose chamaram Maria Luíza, mesmo nome da irmã que ele havia perdido lá em Cachoreiro.

Imperial e Paulo Silvino, aliás, Dixon Savannah, o crooner carismático de Os Terríveis.

7

DIXON SAVANNAH

– Paulinho, tem um rapaz lá na sala querendo falar com você – disse dona Naja ao filho, que descansava em seu quarto após um dia movimentado.

Paulo foi ver de quem se tratava. Era Imperial, todo vestido de preto e ostentando um volumoso topete. Não devia nada aos rockers das revistas e filmes americanos.

– Boa tarde, meu jovem. Eu sou Carlos Imperial. Ainda há pouco passei no Copa Golf e me disseram que você havia estado lá à minha procura. O que deseja? És do meio artístico?

Paulo realmente era do meio, podia-se dizer que até de maneira hereditária. Filho do humorista e compositor Silvino Neto (o palhaço Pimpinella e autor da canção "Adeus, Cinco Letras que Choram") e da pianista Naja Silvino, desde cedo demonstrou vocação para o canto. Na adolescência quis seguir carreira. A mãe proporcionou sua estreia levando-o para acompanhá-la no programa "Boate Martini" na TV Tupi, apresentado pela atriz Heloisa Helena. O público no auditório da emissora gostou do que ouviu e Naja continuou a dar uma força ao garoto, deixando que ele cantasse algumas canções em seus recitais. Mas um dia a pianista se cansou e passou a fala ao filho:

– Paulinho, eu sou uma solista, não me peça mais para te acompanhar. Eu não sei fazer isso, não vou continuar com essa maluquice. Você se vira. Precisa arranjar alguém. Por que não procura o professor Eumir?

Paulo pensou tratar-se de um senhor de idade, mas a mãe emendou:

– Só tem que ele é um menino, deve ter uns 16 anos. Mas toca acordeom maravilhosamente bem. Ele faz concertos de jazz, toca o instrumento num estilo mais moderno.

Eumir Deodato tinha 17 anos, era professor de acordeom na academia de Mário Mascarenhas na Cinelândia, onde Naja lecionava piano. Paulo foi procurá-lo. Conversaram, e Eumir contou que também tocava piano. Falou do seu gosto musical diversificado, que ia de Art Van Damme a Luiz Gonzaga. Houve uma imediata identificação, e os dois passaram a tocar juntos, mais o baterista Fernando Costa e o baixista Gilberto, que também acompanhavam Dona Naja. Deodato levava o acordeom para os shows, funcionando como um piano portátil.

O conjunto começou a rodar pelo Rio de Janeiro em clubes, hospitais e o que mais viesse, com um repertório variando entre clássicos da canção americana e sucessos nacionais, entre eles "Rosa de Maio", de Custódio Mesquita e Evaldo Ruy. Algumas vezes os shows em clubes iam até altas horas da madrugada e só terminavam quando o baterista, já sem paciência, tirava a dentadura e a jogava em cima do público gritando:

– Vamos parar com esta merda! Tá na hora de acabar, são quatro e meia da manhã. Não toco mais, porra!

Quando o rock apareceu, Silvino também foi um dos jovens que simpatizaram com a novidade. Ouvia todos os artistas, mas seu favorito era o negro Little Richard. Numa manhã de sábado, conseguiu através do pai a chance de se apresentar no programa César de Alencar, na Rádio Nacional. Durante o quadro "Desfile Solupam", o rapaz pisou no palco do auditório da emissora da Praça Mauá como "Paulo Ricardo e seu conjunto de rock". Cantou "Tutti Frutti" e "Long Tall Sally", ambas sucessos de Richard. Parecia estar com o diabo no corpo. Pulava, se jogava no chão tremendo como uma vítima de ataque epilético e, no final, deu uma dentada num medalhão que trazia pendurado no pescoço (na verdade, um biscoito amarrado com um barbante). O público vibrou, pediu bis. Nos bastidores, alguém da produção lhe deu a dica:

– Já que você canta rock, por que não procura o Carlos Imperial lá no Copa Golf?

Silvino aceitou a sugestão. Já ouvira falar muito do "Clube do Rock", além de assistir àquela turma no "Meio-dia". Despediu-se dos colegas do conjunto e tomou um lotação para Copacabana. Mas ao chegar ao Copa Golf, foi informado de que Imperial não estava e nem se sabia quando iria chegar. Deixou seu telefone e endereço, e voltou frustrado para casa.

Agora, na sala do apartamento da mãe, contava toda esta história a Imperial que, após ouvi-lo atentamente, fez uma proposta:

– Que tal fazer parte do meu conjunto, Os Terríveis?

Silvino começou a fazer shows com os dançarinos do "Clube do Rock" e cantores lutando por um lugarzinho ao sol sem que houvesse protesto dos integrantes de seu antigo conjunto pelo fim do mesmo provocado pela saída do vocalista. Eumir Deodato não gostava mesmo de tocar rock, e Fernando e Gilberto preferiam continuar acompanhando Dona Naja.

Paulinho sentia-se em estado de graça com as várias menininhas que queriam conhecê-lo no final das apresentações de Os Terríveis. Elas nem ligavam para seus óculos "fundo de garrafa". Ser cantor de rock o tornou mais atraente que muito garoto metido a galã. A única parte chata era ouvir os comentários cheios de fanfarronice que Imperial fazia:

– Quando eu conheci o Paulo, o conjunto de rock dele era composto por um violão, uma sanfona e uma caneca. Agora sim, ele está em um conjunto de verdade.

Mas, Silvino achava que seu nome artístico precisava ser mudado. Paulo Ricardo não tinha nenhum impacto. Queria algo mais sonoro, marcante. Passou dias imaginando algo, até que encontrou. Fruto da mistura de palavras que considerava com boa sonoridade, nascia Dixon Savannah, o mais louco dos roqueiros. Foi todo animado apresentar o novo nome a Imperial, que fez sua observação:

– Como é que é? Dixon Savannah? Vai tomar no cu, porra! Você está inventando um jeito de foder com a tua carreira! O teu nome é Paulo Silvino! Tu és filho do Silvino Neto, as pessoas têm que saber quem você é. Dixon Savannah é o caralho!

"... nunca Hollywood realizou coisa tão chinfrim e uma distribuidora fez publicidade tão escandalosa quanto a deste 'Rock Around the Clock' (José Sanz, "O Globo")

8

Elvis no Brasil

O lançamento de "Ao Balanço das Horas" ("Rock Around the Clock"), nova incursão de "Bill Haley e Seus Cometas" na tela grande ajudou ainda mais a divulgar o rock no Brasil. Antecedendo a estreia do filme no país, notícias sobre cinemas americanos sendo depredados por jovens enlouquecidos chegavam causando preocupação em pais e autoridades. E, realmente, aqui a coisa não foi muito diferente. Os cinemas de São Paulo, onde houve a primeira exibição, passaram pelo mesmo tipo de teste que os de outros países. O resultado não foi diferente: quebra-quebra. As autoridades do Rio de Janeiro resolveram se precaver. Uma semana antes da estreia carioca, o chefe da Censura Federal, Sr. Hildon Rocha, reuniu na cabine da Warner Bros. o chefe de polícia, o ministro da educação, o juiz de menores, críticos e escritores para assistirem e julgarem se a fita oferecia perigo à juventude. Ao final da reunião de notáveis, consideraram "Ao Balanço das Horas" inofensivo e o liberaram para 14 anos. Mas como seguro morreu de velho, o Sr. Hildon achou por bem solicitar escolta policial para os cinemas onde ele seria exibido. À imprensa declarou:

– Logicamente a mocidade irá ver a película. Mas encontrará policiamento para contê-la.

Contudo, a tranquilidade passou longe dos cinemas naquele 14 de janeiro de 1957. A confusão carioca não foi nada diferente da que ocorreu na "terra da garoa". Nos cinco cinemas onde "Ao Balanço das Horas" foi exibido (São Luiz, Rex, Rian, Leblon e Carioca) houve algum tipo de confusão, com poltronas arrancadas e jovens em transe coletivo dançando "Rock Around the Clock". Parecia que a divulgação da fita estava certa ao dizer: "Você explodirá com o ritmo louco do rock'n roll!".

Em Copacabana, o luxuoso cinema Rian teve suas sessões suspensas durante a segunda exibição da película. Os jovens dançavam nas escadas, parapeitos dos balcões, corredores e palco, além de pisotearem as belas poltronas azuis da sala, levando ao desespero o pobre gerente. Não satisfeitos, interromperam o trânsito da Avenida Atlântica e promoveram um enorme baile ao ar livre. A imprensa, no local desde o início, estimulava as estripulias dos "teenagers". Atendendo ao pedido dos fotógrafos as turmas do Posto 6 e da Constante Ramos dirigiram-se para a praia e começaram a dançar na areia. Acabaram dispersadas por uma bomba de gás lacrimogêneo atirada pelo Batalhão de Choque da Polícia do Exército que, juntamente com a Polícia Militar, se encontrava no local para tentar conter a confusão que pensaram tratar-se de uma briga de gangues. Alguns jovens foram presos, os menores eram encaminhados ao Juizado. Mas recebiam apenas conselhos, para em seguida serem liberados pelas autoridades. Arrependido devido a tanta confusão, o Sr. Hilton Rocha voltou atrás e classificou o filme como impróprio para menores de 18 anos.

As manchetes de alguns jornais de 15 de janeiro de 1957, o dia seguinte a estreia da fita, eram: ALGAZARRA, GRITOS E DEPREDAÇÕES SOB A CADÊNCIA DO ROCK'N ROLL ("O Globo"); ROCK'N ROLL HISTÉRICO DOMINOU COPACABANA – Desvario da Juventude ("Diário Carioca"); PARECIAM LOUCOS OS BROTOS DA GERAÇÃO ROCK'N ROLL ("Última Hora"). O crítico José Sanz em "O Globo", foi impiedoso com a película roqueira. Para ele, "Ao Balanço das Horas" era "um filme de uma indigência intelectual e técnica de tal maneira alarmante que parece ter sido feito para ser exibido entre certas tribos da Papuásia, onde a idade mental média é oito anos".

Tinha gente que jurava que Imperial e seu amigo, o produtor de discos Armando Pitigliani, um mestre em inventar jogadas publicitárias que andou frequentando o Copa Golf, seriam os responsáveis pelo início da baderna no Rian. Diziam que a dupla teria orientado um pessoal do "Clube do Rock" para que começassem a dança no cinema.

O repórter Pinheiro Júnior, do jornal "Última Hora", considerava o quebra-quebra no cinema Rian apenas uma gota-d'água no comportamento violento do jovem carioca. No seu entender, os jovens de classe média da Zona Sul estavam na fronteira do crime, começando a se envolver com drogas e crimes sexuais. Ele queria fazer uma série de reportagens a fim de denunciar o problema. Para isso, precisava de uma boa fonte. Foi orientado a procurar Carlos Imperial no Copa Golf. Pinheiro não lembrava, mas já o conhecia de uma ocasião lá mesmo no sobrado do Posto 6. Nessa noite, os dois conversaram e descobriram ser de Cachoeiro de Itapemirim, além de Carlos ter tocado ao piano algumas músicas.

Com melhor memória, Imperial reconheceu o jornalista na mesma hora e prontificou-se a ajudá-lo no que precisasse. Também lhe apresentou Paulo Silvino. Carlos conhecia metade de Copacabana, e Paulo Silvino a outra. Pinheiro viu que o relacionamento com os dois jovens o ajudaria bastante no trabalho. Eles o levaram para conhecer vários pontos da Zona Sul frequentados pelos "transviados". Em 13 de março de 1957, a "Última Hora" iniciava a série de reportagens intitulada "Juventude Transviada". As denúncias de bebedeiras, uso de drogas como Kelene e maconha, e as curras, escandalizaram a sociedade. Como consequência, o presidente Juscelino Kubitschek mandou instaurar uma comissão de inquérito presidida pelo procurador geral da República, Cândido de Oliveira Neto. Pediram a Pinheiro que trouxesse pessoas para depor. Imperial foi uma delas. Prestou depoimento num prédio na Glória e confirmou alguns fatos presentes nas reportagens. Era uma das pessoas mais importantes da reportagem, mas Pinheiro não o identificou nominalmente, deu apenas suas iniciais invertidas. Apareceu como o A. C.

A mesma sorte não teve Paulo Silvino. O pessoal do Snack Bar, ponto de encontro de jovens do Posto 6, ficou indignado com a matéria da "Última Hora". Achavam que Pinheiro Júnior havia pintado um retrato terrível deles, algo que não procedia. Alguns lambretistas do Snack reconheceram Silvino numa foto no jornal e concluíram quem era o dedo-duro. Acabaram lhe aplicando um corretivo como castigo pela traição. Indignada, Dona Naja ligou para o jornalista a fim de que ele tomasse alguma providência.

– Seu Pinheiro, os transviados bateram no Paulo Ricardo. O senhor precisa fazer alguma coisa.

– Mas Dona Naja, a surra já foi dada?

– Já, o pobrezinho está todo machucado.

– Pois é, Dona Naja, se a surra já foi dada eu não posso fazer mais nada.

Mas essas confusões não comprometeram a adesão de novos fãs do rock'n roll, pelo contrário, mais e mais jovens frequentavam as rock sessions de Imperial. E não eram apenas da Zona Sul, mas também do subúrbio. O pessoal do Grajaú, Vila Isabel, Méier e Tijuca atravessavam o túnel para dançar o ritmo. E demonstrava talento nisso.

O que não andava nada bem era o casamento de Carlos. Ele não conseguia escapar às tentações que a popularidade oferecia. Eram muitas bonecas a sua disposição. Procurava ser discreto, mas Rose já começava a desconfiar de suas escapadas. Ele usava as excursões do "Clube do Rock" como álibi, mas a jovem não era tola. As brigas eram constantes. Mesmo assim, houve uma segunda gravidez. Porém, nem isto ajudou a sustentar um casamento que ia ladeira abaixo.

O caldo entornou no dia em que Rose avistou, da janela do apartamento da Miguel Lemos, Imperial estacionando o "Napoleão" acompanhado de outra mulher. Louca de raiva, desceu e encontrou a boneca aguardando Imperial que havia ido comprar uma Coca-Cola no botequim próximo. Rose abriu a porta do carro e sentou-se no banco do motorista. Ainda teve sangue frio para perguntar à garota o que ela fazia por lá. Na sua inocência, a pequena respondeu:

– Eu sou namorada do Carlos Imperial. Você é parente dele?

Quando Imperial voltou, encontrou Rose no lugar da sua namoradinha.

– Cadê a minha amiga que estava aqui?

– Amiga? Você diz aquela sirigaita que estava aqui no carro? Eu já a despachei.

Apesar da enorme barriga de grávida, Rose ainda tinha bastante agilidade para pôr em prática um pouco do jiu-jítsu dos Gracie. A "amiguinha" do marido teve prova disso, e o marido assanhado também.

Com o nascimento do novo neto se aproximando, dona Maria José achou melhor que Carlos e Rose fossem para Alegre, onde o cunhado de dona Maria José era obstetra e poderia fazer o parto da criança. É claro que também havia a esperança de que lá a situação entre o jovem casal melhorasse.

As férias em Alegre foram agradáveis. Carlos, muito querido na cidade, ficou ainda mais popular com seus trejeitos e linguagem de artista. As gírias que falava viraram mania entre os habitantes. Um deles até perdeu o nome. Era um rapaz que vivia grudado em Imperial e desde então passou a ser conhecido apenas como "Major", maneira como Carlos chamava as pessoas com quem conversava.

No dia 22 de setembro de 1957, pelas mãos do tio de Carlos, o Dr. Simões, Rose deu à luz um menino. Marco Antônio recebeu este nome por sugestão do Dr. Gabriel, que admirava o general da Roma Antiga. Quando a criança estava com três meses, o casal voltou ao Rio de Janeiro. Trouxeram a babá do garoto, uma adolescente de Alegre chamada Maurina. A mocinha foi morar no apartamento da Miguel Lemos, e caiu nas graças de Dona Zezé, que praticamente a adotou. Mais uma vez tentando compensar a perda de Maria Luíza.

Imperial era a referência de rock no Rio de Janeiro. E foi por isso que o diretor Carlos Manga, primo de Vitor, baterista de Os Terríveis, o convidou juntamente com seu séquito para participarem de alguns números musicais no filme "De Vento em Popa". Os Terríveis dividiriam a cena com Doris Monteiro e o pianista Ed Lincoln. Além disso, Manga teve a ideia de colocar o comediante Oscarito, astro do filme, para dançar rock'n roll. Beto de Castro foi incumbido de ensinar os passos ao comediante. Durante algumas tardes ia ao apartamento do ator no Flamengo ensinar-lhe a dança. Oscarito mostrava-se muito receptivo ao som e ansioso para apresentar seu progresso. Em dezembro de 1957, quando o filme foi lançado, o público se deliciou com o ator na pele do ídolo do rock'n roll Melvis Prestes. Aos 51 anos, Oscarito dançava bem melhor que muito adolescente. Sua experiência como artista circense enriqueceu ainda mais os passos do rock. Além de dançar, também cantava "Calypso Rock", canção de Imperial e Roberto Reis e Silva. De volta ao Rio e às atividades como divulgador do rock'n roll, Carlos se sentia vitorioso. Nem mesmo o Sputnik, satélite artificial lançado ao espaço pela União Soviética dois meses antes, era capaz de alcançar o ego do criador do "Clube do Rock".

Entre os suburbanos que invadiam o Copa Golf, se encontrava o garoto Ronaldo Brasil. Depois de ter dançado no palco do cinema Rian durante a confusão de "Ao Balanço das Horas", o moleque de 14 anos decidiu que iria dedicar sua vida ao rock'n roll. Após discutir com os pais, que diziam ser ideia de vagabundo, Ronaldo fugiu de casa e foi morar nas ruas de Copacabana vivendo de pequenos serviços e da caridade de moradores. Imperial era um dos que o ajudavam, dando-lhe comida e cedendo o banco de trás do "Napoleão" como dormitório, já que o moleque não tinha onde passar a noite. Também deixava que ele frequentasse as rock sessions do sobrado da Nossa Senhora de Copacabana. Ali, o garoto demonstrou ter talento para a dança e foi integrado ao "Clube do Rock".

Do Grajaú veio Maria Gladys, uma moreninha de 17 anos cujo maior sonho era morar em Copacabana. Ela também chamava muito a atenção na pista de dança. Era disputadíssima pelos rapazes que queriam tê-la como par. Mas os antigos frequentadores do Copa Golf, moradores da Zona Sul, começavam a olhar atravessado para aqueles invasores oriundos do subúrbio. Alguns deles deixaram de frequentar o local para não se misturar com aquela "gentinha".

Numa manhã na TV Tupi, Beto de Castro cuidava da produção de mais um "Clube do Rock", que iria ao ar no "Meio-dia", enquanto conversava com alguns amigos. Um funcionário o chamou avisando que havia alguém no portão da emissora querendo falar com Imperial. Beto foi ver do que se tratava e encontrou um rapazinho vestido com uniforme cáqui de colégio. O garoto, que carregava um violão, lhe disse:

– Eu queria falar com o Seu Carlos Imperial, queria cantar no programa dele. Canto umas musiquinhas do Elvis Presley.

Beto pediu para o menino esperar e foi procurar Carlos, que veio falar com o candidato a astro. Decidiu levá-lo a um lugar onde pudesse ouvi-lo com mais calma. O elenco do "Câmera Um" em geral se reunia para ensaiar na casa de algum ator ou atriz. Naquele dia iriam para o apartamento de Lourdes Mayer, e foi para lá que se dirigiram. No caminho, Imperial simpatizou com o rapaz ao saber que ele também era de Cachoeiro de Itapemirim. No intervalo do ensaio, pediu que todos fizessem silêncio e ouvissem o jovem cantar.

You ain't nothin' but a hound dog
Cryin' all the time
You ain't nothin' but a hound dog
Cryin' all the time

A voz do rapazinho agradou a todos, principalmente a Imperial. O garoto se chamava Roberto Carlos Braga. A partir daquela audição, nas terças-feiras em que o "Clube do Rock" ia ao ar, o público ouviria Carlos Imperial anunciar sua mais nova descoberta:

– E agora com vocês, o "Elvis Presley brasileiro", Roberto Carlos!

O policial que carregava a metralhadora acabou falando com Imperial:

– Olha, Imperial, estou até sem jeito de falar contigo, não sei o que está acontecendo. Tive ordens superiores de te prender e levar ao Dops. É só o que posso te dizer.

Ele continuava sem saber o motivo daquilo tudo, mas ao menos tinha conhecimento de para onde o estavam levando. Pelo menos era o que parecia.

Alegria de viver. Imperial deveria ter um papel de destaque nesse filme, mas terminou apenas participando da trilha sonora. Perdeu para Sérgio Tenius, o galã do "Clube do Rock", na ilustração pilotando uma lambreta com Eliana Macedo e Augusto César Vanucci na garupa.

9
CORONEL IMPERIAL

Assim como Carlos Manga, o diretor Watson Macedo também quis fazer o seu "Ao Balanço das Horas". O filme se chamaria "Alegria de Viver", com sua sobrinha Eliana e o galã John Hebert encabeçando o elenco. O responsável pela estreia de Carlos Imperial no cinema foi ao Copa Golf procurar "aquele cara que topava tudo" e lhe propôs, além da colaboração nas coreografias dos números de rock'n roll, um papel de destaque na história. Imperial interpretaria um jovem transviado formando dupla com o ator Augusto César Vanucci. Porém, durante as aulas de rock que o elenco principal do filme teve no sobrado de Copacabana, Macedo prestou atenção em um dos dançarinos do "Clube do Rock". Sérgio Tenius era um bonito rapaz de olhos azuis, estudante de odontologia e melhor dançarino que Imperial, que devido a muita Coca-Cola e doces, começava a ficar acima do peso. O papel destinado ao Brucutu acabou nas mãos do boa-pinta Sérgio. Carlos não gostou de ter sido preterido, mas o jeito foi contentar-se em ver Eliana e Vanucci cantarem suas canções, "I Hate Square Things" (outra parceria com Roberto Reis e Silva), "Rock for Lilly" e "So Happy" (ambas com Beto de Castro).

O fim do reinado de Imperial no Copa Golf aconteceu depois que um dos frequentadores, enciumado com o sucesso que ele fazia, o levou a nocaute durante uma rock session. O público dançava ao som do conjunto de Fred Falcão quando se abriu um buraco, e Carlos surgiu desmaiado no meio do salão tal qual um gigante adormecido de contos infantis. Depois daquele domingo, deixou de frequentar o sobrado de Copacabana, e os aspirantes a astros de rock iam procurá-lo apenas na TV Tupi.

Antes de se transformar no "Elvis Presley brasileiro", Roberto Carlos fazia parte de um grupo vocal chamado "Os Sputniks" lá no bairro da Tijuca. O garoto morava em Lins de Vasconcelos, mas estudava datilografia no curso Ultra, na Praça da Bandeira. Arlênio Lívio, seu colega de sala, o levou ao Bar Divino, onde sua turma se reunia, e o apresentou a Tião, um mulato gordinho de 15 anos, fã de Little Richard. Tendo o rock'n roll como algo em comum, os três, mais Wellington Oliveira, formaram o conjunto batizado com o nome da engenhoca soviética, certamente com a intenção de também chegarem às alturas.

A primeira apresentação de The Sputniks, arranjada pelo irmão mais velho de Tião, Antônio, um católico militante, foi na Igreja de São Sebastião, lá mesmo na Tijuca. Depois vieram outros shows em locais modestos, mas que os tornavam conhecidos e serviam para acumular experiência. Quando Tião soube que Roberto iria aventurar-se em voo solo no programa de Carlos Imperial, sentiu-se traído e bateu boca com ele. A discussão teve como consequência a saída do jovem cachoeirense do conjunto. Mas a revolta do adolescente só fez aumentar depois que viu o rapaz aparecendo no "Meio-dia". Não se conformava de ficar cantando em quermesses da "Igreja dos Capuchinhos", enquanto Roberto virava astro do rock'n roll. Sabia que era ótimo cantor, dono de maior presença de palco e inglês muito melhor que o antigo companheiro de conjunto. Se lhe dessem uma oportunidade no "Clube do Rock" iria mostrar o que era um astro de verdade. Também foi procurar Imperial na TV Tupi.

Carlos ouviu da voz do adolescente vibrantes interpretações de sucessos de Little Richard e concluiu que o garoto não devia nada ao negro americano. Seria devidamente integrado ao seu grupo de artistas. Só havia um problema, o nome do moleque. Era inconcebível um cantor de rock chamado Tião. Precisava rebatizá-lo sem demora. Mas como tirar algo de Sebastião Rodrigues Maia? Depois de muito botar a cabeça para funcionar, achou algo que o satisfez:

– Major, é o seguinte, de agora em diante você vai ser conhecido como Tim. É isso, você vai ser "Tim, o Little Richard brasileiro".

Ao chegar em casa, o rapaz trouxe as duas novidades à família, o ingresso no "Clube do Rock" e o nome artístico dado pelo apresentador do programa. Suas irmãs ficaram felizes com a primeira notícia, mas acharam que aquela história de nome artístico era coisa de gente metida à besta. Para elas, ele continuaria sendo o Tião de sempre. Quando Imperial ligava para combinar detalhes de algum show e calhava de as meninas atenderem ao telefone, era comum ouvir:

– Por gentileza, o Tim está?

– Está sim, só um instantinho. Ô Tiãoooo, telefone!!!

Tião, ou melhor, Tim, e Roberto voltavam a dividir o mesmo palco. Além deles, o "Clube do Rock" contava com um número cada vez maior de integrantes. Eram bailarinos vindos do subúrbio; rapazes que dançavam e mexiam os lábios enquanto os discos de astros americanos eram tocados, os mimiqueiros; cantores e conjuntos. Um destes era o Dry Boys. Formado pelos irmãos Wilson e Roberto Simonal, Edson Bastos, José Ary e Marcos Moran. Os Garotos Enxutos tinham influência de grupos vocais norte-americanos como The Platers e Four Aces. Demonstravam ter talento, especialmente o negro cheio de elegância Wilson Simonal. Cabo do exército, servindo no Oitavo Grupo de Artilharia de Costa Motorizada, antes de entrar para o conjunto, Simonal cantava num parque na Praça Antero de Quental, no Leblon. Lá, ficou conhecido como "o americano" devido às canções em inglês que interpretava – "Banana Boat Song (Day-Oh)" de Harry Belafonte, e várias de Elvis. Morava em um quarto alugado na favela da "Praia do Pinto", Gávea, quase em frente ao quartel onde servia. Imperial simpatizou com Simonal e lhe deu oportunidade de aparecer individualmente no seu quadro na Tupi. O apresentava – para não fugir à regra – como "Wilson Simonal, o Harry Belafonte brasileiro".

Carlos não dava sinal de que iria mudar seu comportamento, e Rose decidiu pedir o desquite. A garota pegou os filhos e foi viver em Teresópolis, deixando-o com os pais. Entretanto, a estada da jovem na serra não durou muito tempo. Dona Zezé, louca de saudades dos netos, implorava para que ela voltasse para o apartamento da Miguel Lemos, mesmo não sendo mais esposa de Carlos Eduardo. A agora ex-nora gostava muito de Maria José e resolveu voltar ao Rio. Aceitou a proposta, mas apenas em parte. Deixou Maria Luíza e Marco Antônio com a avó e foi morar com as irmãs no Bairro Peixoto. Preferia conviver com as críticas da família por ser a única Gracie desquitada, a viver sob o mesmo teto que o ex-marido e testemunhar sua agitada vida de "recém-solteiro".

A decepção de Imperial com a perda do papel em "Alegria de Viver" não o abateu por muito tempo. Outros convites surgiram. Eram participações individuais, para fazer o capanga de algum vilão, ou números musicais com o "Clube do Rock". Em "Sherlock de Araque", do diretor Vitor Lima, tocava piano na canção "Let's Rock Together" acompanhando as acrobacias vocais de Paulo Silvino. O mulato tinha boa voz, mas sua cara engraçada sobrepujava a figura do cantor de rock de Os Terríveis. Bastava ele aparecer na tela para o público cair na gargalhada. Quando foi assistir ao filme com Carlos, pôde constatar que todo mundo ria antes mesmo dele abrir a boca para cantar. Imperial, que insistia para que o amigo seguisse os passos do pai, Silvino Neto, optando pela carreira de comediante, viu na reação da plateia outra oportunidade de reforçar seu pensamento:

Eliana e John Herbert. Antes do início das filmagens de "Alegria de Viver", o casal protagonista frequentou o Copa Golf para aprender a dançar com os jovens do "Clube do Rock".

– Paulinho, teu negócio é comédia. Você é um cara engraçado porque é feio, mas não assusta as pessoas. Ninguém toma susto com a tua cara.

Em abril de 1958, Bill Haley e Seus Cometas vieram ao Brasil, e Imperial foi chamado para organizar o show de abertura do pai do rock'n roll. No Rio de Janeiro seriam duas apresentações, uma no Teatro República no Centro, no dia 29, e outra no Maracanãzinho, no 1º de maio. A agitação foi grande, com todo o séquito do "Clube do Rock" indo receber o ídolo no aeroporto Santos Dumont. Durante o show no Teatro República, Imperial, usando costeletas iguais às de Elvis Presley, apresentava seus artistas. Os dançarinos e mimiqueiros deram tudo de si em suas apresentações. Contudo, tal esforço arrancou tímidos aplausos dos mil jovens presentes. Da coxia, Paulo Silvino assistia àquilo e comentou com Imperial:

– A gente está aqui pra encher linguiça, esse pessoal só quer saber do Bill Haley.

Porém, apesar da previsão pessimista, Dixon Savannah, acompanhado por Os Terríveis, com Imperial tocando o acordeom Scandali que pegara emprestado de Dona Zezé, agradou bastante com sua encapetada interpretação de sucessos de Little Richard. Os "teenagers" dançaram e, claro, riram bastante. Ele despediu-se com uma considerável ovação. Havia conseguido quebrar o gelo da plateia.

Roberto Carlos veio em seguida. Ele e o Dry Boy Edson Bastos, que naquela noite tocava o violão elétrico em Os Terríveis, tiveram que, dias antes, pedir autorização ao Juizado de Menores para participar do show. Tinham 17 anos e só poderiam apresentar-se naquele horário com a devida autorização do órgão. Devidamente documentado, Roberto subiu ao palco para interpretar sucessos de Elvis Presley, por ironia o cantor para quem Bill Haley, a grande atração da noite, havia perdido o status de principal ídolo do rock'n roll. O menino também agradou.

Mas era realmente por Bill Haley e seu conjunto, "Os Cometas" (The Comets) que a jovem plateia aguardava. O ídolo norte-americano surgiu vestindo um paletó dourado e trazendo sua marca registrada, o "pega-rapaz" caindo sobre sua reluzente testa. Com um enorme e imutável sorriso nos lábios, desfilou todos os seus sucessos: "Shake Rattle and Roll", "ABC Boogie", "See You Later Alligator", e lógico, "Rock Around the Clock". A alegria tomou conta do Teatro República naquela noite. A única pessoa triste era um jornalista escalado para cobrir o show. A cada calorosa reação da plateia às canções de Haley, o pobre coitado se lamuriava com os colegas de imprensa:

– Escrevi uma nota dizendo que a estreia do Bill Haley foi um fracasso. Agora tenho de correr para a redação e fazer tudo de novo.

Dois dias depois, no Maracanãzinho, o "Clube do Rock" lá estava novamente para aquecer o público que vinha assistir ao cantor de "Rock Around the Clock". Nos bastidores, Roberto Carlos apresentou seu mais novo amigo a Imperial, um rapaz da Tijuca chamado Erasmo Esteves. Roberto precisava da letra de uma canção de Elvis Presley, "Hound Dog", que cantava, mas não tinha certeza se da maneira correta. Arlênio Lívio, seu colega do curso de datilografia e ex-companheiro nos Sputniks, o levou à casa de Erasmo, que colecionava tudo relacionado ao "rei do rock'n roll". Ele deu a letra da canção a Roberto, que em retribuição o convidou para aparecer no Maracanãzinho. Nervoso com os preparativos para o show, Imperial nem deu muita atenção ao rapaz. O caçador de talentos do rock andava de um lado para o outro preocupadíssimo com o desempenho de seus artistas. Xingava até a quinta geração de quem se enrolava na hora de subir ao palco. A recompensa por sua enorme preocupação foi uma noite tão alegre quanto a do Teatro República. Bill Haley era o astro maior, mas Imperial e os artistas do "Clube do Rock" também tinham seu brilho.

Na semana seguinte, o amigo tijucano de Roberto Carlos apareceu na emissora da Urca. Da mesma maneira que Imperial fizera com Jacy Campos, Erasmo surgia procurando uma oportunidade na TV Tupi. Trabalhava num escritório de advocacia, mas não gostava daquilo. O primeiro contato com o pessoal do Clube do Rock no Maracanãzinho foi suficiente para que descobrisse o ambiente em que queria viver. Começou a fazer pequenos favores a Imperial. Comprava sanduíches, trazia o material que ele pedia, era um pau para toda obra cheio de disposição. E ainda por cima conseguiu fisgar Nilza, a bailarina mais bonita do "Clube do Rock", coisa que muito veterano tentara sem sucesso.

A tão aguardada chance de Erasmo Esteves veio através de uma participação em "Minha Sogra é da Polícia", do baiano radicado no Rio Aloísio Teixeira de Carvalho. Imperial conheceu o diretor no ponto de encontro dos cineastas no centro da cidade. Aloísio simpatizou com ele e o convidou para trabalhar no filme. Pediu que ele selecionasse figurantes. A maneira enfática como Carlos apresentava cada um o deixava impressionado:

– Aloísio, estes aqui são os artistas do "Clube do Rock", pode contratá-los sem susto. Eles são ótimos.

Cartaz do filme "Minha Sogra é da Polícia". Mais uma participação cinematográfica do "Clube do Rock". (Acervo Aloísio Teixeira de Carvalho.)

Numa cena filmada num colégio na Usina transformado em clube de rock, Imperial, Roberto e Erasmo aparecem como músicos do conjunto que acompanha o cantor Cauby Peixoto durante "Let's Rock", mais um dos roquinhos compostos por Carlos. Apesar de sua origem em canções românticas, Cauby não era um roqueiro de ocasião. Um ano antes do filme, em maio de 1957, lançara o primeiro rock com letra e música de autor brasileiro (Miguel Gustavo), "Rock'n Roll em Copacabana". Durante o número musical, Erasmo finge tocar saxofone como se fosse Rudy Pampilli, o "cometa" saxofonista de Bill Haley. Imperial e Roberto Carlos, cada um com um violão, dançam e fazem coro para Cauby. No salão, Dixon Savannah tem a gorda Violeta Ferraz como par dançante. Seguindo as orientações de Carlos, Silvino, ou melhor, Savannah, sacode o corpo esquálido da maneira mais desengonçada possível e imita um pai de santo, distribuindo alguns passes em Violeta.

Esta primeira aparição na tela grande deixou Erasmo muito entusiasmado. E ele quis guardar uma recordação daquele importante momento. No "poeirinha" do bairro do Estácio onde "Minha Sogra é da Polícia" era exibido, pediu para seus amigos fazerem uma "paredinha" e arrancou do cavalete a sua foto no filme. Mas para seu azar, o gerente do cinema o apanhou em flagrante e chamou a polícia. Dona Diva, sua mãe, teve de comparecer à delegacia para soltar o filho. Foi uma experiência desagradável, mas ainda assim Erasmo conseguiu ficar com a foto.

Os jovens artistas de Imperial idolatravam Elvis, mas ele prestava atenção em alguém que considerava mais importante. O empresário do cantor, o coronel Tom Parker. O homem que começou trabalhando em circo, mestre da esperteza, que segundo dizem, chegou a vender cachorro-quente só com as pontas das salsichas aparecendo, e o interior do pão sem nada. Um mestre em jogadas promocionais que conseguiu elevar seu artista ao mais alto patamar. Administrava a carreira do cantor estudando muito bem cada atitude que ele deveria tomar perante a opinião pública. Carlos achava que empregar os métodos do Coronel no trato com o pessoal do "Clube do Rock" era o caminho para o sucesso.

Roberto Carlos, o Elvis Presley brasileiro, transformou-se na principal atração do "Clube do Rock". Ele e Imperial ficaram muito próximos. O garoto até chamava Carlos de "papai". Quem ficava enciumado era Tim, que não recebia o mesmo número de convites para os shows que o grupo fazia pelo subúrbio do Rio. Imperial achava que o Little Richard tijucano poderia

Dixon Savannah (Paulo Silvino) e Roberto Carlos, o Elvis Presley brasileiro, os dois cantores de Os Terríveis. (Reprodução "Revista do Rádio".)

tornar-se um grande artista, mas ficava incomodado com seu temperamento explosivo e a pinimba que alimentava com Roberto, ainda por conta da briga que ocasionara o fim dos Sputniks.

Mas nem sempre o incentivo de Imperial era suficiente para Roberto tornar-se o astro que sonhava ser. Muitas vezes topava com algumas frustrações. Uma delas foi durante um "Meio-dia" em que o "Clube do Rock" acabou não indo ao ar, sobrando tempo apenas para um único número musical. Jacy Campos tinha dois cantores como opção: Roberto ou o câmera do programa, Pery Ribeiro. Filho da diva Dalva de Oliveira e do compositor Erivelto Martins, Pery, assim como Roberto, também batalhava para mostrar seu talento no programa. E foi ele o escolhido de Jacy naquela tarde. O Elvis brasileiro ficou arrasado. Nos bastidores chorava e perguntava à bailarina Maria Gladys, sua namorada:

– Poxa Gladys, será que algum dia eu vou conseguir ser famoso igual ao Cauby?

Em julho de 1958, um fato veio perturbar a alegria de viver dos jovens cariocas. Aída Cury, uma mocinha recém-saída de colégio de freiras, caiu ou foi atirada de um prédio em Copacabana após suposta tentativa de curra. Os suspeitos, Cássio Murilo e Ronaldo Guilherme, eram tidos como genuínos espécimes da juventude transviada – principalmente Ronaldo, com seus óculos escuros e pinta de galã. O jornalista David Nasser em sua coluna na revista "O Cruzeiro" liderou uma intensa campanha pela punição da dupla, além de clamar por uma imediata cruzada pela moralidade. Em conversas com Pinheiro Júnior, Imperial dizia não acreditar na culpa de Guilherme, seu conhecido da Miguel Lemos, e colocava em questão a ingenuidade de Aída. Para ele, a mocinha havia ido ao terraço do prédio onde a tragédia ocorreu por vontade própria. Também achava que a veemência de Nasser em condenar os dois rapazes talvez fosse movida pela ascendência árabe em comum com a vítima. Na sua teoria só não conseguia explicar por que o corpo da jovem terminou estatelado na calçada da Avenida Atlântica.

Os anseios de David Nasser pela defesa da moral e dos bons costumes não demoraram a ser atendidos. Em agosto, a polícia começou a dar batidas nos locais conhecidos como ponto de encontro de transviados. Mais uma vez o Snack Bar era o primeiro da lista. Seus jovens frequentadores foram levados ao distrito policial na caçapa dos "tintureiros". Mesmo destino que tiveram as turmas da Galeria Alaska e boate Katacombe. A polícia não queria conversa, enfiava todo mundo no camburão rumo à delegacia ou Juizado de Menores se fosse o caso.

Não demorou para que o rock'n roll acabasse apontado como grande responsável pelo mau comportamento da mocidade. A imprensa o retratava com a música permissiva que levava a praticar loucuras. Como consequência, o Copa Golf, templo do ritmo no Posto 6, a casa onde Imperial despontou com o "Clube do Rock", viu sua frequência diminuir cada vez mais e fechou suas portas definitivamente.

Meses depois ocorria nova derrota para o rock. O "Meio-dia" e, por conseguinte, o quadro de Imperial, foi cancelado pela TV Tupi. Com isso, os shows organizados por ele escassearam. O desencanto tomou conta de seus jovens artistas. Tim, cujo pai falecera há pouco, resolveu tentar a sorte nos Estados Unidos. Segundo dizia, para fazer um curso de televisão indicado por Jacy Campos. Roberto Carlos cogitava arranjar um emprego, abandonando o sonho de viver de música e um dia tornar-se tão famoso quanto Cauby Peixoto. O placar estava muito desfavorável para aquela turma.

O fim do "Meio-dia" não impediu que Imperial continuasse em plena atividade na emissora da Urca. Ainda trabalhava como assistente de Jacy Campos no "Câmera Um" e como ator em "Rancho Alegre", que era apresentado pelo disc-jóquei Chacrinha.

Pernambucano de Surubim, José Abelardo Barbosa de Medeiros veio para o Rio, onde aprendeu a arte da locução na Rádio Tupi. Ganhou seu apelido após apresentar um programa de músicas de carnaval na Rádio Fluminense, "Rei Momo na Chacrinha", que virou sucesso devido à maneira irreverente como era conduzido por ele. Em 1956, mesmo período em que Imperial batia à porta da Tupi atrás de uma oportunidade, estreou "Rancho Alegre", atração para o público infantil ambientada no Velho Oeste. Todas as quintas, às 12h55, com roupa de xerife saudava seus pequeninos telespectadores:

– Alô garotada, ráu!

Carlos entrou para o programa interpretando um intrépido caubói mascarado na linha do americano Lone Ranger, o Capitão Bill, que tinha até tema de sua autoria. De vez em quando ele conseguia encaixar um número musical no programa, onde cantava a canção acompanhado por The Snakes, o grupo vocal que Erasmo Esteves havia formado com os amigos do bar Divino, Edinho Trindade, China e o "ex-Sputnik", Arlênio Lívio.

Lá em Rancho Alegre,
Fiz uma canção

Para o amor
Do meu coração.
Não é à toa,
Que eu me chamo Capitão...
Bill!!!

Além da TV, Carlos Eduardo continuou fazendo suas "pontas" em chanchadas ("porcaria" em espanhol) – nome dado às despretensiosas comédias nacionais por seus detratores, amantes do "bom cinema". Foi capanga de um bicheiro em "E o Bicho não Deu", de Vitor Lima e com o colega e sócio fundador do "Clube do Rock", Beto de Castro, formou uma dupla de caipiras americanizados em "Aguenta o Rojão", de Watson Macedo. Dessa vez, o diretor não o substituiu por algum galã de olhos azuis como acontecera em "Alegria de Viver". Mas foi o iugoslavo naturalizado brasileiro J. B. Tanko quem lhe proporcionou melhores oportunidades. O cineasta, considerado um artesão entre os colegas e dono de grande senso de organização, observou a disposição para o trabalho e espírito de cooperação de Carlos. Além de um papel em sua comédia "Mulheres à Vista", como "escada" dos comediantes Zé Trindade e Grande Otelo, o designou seu assistente de direção. Imperial foi uma verdadeira esponja durante as filmagens nos estúdios Herbert Richers (anteriormente a Vita Filmes, onde fez sua primeira aparição no cinema). Procurou aprender tudo do ambiente cinematográfico e tomou Tanko como parâmetro.

O homem dos setes instrumentos ainda conseguiu achar tempo para mais uma atividade. A experiência como colaborador de Pinheiro Júnior o motivou a desbravar o mundo do jornalismo. Pensou em tentar uma vaga em algum jornal ou revista. O primeiro nome que lhe veio à cabeça foi a Bloch Editores, cujo dono, Adolpho Bloch, um judeu russo que havia migrado para o Brasil em 1922, era conhecido do Dr. Gabriel, algo que poderia ajudar. Mas nem precisou recorrer a esse expediente. Tão logo chegou ao prédio da Rua Frei Caneca 511, conheceu, na redação da revista "Sétimo Céu", Arnaldo Niskier. O jovem editor alimentava a ideia de lançar fotonovelas nacionais, para competir com as italianas e argentinas, as únicas existentes no país. Acreditava que um produto com texto e artistas brasileiros cairia em cheio no gosto do público. Seria uma forma dos fãs terem uma recordação de seus ídolos do cinema e TV, que apareceriam interpretando histórias mais próximas de seu cotidiano. Após ouvir uma dúzia de causos do simpático falastrão, Arnaldo propôs que Imperial participasse do seu projeto. Carlos estreou fazendo o mordomo de "Presente de Noivado", texto do ator e jornalista Mário Lago. E gradativamente foi aumentando suas funções na revista, criando argumentos e roteiros para novas fotonovelas, além de oferecer o apartamento de seus pais para servir de cenário das histórias. A ideia de Niskier provou ser vitoriosa, as vendas da "Sétimo Céu" quadruplicaram.

A vida andava tão agitada para Carlos que ele perdeu contato com suas descobertas do "Clube do Rock", principalmente Roberto Carlos. Apesar das dificuldades surgidas, o rapaz não cedeu à tentação de desistir do sonho de virar astro. Arranjou trabalho sim, mas na carreira que resolvera abraçar. Através do marido de uma prima, Amaral, gerente da Boate Plaza, conseguiu uma vaga como crooner da casa noturna de Copacabana.

Depois de algumas semanas, Imperial soube do emprego do seu jovem conterrâneo e decidiu ir conferir. Quando chegou à casa da Avenida Prado Júnior, teve uma surpresa: o repertório do Elvis Presley brasileiro estava muito diferente da época em que cantava na TV Tupi. Canções românticas, sambas, e a bossa-nova do baiano João Gilberto, mais recente novidade do meio musical, substituíam os sucessos do "rei do rock". "Papai" quis saber o motivo de tão radical mudança, e Roberto explicou que muito antes do rock surgir em sua vida, seu gosto já era diversificado. E, depois de ouvir a suavidade da voz de João interpretando "Chega de Saudade", decidiu que era daquela maneira diferente que queria cantar. Imperial ouviu as explicações e ficou aguardando o início do show. Durante todo o tempo em que Roberto cantava, a semelhança da voz do garoto com a de João o deixava impressionado. Sua cabeça não parava de maquinar. Tinha de encontrar uma maneira de transformar a nova fase de sua descoberta em dinheiro.

– Que pode ter sido, Imperial? – Gastão perguntou cochichando.

– Não faço a menor ideia.

– Não lembra de nada mesmo?

– Espera aí, talvez ...

– O quê?

– Eu comi a mulher de um militar.

Embora trabalhasse na TV Tupi, Imperial era figura constante nas demais emissoras. Na foto, participa de uma atração da TV Rio ao lado do apresentador Paulo Santos.

10

DIAS DE LUTA

Edson Bastos, além de cantar nos Dry Boys e tocar seu violão elétrico nos Terríveis, também era ótimo baixista e conhecedor de teoria musical. Sua mãe, a respeitada professora de piano Alda Pinto Bastos, lhe ensinara muito do que sabia. Imperial viu no jovem músico a pessoa certa para uma parceria da qual surgiriam belas canções tipo bossa-nova, sua mais recente obsessão.

– Major, passa lá no meu apartamento. Eu tenho uns discos do Beethoven, do Debussy e do Chopin. A gente ouve e vai tirando um pouco de cada, depois é só juntar tudo que sai uma música.

Edson apareceu no Edifício Ubatan, onde também encontrou Paulo Silvino, outro da turma que embarcara na onda da bossa-nova. Depois de algumas horas de trabalho do trio, saía uma canção do jeito que Imperial tanto desejava. Porém, embora tivesse as características do novo estilo, era uma tremenda sátira. A letra de Carlos e Silvino fazia troça com versos de canções de Tom Jobim em parceria com Newton Mendonça e Vinícius de Moraes, os responsáveis pelos maiores sucessos do gênero. Além de implicar com a maneira sussurrante como João Gilberto as cantava, o deboche para com Jobim já era percebido no título da canção, "Fora do Tom", e prosseguia até o verso final:

Cheguei, sorri, venci
Depois chorei com a confusão
No tom que vocês cantam
Eu não posso nem falar

Nem quero imaginar
Que desafinação
Se todos fossem iguais a vocês

Imperial voltou à boate Plaza e comunicou a Roberto que chegara a hora do rapaz gravar um disco. O primeiro passo para isso acontecer seria descobrir alguém que pudesse ajudá-los, dar um "empurrãozinho" em alguma gravadora. Lembrou do disc-jóquei Chacrinha, com quem trabalhara no "Rancho Alegre". Além da TV Tupi, o apresentador estava de segunda à sábado na rádio Mauá com o "Cassino do Chacrinha". Ao menos um divulgador ele devia conhecer. Sabia que havia conquistado amizade do homem no período em que fora o Capitão Bill. Ele não iria negar-lhe esse favor. Levando Roberto e seu violãozinho foi à rádio mostrar as qualidades do rapaz ao amigo. O menino cantou duas canções de Imperial: "Fora do Tom" e "João e Maria", esta, a conhecida história dos irmãos Grimm segundo Carlos Imperial:

Li no almanaque a versão
Nova da história do João
Levou Maria ao bosque passear
E borboletas lindas apanhar
Mariazinha não sabia, não,
Das intenções do João

A verdade está no almanaque
Pois o tal passeio foi de araque
Mariazinha não gostou, não
Do papelão do João

Chacrinha gostou do cantor e das músicas de Imperial. Marcou um encontro com o diretor do selo Chantecler. Mas este ouviu e não se interessou. Carlos percebeu que ainda teria muito trabalho pela frente até ver o nome do seu conterrâneo estampado no selo de um disco. Pediu ao amigo uma carta de recomendações e começou a peregrinar pelas gravadoras da cidade. Mas em todas o que ouvia era um não, acompanhado de "esse rapaz imita o João Gilberto".

A providencial ajuda acabou vindo de Francisco Manoel, o irmão mais velho de Carlos. Chico era locutor da Rádio Continental e recebia visitas de divulgadores de várias gravadoras. Um deles trabalhava na Polydor e vivia lhe pedindo para colocar as músicas de seus artistas na programação. Francisco lhe fez uma proposta:

– Você arruma uma oportunidade pra um amigo gravar lá na Polydor, que sempre te darei canja na rádio. O garoto é bom, canta lá na boate Plaza. E as músicas são do meu irmão.

O divulgador aceitou e Francisco foi falar com o diretor da emissora, Galeano Neto, que o liberou para fazer o acordo.

Chico deu a boa notícia ao irmão. Disse que o diretor artístico da Polydor, Joel de Almeida, o aguardava para uma reunião em seu escritório. Imperial levou seu cantor para mais essa tentativa, por segurança também portando a carta dada por Chacrinha. Roberto cantou as músicas de costume para o executivo. Ao final, Joel disse que iria contratá-lo, mas diferentemente das outras gravadoras, queria que ele cantasse ainda mais parecido com João Gilberto.

Roberto Carlos entrou pela primeira vez em um estúdio de gravação tendo o acompanhamento dos músicos contratados da gravadora: Sut (bateria), Marinho (baixo), Copinha (flauta), José Meneses e Baden Powell (violões). Em julho de 1959 era lançado o 78 rpm "Roberto Carlos com Conjunto" interpretando as duas bossas de Imperial: "João e Maria" (trazendo Roberto como coautor), e "Fora do Tom".

Quem não gostou nada da gravação foi Paulo Silvino. Ao ver o disco, descobriu que tanto o seu nome quanto o de Edson Bastos haviam desaparecido da parceria de "Fora do Tom". Sem falar que "João e Maria" era um tema igual ao de uma música sua com Eumir Deodato, e um novo parceiro, Orlandivo. Os três fizeram "A Fábula que Educa", canção que também tinha um João querendo levar Maria ao bosque para fazer "aquilo tudo" (João levou Maria para o bosque passear / Maria não sabia que João é de amargar). Silvino lembrou do dia em que inocentemente a cantarolou para Imperial e dele ouviu:

– Mas era isto mesmo que eu estava procurando!

Ter usado o mesmo tema na canção que fizera com os dois amigos era sacanagem, mas dava para perdoar. Porém, "Fora do Tom" também era sua. Paulinho não aguentou e foi cobrar uma explicação.

– Imperial, que porra é essa, cadê o meu nome no disco?

– Paulinho, música com mais de um autor não dá certo. Imagina só ver aqueles nomes todos no selo do disco. Fica muito feio.

– Feio foi o que você fez. Uma tremenda crocodilagem.

– Não gostou? Me processa.

Edson Bastos não esquentou com o acontecido, tinha outras preocupações. Queria profissionalizar-se como músico, tornar-se um grande baixista, já que havia uma considerável demanda para esse tipo de instrumentista num mercado pródigo em violonistas. Mas Paulinho não conseguia engolir a rasteira do amigo. Queria ir à forra, só não sabia ainda de que maneira.

Com o disco gravado, Imperial tentou introduzir Roberto no grupo conhecido como turma da Bossa-Nova, formado pelos compositores Carlos Lyra e Roberto Menescal, a cantora Nara Leão e o jornalista Ronaldo Bôscoli, uma espécie de Carlos Imperial do grupo, com seu humor ferino e natural liderança. Desde 1957 esse pessoal se reunia no apartamento de Nara, na Avenida Atlântica, para tocar seus "sambas modernos". Passaram a agregar novos membros, mas isto não aconteceu com Roberto Carlos. "Papai" pedia sem sucesso uma oportunidade para que o garoto pudesse se apresentar nos shows que a turma fazia pela cidade. Apelava para Carlinhos Lyra, seu conhecido da época em que estudou no Mallet Soares, mas nada conseguia. A popularidade da bossa-nova fez com que qualquer sujeito carregando um violão e cantando com fala mansa se denominasse intérprete do gênero. Roberto lhes passava a imagem de mero imitador de João Gilberto, um bicão vindo do subúrbio. Durante outra tentativa frustrada de Imperial para encaixá-lo, Menescal chamou o garoto num canto e procurando não ferir seus sentimentos aconselhou:

– Por que você não tenta encontrar o teu próprio estilo? Você quer cantar como o João Gilberto, e nós já temos o João Gilberto.

As rejeições não eram os únicos problemas da vida de Roberto. Ele ainda continuava atravessando madrugadas cantando na Boate Plaza para garantir o pão de cada dia. Cansado, e sem condução para voltar para o Lins, acabava dormindo no sofá na sala do apartamento de Maria Gladys. Sua namorada havia conseguido realizar o sonho de morar em Copacabana, após convencer os pais a trocar uma ampla casa no Grajaú por um quarto e sala na Avenida Prado Júnior. Todas as manhãs Imperial aparecia por lá para buscar seu cantor:

– Acorda, temos de sair pra "caitituar" teu disco!

"Caitituar" era como o pessoal chamava a visita que o artista fazia às rádios para mostrar seu disco e tentar sua execução. Imperial era um senhor "caititu", para ele não havia tempo ruim. Espaçoso, transitava pelas emissoras como se estivesse na sala do apartamento de seus pais. Sabia vender muito bem o seu peixe para os radialistas:

– Você tem que ouvir. Este é o maior cantor da atualidade: Roberto Carlos, o "príncipe da bossa-nova".

E como a turma de Bôscoli não aceitava o seu protegido nas reuniões no apartamento de Nara Leão, Carlos fazia as suas no triplex da Miguel Lemos. Como em "A Raposa e as Uvas", desdenhava do lugar onde ele e Roberto haviam sido barrados:

– As reuniões daquele povo são uma miséria só. Cada um tem que trazer sua bebida. Lá em casa meu pai estala os dedos e manda contratar o buffet da Confeitaria Colombo.

Além do "príncipe da bossa-nova", apareciam por lá o conjunto Os Cariocas, Johnny Alf, um pianista de boate que Carlos admirava e inventara que era seu professor, e Nonato Buzar, compositor maranhense que havia mudado para o Rio de Janeiro a fim de escapar de uma situação do tipo "casa ou morre". Buzar cantava uma bossa de sua autoria chamada "Menina sem Dente":

Menina tome cuidado,
Não seja inocente,
Não fique sorrindo,
Sem dente na frente.

Imperial gostava da canção e conseguiu levar Nonato para cantá-la no programa de Córis Luna Freire na TV Continental. Só que, dias depois, "O Globo" publicou uma crítica chamando a música de "bossa porca". Aquilo foi uma paulada no artista, que passou a detestar sua criação. Carlos propôs fazerem uma parceria para retocá-la, mas Buzar não quis saber e mandou que ele ficasse de vez com ela. Imperial desprezou os problemas dentários e fez uma letra sobre o drama do rapaz obrigado a se conter diante do assanhamento de uma menina louca para perder a virgindade. Nascia "Brotinho Sem Juízo":

Brotinho toma juízo
Ouve o meu conselho
Abotoa esse decote
Vê se cobre esse joelho
Para de me chamar
De meu amor
Senão eu perco a razão
Esqueço até quem eu sou

Os dias de Roberto na Polydor não eram nada invejáveis. A gravadora não movia uma palha a fim de divulgar seu disco e a vendagem era ridícula. Cansado de se desdobrar em busca de divulgação, Imperial foi cobrar da gravadora maior empenho para com o 78 rotações. Recebeu como resposta a rescisão do contrato do seu protegido.

Para completar a sucessão de maus pedaços, Carlos recebeu a visita de Silvino lá na Miguel Lemos. Seu amigo estava muito feliz. Havia conseguido sua primeira gravação. Era um disco pela Chantecler, justo a primeira gravadora que recusara Roberto.

– Olha só, Imperial, consegui gravar meu primeiro disco.

– Que coisa maravilhosa. Deixa eu dar uma olhada.

Imperial viu estampado "Let's Rock Together", que havia feito na época do "Clube do Rock", como sendo de Dixon Savannah e Davis Divo, um pseudônimo que Paulo criara para Orlandivo. Tentou protestar:

– Mas Paulinho, esta música é minha!

– É mesmo? Não gostou? Me processa.

Imperial continuava firme na intenção de tornar Roberto um cantor de sucesso. Mas com o contrato com a Polydor rescindido, precisava encontrar outra gravadora disposta a contratá-lo. O diabo é que já havia percorrido todas. Só restava a Columbia. Descobriu que seu diretor artístico era Roberto Corte Real. Conseguiu o telefone de seu escritório e falou com a secretária procurando dar bastante ênfase ao pronunciar o sobrenome em comum com o do executivo da gravadora :

– Eu sou Carlos "Corrr-te" Imperial e gostaria de marcar uma reunião com o Sr. Roberto "Corrr-te" Real.

A moça pediu que aguardasse um instante e logo retornou comunicando que ele era aguardado às 17 horas no escritório do Sr. Corte Real. A resposta positiva deixou Imperial surpreso. Ultimamente a situação era de incontáveis portas na cara. De repente, o diretor de uma importante gravadora aceitava recebê-lo na primeira tentativa. Será que a secretária acreditou que ele era parente do seu chefe? Não importava, "as oportunidades são carecas e temos que agarrá-las pelos cabelos". Carlos mandou Roberto arrumar-se o melhor possível, queria ele bem bonito para a audiência. O garoto voou até o Lins para pegar o paletó que usava na Boate Plaza.

No horário marcado, a dupla chegou à Columbia. A secretária anunciou Imperial ao chefe. Renato Corte Real abriu a porta da sua sala e com um largo sorriso exclamou:

– Carlos Imperial, entra aqui, meu querido!

Grupo de amigos no Manhattan Club, em Copacabana: o jornalista e apresentador Paulo Santos, o versátil Tito Santos, o compositor Lourival Perez e o boêmio abstêmio Carlos Imperial.

11

EU TAMBÉM QUERO SER BEM

Os dias que Carlos passou na loja de discos Sparta não foram tempo perdido. Ali aprendeu muito sobre vários ritmos, inclusive jazz. E foi a paixão em comum pela profana música dos negros norte-americanos a responsável pela calorosa recepção de Roberto Corte Real. Imperial não lembrava, mas o executivo havia participado de algumas palestras em que ele apresentou suas teorias jazzísticas e guardou seu nome. Portanto, não foi algum suposto parentesco, mas a afinidade musical que abriu as portas da Columbia para o descobridor de talentos e seu protegido.

Antes de discutir a possibilidade do "príncipe da bossa-nova" entrar para a gravadora, Imperial teve de dar muita corda aos apaixonados papos musicais de Roberto Corte Real. Somente depois de quase três horas de conversa, conseguiu falar sobre o cantor que gostaria de mostrar. Pediu permissão a seu "mais novo amigo de infância" para chamar Roberto, que, seguindo sua orientação, aguardava do lado de fora, e o apresentou. Porém, Corte Real olhou o relógio e viu que eram quase 8 horas da noite. Comprometeu-se com Carlos a ouvir o rapaz com toda a atenção dois dias depois, no estúdio da gravadora.

Conforme combinado, na quinta-feira Imperial voltou com Roberto à gravadora. De quebra levou os Dry Boys. Havia telefonado para o diretor artístico perguntando se também poderia mostrar-lhe o conjunto, e ele não se opôs.

Roberto Carlos entrou no estúdio e cantou a música que havia ensaiado, o samba-canção "Menina Moça", de Luís Antônio, sucesso na voz de Tito Madi:

Você menina moça
Mais menina que mulher
Confissões não ouça
Abra os olhos se puder

– Mas esse sacana canta igualzinho ao João Gilberto, não é? Até o sotaque dele tá baiano! – Corte Real comentou com Imperial no aquário, a cabine dos técnicos separada por um vidro à prova de som.

Seguiram-se mais duas músicas. O homem gostou, mas achou que faltava algo. Apertou o botão do microfone e falou com seu jovem xará:

– Ô menino, canta a música que você mais gosta.

Roberto cantou "Brotinho Sem Juízo":

Brotinho não me aperte
Quando comigo dançar
Tira a mão de meu pescoço
Não tente seu rosto colar

Pára de beliscar a minha orelha
Porque se o sangue subir
Eu faço o que me dá na telha

– De quem é essa música? – Corte Real quis saber do rapaz.

– É do Carlos Imperial.

– Mas Imperial, você também é compositor?

– Sou sim.

– Roberto Carlos, tem mais alguma do Carlos Imperial pra você cantar?

Para alegria do "papai", o menino cantou "Ser Bem", composição em que Carlos descrevia a vida dos bacanas da Zona Sul carioca e o sonho de quem quer fazer parte dela:

Toda garotinha bonitinha tem mania
De ser elegante da Bangu
Quer ver o seu nome na coluna todo dia
Pertinho do Jorginho, ao lado do Didu

Ser bem é na Hípica jantar
É no Jóquei desfilar e de noite, no Sacha's
Com Baby, juntinho dançar

Mamãe, eu também quero ser bem
Mamãe, eu também quero ser bem

– Porra, do cacete! – Corte Real gritava entusiasmado. – Ô Imperial, você tem mais música?

Roberto cantou mais duas de seu mentor: "Canção do Amor Nenhum" e "Louco por Você".

Corte Real mandou chamar o maestro Lírio Panicalli. Imperial custava a acreditar que aquilo estava acontecendo, parecia que um contrato assinado estava a caminho.

Quando o maestro entrou no aquário, Corte Real pediu para que Roberto cantasse "Brotinho Sem Juízo" mais uma vez:

– Canta de novo aquela obra-prima da garotinha que quer dar pro cara e ele não quer comer.

Ficou decidido que o maestro providenciaria os arranjos para um 78 rpm que Roberto gravaria na semana seguinte. Ao ouvir aquilo, Imperial teve vontade de comemorar como se fosse um gol do Botafogo. Mas continuou sentado para não dar vexame. Porém, assim que Corte Real e Panicalli deixaram a técnica, abriu a porta do estúdio e gritou a novidade para Roberto:

– Vais gravar na quinta-feira que vem, porra!

– Vai ser "Menina Moça"?

– Não, porra, vais gravar "Brotinho Sem Juízo", "Sem Bem"...

– Ah,.bom.

No dia 1º de julho de 1960, o jornal "Correio da Manhã" anunciava:

Assinou com a Columbia o cantor Roberto Carlos; naquele selo gravará um "78" contendo dois sambas "bossa-nova" ("Ser bem" e "Brotinho sem juízo"), ambos de autoria de Carlos Imperial.

Quanto aos Dry Boys, a história foi diferente. Corte Real disse a Carlos que não poderia contratá-los. A Columbia já contava com um ótimo conjunto vocal, Os Cariocas, por coincidência amigos de Imperial que frequentavam seu apartamento. Ter outro na casa poderia ser interpretado como um desprestígio para com os rapazes. Carlos lamentou, mas essa negativa não iria estragar a grande vitória do dia.

Em agosto de 1960, a Columbia lançou o 78 rotações com "Brotinho Sem Juízo" e, no lugar da anunciada "Ser bem", "Canção do Amor Nenhum", samba--canção em que Imperial mais uma vez pegava no pé de Tom e Vinícius. Ele parodiava "Canção do Amor Demais", composição da dupla, título do LP de Elizete Cardoso em que João Gilberto participou tocando seu violão antes de lançar o disco com "Chega de Saudade" e "Bim Bom", que hipnotizara Roberto Carlos.

Roberto Carlos era muito tímido; nas reuniões no apartamento de Imperial, os rapazes o consideravam um sujeito muito chatinho. Deram a ele o apelido de "Bolha". Mas suas namoradas e esposas não concordavam com isso. Ele contava com a simpatia absoluta do público feminino. Numa das noites musicais no triplex da Miguel Lemos, Maria Helena, esposa do jornalista William Prado, amigo de Imperial dos tempos de serviço militar, profetizou que, de todos os presentes, Roberto seria o primeiro a fazer sucesso. William se espantou com a afirmação de sua mulher:

– Mas logo ele? Por que você diz isto?

– Porque ele é tão bonitinho, tão engraçadinho. Ele cativa as pessoas com esse jeito meigo.

Mas a previsão de Maria Helena parecia não ser muito confiável. Roberto caitituou seu segundo disco com disposição ainda maior do que na época da Polydor. Ia a todas as rádios sem demonstrar o mínimo sinal de cansaço. Porém, apesar da execução, suas vendas foram pífias, o que fez com que fosse assombrado pelo fantasma de outra rescisão de contrato.

Imperial não deixou de acreditar que sua descoberta iria obter o merecido sucesso. Entretanto, não estava com a total dedicação de sempre. Caíra de encantos por uma nova amizade. Um dia comentou com William Prado:

– Vou te levar na casa de alguém que quer te conhecer. Esse cara conseguiu algo que é muito difícil uma pessoa alcançar. Ele só está com quem quer e quando quer. É um sujeito rico, dono do Sabão Português, o Fernando César. Todo o sábado reúne em casa cantores e compositores. Ouviu aquela tua música com o Buzar, "Timidez", gostou da letra e quer te conhecer.

William foi com Imperial à mansão do milionário, na Rua da Selva 70, Tijuca, onde realmente estavam vários compositores: Ted Moreno, Romeu Nunes, João Dias, Carlos Cruz (autor da marchinha "Can-can no Carnaval"), Luís Antônio ("Menina Moça") e Sílvio Silva ("O Garoto Assobiador"). Embora não conhecesse nenhum deles pessoalmente, conseguiu puxar conversa com eles e se entrosar. Até que, num dado momento, o dono da casa o chamou para conversar.

– Ô figura, gostei muito de ti. Quero que tu passes a fazer parte do nosso time. Agora eu vou te dizer uma coisa, nunca venha na minha casa sem eu te convidar.

William ficou sem jeito, e por conta de Imperial, que ao que parece não avisou Fernando que o levaria. Mas percebeu que o anfitrião não falava com ar de reprovação, apenas desejava mostrar seu jeito de ser.

– Sabe, William, é que às vezes eu posso não querer a tua visita. Você vindo sem eu saber pode me desagradar. Então é o seguinte, eu te telefonando e você querendo vir, junta a fome com a vontade de comer. Não achas melhor?

– É, pensando bem...

Desde aí, Fernando ligava todas as manhãs de sábado convidando William para participar de suas reuniões. Sem esquecer de um pequeno alerta:

– Olha, eu te dou uísque até as cinco da manhã, mas só se você prometer ir embora antes das sete.

Imperial foi apresentado a Fernando por Roberto Corte Real, que o levou numa das reuniões de sábado – obviamente não esquecendo de avisar. Além de empresário, Fernando César Pereira era autor de canções como "Dó Ré Mi" e "Vento Soprando", gravadas por sua intérprete predileta, a bela Doris Monteiro. Seu envolvimento com o mundo artístico inicialmente foi como patrocinador do programa de rádio do Chacrinha, que após ouvir suas composições o incentivou a investir na carreira musical apresentando-o a Doris. Suas reuniões musicais eram ainda mais requintadas que as patrocinadas pelo Dr. Gabriel no Edifício Ubatan. Carlos ficou fascinado com o milionário e passou a imitar seu modo de vida e palavreado. Fernando era um português que viera ainda criança para o Brasil, mas por influência dos pais guardava algumas expressões da "terrinha", daí tratar as pessoas por "figura", algo que Imperial também começou a fazer.

Nesses encontros de sábado, os compositores pegavam seus violões e mostravam as canções que haviam criado. Numa ocasião, um dos presentes mostrou a música que acabara de fazer, queixando-se de não estar conseguindo cantá-la direito. Dizia não saber o que havia de errado e pedia sugestões. Imperial pediu que ele cantasse novamente. Feito isso, cortou a metade de uma frase melódica, cortou outra, juntou as duas partes e colocou a letra. A "cirurgia" deixou a canção redonda. Vendo aquilo, Nonato Buzar, mais novo frequentador da mansão da Rua da Selva, colocou no amigo o apelido de "consertador de música". Fernando César, que assistiu a tudo isso, perguntou se Carlos não estaria interessado em iniciar parceria musical.

Mais uma vez Chacrinha apareceu para dar uma força a Imperial. Dessa vez o apresentou a Henrique Lobo e Edson Leite, diretores da Rádio Guanabara, que o contrataram para apresentar um programa na emissora. "Os Brotos Comandam", a atração que Imperial passou a apresentar diariamente a partir de 17 outubro de 1960 das 17h30 às 18h00 na emissora, não se limitava apenas a mostrar os mais recentes sucessos do rock. Novidades, como o twist, que estourava nos Estado Unidos com o cantor Chubby Checker, o hully gully, e o chá-chá-chá também eram executadas. Além disso, Carlos aproveitava para divulgar o 78 rotações de Roberto, colocando-o para cantar ao vivo. Num dos programas veio com uma nova estratégia revelada ao cantor durante o intervalo comercial:

– Quando voltar a transmissão agradeça às milhares de cartas e telefonemas para a rádio pedindo tuas canções.

– Mas que cartas? Eu não recebi nenhuma. Que telefonemas? Alguém ligou para cá? – Roberto falava com um sorriso nervoso.

– Porra, faz o que eu estou te dizendo, vai por mim!

O garoto agradeceu às cartas e aos telefonemas conforme "papai" orientara. Não levou um minuto e os telefones da rádio começaram a receber pedidos de bis.

A atração na Rádio Guanabara não era um estouro de audiência, mas contava com um público jovem – os brotos –, que se mostrava muito fiel. Por essa razão, Demerval Costa Lima, diretor da TV Continental, convidou Carlos para fazer um programa dedicado à juventude na emissora da Rua das Laranjeiras 291. Em novembro de 1960, sob o patrocínio dos Chicletes Adams, "Os Brotos Comandam" teve a sua estreia. Todas as terças às 18h10, Imperial saudava os telespectadores:

– Alô, brotos, eu sou Carlos Imperial! Estou aqui na TV Continental, canal 9, para apresentar o meu, o seu, o nosso programa. Porque eu, você, nós gostamos de rock'n roll! Tire o tapete da sala, pegue as cadeiras e coloque no quarto da empregada. E traga a empregada para a sala, pra todo mundo dançar!

O programa da TV Continental precisava de atrações, e Carlos arregimentou alguns remanescentes do "Clube do Rock". Juntaram-se a eles novas duplas de dançarinos para formarem o "corpo de baile" do programa: Ary Tell e Mariínha; Cidinho Cambalhota e Leila; Ronaldo Brasil e Selma; e Adilson e Vera. Antônio Viana Gomes, um negro alto, ex-paraquedista, batizado pelo apresentador como Tony Checker, devido à perfeita imitação que fazia do "rei do twist", era a estrela dos novos mimiqueiros. Tony foi apresentado a Imperial por seu ex-companheiro de quartel, Gerson Rodrigues Cortes, principal dançarino do programa de Jair de Taumaturgo na Rádio Mayrink Veiga, o "Hoje é Dia de Rock". Carlos quis que Gerson se juntasse a seus artistas, mas por ter começado a carreira com Taumaturgo, não quis parecer ingrato e recusou a proposta.

Logo depois da recusa na Columbia, o "The Dry Boys" terminou. Wilson Simonal, que pretendia seguir carreira no exército, ouviu o conselho do ex-companheiro de conjunto, Marcos Moran, com quem servira por um ano no quartel da Bartolomeu Mitre, e pediu baixa. Iria dedicar-se exclusivamente à música. Por sorte, Imperial o acolheu logo em seguida. O agora cada vez mais gordo apresentador o chamou para participar como cantor e auxiliá-lo na organização de seus programas.

– Ô major, você tem boa caligrafia?

– Tenho.

– Muito bem, vais ser meu secretário. Estás a fim?

Simonal recebeu uma prancheta e passou a organizar a entrada dos artistas que se apresentariam nos programas da TV Continental e da Rádio Guanabara. O emprego veio a calhar, pois o dinheiro do soldo do exército era pouco, mas fez falta. Imperial, com algum dinheiro começando a entrar devido à volta dos shows pelos clubes do Rio e o patrocínio dos programas, ofereceu um salário salvador.

Apesar das insignificantes vendas do 78 rpm com "Brotinho Sem Juízo", Corte Real compartilhava da opinião de Imperial de que Roberto Carlos era um bom investimento. Decidiu que ele deveria gravar um LP. Mas não queria que o repertório ficasse limitado à bossa-nova. Atirar em todas as direções para depois ver em qual estilo o jovem capixaba melhor se adequaria era a sua estratégia.

"Que Tranquilidade!". Os Dry Boys Marcos Moran e Wilson Simonal se apresentam no Programa "César de Alencar", na Rádio Nacional. (Acervo Marcos Moran.)

Imperial foi chamado para trabalhar na produção do disco, sendo o repertório responsabilidade sua. Como não era bobo, tratou de dar preferência às suas músicas, "Ser Bem" era a primeira da lista, junto com o sambinha "Chorei".

Da recente parceria com Fernando César escolheu o bolero "Não É Por Mim" e a bossa "Se Você Gostou".

Se você gostou de dançar juntinho assim
Se lhe agradou ficar bem perto de mim
Se eu conseguir fazer você ser bem feliz
Amor, telefone e peça bis

O chá-chá-chá "Linda", versão de um sucesso do americano Bill Caesar era outra que entraria no LP. Na verdade, Bill era o próprio Imperial, que seguiu uma ideia de Fernando César. O dono do Sabão Português achava que isto daria um ar de sofisticação à origem da música do amigo. Versão mesmo eram Mr. Sandman, sucesso gravado pelos americanos do Four Aces; "Chore por Mim" ("Cry Me a River"), balada que ficou célebre na voz de Julie London, e "Louco por Você" ("Careful, Careful"), da dupla de compositores da Broadway Lee Pockriss e Paul Vance, esta com letra em português feita por Carlos.

Roberto Corte Real também não ficou fora de "Louco por Você". "Solo per te", mais uma versão, desta vez de um bolero italiano, e "Só Você", roquinho que compôs com Edson Ribeiro.

Só você me faz suspirar
Eu que jamais pensei em me apaixonar
Fico até tarde da noite a cismar
Fazendo lindos castelos no ar

Roberto se sentia um sujeito de sorte com a segunda oportunidade que Corte Real lhe dava. Multiplicou por mil sua costumeira disposição. Queria e precisava que o LP fosse sucesso.

Cristiano Lacorte, Ronaldo Xavier de Lima, Ney Cantinho, Gegê e Paulo Lyra eram alguns dos integrantes da "Turma da Miguel Lemos". Era uma rapaziada que gostava de ficar batendo papo no "pé-sujo" do Osmar ou em frente à banca do Alfredo Paisano com seus ilustres vizinhos, os jornalistas João Saldanha e Sandro Moreira. Dessas conversas sempre acabava surgindo a ideia de organizar algum evento, ou melhor, uma "charutada", que poderia ser um campeonato de futebol na praia, uma festa junina ou o carnaval de rua.

O primeiro carnaval na Rua Miguel Lemos começou com a construção de um coreto cuja madeira utilizada fora roubada da obra de um prédio na Rua Barão de Ipanema, de propriedade do pai de Ronaldo Xavier de Lima, o Dr. Augusto. Com o passar dos anos a coisa foi tomando proporção cada vez maior. Em 1958 culminou com o fechamento da rua no trecho que ia das Avenidas Copacabana à Atlântica, formando um imenso baile a céu aberto.

Cristiano Lacorte era a figura mais popular do grupo. Comparecia a todas as "charutadas". Mesmo andando em cadeira de rodas, pois era hemofílico e devido à doença tinha dificuldades para andar, Gegê e Paulo Lyra assumiam a função de pilotos de sua cadeira, levando-o para onde ele desejasse. No carnaval, o jovem podia ser visto fantasiado de árabe, com os braços roxos de tanto bater o tarol que tocava na banda da rua. Sua vitalidade e capacidade de superação fez com que, em junho de 1958, Paulo Machado de Carvalho, chefe da Delegação Brasileira na Copa do Mundo da Suécia, convidasse o rapaz para acompanhar a seleção como uma espécie de talismã. Quando o Brasil saiu vencedor do torneio e finalmente pôde soltar o grito de campeão preso na garganta desde a fatídica copa de 1950, Ronaldo ligou pedindo para que o amigo não voltasse com os campeões. A turma queria fazer uma festa somente para ele. Uma semana depois da chegada dos craques da vitoriosa campanha da Suécia, Cristiano desfilava em carro aberto pelas ruas do Rio de Janeiro. Por onde passava era reverenciado como o grande pé-quente que ajudou o Brasil a sagrar-se campeão. A popularidade de Lacorte foi tanta que na eleição daquele ano os moradores de Copacabana o fizeram vereador.

Imperial admirava a "Turma da Miguel Lemos". Espalhava que era um de seus integrantes. Mas isto não era verdade. O máximo que conseguia era ser considerado um simpático agregado. A história daquele pessoal era muito antiga, coisa de família. Quando rachou com seu mais novo amigo, o compositor João Roberto Kelly, o aluguel de uma casinha na travessa Santo Expedito com a finalidade de utilizá-la como garçonnière, lembrou de chamar Ronaldo Xavier de Lima para participar da sociedade. O Dr. Gabriel era sócio do pai do rapaz numa companhia de seguros. Os dois poderiam repetir a parceria dos pais. O rapaz aceitou a proposta, e Imperial achou que a partir dali seu papel na "Turma da Miguel Lemos" mudaria. O problema é que Ronaldo se mostrou um péssimo sócio. Era incapaz de respeitar os horários que lhe eram reservados. Chegava na hora que bem queria, atrapalhando os outros dois em seus encontros amorosos. Após alguns dias de irritação, Kelly e Imperial pediram para que ele devolvesse a chave do matadouro. Depois dessa experiência, o encanto de Carlos por Ronaldo e seu grupo terminou, e ele resolveu formar a sua própria "Turma da Miguel Lemos", onde com certeza seria o centro das atenções.

Enquanto se via às voltas com a produção do LP de Roberto, Imperial recebeu novo convite para atuar nessa área. Nazareno de Brito, parceiro de Fernando César em "Joga a Rede no Mar" e diretor da gravadora Continental, que ele conhecera na mansão da Usina, o chamou para trabalhar com ele. Logo de início o incumbiu de produzir um disco de Léo Jordan, pseudônimo de Paulo da Silva Santos, um pianista cego que tocava na boate Drink.

Léo Jordan, ou melhor, Paulinho da boate Drink, no LP produzido por Imperial que agradou em cheio a Nazareno de Brito. Na capa, Ary Tell e Mariínha, os dois principais bailarinos de "Os Brotos Comandam". (Acervo Valdir Siqueira.)

Novamente dando preferência às suas músicas durante a escolha do repertório, o sujeito que havia se destacado como grande divulgador do rock'n roll tomou gosto por compor sambinhas. Três deles, "Tem que Balançar", "O Balanço Chegou" e "Sacatiquipum" entrariam no LP de Léo Jordan. O disco ficou pronto em poucos dias, saindo bem em conta para a gravadora. Nazareno de Brito considerou o primeiro trabalho do rapaz acima das expectativas.

Como segunda tarefa, o diretor artístico pediu que Imperial analisasse uma fita de rolo sete e meio que havia recebido de Porto Alegre. Ela trazia três músicas de um compositor chamado Eleu Salvador, que talvez pudessem ser gravadas pelos artistas da casa. Carlos ouviu atentamente, mas o que o deixou impressionado foi a cantora que interpretava as canções.

– Nazaré, eu ouvi o que você mandou, as músicas são razoáveis. Agora tem um detalhe, a voz dessa moça que está cantando é muito boa. Quem é?

– É uma garota que venceu um concurso ou coisa parecida lá em Porto Alegre. Fez o favor de gravar as músicas para nós.

– Deixa eu trazê-la pra cá pra gravar com a gente?

– Você está maluco, Imperial? Eu não tenho dinheiro nem pro cafezinho, quanto mais pra trazer gente lá do sul.

Passados alguns dias, Imperial voltou a insistir com o chefe:

– Nazaré, eu já arranjei tudo para gravar um LP com aquela garota da fita. Sobrou um dinheiro da produção do disco do Paulinho Cego que vai dar pra pagar o Severino Filho e os músicos. O maestro cobrou um preço camarada pra fazer os arranjos.

– E passagem? E hospedagem?

– Já providenciei. Ela vem de ônibus com um acompanhante e fica hospedada num hotel baratinho.

– Tudo bem, pode trazer a moça. Mas eu não vou gastar um centavo a mais com isso.

– Pode deixar.

– Vê se bota uns "rocks", uns sambinhas balançados, uns de dor de cotovelo e alguns tipo bossa-nova. Quero um LP bem diversificado.

– Pode deixar.

– E mais uma coisa.

– O quê?

– Não deixa de colocar música do Eleu Salvador nesse disco.

Com a afirmativa de Nazareno, Carlos entrou imediatamente em contato com a Continental de Porto Alegre para que avisassem a cantora. Numa segunda-feira de março de 1961, a jovem Elis Regina Carvalho Costa chegou ao Rio de Janeiro acompanhada do pai. Sequer teve tempo de deixar as malas no hotel. Sua presença era aguardada no escritório da Continental para conhecer o repertório de seu primeiro LP.

A viatura passava pela enseada de Botafogo e Imperial contava a Gastão a história que achava poderia ter causado sua prisão.

– Não faz muito tempo, eu estava comendo a mulher de um coronel do Exército. Mas ela já estava separada dele, o babaca batia muito nela. Numa noite, eu estava com a mulher lá na Bierklause, quando o cara chegou na boate e me chamou para conversar do lado de fora. Eu fui. Quando saímos, ali no Lido, o cara sem mais nem menos puxou o revólver e disse: "Essa é a última mulher casada que você come! Filho da puta, corno, vou dar um tiro na tua cara!".

O MUNDO É DOS BROTOS

escreve: CARLOS IMPERIAL

O MUNDO É DOS BROTOS

escreve: CARLOS IMPERIAL

O MUNDO É DOS BROTOS

escreve: CARLOS IMPERIAL

12

O DISC-JÓQUEI DA JUVENTUDE

Em 1959, enquanto Imperial travava suas batalhas para promover Roberto Carlos como talento da bossa-nova, uma adolescente de 17 anos tornava-se sucesso de vendas no país cantando rock'roll. A paulistana radicada em Taubaté, Celly Campello, tornara-se a maior estrela do ritmo com "Estúpido Cupido", versão de "Stupid Cupid", rock do americano Neil Sedaka. Desde pequena se apresentava em vários programas de rádio. Seu irmão mais velho, Sérgio, que adotou o nome artístico de Tony Campello, encarnava a figura clássica do roqueiro, ou melhor, "rocker", seguindo os passos dos ídolos Elvis e Gene Vincent. Ele foi uma forte influência no início de carreira da irmã, e seu primeiro contato com o ritmo.

As canções de Celly, em geral versões de sucessos americanos e italianos feitas pelo compositor Fred Jorge, tinham letrinhas ingênuas, desprovidas de qualquer malícia. Mas atingiam em cheio o gosto do público, melhorando a imagem do rock nos lares brasileiros e refletindo em muitos discos vendidos. Tanto sucesso rendeu o convite para que, ao lado do irmão, apresentasse "Celly e Tony em Hi-Fi", na TV Record de São Paulo.

Foi com a intenção de criar uma nova Celly Campello que Imperial insistiu na vinda de Elis Regina. Enquanto a jovem enfrentava as 30 horas de viagem de Porto Alegre ao Rio, ele preparava todo o repertório e arranjos do disco que ela iria gravar. Mostrou a fita com as músicas de Eleu Salvador a Severino Filho para que o maestro membro fundador dos Cariocas acertasse o tom das bases em que ela colocaria a voz. Quando a garota chegasse, tudo já estaria muito bem encaminhado.

Mas, apesar de querer fazer uma rival para Celly, Carlos atendeu a Nazareno, que assim como Corte Real no LP de Roberto Carlos, também queria repertório variado.

João Roberto Kelly lhe apresentou o sambinha "Dor de Cotovelo". Fernando César apareceu com "As Coisas Que eu Gosto", versão da valsa "My Favorite Things" (Rodgers e Hammerstein), do musical da Broadway "A Noviça Rebelde". E, atendendo ao pedido do chefe, o calipso "Dá Sorte" de Eleu Salvador também entrou na seleção.

Os rocks não poderiam ficar de fora. Só que todos teriam letras inocentes ("para as mães permitirem que as filhas ouçam") como os de Celly Campello. Dois deles inclusive eram versões feitas por Fred Jorge, "Baby Face" e "Puppy Love", do canadense Paul Anka, que em português virou "Garoto Último Tipo".

Dessa vez, o produtor foi mais modesto e reduziu para duas as músicas de sua autoria na seleção: "Mesmo de Mentira", um samba-canção, e o roquinho "Amor, Amor", que, no entanto, seria creditada como mais uma versão do internacional Bill Caesar.

Às 10 da manhã daquela segunda-feira de março, no escritório da gravadora Continental, Nazareno apresentou a jovem a Imperial:

– Carlos Imperial, esta aqui é a cantora que você tanto insistiu para que viesse lá do Sul: "Élis" Regina.

Imperial achou a pronúncia do nome da garota bem esquisita, tinha pensado que fosse Elis. Viu que ela devia ter no máximo uns 17 anos, era baixinha, um pouco acima do peso e com um leve estrabismo. Quem a acompanhava era o pai, o Sr. Romeu, um homem discreto, que aparentava não se envolver nos assuntos da filha. Mas nada daquilo importava naquele momento. O tempo era curto. Queria mostrar logo as músicas que havia escolhido e tratar de botar a gauchinha para gravá-las. Pediu licença a Nazareno e a seu Romeu, e levou Elis para uma sala, onde ela ouviu as canções. No final, quis saber sua opinião.

– É, eu gostei. Mas o que eu gosto de verdade você não vai me deixar gravar.

– E o que é?

– Bolero. Você já ouviu o disco de boleros que a Eydie Gormé gravou com o Trio Los Panchos?

– Puta que pariu, garota! Eu estou te trazendo pra lutar contra a Celly Campello. Eu quero uma cantora de rock, com raça de rock. Que merda!

– Tudo bem, tudo bem, eu faço o que você quiser. Mas você me perguntou do que eu gosto, e eu te respondi. É de bolero.

Imperial compreendeu que a adolescente estava cheia de planos para seu primeiro disco, e lhe fez um afago:

– Olha, vamos fazer este disco dirigido à juventude. Já bolei até o nome: "Viva a Brotolândia". Depois, sim, no próximo, eu faço um LP de canções românticas para você.

– Com boleros?

– Com boleros. No estilo da Eydie Gormé.

Na quarta feira, às 9 horas, na Avenida Rio Branco 47, onde ficava o estúdio da Continental, as gravações começaram. A primeira música foi o rock "Amor, Amor". Na hora de colocar a voz na canção, Elis ficou nervosa. Quem resolveu o problema foi o técnico de som Vavá, que teve a ideia de apagar as luzes do estúdio. Sem enxergar o rosto do pessoal na técnica, a menina ficou mais tranquila e começou a cantar. Aquilo virou um ritual até o fim das gravações.

João Roberto Kelly fez uma visita ao estúdio e viu o empenho de Imperial na produção do disco, assim como o jeito atencioso como tratava seu Romeu. Wilson Simonal, que através do amigo Marcos Moran estava trabalhando como crooner na boate Drink, dava algumas dicas para a garota.

Depois de uma maratona de oito horas diárias de trabalho, na sexta-feira à noite o LP estava pronto. Elis perguntou a Imperial:

– O que é que você achou?

– Sensacional! Você vai ser a nova Celly Campello.

– Eu não quero ser Celly Campello. Eu vou ser Elis Regina.

Elis voltou para Porto Alegre com um 78 rpm lançado imediatamente após a conclusão das gravações. Imperial tratou de promovê-lo nas rádios. Na Mayrink Veiga falou com Jair de Taumaturgo, que apresentava, com o auxílio de Isac Izaltman, "Peça Bis ao Telefone", o programa de maior audiência da rádio carioca. Como denunciava o título, o ouvinte ligava para a rádio pedindo a música que queria ouvir novamente. A que recebesse maior número de telefonemas voltava no final. Jair gostou de "Dá Sorte" e a colocou na programação. Carlos ressuscitou um esquema empregado com Roberto Carlos em "Brotinho sem Juízo". Pedia para amigos e namoradas ligarem para a emissora.

Desnecessário dizer que "Dá Sorte" também era executada à exaustão em "Os Brotos Comandam" da rádio Guanabara.

Carlos conseguiu com Anselmo Domingos uma pequena matéria na "Revista do Rádio":

Elis Regina é a nova descoberta da Continental, já tendo gravado o seu primeiro 78 rpm, a ser lançado por esses dias. Elis é natural de Porto Alegre e é a primeira vez que faz uma gravação.

O produtor aproveitava para também aparecer na revista. A coluna "Mexericos da Candinha" noticiava a moda que havia lançado:

Carlos Imperial, o maior adepto do "rock" no Rio, anda agora empolgado pelo chá-chá-chá, mas sem abandonar o "rock". Ele agora usa até corte de cabelo à chá-chá-chá. Sabem como é? Costeletas e cabelo comprido passando por trás da orelha, mas não por cima... Eu hein!?

Em abril, Elis estava de volta. O LP "Viva a Brotolândia" ia ser lançado, e ela precisava trabalhar na divulgação. Ficaria uns dez dias na cidade. Em outra segunda-feira, Imperial a reencontrou. Zequinha, divulgador da Continental, a levou à Rádio Guanabara, onde ele estava apresentando "Os Brotos Comandam". Carlos a entrevistou e, com o LP tocando ao fundo, leu o texto que havia escrito na contracapa:

Imperial leva a jovem Elis Regina ao programa de Abelardo Barbosa, o Chacrinha (com sua fantasia de disc-jóquei). O segundo à direita é o diretor Wilton Franco, e o terceiro, o compositor João Roberto Kelly. (Reprodução.)

> *ALÔ BROTO,*
>
> *Aqui está um broto cantando música de broto, para você, broto, ouvir e dançar. ELIS REGINA é um broto não só na idade, mas no espírito também.*
>
> *Você viverá uma nova emoção em cada música, pois ELIS realmente transmite o que canta. Sua versatilidade, predicado raro hoje em dia, será constatada neste álbum que apresenta tudo que nós, brotos, precisamos para as nossas festas: música bonita, interpretação moderna e "BALANÇO" no ritmo, que é o grande segredo deste LP.*
>
> *Bem, você já tem a música, convide sua turma e vamos dar uma festa na base da juventude.*
>
> *Um grande abraço e... viva a brotolândia!*
>
> *Carlos Imperial*

A capa do LP trazia a foto da cantora com cara de adolescente bobinha, e seu nome com um acento no "i" ("Elís"). Talvez ideia de Imperial, que nunca a chamava de "Elis", e mudava o nome das pessoas mais do que cartório de registro de nascimento.

Durante aquela segunda estada no Rio de Janeiro, Imperial apanhava Elis nos escritórios da Continental todas as manhãs, e juntamente com Zequinha saíam no "Napoleão" para caitituar nas rádios.

Também a apresentava em seu programa na Rádio Guanabara, e a colocou para cantar "Amor, Amor" ("Love, Love"), a tal versão de Bill Caesar, em "Os Brotos Comandam", na TV Continental. Dizia, cheio de entusiasmo:

– E agora, com vocês, a maior cantora do Brasil: Elis Reginaaaaa!!!!!

Com "Viva a Brotolândia", Imperial sonhava fazer uma rival para a "Rainha do Rock" Celly Campello. Mas Elis Regina desejava mais do que isso para sua carreira. (Acervo Leandro Arraes.)

Amor, amor
Quero um amor que não tenha fim
Amor, amor
Quero um amor pra mim

Amor, amor
Quero um amor que me queira bem
Amor, amor
Eu preciso amar alguém

Após três julgamentos, Ronaldo Guilherme foi condenado a oito anos de prisão pela tentativa de estupro e assassinato da jovem Aída Cury. Cássio Murilo, por ser menor, ficou num reformatório até completar a maioridade. Aproveitando que o caso voltava a ser comentado, J. B. Tanko, em seu novo filme, "O Dono da Bola", colocou Imperial para interpretar um vilão chamado Ronaldo, um playboy cafajeste de óculos escuros, que lembrava muito o rapaz do crime de junho de 1958. O filme era estrelado pelos comediantes Ronald Golias e Grande Otelo, e tinha Norma Blum e Perry Salles como o casalzinho romântico.

A pré-produção de "O Dono da Bola" acontecia no mesmo período em que Carlos percorria as rádios cariocas com Elis. Como precisasse buscar o roteiro no estúdio da Herbert Richers, resolveu levar a garota junto para mostrar-lhe um pouco do ambiente cinematográfico. No meio do caminho, ela pediu que parasse próximo a uma loja de discos. Queria lhe dar um presente. Voltou trazendo o LP de Eydie Gourmé com o Trio Los Panchos.

Embora se empenhasse na promoção do disco, Elis não estava satisfeita. Ficar conhecida apenas como uma imitação de Celly Campello não era o que esperava para sua carreira. Era popular em Porto Alegre, com uma reputação a manter. Além do que o repertório do disco nunca lhe agradou de verdade. Como Celly, também começara cantando em programas de rádio ainda criança e tinha Ângela Maria como cantora que mais admirava. Porém, Rogério, seu irmão, não era mais velho que ela e muito menos fã do rock'n roll. Ela não havia tido nada que possibilitasse alguma identificação com o ritmo americano.

Um dia foi até a casa de Severino Filho no Leblon e expôs sua insegurança para com o que havia feito:

– Sabe, maestro, eu não sei se é realmente isso que eu quero da minha carreira.

Não era apenas Elis Regina que não nutria simpatia pelo rock'n roll. Chacrinha, o grande amigo e benfeitor de Carlos, iniciou na Rádio Globo um movimento contra a apresentação excessiva de rocks. "Temos que acabar com a praga do rock", afirmava à "Revista do Rádio".

A preocupação de Elis por ter gravado um disco em que sua opinião jamais foi levada em consideração não duraria por muito tempo. Como nos dois discos de Roberto Carlos, a caitituagem de Imperial conseguiu uma boa execução nas rádios cariocas, mas as vendas de "Viva a Brotolândia" foram inexpressivas e ele passou despercebido no resto do Brasil. Celly Campello nem tomou conhecimento da rival que o "Tom Parker brasileiro" tentara lançar no mercado.

Porto Alegre recebeu Elis de volta para continuar cantando o que realmente era de seu agrado. Imperial lamentou o fracasso do disco da gauchinha, mas não deixou de dormir por isso. A produção do LP de Roberto continuava a todo vapor. Diferentemente de "Viva a Brotolândia", o disco do seu pupilo contava com muito mais recursos. Era trabalho mais bem elaborado, sucesso garantido.

O programa da TV Continental prosseguia firme e forte. E Wilson Simonal não parava. De prancheta na mão, o secretário de Carlos Imperial andava de um lado para o outro anotando o nome dos artistas que apareciam para cantar, e ainda dando o seu showzinho. Depois do programa, voava para a boate Drink para o trabalho como crooner.

Wilson Simonal na boate Drink, galgando seus degraus para atingir o sucesso.

O grande problema era a volta para casa. O cantor perdera seu quartinho na favela do Pinto e agora estava em Areia Branca, lá para os lados de Nova Iguaçu. Quando chegava em casa, era dia claro. Ficava morto.

Penalizado com a situação do rapaz, Carlos propôs que após o expediente na Drink ele fosse dormir na garçonnière da Travessa Santo

Expedito, que dividia com João Roberto Kelly. Simonal não pensou duas vezes, era uma verdadeira mão na roda.

Na primeira noite no "château" – nome tirado de uma música de Lupicínio Rodrigues e Felisberto Martins (Se acaso você chegasse / No meu château e encontrasse / Aquela mulher que você gostou) – o "Harry Belafonte brasileiro" até sonhou colorido. Mas como alegria de pobre dura um milésimo de segundo, no dia seguinte isso não se repetiu. Imperial e Kelly eram jovens na flor da idade e cheios de energia. Antes de mais nada, a casinha era uma garçonnière. Bastava Simonal pegar no sono para um dos dois aparecer avisando que estava trazendo uma namoradinha. E lá ia o pobre Wilson dar incontáveis voltas no quarteirão até que os trabalhos fossem concluídos.

Mas tudo bem, acordar no melhor do sono, ainda era melhor do que encarar Areia Branca, que só soava melhor apenas quando Simonal se referia ao bairro com o nome que lhe dera em inglês: White Sand.

Uma crise de insônia de um morador em frente ao château acabou colocando os três rapazes em maus lençóis. O militar aposentado com séria dificuldade para dormir experimentou ficar olhando o movimento da ruazinha pela janela de sua casa e ver se o sono chegava. O entra e sai de mulheres da residência vizinha com um rapaz negro saindo todas as madrugadas lhe pareceu algo muito suspeito.

Dias depois, Simonal, Kelly e Imperial foram convidados a prestar esclarecimentos na delegacia sob a acusação de exploração do lenocínio. Felizmente após provarem ao delegado que as atividades na casinha da Travessa Santo Expedito não visavam fins lucrativos, foram liberados. Mas, vendo que sua vontade de ajudar na verdade causara um grande problema ao secretário, Imperial o colocou para dormir em um dos vários quartos de empregada na cobertura dos pais.

Com arranjos do maestro Astor, o primeiro LP de Roberto Carlos, batizado com o título da versão feita por Imperial, "Louco por Você", foi lançado em setembro de 1961. A alegria do garoto poderia ter sido completa, não fosse sua foto não aparecer na capa do disco. Apesar de ter participado de uma sessão fotográfica, parece que sua inibição acabou por prejudicá-lo. Corte Real olhou o material e não considerou a expressão tristonha do rapaz um chamariz de vendas. Decidiu adaptar a capa de um LP do irritante tecladista americano Ken Griffin, que trazia um casal trocando carinhos. Deu-se apenas ao trabalho de substituir o nome do artista e o título. Roberto pediu insistentemente ao diretor artístico que reconsiderasse. Mas não adiantou.

"Louco por Você", o primeiro LP de Roberto Carlos. Grandes esperanças, mas pouco sucesso de vendas.

No texto da contracapa, escrito por Corte Real, Roberto é apresentado como um cantor carioca, descoberta de Imperial. As raízes cachoeirenses do rapaz foram omitidas porque, embora em abril de 1960 o Rio de Janeiro tivesse perdido o status de capital da República para Brasília, ser um filho da "cidade maravilhosa" ainda tinha seu charme.

Foi Imperial quem produziu o disco, mas assim como na Continental, a Columbia não lhe deu esse crédito. Era regra nas gravadoras diretores artísticos aparecerem como responsáveis por essa função. Uma precaução contra algum eventual processo por participação na vendagem dos discos.

Lançado o LP, Roberto retomou as táticas de caitituagem ensinadas por Imperial. Desde o 78 rotações, com "Brotinho sem Juízo", mostrou-se um aluno aplicado, podendo agora divulgar seu trabalho sozinho. E isso seria realmente necessário, já que seu mestre andava com o tempo curto, dividindo-se entre os programas de rádio, os shows pelo subúrbio e as fotonovelas da "Sétimo Céu".

A atração das noites de terça na TV Continental recebia muitos jovens que iam assistir à transmissão no calorento auditório da Rua das Laranjeiras. Entre os frequentadores havia muitas menininhas. Carlos pedia a Simonal que escolhesse as mais bonitas para sentarem na primeira fila da plateia. Durante o programa, as câmeras a todo o momento mostravam as beldades de "Os Brotos Comandam", que viravam mais uma atração.

O gordo apresentador não perdia a oportunidade de jogar seu charme para alguma menina que lhe interessasse.

– Cadê o sorriso do Carlos Imperial? – se a garota abrisse a guarda, era meio caminho para uma ida ao "château".

Tereza Pugliesi, uma princesinha loira de 16 anos, era figura constante no auditório da Continental. Sua assiduidade e simpatia fizeram com que ficasse amiga dos artistas que ali se apresentavam, e do próprio Imperial. No princípio, ele tentou dar em cima dela, mas a loirinha não lhe deu a menor bola. Seu interesse era o charmoso coordenador de "Os Brotos Comandam". O único problema é que Simonal sequer a notava.

Vendo que não arranjaria nada com o broto, Carlos quis provar que também tinha espírito esportivo e resolveu bancar o cupido. Combinou com Tereza fingirem um namoro para provocar ciúmes em Simonal. Por alguns dias o chefe desfilou com a garota bem na frente de seu secretário, não esquecendo de comentar com ele o quanto ela era especial. Foi tiro e queda, não demorou muito para o Harry Belafonte brasileiro ficar apaixonado.

Para celebrar o casal que havia juntado, Imperial compôs um chá-chá-chá chamado "Terezinha" e o deu para Simonal cantar.

Terezinha, todo dia,
dança o chá-chá-chá
Dança, balança, dança
Sacode o corpo no chá-chá-chá.

A mansão de Fernando César era uma verdadeira agência de empregos para Imperial. Raramente deixava as reuniões de sábado sem alguma proposta de trabalho engatilhada. A mais recente partira do diretor-artístico da gravadora Odeon, Ismael Correa. Ele queria que Carlos ficasse responsável pelo lançamento de artistas internacionais na casa. A resposta foi sim, e em pouco tempo Imperial lançava na praça discos do italiano Peppino di Capri e do francês Gilbert Bécaud, que viraram coqueluche nas festinhas.

Logo que surgiu uma oportunidade, Imperial apresentou Simonal a Ismael Correa, sugerindo que lhe fosse dada a chance de um disco na casa. Em novembro o negro cheio de bossa entrou no estúdio da Avenida Rio Branco 181 para gravar um disco com "Terezinha" e "Biquíni e Borboletas", canção de Fernando César, o homem que abria várias portas para Imperial.

De tanto que era notícia na "Revista do Rádio", o presidente do "Clube do Rock" acabou escrevendo uma coluna dedicada aos jovens leitores do periódico semanal de Anselmo Domingos. "O Mundo é dos Brotos" trazia a parada de sucessos dos Estados Unidos, França e Itália, notícias dos ídolos internacionais, os ritmos e danças mais recentes e, principalmente, promovia os artistas do "Clube do Rock". Era uma maravilha, dado o enorme sucesso de vendas da revista. Com seus discos lançados há pouco, Roberto Carlos e Simonal agradeciam.

Nesse mesmo período, Carlos estreava, na TV Tupi, o "Festival de Brotos". O convite para apresentar o programa das noites de domingo partira do diretor artístico da emissora, Alcino Dinis. Com esse novo programa, chegavam também novos aspirantes a astros: Reynaldo Rayol, Edson Gray, Cleide Alves e Hamilton, um dos poucos rockers com boa pronúncia do inglês, cuja canção favorita era "What'd I Say", de Ray Charles.

Também havia um rapaz lá da turma da Tijuca, amigo de Tim e de Erasmo, que ficava com seu violão à espera de uma oportunidade. Sua especialidade era um rock do americano Ronnie Self, "Bopp a Lena", que no seu inglês do Rio Comprido virava "Babulina". Porém, o pessoal mais íntimo de "Os Brotos Comandam" considerava Jorge, o Babulina, um bicão sem muitas chances de chegar a algum lugar.

"Terezinha" resultou num considerável sucesso. Pode não ter vendido muito, mas trouxe outro tipo de lucro para seu intérprete. Simonal, que já trabalhava na boate Drink, viu os convites para outras casas noturnas aparecerem aos montes. Sua agenda ficou apertadíssima. Não tinha como conciliar a carreira de crooner mais solicitado da noite carioca com a de secretário de Imperial. Precisou sair, mas recebeu a benção do chefe. O sucesso do amigo deixava Carlos muito contente, e obviamente orgulhoso. Nem é preciso dizer o quanto espalhou o que seu toque de Midas havia feito pelo rapaz.

– O cara te apontou um revólver? – a curiosidade de Gastão era ainda maior.

– É, e ainda me chamou de corno. Por essa eu não esperava! – o agente do Dops com a metralhadora tentava prender o riso – O cara tremia, espumava, foi ficando vermelho, me xingava. Eu estava com medo, e ele com mais medo ainda. Eu pensei: "Essa merda vai disparar, o cara tá em pânico".

Noite de festa na Rua Miguel Lemos 106: Chubby Checker, o "Rei do Twist", visita o apartamento dos Corte Imperial.

13

NOVOS SÓCIOS NO CLUBE

Erasmo Esteves continuava rondando os bastidores dos programas de Carlos atrás de uma oportunidade. Com seu conjunto, The Snakes, acompanhou Tim (antes do amigo partir para sua aventura na América) e Roberto Carlos em shows em clubes, cinemas, emissoras de TV e até circos. O grupo vocal também lançou dois 78 rotações pela gravadora pernambucana Mocambo, sendo que o de estreia, em agosto de 1960, trazia um rock de Imperial, "Namorando". Além disso, participaram de dois LPs pela Columbia. Mas dinheiro que era bom, nada. Quando surgiu a oportunidade de trabalhar para Carlos Imperial, mais do que depressa Erasmo tratou de segurar a preciosa prancheta de secretário do apresentador.

O novo auxiliar de Imperial observava seu jeitão, querendo ser igual a ele. Ter o mesmo físico que o chefe – na verdade, a altura, pois Carlos era bem mais gordo – contribui bastante, já que herdava todo o seu guarda-roupa. Os sapatos de pele de carneiro feitos sob medida, camisas estampadas e safáris de lonita, uma moda que o caça-talentos do rock lançou, acabavam passando para Erasmo com pouco tempo de uso. Até namoradas que perdiam a graça para o patrão terminavam nos braços do rapagão tijucano. Dona Zezé acolhia o novo braço direito do filho com toda hospitalidade. Ele comia do bom e do melhor no lar dos Corte Imperial, sendo tratado como membro da família.

Mas o rapaz fazia por merecer todas essas benesses que seu chefe lhe proporcionava. Era um obstinado no cumprimento de suas funções. Quando Imperial pedia para transmitir um recado a alguém, só sossegava quando cumprisse a ordem. Se o telefone falhasse, era capaz de ficar acampado na residência da pessoa até transmitir o que Carlos tinha a dizer.

Filho de um rico fazendeiro de Minas Gerais, Eduardo Araújo era mais um cantor iniciante caitituando na Rádio Guanabara. Lançara pela Philips um compacto de 45 rpm chamado "O Garoto do Rock". Com a esperança de que suas músicas tocassem na emissora, foi ao prédio da Avenida Treze de Maio acompanhado do primo Osaná e do irmão mais velho, Aurino. Este, enquanto Eduardo conversava com o radialista José Messias, foi abordado nos corredores por um bem falante contratado da casa:

– Você trabalha com o Eduardo Araújo?

– Sou irmão dele.

– Muito prazer, meu nome é Carlos Imperial. Eu apresento um programa na rádio e tenho interesse em conversar com vocês. Tenho alguns planos.

Os quatro rapazes saíram da rádio e, a bordo do "Napoleão", foram almoçar na cobertura da Miguel Lemos.

Pouco tempo depois, Eduardo aparecia nos cinemas cantando "Prima Daisy", rock de Imperial, no filme "Mulheres Cheguei", outra chanchada estrelada por Zé Trindade e dirigida por Vitor Lima. O mineirinho era o mais novo membro do "Clube do Rock", e junto com o irmão Aurino tornava-se parceiro de aventuras de Imperial na noite carioca. O trio circulava por boates como o Little Club, Le Bateau, Le Candelabre e Plaza. Invariavelmente terminavam a jornada boêmia forrando o estômago com a comida simples, mas gostosa e barata de um dos box do Beco da Fome.

Eduardo observava o sucesso que Carlos fazia com as mulheres e tentava descobrir qual o seu segredo, já que suas formas de abordagem eram sempre as mesmas.

– Eu já conheço você há muito tempo.

– É mesmo, de onde?

– Dos meus sonhos.

O rapaz duvidava que alguma mulher caísse naquela conversa mole. Mas elas caíam, e bastante.

Além de cantar, Erasmo também compunha algumas canções, a primeira delas, "Maria e o Samba", chegou a fazer parte do repertório de Roberto Carlos quando crooner na boate Plaza. Tim havia lhe ensinado três acordes no violão e, a partir dali, ele percebeu que poderia tocar muitas das músicas de que gostava. Para fazer as suas próprias, foi um pulo. Imperial acabou tornando-se seu primeiro parceiro musical. Com ele Erasmo compôs "Eu Quero Twist", como o título denuncia, uma canção no ritmo americano cada vez mais popular entre os jovens brasileiros. Reynaldo Rayol, integrante do "Clube do Rock", gravou a parceria entre secretário e patrão num 78 rpm que trazia no lado B sua versão de "Terezinha".

Eu danço muito drag
Eu danço o regmop
Eu danço muito stroll
Eu danço o rock and roll
Mas quero twist
Yeah, yeah, yeah!
Eu quero twist
Twist está na moda
Eu quero twist
Pegue o seu chiclete
Cole os pés no chão
Solte uma barata
Dentro do blusão
Twist está na moda
Eu quero twist

"O que pode fazer um garoto pobre além de tocar numa banda de rock'n roll?". Na Tijuca, o jovem Erasmo Esteves era a personificação dessa máxima.

Além de lhe proporcionar um salário semanal, roupas e garotas, Imperial também compartilhava com Erasmo alguns minutos de sua sabedoria:

– Erasmo, quando você estiver em alguma situação difícil, seja qual for, pare e pense: "O que faria Carlos Imperial nesta hora?". Eu tenho certeza de que você vai tomar a decisão certa.

Depois de algumas apresentações no "Hoje é Dia de Rock", programa de Jair de Taumaturgo na Rádio Mayrink Veiga, Renato e Seus Blue Caps tentaram uma oportunidade no programa de TV de Carlos Imperial. A base do conjunto eram os irmãos Barros: Renato, Edson e Paulo César, moradores do bairro da Piedade. Haviam participado da gravação de dois 78 rpm no minúsculo selo Ciclone, acompanhando respectivamente o grupo vocal Os Adolescentes e o cantor Tony Billy que, como eles, eram artistas lutando por um lugarzinho ao sol.

Na TV Continental cantaram "Oh, Carol!", de Neil Sedaka. Imperial achou o conjunto interessante e os convidou para voltar mais vezes. Além disso, conseguiu que participassem das gravações de "Twist", LP que Cleide Alves e Reynaldo Rayol dividiam, e que ele produzia, além do compacto de Eduardo Araújo com "Twist do Brotinho" (Imperial) e "Rock Chá Chá Chá" (Imperial e Eduardo").

Depois de algum tempo de convivência com os rapazes do conjunto, Carlos teve a ideia de duplicar as atrações. Sugeriu que Edson cantasse sozinho, enquanto os "Blue Caps" continuariam em atividade com o guitarrista Renato e o baixista Paulo César revezando-se no microfone.

O garoto de 16 anos aceitou a proposta, mas teve que ouvir de Imperial:

– Meu jovem, belo e querido amigo, vamos ter que mudar este teu nome.

– Mas por quê?

– Edson Barros parece nome de bancário.

– E qual vai ser?

– Ed Wilson! – Imperial estava ouvindo bastante o cantor americano Jack Wilson, e ele acabou sendo a fonte inspiradora para rebatizar seu novo pupilo.

Uma vez que Roberto Carlos virou o "príncipe da bossa-nova", a nova descoberta de Imperial acabou herdando o título de "Elvis Presley brasileiro". Para o garoto foi algo muito bom, pois, como dez entre dez rockers, também tinha o filho mais ilustre de Tupelo como ídolo supremo.

Na "Revista do Rádio", Imperial declarava : "O pior dos rocks é melhor do que certos sambas". E criticava pesadamente o amigo Chacrinha por sua campanha contra o ritmo da juventude: "É um recalcado. O Chacrinha, vendo fugir a maior fortuna de um homem, que é a mocidade, não soube sequer conservar a juventude de espírito. Tende a ser velho e por isso condena tudo o que diz respeito à juventude. Um homem que quebra rádios e televisores para evitar que os seus filhos vejam os programas do 'Clube do Rock' é um criminoso".

"Louco por Você" ganhou muitos "Peça Bis ao Telefone", mas como os dois 78 rotações que Roberto Carlos gravara, vendeu pouco. Para piorar, Roberto Corte Real, o homem que acreditara no jovem cantor e o mantivera na Columbia, havia deixado a gravadora. Evandro Ribeiro, o novo diretor artístico, chamou o rapaz para conversar. Ele temeu pelo pior, sabia que se tivesse o contrato com a Columbia rescindido suas chances de ir para outra gravadora seriam nulas. No passado já havia recebido não de todas elas.

Porém, Roberto não contava com o péssimo clima entre a gravadora e sua maior estrela jovem, Sérgio Murilo. O cantor campeão de vendas e eleito "Rei do Rock" reclamava do repertório que lhe sugeriam gravar, além de contestar a vendagem de seus discos. Acreditava que o dinheiro que lhe era pago deveria ser muito maior. Acabou contratando um advogado para questionar a Columbia judicialmente. Irritado, Evandro Ribeiro, que jamais admitia ser questionado, engavetou o contrato do cantor, que terminaria apenas em 1964. Durante dois anos Sérgio não gravaria mais nada na casa e tampouco poderia transferir-se para uma concorrente. Sérgio Murilo era um Prometeu moderno acorrentado à Columbia. Evandro lhe provava da pior maneira que sua popularidade não era mais forte que a companhia. E foi Roberto Carlos que o diretor artístico decidiu que seria o novo ídolo jovem da casa.

Como primeiro passo, Evandro Ribeiro providenciou a gravação de um novo disco para Roberto. Mas a tal história de "príncipe da bossa-nova" seria sepultada em definitivo. O cantor voltaria ao rock'n roll, mas Ed Wilson poderia ficar tranquilo, já que o título de Elvis Presley brasileiro não lhe seria pedido de volta. O rock de Roberto Carlos seria o mesmo de Sérgio Murilo, comportado e romântico, na linha dos americanos Bobby Darin e Pat Boone, e do canadense Paul Anka. Em abril de 1962, foi lançado um 78 rpm com "Fim de Amor", uma versão feita por Gilberto Rochel, e "Malena", composição de Rossini Pinto. A segunda foi a música escolhida para tocar nas rádios. Fez sucesso apenas no Rio de Janeiro, mas Roberto podia respirar aliviado. Permanecia com contrato em uma gravadora e com o diretor artístico disposto a investir nele.

Renato e Seus Blue Caps não ficaram durante muito tempo sem vocalista. Numa tarde, enquanto visitava Imperial no programa da Rádio Guanabara, Renato foi abordado pelo secretário do disc-jóquei. Erasmo lhe contou que havia feito parte de um grupo, The Snakes, mas que ele havia terminado. Queria saber se não poderia cantar nos Blue Caps. O líder do conjunto aceitou. Seria muito melhor para ele ficar apenas como guitarrista, assim como para Paulo César, que poderia dedicar-se exclusivamente ao contrabaixo. Além do novo vocalista, o saxofonista Roberto Simonal, ex-integrante dos Dry Boys e irmão do cantor de "Terezinha", juntou-se ao grupo.

Os ataques de Imperial na "Revista do Rádio" contra seu ex-amigo Chacrinha continuavam: "Recebemos um bilhete do inimigo número 1 da juventude brasileira, o falso disc-jóquei Abelardo Barbosa, vulgo "Chacrinha", marcando um encontro conosco. É claro que não comparecemos e guardamos o bilhete com sua assinatura para exibi-lo se necessário. Aproveitamos para lembrar ao Chacrinha que só admitimos um encontro com sua pessoa no dia em que ele deixar de combater o rock, twist, chá-chá-chá, etc. Dispensamos a amizade de inimigos dos brotos. Seja amigo da juventude que terá o nosso apoio".

Em maio de 1962, Imperial foi a São Paulo ampliar seus contatos com o horizonte da música jovem da cidade e levou Erasmo como acompanhante. Visitaram o locutor Antonio Aguillar na Rádio Nacional, que apresentava "Ritmo para a Juventude", e Sérgio Galvão na Rádio Bandeirantes. Para Erasmo, a viagem foi a oportunidade de travar contato com os principais nomes do rock'n roll paulista: os cantores Ronnie Cord, Prini Lorenz e George Freedman, e Fred Jorge, o versionista de Celly Campello.

George Freedman era um grande camarada de Imperial. Conheceram-se na Rádio Guanabara quando o cantor fora divulgar seu disco com a canção "Adivinhão". Sempre que vinha ao Rio, ficava hospedado no apartamento da Miguel Lemos, além de sair bastante com o "disc-jóquei da juventude".

Nascido na Alemanha, George era um bonito rapaz loiro, alto e de olhos azuis, que chamava muito a atenção das mulheres. Mas o abrutalhado e cada vez mais gordo Imperial compensava a desvantagem estética com um grande domínio da palavra. Ele dizia ao amigo:

– Georginho, com a tua pinta e a minha experiência a gente papa todas as bonequinhas do Rio de Janeiro.

O "château" vivia em plena atividade toda vez que a dupla era formada.

Imperial fez com que Ed Wilson gravasse um acetato com duas músicas de Elvis e mostrou para Ismael Correa na Odeon, gravadora onde desde abril era o responsável pelo departamento de música jovem. Avisou ao rapaz e ao pai, Seu Barros, que o garoto havia agradado e seria integrado à gravadora. Dias depois, os três foram à Odeon assinar o contrato. Feito isso, saíram para comemorar almoçando num restaurante ali mesmo no Centro. Carlos sabia que Edson também imitava o jeito estourado do Elvis em filmes como "O Prisioneiro do Rock" e "Balada Sangrenta", e resolveu brincar com isso. Enquanto comiam, deu uma piscadela para o pai do rapaz e começou a falar:

– Ô Barros, está tudo acertado, o contrato assinado, é só gravar. Mas você já explicou para o Edinho que todo artista é veado?

O rapaz levantou-se na mesma hora, falando em desistir de tudo.

– Eu não quero saber mais disso não!

Carlos e o pai de Edinho explodiram numa sonora gargalhada e só aí ele percebeu tratar-se de um trote do Tom Parker cachoeirense.

Imperial e o novo Elvis Presley brasileiro, Ed Wilson. (Reprodução "Revista do Rádio".)

Depois de conseguir que Ed Wilson fosse contratado pela Odeon, Imperial precisava arranjar uma boa canção para colocar no compacto de estreia do cantor. No programa da Rádio Guanabara, começou a convocar novos compositores para que levassem músicas que fariam parte do disco de sucesso que iria produzir. Paulo Brunner, um molequinho de 15 anos morador da Rua do Matoso, onde cresceu vendo Erasmo, Trindade, Arlênio e Tim, foi um dos primeiros a atender ao chamado do disc-jóquei. Mostrou para ele um rock romântico chamado "Nunca Mais".

Nunca mais verei o seu olhar
Nunca mais terei o seu amor
Nunca, nunca mais eu sei
Outro broto eu amarei
Oh, nunca mais.

Carlos ficou entusiasmadíssimo, mas exercendo seus dotes de "consertador de música", observou que em determinado momento em que a canção baixava o tom, ficaria bem melhor se o autor subisse. Paulo experimentou a mudança e concluiu que realmente melhorara. Como forma de agradecimento, deu a parceria para Imperial.

Em junho de 1962, acompanhado do seu antigo conjunto, Ed Wilson entrou nos estúdios da Odeon para gravar "Nunca Mais" e "Juro, Meu Amor", uma versão

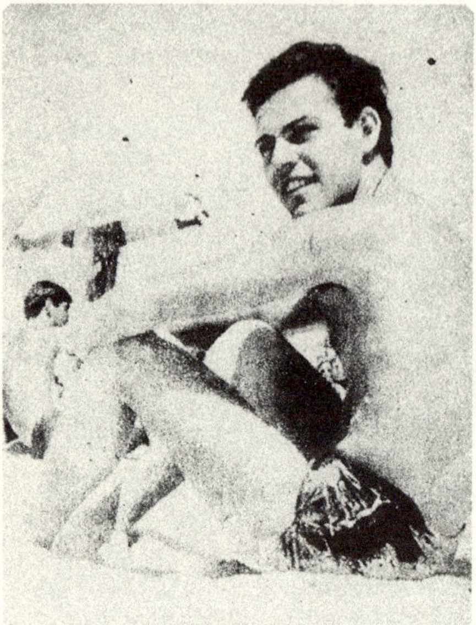

Seguindo as orientações de seu empresário, Carlos Imperial, Ed Wilson cuida do bronzeado nas areias de Copacabana. (Reprodução "Revista do Rádio".)

feita por Imperial. Em agosto o disco era lançado e começava a fazer sucesso, com o jovem cantor se apresentando nos programa de César de Alencar e Paulo Gracindo, na Rádio Nacional, e sagrando-se várias vezes campeão no "Peça Bis ao Telefone", na Mayrink Veiga.

Com uma música que considerava potencial sucesso, Imperial deu início a uma estratégia de promoção de seu artista. Queria colocar fotos do rapaz em sua coluna "O Mundo é dos Brotos". Mas, antes, desejava melhorar a estampa do garoto. Ligou para o pai de Ed:

– Ô Barros, deixa esta figura ficar comigo em Copacabana uma semana?

Com a permissão concedida, Imperial hospedou Edinho no apartamento da Miguel Lemos, e diariamente o levava para caminhar na praia e bronzear o corpo. O novo "Elvis Presley brasileiro" ficava hipnotizado com os brotos que desfilavam de maiô. Seu empresário dizia:

– Gostou? Vai lá falar com ela.

Mas Ed ficava encabulado. O motivo era que embora cantasse sem nenhum problema, ao falar era traído pela gagueira. Um problema que Imperial decidiu resolver mandando que o garoto lesse o jornal todas as manhãs em voz alta, mas com uma caneta entre os dentes. Um exercício para melhorar a dicção que descobrira em um livro.

Os ataques de Imperial a Chacrinha em "O Mundo é dos Brotos" continuavam. O grande comentário no meio artístico era o melancólico fim da amizade dos dois disc-jóqueis. Tudo mentira, Capitão Bill e o xerife do Rancho Alegre continuavam amicíssimos. A briga, assim como a má-vontade de Chacrinha com o rock'n roll, não passava de jogada promocional bolada por Imperial para garantir espaço em revistas e jornais, e promover seus programas. Na mente prodigiosa de Carlos, o que atraía a atenção do leitor era briga e confusão, não declarações de afeto entre disc-jóqueis.

Através do parceiro Paulo Brunner, Imperial fez chegar ao "inimigo da juventude" uma carta pedindo um "balde de chá" para que "Nunca Mais" tocasse em seu programa na Rádio Globo. Ressaltava a certeza que tinha de "passear de baby doll pelo lado esquerdo do corpo" do amigo. Chacrinha leu a mensagem entregue por Brunner, mas disse ao garoto que não poderia tocar a música de imediato, para não "cortar a onda" criada. Mas garantiu que em duas semanas ela entraria na programação. E realmente, quinze dias depois do encontro com o jovem compositor, a ojeriza do radialista contra o rock terminou.

Roberto Carlos foi outro "agraciado" com as falsas brigas criadas por Imperial. Semanalmente era advertido e multado pelo "Clube do Rock". Chegou inclusive a ser desligado em caráter irrevogável devido aos seus atrasos nos shows da trupe. Apenas estratégia para promover o LP do rapaz.

"O Clube do Rock" passou a ampliar seu alcance, fazendo shows em outros municípios do Rio de Janeiro e também em outros estados. Certa vez foram para o Espírito Santo, em Marataízes, onde a família de Carlos tinha uma casa de praia. Aquele bando de artistas, mesmo iniciantes, causou grande agitação na cidadezinha. Era o acontecimento do ano.

Mas tinha gente que não era tão hospitaleira com o pessoal de cidade grande. Os pais das meninas achavam que os rapazes poderiam desencaminhar suas filhas. Renato e Erasmo, cada vez mais amigos, passeavam à noite pela pracinha da cidade e logo engataram uma conversa com duas menininhas que se mostraram bastante simpáticas aos astros do rock. A conversa andava animada até ouvirem os gritos do pai de uma delas:

– Vocês do Rio de Janeiro vêm pra cá e querem comer as nossas meninas!

O escândalo já era algo desagradável, mas o pior é que o homem esbravejava sacudindo um revólver. Os dois rapazes começaram a temer pelo pior e imaginavam para qual direção deveriam correr, rezando para que o sujeito tivesse má pontaria.

Foram salvos por Imperial, que era mais do que conhecido de todos na cidade por ser filho do Dr. Gabriel.

– O que é isto? Nós viemos aqui trabalhar, trazer diversão para a cidade. Estes jovens são todos rapazes de família, de boa criação. Acham que eu iria trabalhar com cafajestes? Nada disso!

O pai enfezado ficou sem ação diante da lição de moral dada por Carlos e saiu cabisbaixo. Só não pediu desculpas a Renato e Erasmo porque a vergonha era muito grande.

A má notícia dessa época é que a TV Tupi cancelou "Festival de Brotos" e logo depois a Continental fez o mesmo com "Os Brotos Comandam". Para não ficar por baixo, Imperial plantava uma nota nos "Mexericos da Candinha" dizendo que por ciúmes da namorada chamada Sílvia iria afastar-se da TV.

Quase no fim do ano, Chubby Checker, o rei do twist, visitou o Brasil. O "Clube do Rock" foi recepcionar o ídolo no aeroporto. E Imperial assumiu o papel de cicerone do cantor, cuja principal exigência era ser chamado apenas pelo nome de batismo: Ernest Evans. Carlos seguiu com ele para o apartamento da Miguel Lemos.

O motorista do táxi que transportou o astro americano foi avisado de que deveria aguardar sua volta na porta do Edifício Ubatan. Lá em cima, Imperial promoveu uma grande festa com seus filhos, Marquinho e Maria Luíza, mais Edméa, a filha de Enedina, sua "mãe preta", que dançavam os sucessos do cantor. Antônio Viana Gomes, o Tony Checker, também estava lá. Contudo, em nenhum momento mostrou suas qualidades como dançarino de twist, ficou encabulado com a presença do ídolo norte-americano.

Depois de horas de espera, o motorista tocou a campainha. Desejava saber qual o desfecho daquela corrida, se o cantor iria para o hotel ou permaneceria ali mesmo. Edméa foi falar com Imperial, que era só entusiasmo e deslumbre com o fato de uma estrela internacional estar em sua casa, e não queria ser interrompido com mais nada.

– Porra, manda esse motorista ir tomar no cu! Eu estou aqui com o Chubby Checker, ele está se divertindo!

A garotinha de dez anos foi falar com o homem, mas obviamente não repetiu as orientações de Carlos relativas a o que o ele deveria fazer. Pediu apenas para que o moço aguardasse, pois a festa ainda iria durar mais um pouco.

Já era alta madrugada quando tudo finalmente terminou. O taxista levou Mr. Checker para o hotel e durante mais dois dias o transportou em sua badalada estada no Rio. Foram apresentações em programas de TV, festas, visitas a pontos turísticos, etc. Tudo por conta de Imperial. O único detalhe era que a corrida do taxista ainda não havia sido quitada.

Três dias depois da ida de Checker para São Paulo, o motoristas apareceu no apartamento dos Corte Imperial a fim de receber seu dinheiro. Mais uma vez a menina Edméa foi quem recebeu o homem.

– O Imperial tá aí? Eu fui buscar o moço no aeroporto, fui deixar ele e ainda não recebi o dinheiro da corrida.

Edméa foi falar com Carlos, que respondeu:

– Fala com ele que depois eu mando o cheque. Hoje eu não tenho dinheiro não.

O motorista recebeu o recado, e perdeu o último fio de paciência.

– Puta que o pariu! Eu estou vindo aqui toda hora pra cobrar este dinheiro, daqui a pouco eu vou incluir estas idas na corrida. Eu vou é botar ele na justiça!

Do outro andar do apartamento Imperial ouviu os gritos do homem e foi até ele bastante irritado.

– O que foi que o senhor falou?

– Ah, o senhor não me paga ...

– Olha, eu falei pra você no dia em que o artista chegou que eu não tinha dinheiro e que você ia fazer um favor para mim. Você fez o favor, não fez?

– Fiz.

– Se você não queria fazer o favor pra mim era só me falar que não queria. Você já fez o favor, não fez?

– Fiz.

– Então eu não estou te devendo porra nenhuma. Sai daqui!

Vendo que daquele mato não sairia coelho algum, o taxista foi embora. Saiu do prédio da Miguel Lemos com um ódio mortal do twist e de seus adeptos.

– E aí, o cara disparou?

– Não, dei a maior sorte, na hora exata apareceu o Mariel.

– O do "Esquadrão da Morte"?

– É, mas nessa época ele ainda nem era polícia, estava trabalhando como segurança de boate ali no Lido. Bom, ele veio chegando e falou para o sujeito: "Calma, amigo". Mas o cara gritava: "Sai que eu atiro em você também". De repente, o Mariel deu um pulo e desarmou ele. O sujeito começou a chorar e tremer, o Mariel me mandou buscar um copo-d'água. O corno acabou me abraçando e beijando – Gastão desatou a rir .

Trabalho reconhecido, Imperial e um troféu de honra ao mérito.

14

IMPÉRIO

Após dez anos de serviços prestados, o "Napoleão" foi substituído por outro carro. Nos seus últimos dias o Dodge era um acúmulo de problemas: a capota não subia mais, tinha pontos de ferrugem, e o motor demonstrava cansaço. Ao contrário da maioria dos consumidores, ávidos por um carro nacional desde que Juscelino implantara nossa indústria automobilística, Imperial comprou outro americano, um Buick preto, que por certo tempo foi sua menina dos olhos.

Porém, a lua de mel de Carlos com o novo carro se transformava em momentos de desespero toda vez que Rose aparecia na Miguel Lemos. Por várias vezes, enquanto exibia a máquina aos amigos, a mãe de seus filhos o abordava para uma conversa. Tudo de maneira muito cordial, até ela lembrar-se do estilo de vida que Imperial levava. O sangue da jovem entrava em ponto de ebulição, e ela começava a cobrar-lhe maior responsabilidade no trato com as crianças, o pagamento em dia da pensão e que pensasse menos em mulher. Encerrava o sabão correndo atrás do ex-marido, com o sapato na mão, tentando atingi-lo onde fosse possível. Nem se dava o trabalho de gastar seu jiu-jítsu com ele. Mas sair machucado não era o maior temor de Imperial. O que não queria era ver seu amado Buick arranhado. Abraçava o carro tentando protegê-lo, enquanto a garota com olhos de gata e gênio de onça braba batia em suas costas largas com o salto do scarpin.

Imperial não ficou muito tempo sem programa na TV. Antes do final de 1962, "Os Brotos Comandam" voltava à Continental. Dessa vez, a atração iria ao ar todas as quintas. Devido ao final do programa anterior, Carlos perdeu o contato com muitos dos seus artistas, e acabou optando por trabalhar com apenas uma dupla de cantores. Hamilton, o rapaz de bom inglês, e seu amigo Elton foram os escolhidos.

A amizade dos rapazes vinha desde a infância. Eles chegaram a formar uma dupla, Os Everly Brothers do Grajaú, que imitava os irmãos americanos intérpretes do sucesso "Bye Bye Love", além de homenagear o bairro onde moravam. Ganharam até uma disputa no programa de Jair de Taumaturgo vencendo Os Bacaninhas do Rock de Piedade, nome original de Renato e Seus Blue Caps.

Por já ter-se apresentado na primeira fase de "Os Brotos Comandam", Hamilton foi o primeiro a ser chamado, e indicou Elton, que foi à TV Continental falar com o apresentador.

– O senhor é o Imperial?

– Sou, não está vendo? Tem outro?

– Eu sou o Rick Elton – nome inspirado em outro de seus ídolos americanos, Rick Nelson.

– Arranja outro, Elton não é nome de cantor! Qual é o teu nome completo?

– Elton Roberto Mendes de Carvalho.

Roberto Carlos enfim fazia sucesso. Embora fosse conhecido apenas no Rio de Janeiro, "Malena" vendia bem melhor que "Brotinho sem Juízo". Imperial não engoliu isto: o cantor em que havia acreditado brilhava, mas não com música sua. Pior, o autor era Rossini Pinto, um sujeito que não simpatizava com ele – na coluna que tinha no "Correio da Manhã", Rossini vivia atacando Imperial, a quem chamava de mentiroso e plagiador. Quando Elton pronunciou seu segundo nome, viu a oportunidade ideal para alfinetar seu antigo protegido.

– Excelente, eu vou usar este Roberto. Deixa eu ver... Roberto Ricardo? Roberto Augusto? Roberto Rei! Teu nome vai ser Roberto Rei!

A dedicação de Imperial para com o programa era extrema. A nova edição de "Os Brotos Comandam" começava às 18 horas, mas ao meio-dia ele já estava na emissora para deixar tudo arrumado. Os rapazes cantavam sentados em um banquinho de madeira, que ele passava horas colocando na posição que considerava ideal, juntamente com os microfones e violões que a dupla iria tocar. Porém, na noite de estreia, Hamilton, na maior inocência, trouxe seu banquinho para perto de Roberto, bagunçando a arrumação feita por Carlos, que o fulminava com os olhos. Quando voltou para buscar o pedestal com o microfone ouviu Imperial gritando com Roberto Rei, que não conseguia conter o riso:

– Ô palhaço, para de rir! Seu palhaço!

A transmissão precisou ser interrompida para que cantor e apresentador se acalmassem.

Três dias antes de cada programa, Imperial, ou Império, como a dupla passou a chamá-lo, ligava querendo saber com que roupa iriam se apresentar. Carlos começava a consulta por Roberto Rei:

– Eu vou com uma calça preta e uma camisa vermelha.

– Não! Arruma outra!

Em seguida, o rapaz ligava para avisar Hamilton:

– O Império falou para a gente não ir de vermelho e preto. Disse para escolher outra roupa.

Hamilton ligava para Imperial:

– Império, eu posso usar uma calça verde e uma blusa amarela?

– Não! Liga pro Roberto Rei e combina algo melhor.

Depois de umas quinze ligações dos rapazes, Carlos explodia:

– Venham com a roupa que vocês quiserem, porra! Venham, caralho! Venham nus! Venham com a puta que pariu! Mas não me encham mais a porra do saco!

A transmissão da TV era em preto e branco. Se fosse a cores, provavelmente a discussão se arrastaria por toda a semana.

Quando Imperial perguntou a Roberto Rei se havia outro Carlos Imperial na emissora, esqueceu-se de que ao seu lado estava Ângelo Antônio Guerra Póvoa. O filho do general Otávio Póvoa, que fora presidente do Clube de Regatas Vasco da Gama, era outro dos fiéis seguidores de Carlos Imperial que imitava seus gestos, linguajar e jeito de vestir. Presunto, como era conhecido pela turma em Copacabana, era alto e gordo como o apresentador, o que o tornava mais parecido com ele. Mas diferia numa coisa de seu "mestre", era um apaixonado por esportes. Jogava futebol na praia, lutava judô muito bem, e adorava pegar jacaré quando o mar estava com bandeira vermelha. Formava-se até plateia na areia para vê-lo deslizar na crista das fortes ondas. No programa da TV Continental, Presunto exercia a função de contrarregra, mas algumas vezes participava de alguns quadros de humor criados por Carlos. O mais popular deles era um em que os dois serviam de escada para Vaninha, a Garota Prodígio, uma menina de 8 anos que começou fazendo mímica de Brenda Lee, e agora virava a nova Shirley Temple nas mãos de Imperial.

Jorge Babulina, o garoto que no passado vivia aguardando uma chance de se apresentar em "Os Brotos Comandam", deixou o apelido de lado, e adotando o sobrenome de sua mãe, passou a se chamar Jorge Ben. Conseguiu gravar um 78 rpm pela Philips com duas músicas suas: "Mas que Nada" e "Por Causa de Você, Menina", que fez sucesso e possibilitou seu primeiro LP, "Samba Esquema Novo", que caiu no gosto do público, com 100 mil cópias vendidas. O garoto que era considerado um "bicão" acabou rindo por último.

Roberto Rei namorava uma garota chamada Rosinha, que tinha uma irmã mais velha. Nos bastidores da Continental, Carlos quis conhecê-la.

– Quem é a menina aí? Quem é? Quem é? Quem é?

– Ela é irmã da minha namorada.

– Escuta, diga que ela vai sair com Carrrr-los Imperial.

Roberto lhe apresentou a boneca, e os dois casais saíram para jantar. No restaurante, antes de fazer o pedido, Imperial veio com uma das suas:

– Garçom, você sabe quem é esta jovem aqui? Ela é Carla, a namorada de Carrr-los Imperial! – a moça sentiu-se como a mais importante das mulheres. Praticamente a senhora Corte Imperial.

No "château", a temperatura esquentou. Imperial, com a mesma energia de um touro do festival de Pamplona, corria pelo quarto atrás da menina gritando a plenos pulmões:

– Agora eu vou te matar! Aaaaaahhhhh!!!!!!!!!!!

Excitadíssimo, quebrou o abajur na mesinha de cabeceira, pulou na cama, rachando o estrado com seus 102 kg, fez o diabo. Não sobrou nada da mobília para contar a história.

Em um clima mais romântico com Rosinha, Elton ouvia assustado a gritaria do casal no quarto ao lado. Temia que Imperial estivesse dando uma surra na garota ou coisa parecida. Mas ao reencontrar os dois na sala, viu que Carlinha estava sem nenhum arranhão. Trazia apenas no rosto um sorrisinho muito do sem-vergonha.

Imperial continuava organizando suas excursões musicais com o "Clube do Rock". Apesar de seu jeito irreverente na vida particular, era extremamente sério quando o assunto era trabalho. Quando havia viagem marcada, exigia que todos os artistas o encontrassem pontualmente às sete da manhã na rodoviária da Praça Mauá. E quando entrava no ônibus advertia os mais assanhados:

– Silêncio, ninguém fala! – todos obedeciam.

O bibelô da corte do Imperial era a cantora Rosemary, a "bonequinha loura". Uma cantora de versões de músicas italianas que, assim como Cleide Alves, viajava nas excursões musicais acompanhada da mãe, dona Tereza. Carlos era só gentilezas para com a senhora.

Numa das viagens, após uma hora e meia de silêncio, o ônibus parou num restaurante de beira de estrada e Imperial aproveitou para discursar à mesa:

– Senhoras e senhores, estamos em Campos, terra de Didi – nutria grande admiração pelo meia do seu amado Botafogo, que tivera importante participação na conquista da Copa de 1958 e recentemente na de 1962.

Nisso, surge o garçom, que encabulado vem lhe falar:

– Seu Imperial.

– Sim, meu jovem.

– Aqui não é Campos não. Aqui é Macaé.

Quem atravessava uma ótima fase era Simonal. Após Ronaldo Bôscoli, o homem que não havia permitido o ingresso e Roberto Carlos na turma da bossa-nova, o levar para o Beco das Garrafas, tornou-se um crooner respeitado na noite carioca. Seu repertório variado, que incluía standards americanos, rocks, samba e jazz, também continha bossa-nova. Mas ele não era um reles imitador de João Gilberto, conseguia imprimir sua personalidade em cada canção que interpretava. Ronaldo gostou dele porque tinha "champignon", expressão que pegou emprestada de uma amiga francesa para classificar tudo o que era realmente especial. Como estrela do Beco, a ascenção de Simonal foi constante e, em 1963, ele lançou seu primeiro LP, "Tem Algo Mais", de onde saiu "Balanço Zona Sul" (Tito Madi), seu primeiro grande sucesso.

Com a aprovação de Imperial, seu secretário passou a se chamar Erasmo Carlos, nome que achava muito melhor do que o Esteves de antes. O rapaz nem ligou para os rumores de que seu amigo Roberto não havia gostado da mudança. Segundo diziam, achou que muitos "Carlos" reunidos acabariam confundindo os fãs. E isso realmente não afetou a relação dos dois, que ficava cada vez mais forte. Após lançar outro compacto com música com nome de mulher, "Susie", uma composição inteiramente sua, Roberto gravou uma versão que Erasmo fez de um sucesso do cantor Bobby Darin, "Splish Splash".

Conseguir gravar a canção do jeito que queria foi uma verdadeira batalha para o cantor. A Columbia, agora CBS (Columbia Broadcast System), era extremamente conservadora, usava a orquestra do Teatro Municipal sob a regência do maestro Astor para acompanhar todos os seus artistas. Os músicos tinham boa técnica, contudo não compreendiam o rock'n roll. Roberto gravava seus discos e não ficava satisfeito com o resultado. Queria que as coisas fossem diferentes com "Splish Splash", que tivesse uma pegada verdadeiramente de rock. Consultou Evandro Ribeiro sobre a possibilidade de usar Renato e Seus Blue Caps na gravação, já que eles o acompanhavam nos shows que fazia pela cidade. Como era de se esperar, Seu Evandro vetou. Mas o cantor não se deu por vencido e continuou insistindo diariamente com o homem. Somente depois de dizer que os rapazes cobravam barato é que conseguiu que o diretor artístico entregasse os pontos. A sovinice de Seu Evandro foi a principal responsável pela pioneira entrada de um legítimo conjunto de rock na gravadora.

A persistência de Roberto Carlos foi recompensada com um estrondoso sucesso da música. Evandro Ribeiro viu que era bom negócio ter Renato e Seus Blue Caps como contratados da gravadora, e foi o que fez. A partir daquele momento, seriam o conjunto de rock da CBS. Porém Erasmo não teve a mesma sorte que os "bacaninhas de Piedade". Ele pretendia cantar sozinho e achou que, após o sucesso de "Splish Splash", a CBS iria recebê-lo de braços abertos. Mas Seu Evandro o despachou secamente:

– Você não interessa à companhia porque nós já temos Roberto Carlos. Não precisamos de um cantor que cante o mesmo estilo.

Apesar do balde de água fria em suas pretensões, Erasmo não desistiu da carreira solo. Iria conseguir um contrato numa grande gravadora. E da mesma maneira como acontecera com Simonal, vendo que sua carreira como cantor tinha possibilidade de vingar, passou a prancheta de secretário de Imperial para outro. Ary Tell, "o rei da dança", que fazia par com Mariínha em "Os Brotos Comandam", foi o agraciado com o cargo.

Adilson Manhães Cartaxo – o nome Ary Tell também foi ideia de Carlos, inspirado no herói Guilherme Tell – era uma figura simpática de quem todos no "Clube do Rock" gostavam. Grande contador de vantagens, vivia em eterna competição com Imperial. Os dois mantinham cada um uma inacreditável caderneta onde anotavam os nomes das garotas que desvirginaram ou, segundo eles, "tiraram os cabaços". Não era difícil encontrar a dupla discutindo nos bastidores da TV Continental:

– Eu já tirei vinte e três cabaços.

– Não tirou mesmo, porque aquela Ilda não foi você quem tirou. Fui eu.

– Ah, e a Marly? Tá com o nome no caderninho mas nunca foi cabaço. Era uma tremenda duma piranha, dava para todo mundo. "Marly papa-fila"...

Com 5,6 milhões de votos – a maior votação até então obtida no Brasil –, Jânio da Silva Quadros sucedeu Juscelino Kubitschek na presidência da República. Mas em 25 de agosto de 1961, com menos de oito meses no governo, o mato-grossense renunciou alegando "forças terríveis". Quem deveria assumir seria seu vice, João Goulart, que se encontrava em viagem diplomática na China. Foi o suficiente para que setores conservadores, em especial os ministros militares, o acusassem de ser comunista e tentassem impedir sua posse. Falavam até em derrubar seu avião quando voltasse ao país. Mas num acordo, depois da "Campanha da Legalidade" organizada pelo governador do Rio Grande do Sul e cunhado de Goulart, Leonel Brizola, foi instituído o regime parlamentarista no país. Jango, apelido pelo qual João Goulart era conhecido desde pequeno, seria o chefe de Estado, mas, na prática, o primeiro-ministro era quem tinha poder.

Somente após plebiscito realizado em janeiro de 1963, decidindo pela volta do presidencialismo, Jango tornou-se presidente de fato. Finalmente com poder para governar, divulgou a intenção de implantar reformas de base (agrária, tributária, administrativa, bancária e educacional), algo que desagradou bastante aqueles que tentaram impedir sua posse em 1961. O aumento da inflação e do desemprego fizeram com que perdesse apoio popular. Em 13 de março de 1964, Jango discursou na Central do Brasil para 150 mil pessoas, e anunciou a nacionalização de refinarias de petróleo e a desapropriação de terras para a reforma agrária. A reação de seus opositores veio seis dias depois em São Paulo, com a "Marcha da Família com Deus pela Liberdade", cujo objetivo era mobilizar a opinião pública contra seu governo, acusando-o novamente de querer implantar o comunismo no Brasil. A situação do presidente não era nada boa.

Às 4 da tarde do dia 1º de abril, Pinheiro Júnior, o jornalista amigo de Imperial, chegou à redação da "Última Hora" sem ter conseguido cobrir as vaias e ameaças de agressão contra o governador de Pernambuco e aliado de João Goulart, Miguel Arraes, durante um comício em Juiz de Fora. Na véspera, Pinheiro e sua equipe haviam sido detidos pelo Exército, tendo sido liberados apenas na manhã daquele dia. Ao voltar, o jornalista percebeu que algo sério estava acontecendo quando soube que um regimento de Minas Gerais se encontrava no Rio de Janeiro. Logo que entrou na cidade, viu os tanques do general Mourão Filho por todo lugar. Era a Revolução Redentora, nome que os militares usaram para chamar o golpe contra Goulart. Por volta das 4h30, enquanto terminava de datilografar uma matéria, seu colega Moacyr Werneck avisou:

– O Carlos Lacerda está na TV Rio insinuando que a "Última Hora" deve ser quebrada. É melhor todo mundo ir embora, pois quem ficar vai se dar mal.

Depois do suicídio de Getúlio, Lacerda viu a opinião pública, que colocara contra o presidente, considerá-lo o responsável pela tragédia. Temendo por sua vida, deixou o país por uns tempos. Voltou, e em 1955 tentou impedir a posse de Juscelino. Não conseguiu, mas como deputado pela UDN continuou com sua virulenta oposição. Na eleição de 1960, apoiou Jânio, mas como governador do recém-criado estado da Guanabara, foi apontado como umas das "forças ocultas" responsáveis pela renúncia. Seria ilusão imaginar que o "derruba presidentes" tornaria a vida de João Goulart um leito de rosas. Sua participação no golpe foi intensa, e naquele 1º de abril Lacerda aproveitava para ir à forra contra a "Última Hora", e seu dono e arqui-inimigo, Samuel Wainer, um simpatizante de Jango, assim como fora de JK e Vargas.

Mais do que depressa o grupo em que Pinheiro estava deixou o jornal. Na Praça da Bandeira avistaram pessoas que aparentavam atender aos apelos de Lacerda entrando na Rua Sotero dos Reis, onde ficava o prédio da "Última Hora". No dia seguinte, o repórter ligou para saber se havia alguém vivo no local. Felizmente atenderam ao telefone, mas soube que quem permaneceu no local apanhou. A Rádio Mayrink Veiga, onde também trabalhava e que tinha o cunhado de Jango, Leonel Brizola, como um dos sócios, teve seus transmissores lacrados para sempre.

Jango estava no Rio de Janeiro, mas partiu para Brasília, e em seguida para o Rio Grande do Sul. Informado de que os golpistas eram apoiados pelo governo americano, descontente com o reatamento das relações diplomáticas do Brasil com a União Soviética, Goulart desistiu da intenção de resistir, mesmo com a insistência de Brizola para que optasse pelo confronto. Temia uma guerra civil. Abandonou o país indo exilar-se no Uruguai. No dia 15 de abril de 1964, o marechal Humberto de Alencar Castelo Branco assumiu a presidência da República, eleito, indiretamente, por um Congresso com vários de seus integrantes contrários à "Redentora" devidamente afastados.

A não ser pelo fechamento da Rádio Mayrink Veiga, onde os cantores do "Clube do Rock" se apresentavam nos programas de Jair de Taumaturgo, Imperial não deu a menor importância à mudança de governo. Nem ele, nem seus artistas. A preocupação daqueles jovens era ter um contrato com uma gravadora, arranjar shows em que o empresário não fosse picareta, e um dia comprar um teto para morar. Aqueles acontecimentos eram muito distantes da realidade em que viviam. Um golpe de estado no Brasil ou na Romênia não fazia muita diferença para eles.

Mas Imperial não escapou de ter uma má experiência com a mudança de governo. Osaná Rocha, o primo de Eduardo e Aurino Araújo, participava como ator principal e produtor do filme do estreante Aécio F. Andrade, "Tropeiro", baseado no livro "A Cruzada da Esperança", cujas filmagens foram em Vitória da Conquista, na Bahia. Carlos acabou entrando como sócio da produção, bancando as despesas com laboratório. Com o filme pronto, Leonel Brizola chegou a se interessar em comprá-lo, pois achava que sua mensagem poderia servir como propaganda da reforma agrária. Mas depois da "Redentora", o cunhado de Jango foi embora do país, e os rapazes continuaram como donos do filme. Numa de suas jogadas para promovê-lo, Carlos alardeava já ter vendido o filme para um distribuidor estrangeiro por 20 milhões de cruzeiros. Fizeram o lançamento no cinema Metro Copacabana, logo em seguida ao golpe. O grande problema é que, nessa noite, Osaná e Imperial foram intimados a prestar esclarecimentos sobre o teor da obra, já que o governo soubera tratar-se de um manifesto pela reforma agrária, o grande "bicho-papão" dos responsáveis pela "revolução". Mas quando souberam que Osaná era filho de um latifundiário em Minas Gerais e Imperial de um banqueiro, liberaram a dupla. Apenas a lamentar a medíocre bilheteria do filme, que não atraiu público e foi retirado de cartaz rapidamente.

Bola pra frente, em setembro, Império, ligou para Renato Barros:

– Grande figura, eu vou estrear um programa diário na TV Rio, vai se chamar "Brotos no 13" e quero os Blue Caps participando dele.

– Imperial, não vai dar pra participar. O conjunto terminou, eu nem tenho mais instrumentos.

– Vamos conversar sobre isso, vem agora aqui pra casa.

Depois da gravação de "Splish Splash", Renato e Seus Blue Caps assinaram contrato com a CBS, mas entraram em inatividade. Imperial aparecia com a proposta de um retorno, e o guitarrista não iria desperdiçá-la. Tomou um ônibus e foi à Miguel Lemos. Chegando lá encontrou Imperial sentado à enorme mesa da sala de jantar deliciando-se com uma Coca-Cola tamanho família. Renato nem teve tempo de cumprimentá-lo, pois já foi ouvindo:

– Você vai a São Paulo falar com o senhor Giorgio Giannini. Leva estes dois cheques em branco e traz tudo o que você acha que precisa. Agora, se ficar faltando alguma coisa o problema vai ser teu. Se precisar de um parafuso que seja, você traz. Porque se ficar faltando, você tá fodido.

– Mas é assim, Imperial, eu já vou pra São Paulo?

– É, leva estes dois cheques e fala que é a mando de Carlos Imperial. Traz tudo! Tu-do!

Renato não entendeu o porquê dos dois cheques, mas seguiu as orientações de Carlos. Pela primeira vez na vida andou de avião. Já em São Paulo, do aeroporto de Congonhas tomou um táxi pedindo ao motorista que o levasse à Alameda Olga 414, onde ficava a loja de instrumentos musicais Giannini. Chegando lá, falou com o dono do estabelecimento.

– Seu Giorgio Giannini?

– Sim.

– Eu sou Renato Barros, vim a mando do Carlos Imperial.

– Tudo bem, ele já ligou avisando. Do que você vai precisar?

– É muita coisa...

– Fique à vontade.

A melhor guitarra que Renato teve foi fabricada por ele mesmo no quintal de sua casa lá na Rua Padre Nóbrega. Claro, depois teve a possibilidade de usar os instrumentos do estúdio da CBS, mas infelizmente não eram dele. A variedade de instrumentos da loja do Sr. Giannini fez com que se sentisse como uma viúva sexagenária diante dos doces da Casa Cavé. O rapaz começou separando três amplificadores (dois de guitarra e um de baixo); depois duas guitarras de modelo semelhante ao da americana Fender stratocaster; um baixo elétrico, e até uma bateria. O dono da loja mandou separar todo o material e colocar numa Kombi. Depois perguntou pelo cheque de que Imperial havia falado. Renato lhe entregou, ele somou toda a despesa, preencheu e lhe deu a nota fiscal. Com tudo acertado, era hora de voltar para o Rio.

No aeroporto, Renato foi avisado de que havia excesso de bagagem. Para seus instrumentos poderem embarcar, seria necessário pagar uma taxa. Foi aí que entendeu o porquê do segundo cheque dado por Imperial. Falou com o fiscal que pagaria com um cheque de terceiro, que foi aceito sem nenhuma contestação. Renato tomou o avião custando a acreditar que estava prestes a liderar o mais bem equipado conjunto de rock do Rio de Janeiro.

A estreia de "Brotos no 13", no dia 20 de julho de 1964, contou com a participação da cantora italiana Rita Pavone, que brilhava no mundo inteiro com "Datemi Un Martello", e visitava o país. Os paulistas do The Clevers a acompanhavam na turnê brasileira. O conjunto tinha ótima técnica e instrumentos de topo de linha. Foi essa a razão de Imperial mandar Renato a São Paulo, queria os músicos do seu programa fazendo bonito diante dos convidados. E os reagrupados Blue Caps – com exceção de Erasmo, agora em carreira solo – deram conta do recado.

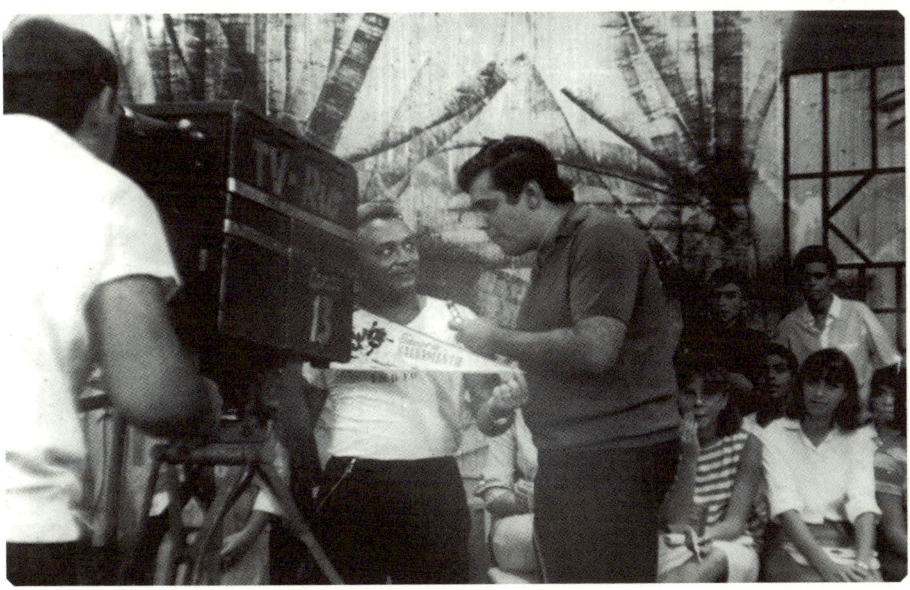

O constante esforço do apresentador para oferecer uma nova atração a cada dia.

A estreia de "Brotos no 13" deixou o Gordo bastante satisfeito, e viria outra novidade pela frente. Aurino Araújo tinha um tio proprietário da fábrica de chocolates Dizioli. O rapaz ficou administrando o depósito da empresa em Belo Horizonte, e com uma cota para publicidade, teve a ideia de criar um programa tendo Imperial como apresentador para melhor divulgar os produtos da fábrica. Carlos impôs uma única condição para aceitar a proposta:

– Mineiro, eu aceito, mas o teu irmão tem que voltar a cantar.

Quando estourou o golpe militar, Eduardo voltou para Minas Gerais. Havia perdido o interesse pela vida de cantor de rock'n roll, preferiu tocar a fazenda da família em Joaíma. Aurino foi buscá-lo, e ele acabou participando da estreia do "Carlos Imperial Show". Com ânimo novo voltou para o Rio. Passou a dividir um apartamento em Copacabana, na Rua Francisco Otaviano 41, com o irmão e Imperial.

O "Carlos Imperial Show" fez grande sucesso em Belo Horizonte, os jovens criaram até um fã-clube para ele. Recebiam a trupe de artistas do apresentador com todo o entusiasmo. Os finais de semana, quando chegavam na cidade, eram o acontecimento mais aguardado pelos jovens. Ali surgiu uma cantora de São João Del Rei chamada Silvinha, uma loirinha de 13 anos que Carlos havia conhecido cantando no Jaraguá Country Club.

Roberto Rei, mais uma descoberta de Carlos Imperial.

Mesmo com esses dois programas, a cabeça de Carlos não parava de trabalhar. Baseado no sucesso dos filmes de praia com o casal Frank Avalon e Annette Funicello, em que durante 90 minutos jovens revezavam-se entre praticar surf, namorar e dançar, Imperial lançou um novo gênero de rock, o surf. Compôs duas canções nessa linha: "Onda do Jacaré" e "Vou Deslizar", e providenciou que Roberto Rei as gravasse num compacto pela RCA. Mas, muito atarefado, produziu o compacto a distância, dando todas as orientações a Hamilton. A orquestra do renomado maestro Carioca acompanhou Roberto. Eram 20 músicos dentro do estúdio Havaí, próximo à Central do Brasil. O resultado agradou bastante a Imperial, que passou a apresentar seu cantor como Roberto Surf Rei.

Como resultado da boa audiência do programa na TV Rio, Imperial foi chamado para apresentar o seu "Os Brotos Comandam" na Rádio Carioca. Sua estreia foi no dia 1º de setembro de 1964.

"Brotos no 13" começava sempre com Renato e Seus Blue Caps tocando. Numa noite, antes do programa começar, Imperial chegou trazendo um compacto com uma música com um X marcado a caneta. Chamou Renato para conversar num botequim em frente à TV Rio. Queria que tocasse a tal música na noite seguinte. Renato olhou o nome do conjunto, chamava-se The Beatles. Nunca ouvira falar neles.

– Renato, esse conjunto é sucesso no mundo todo, menos aqui no Brasil. Eu quero que os Blue Caps abram o programa de amanhã com essa música deles.

– Imperial, isso é impossível! Não vai dar tempo.

Renato e Seus Blue Caps, o conjunto oficial de "Brotos no 13".

Mesmo assim o guitarrista levou o compacto para casa. A canção se chamava "I Should Have Known Better". Renato achava difícil decorar numa única noite a letra em inglês e ainda ensaiar com o resto do conjunto. Resolveu fazer uma versão em português que nada tinha a ver com a letra original. Deu-lhe o nome de "Menina Linda". Antes de começar o programa da TV, explicou a situação para Imperial:

– A música tá mais ou menos ensaiada, e eu vou precisar que você faça uma "dália" bem grande para eu poder ler. Ainda não sei direito a letra que fiz.

– Tudo bem.

Imperial mandou Ângelo Antônio escrever a letra numa cartolina e posicioná-la estrategicamente no palco. Os Blue Caps tocaram a música sem maiores problemas e a "cola" fez com que Renato cantasse a letra sem tropeços. Assim que o programa acabou, ele e os demais integrantes foram para o botequim da Joaquim Nabuco. Enquanto tomava um cafezinho, Imperial chegou e batendo nas suas costas começou a gritar:

– Fala assim, fala: Carlos Imperial é foda! Fala! Fala! Fala! Carlos Imperial é foda!

– O quê tá acontecendo? Por que você tá falando isso?

Império mostrou um bolo de papéis que trazia na mão e explicou:

Com o comediante Antônio Carlos, participando de um dos humorísticos da TV Rio.

– Olha isto aqui, cara. São pedidos para repetir a música! Olha aqui o que é sucesso! Eu sou foda! Eu sou foda!!!

Renato ainda estava terminando seu primeiro LP na CBS, e Imperial sugeriu que ele encaixasse "Menina Linda". A sugestão foi aceita, e a canção tornou-se o grande sucesso de "Viva a Juventude!". Algum tempo depois, a versão com os Beatles era executada nas rádios brasileiras. Mas muita gente achava que os ingleses haviam gravado a música de Renato e Seus Blue Caps, que no Brasil vendeu mais do que eles.

– Bem, depois daquela confusão com o milico, eu não quis mais nada com a ex-mulher dele. Pensei que ele tivesse superado isso.

– E não superou?

– Sei lá, estou aqui nesse camburão. Pode muito bem ser uma vingança tardia dele. A gente nunca pode subestimar a dor de um corno.

Relembrando os tempos do Copa Golf, Imperial mostra seus dotes de dançarino acompanhado do Conjunto Castelinho.

15

IÊ-IÊ-IÊ

Em novembro de 1961, Brian Epstein, gerente do departamento musical da loja NEMS em Liverpool, Inglaterra, não teve como atender ao cliente que lhe pediu o compacto com a música "My Bonnie" com The Beatles acompanhando o cantor Tony Sheridan. Mas procurou se informar melhor sobre os artistas. Descobriu que o conjunto se apresentava em um barzinho chamado Cavern Club e foi conferir. Gostou do som, e levou alguns compactos para revender. Colocou na porta da NEMS um cartaz escrito a mão: "TEMOS DISCOS DOS BEATLES". Vendeu todos naquele mesmo dia. Brian concluiu que poderia fazer ainda mais dinheiro se trabalhasse com o quarteto. Voltou ao pub para conversar com os rapazes. Virou empresário deles.

Depois de levarem algumas portas na cara, os garotos de Brian, John Lennon, Paul McCartney, George Harrison e Pete Best conseguiram ser aceitos pela EMI, por onde lançaram um compacto com a canção "Love Me Do". Porém, com uma mudança na formação, Pete, o baterista, foi substituído por Ringo Starr. "Please Please Me", gravada no compacto seguinte, foi primeiro lugar na Inglaterra no início de 1963, depois foi lançado um LP com o nome da canção, que vendeu ainda mais. A Europa tornava-se deles, mas faltavam os Estados Unidos. E eles sucumbiram à beatlemania, depois de uma apresentação no popular Ed Sullivan Show, onde "os quatro de Liverpool" foram vistos por 73 milhões de espectadores.

Brian Epstein também foi o responsável pela composição visual do conjunto. Fez com que os garotos usassem ternos e botinhas, que viraram moda no mundo todo, assim como o cabelo comprido cortado tipo pajem. No Brasil, depois que os Beatles tornaram-se populares, o comportamento dos fãs não foi diferente. Todo mundo queria andar vestido como um beatle. O topete à Elvis Presley virava coisa do passado. Sabendo disso, Imperial conseguiu que a fábrica de sapatos Mundial, que produzia botas bem parecidas com as usadas pelos rapazes de Epstein, patrocinasse "Brotos no 13". No programa, o "disc-jóquei da juventude" promovia concursos de dança cujo prêmio eram as cobiçadas "botas dos Beatles". Todo mundo queria ganhar a sua. Tinha fã que ia à TV Rio para conseguir autógrafo do seu galã preferido, mas deixava isso de lado para participar da disputa pelas botinhas.

Na estreia do novo patrocínio, Imperial colocou Ângelo Antônio para fazer propaganda das botinhas. Enquanto Carlos falava das qualidades do calçado, Presunto o mostrava diante das câmeras. No final, quis que o contrarregra informasse onde poderia ser encontrado e perguntou:

– E Ângelo, qual é o número?

O rapaz examinou a sola da bota e respondeu:

– Quarenta e dois!

– Qual é o número?

– Quarenta e dois!

– Meu amigo, qual é o número?

– Quarenta e dois!

Irritado, Imperial pegou uma cartolina, escreveu em letras garrafais "BURRO", e por trás das câmeras mostrou a Ângelo. Novamente o programa era interrompido pelo mau gênio do apresentador.

O contrarregra ficou magoado com a grosseria vinda de alguém que tanto admirava.

– Imperial, eu me confundi, tenha paciência.

Carlos ouviu, mas continuou calado. No final do programa chamou o amigo para tomar um sorvete, a maneira de admitir que havia exagerado na dose.

Além da forma de vestir, os Beatles trouxeram uma outra mudança ao país. O rock'n roll deixou de ser chamado dessa maneira, agora era iê-iê-iê, nome tirado do "yeah, yeah, yeah" entoado pelo quarteto inglês num de seus sucessos, a canção "She Loves You".

Nem só de rock, aliás, iê-iê-iê, vivia o programa de Imperial. Artistas de todos os ritmos tinham oportunidade nos "Brotos no 13". Oswaldo Nunes virou um dos membros da turma, botando todo mundo para dançar com o seu samba "Oba", que virou hino do bloco "Bafo da Onça".

Essa onda que eu vou
Olha a onda iaiá
É o Bafo da Onça
Que acabou de chegar

Menor abandonado, Oswaldo foi criado numa instituição de onde fugiu aos 13 anos. Morou na rua, vivendo na linha da marginalidade. Era homossexual, mas brigava como ninguém, capaz de arrebentar a cara de qualquer um que ousasse chamá-lo de veado. Aprendeu a cantar e compor nas rodas de samba que frequentava na Lapa, o que o tirou da vida torta. Quando iniciou seu contato com Imperial, ainda demonstrava inexperiência, não tinha noção do tempo certo de entrar com a voz nas canções. Durante suas apresentações nos "Brotos no 13", Carlos ficava atrás das câmeras sinalizando a hora certa dele cantar no acompanhamento do conjunto.

– Vai, canta. Agora espera. Vai de novo, vai de novo.

Damião Costa, proprietário do Hotel Fragata, na Ilha de Paquetá, virou outro "mais novo amigo de infância" de Imperial. Era muito comum tomar uma barca com seus artistas para dar show na boate do hotel. O pessoal adorava a mordomia, café da manhã, quarto confortável, muito melhor do que os circos com lona furada em que alguns se apresentavam. Nos shows no Fragata, os "veteranos" do "Clube do Rock" gostavam de pregar uma peça nos artistas recém-chegados na turma. Colocavam os novatos para dividir quarto com Oswaldo Nunes. E riam até não querer mais do jogo de cintura dos calouros para escapar das investidas do cantor. Durante uma dessas idas a Paquetá, Oswaldo protagonizou uma confusão no hotel ao dar em cima de um sujeito que não era adepto do amor entre iguais. Imperial, que já estava dormindo, foi chamado às pressas no seu quarto e apareceu na recepção só de cuecas para evitar a briga prestes a começar.

Os jovens artistas de Carlos Imperial conquistavam popularidade no Rio de Janeiro. Eram reconhecidos na rua, davam autógrafo, tinham fãs que pediam para Queixo de Mula, fotógrafo oficial dos eventos do "Clube do Rock", documentar os preciosos momentos com eles. Mas o dinheiro continuava a não aparecer. A maioria deles morava no subúrbio, muito longe de Copacabana, onde ficava a TV Rio. Ter um carro era um sonho remoto. Quando iam participar dos "Brotos no 13", combinavam de pegar um ônibus até o mais próximo possível da emissora para depois rachar um táxi, evitando assim passar atestado de pobreza para o público.

O pouco dinheiro que essa turma conseguia continuava sendo das viagens promovidas por Imperial. Mas a coisa funcionava da seguinte forma, eram 70% para ele, e os outros 30 para os meninos. Claro, o disc-jóquei tinha as despesas com ônibus, hotel e alimentação da turma. Mas, ainda assim, levava a maior fatia.

Em São Paulo, a vida era melhor, havia mais lugares para tocar e um número maior de programas na TV. Roberto Carlos percebeu isso e foi pra lá. Erasmo, após conseguir contrato com uma grande gravadora, a RGE, e lançar seu primeiro LP, seguiu o amigo. Simonal foi convidado pela Tupi paulista para apresentar "Spotlight", programa dirigido por Abelardo Figueiredo, onde mostraria todo o seu talento diante das câmeras. Até Imperial andou visitando a cidade. Em janeiro de 1965, a revista Intervalo noticiava para breve a estreia na TV Record de "Brotos no 7", um programa para a juventude paulista semelhante aos que Carlos apresentava no Rio de Janeiro e em Belo Horizonte. Mas ele não teve sorte igual à de seus três pupilos. Apesar de noticiada, a atração não foi ao ar.

Contudo, a Record estava fadada a ter um programa dedicado à música jovem. A emissora transmitia o Campeonato Paulista de Futebol nas tardes de domingo, mas acabou com um grande abacaxi nas mãos. Os dirigentes dos clubes queixaram-se à federação de que os estádios estavam vazios, já que os torcedores haviam trocado a arquibancada pelo sofá de casa. O canal 7 ficou sem a permissão de exibir as partidas e com um buraco na programação. Pior, tomava uma sova na audiência, aplicada por "Festival da Juventude", atração da concorrente Excelsior, apresentada por Antônio Aguillar. A cúpula da emissora viu que a saída era também ter seu programa de música jovem.

A ideia inicial foi reeditar o "Celly e Tony em Hi-fi" (ou "Celly e Tony em Crush Hi-fi", quando foram patrocinados por uma marca de refrigerantes), mas queriam apenas Celly Campelo. No lugar do irmão da cantora, pretendiam chamar Sérgio Murillo. O problema é que três anos antes, no auge da popularidade, Celly havia abandonado a carreira para casar e ter filhos. Consultada pela emissora, estudou a proposta, mas preferiu continuar com a vida que escolhera. Sérgio foi descartado quando perceberam que, embora estivesse enfim livre das garras de Evandro Ribeiro, com um LP lançado pela

RCA Victor – que trazia algumas músicas de Imperial – fazendo algum sucesso, já não brilhava como no passado.

Depois de analisarem outros nomes, acabaram parando em Erasmo Carlos, que estava estourando com "Festa de Arromba", do seu primeiro LP. Falaram com o rapaz, que indicou seu amigo e agora parceiro musical Roberto Carlos para fazer dupla com ele. Naquela altura, Roberto conseguia fazer sucesso ainda maior que Erasmo.

Livre da CBS, Sérgio Murillo tentava recuperar o sucesso. Em 1964 lançou novo LP pela RCA Victor. Os carros-chefes do disco eram "Lá Vai Ela" e "Sinfonia do Castelinho", esta uma parceria de Carlos Imperial com o irmão Paulinho. Na foto, Imperial promove na Rádio Guanabara o encontro do americano Neil Sedaka com Sérgio, à direita. (Reprodução "Revista do Rádio", acervo Angélica Lerner.)

Uma vez que Erasmo seria o apresentador principal, o programa se chamaria "Festa de Arromba". Mas quando os executivos da Record bateram os olhos em Roberto Carlos, o tal jeito cativante de que a esposa de William Prado havia falado anos antes no apartamento de Imperial fez com que mudassem de ideia. O cachoeirense iria liderar a atração.

Mas ainda faltava uma figura feminina, já que a ideia inicial era ter um casal comandando a atração. Erasmo e Roberto indicaram uma amiga em comum, Wanderléa, colega de Roberto na CBS, conhecida também como "Ternurinha" devido a seu primeiro sucesso, um canção chamada "Ternura".

Já que Erasmo não seria mais o comandante da atração, os executivos chegaram à conclusão de que "Festa de Arromba" não seria o nome mais adequado. Inspirados no título de uma coluna social assinada por Ricardo Amaral na "Folha de S. Paulo", batizaram o programa como "Jovem Guarda". Com o trio de apresentadores e nome escolhidos, no dia 28 de agosto de 1965 o programa estreava na TV Record. Rapidamente conquistou uma enorme legião de admiradores, que se aglomerava na Rua da Consolação, onde ficava o Teatro Record, local onde o programa era transmitido ao vivo para São Paulo. Roberto, Erasmo e Wanderléa despertavam a idolatria de jovens que queriam ser como eles. Além dos três, também havia espaço para que seus convidados brilhassem. Martinha, Golden Boys, The Jet Blacks, Os Incríveis (novo nome dos The Clevers) e os Vips faziam com que as tardes de domingo com magra audiência do canal 7 ficassem devidamente sepultadas num passado remoto.

Já que não conseguiu o seu programa em São Paulo, Imperial pegou carona no sucesso da Jovem Guarda. O que não deixava de ser justo, já que parte daqueles artistas havia começado suas carreiras com ele. Principalmente a dupla Roberto e Erasmo. "Jovem Guarda" ia ao ar nas tardes de domingo em São Paulo, mas o Rio de Janeiro só assistia ao programa no sábado da semana seguinte, quando a fita com a gravação era exibida no canal 13. Os fãs queriam tudo que fosse relacionado aos jovens astros, e Imperial aproveitava essa oportunidade. O disc-jóquei apresentava "Brotos no 13", surgindo como o representante do programa no Rio de Janeiro. Outro que também colhia os frutos por ter acreditado naqueles jovens, quando ainda eram iniciantes, era Jair de Taumaturgo, que

Com sua "Festa do Bolinha" na TV Rio, Jair de Taumaturgo foi outro grande incentivador da música jovem no Rio de Janeiro.

contava com a participação deles todos os sábados na sua "Festa do Bolinha", também da TV Rio.

"Clube dos Brotos" era o nome do programa que Carlos apresentava na Rádio Nacional desde o final de 1964. Um dia, enquanto entrevistava Roberto Rei para promover o compacto com "Na Onda do Jacaré", recebeu a visita de um velho conhecido. Era Tim, o seu "Little Richard brasileiro", que estava de volta da aventura nos Estados Unidos. O rapaz lhe contou que havia se cansado de morar na terra do Tio San e resolvera voltar para o Brasil. Mentira, na realidade fora preso por posse de drogas e deportado. Porém, não conseguia admitir isso para os amigos, nem para si próprio, daí inventar essa história.

Mas a estada de Tim não foi apenas esse mau pedaço. Ele também pôde evoluir musicalmente travando contato com outros ritmos além do rock'n roll, como o soul e o blues. Em Terrytown, a cidade nova-iorquina onde morava, formou com amigos um grupo vocal, The Ideals. Em 1962, aproveitando a ida dos músicos brasileiros de bossa-nova ao show do Carnegie Hall, gravou, com a participação do baterista Edson Machado, do conjunto "Bossa Três", um acetato que trazia "New Love", uma bossa com vocal bem soul, composta em parceria com o colega de conjunto, Roger Bruno. A gravação foi feita na Ray Cup Records, que pertencia a um negro finório, especialista em discos de spirituals. Tim mostrou o compacto para Imperial, que caiu de amores pela canção e a tocou na mesma hora. Contudo, os ouvintes não demonstraram o mesmo entusiasmo. Naquele momento, não lhes interessava nada que não fosse iê-iê-iê. A bossa-soul do rapaz não recebeu um mísero pedido de bis.

Depois da volta de Eduardo Araújo, Imperial começou a compor com o cantor. Na primeira canção que fizeram, o mineiro ficou responsável pela música, enquanto Carlos cuidou da letra. Ele foi escrevendo com muita facilidade, até empacar em um verso. Não conseguia achar nada que o satisfizesse naquele jeito bem simples de que gostava. Eduardo queria concluir logo, mas cansado e vendo que não iria adiantar malhar naquele ferro frio, Imperial achou melhor parar um pouco.

– Vamos dar um tempo, depois a gente termina.

Os dois foram à praia e enquanto olhava para as garotas, Imperial teve um estalo:

– Encontrei o verso! E ele está aqui mesmo.

– E qual é?

– Ora, "E só na areia eu sei trabalhar". Vamos pra casa.

Voltaram para o apartamento da Francisco Otaviano, onde terminaram a música. "O Bom" era a perfeita tradução de como Imperial e sua turma tocavam a vida.

Ah! Meu carro é vermelho,
Não uso espelho pra me pentear
Botinha sem meia
E só na areia eu sei trabalhar

Ter muitas garotas
Para mim é normal,
Eu sou o bom,
Entre os dez mais

Em outubro de 1965, o governo baixou o Ato Institucional nº 2. Atos institucionais nada mais eram que decretos baixados pelos militares golpistas a fim de assegurarem sua permanência no poder, ignorando a Constituição. O AI-2 estabelecia a eleição indireta para presidente da República e punha fim ao multipartidarismo, estabelecendo que só haveria dois partidos no país.

No início de 1966, nasceram o Movimento Democrático Brasileiro (MDB) e a Aliança Renovadora Nacional (Arena). O primeiro assumiu o papel de partido de oposição, enquanto a Arena tornou-se representante do governo militar.

Como Renato e Seus Blue Caps também estivessem fazendo parte do elenco da Record no programa "Jovem Guarda", Imperial chamou um novo conjunto que surgia no meio musical, The Fevers, para acompanhar Eduardo Araújo na gravação do compacto com "O Bom". Também oriundos do bairro de Piedade, participavam de "A Festa do Bolinha", que Jair de Taumaturgo apresentava nas tardes de sábado na TV Rio. Carlos levou os garotos ao estúdio da Odeon e os colocou para trabalhar sob as ordens do maestro Edmundo Peruzzi, que seria o responsável pelo arranjo do disco. Como primeira providência, Peruzzi ensinou os rapazes a ler partituras.

Carlos pediu para Marcos Moran ficar por uns tempos no apartamento da Francisco Otaviano para ensinar Eduardo a cantar melhor, pois o considerava ainda muito cru. O ex-Dry Boy e compadre de Simonal também tinha experiência como crooner, trabalhava no Golden Room do Copacabana Palace e poderia passar as manhas de cantor para Dudu.

"O Bom" foi lançado em março de 1966. Eduardo Araújo, "o cantor com dinamite na voz" – invenção de Imperial para classificar o canto gritado do mineiro –, obtinha seu primeiro grande sucesso de vendas, e era alçado a novo ídolo do iê-iê-iê, sendo convidado para participar de diversos programas em São Paulo, especialmente no cobiçado "Jovem Guarda".

Depois dessa bela vitória, Carlos criou uma canção que dizia ser um samba no compasso 4/4, mas que na verdade era uma toada. Afirmava que a letra era autobiográfica, pois falava de seus primeiros anos de vida e de sua predestinação em ser bem-sucedido com as mulheres:

Eu era pequeno
Não tinha talco
Mamãe passou açúcar em mim

Acompanhado de Eduardo, Imperial mostrou a música para Simonal, que gostou, mas quis dar seu toque pessoal, e mexeu na harmonia, dando uma levada mais para blues. Responsável pela produção, Carlos encarregou o maestro Peruzzi dos arranjos.

– Maestro, o iê-iê-iê é que está na onda. Esse negócio tem que ser com guitarras. Eu quero batida de samba com molho de iê-iê-iê.

Para dar esse molho, The Fevers, agora músicos que privavam da confiança de Peruzzi, foram recrutados novamente. A gravação no estúdio do Edifício São Borja foi muito animada. O lado B do compacto, "Tá por Fora", era de autoria de Simonal e Chico Feitosa – autor em parceria com Ronaldo Bôscoli de "Fim de Noite". A composição era um roquinho que trazia um coro inspirado nos ingleses do The Kinks em "You Really Got Me".

Antes do lançamento de "Mamãe Passou Açúcar em Mim", Imperial promovia na revista "Intervalo" a sua nova sacada musical, que batizou de "samba jovem":

Da disputa entre iê-iê-iê e a bossa-nova nasceu um grande movimento. Chama-se o samba jovem, e seus pioneiros são Erasmo Carlos, Wilson Simonal, Carlos Imperial, Jorge Ben, Peri Ribeiro e o Bossa Três.

Erasmo Carlos, que já está preparando para gravação uma música que promete ser o estouro do ano, define assim o samba jovem: "usando na bateria a batida do samba e utilizando guitarras com marcação do iê-iê-iê, o novo ritmo é dinâmico, moderno e acessível. As letras estão ao alcance até mesmo do público infantil. Coisa leve, gostosa, muito ritmada.

A tal canção que Erasmo iria gravar inicialmente chamava-se "Samba do Carro", e era de autoria de Nonato Buzar. Um dia, na esquina da Rua Francisco Sá com Raul Pompeia, ele a cantou para Imperial, que disse:

– Buzar, a gente tem que mexer nessa música.

O "consertador de música" achava que ela poderia render mais se algumas modificações fossem feitas. Transformou a canção em "samba jovem", mudou letra e título. "Samba do Carro" virou "O Carango".

Copacabana carro vai zarpar
Todo lubrificado
Prá não enguiçar
Roda tala larga genial
Botando minha banca
Muito natural
... 1 2 3

Camisa verde-clara, calça Santropê
Combinando com o carango
Todo mundo vê
Ninguém sabe o duro que dei
Prá ter fon-fon
Trabalhei, trabalhei

Em maio, o compacto com "Mamãe Passou Açúcar em Mim" foi lançado. E da mesma maneira que aconteceu com Eduardo Araújo, Simonal também foi um estouro. Há muito tempo havia obtido o respeito no meio musical, mas ainda não era um grande vendedor de discos. Com a canção de Imperial, caiu de vez no gosto popular. Com direito a uma participação no filme "Na Onda do Iê-iê-iê", onde cantava o "samba jovem" de seu ex-patrão, acompanhado pelo "Conjunto Castelinho" (os casais de dançarinos Ary Tell & Mariínha, e Cidinho Cambalhota & Leila, mais uma invenção saída da cabeça de Carlos Imperial).

O sucesso de Simonal reforçou ainda mais a vontade de Erasmo em aderir ao "samba jovem". Devido aos vários compromissos como contratado da TV Record, ele estava morando em São Paulo. Mas toda sexta-feira vinha ao Rio para participar da versão carioca do "Jovem Guarda", que a TV Rio exibia. Aproveitou uma dessas idas para procurar Imperial e cobrar-lhe a letra de "O Carango". Depois de ter apresentado o programa, foi falar com Carlos no apartamento da Francisco Otaviano. Duas menininhas que conheceu na emissora se agarraram a ele e foram junto. Mas quando chegou à residência do Gordo, foi avisado por Eduardo Araújo, Paulinho Imperial e Aurino que ele não se encontrava, pois estava no apartamento dos pais, curando-se de uma hepatite. Erasmo despediu-se dos rapazes, conseguiu livrar-se das duas garotas e seguiu seu rumo.

Na semana seguinte, recuperado, Imperial voltou ao apartamento. Logo que passou pela portaria, acompanhado de Aurino Araújo e Simonal – que fora lhe mostrar seu primeiro carro, comprado graças às vendas de "Mamãe Passou Açúcar em Mim", o porteiro lhe entregou uma intimação para que ele, Paulinho e Eduardo comparecessem ao juizado de menores a fim de prestar esclarecimentos. Simonal pediu para dar uma olhada no documento e falou:

– Não te preocupa, Impera. Deixa esse papel comigo, que eu vou quebrar essa pra você. Tenho uns amigos e você não vai precisar ir lá.

Um dos versos da letra de "O Carango" dizia que "garota de menor não pode ser sem sol". Era o mesmo pensamento que tinham os policiais que encontraram Renata e Gine, as meninas que Erasmo conheceu na TV Rio, vagando de madrugada pela Praia de Copacabana. As duas tinham menos de 18 anos, e haviam saído de São Paulo fazia uma semana. Encaminhadas ao Juizado de Menores, disseram ter vindo ao Rio de Janeiro a convite dos apresentadores Luiz de Carvalho e Carlos Imperial, que lhes prometeram o ingresso na carreira artística.

Carlos deixou a intimação por conta de Simonal, mas parece que os amigos do cantor não se empenharam o suficiente. Seu não comparecimento ao Juizado fez com que a coisa corresse a revelia, e ganhasse as manchetes dos jornais. Diariamente eram publicados relatos sobre as orgias praticadas no "matadouro" da Francisco Otaviano e no "château" da Travessa Santo Expedito. Hélcio Batista de Paula, o promotor encarregado do caso, citava práticas sexuais das mais bizarras. Falava até em um cão pastor alemão adestrado por Imperial para tomar parte das atividades.

Os artistas do iê-iê-iê passaram a ser investigados por envolvimento em outros casos com menores, assim como os apresentadores dos programas em que participavam. Em geral, eram senhores mais velhos como Luiz de Carvalho e Jonas Garret, que aproveitavam a rebarba dos moleques. Jonas emprestava seu apartamento para a rapaziada, em troca de lhe apresentarem alguma menininha. Esse lado prestativo de Garret acabou também por torná-lo alvo das investigações.

Sobrou também para Ronaldo Guilherme, do caso Aída Cury, que após 102 dias de liberdade condicional, foi indiciado pelo curador Raul Araújo Jorge num dos processos de corrupção de menores.

Depois da segunda intimação, Imperial foi prestar esclarecimentos sobre o caso. À imprensa, declarou:

– Meu nome nessas horas sempre é o mais visado, devido a eu ter mais fama e ser um elemento ligado à juventude. Depois dessa fria em que me puseram, qualquer garota para sair comigo tem que ter carteira de identidade provando que tem 18 anos, senão nem sorvete no Bob's vai tomar em minha companhia.

O problema é que não foi dessa maneira que Imperial se comportou diante do juiz Alberto Augusto Cavalcante de Gusmão. Ele e Luiz de Carvalho compareceram juntos para falar com o magistrado. O locutor foi repreendido rispidamente devido ao comportamento das jovens fãs no Musifone, o programa que apresentava na TV Globo:

– O senhor é um mau exemplo para a juventude. Nesse seu programa as meninas sobem ao palco e beijam os cantores na boca. O senhor tem que coibir esse excesso de entusiasmo delas.

Luiz ouviu tudo calado. Mas quando chegou a vez de Imperial, com o meritíssimo indagando se ele realmente havia se envolvido com as mocinhas, sua resposta não poderia ter sido pior.

– Eu não tenho nada com isso. Se as meninas querem me dar, eu como. Eu não pergunto se a menina é maior de idade e se tem identidade. Quem tem que fiscalizar é o senhor e os seus funcionários do Juizado de Menores, não eu.

Deu sorte de não ter ido na mesma hora para o xilindró por desacato. Mas, em poucos dias, sua prisão foi decretada, assim como a dos demais citados pelas menores.

Devido ao escândalo, "Brotos no 13" deixou de ser exibido, já que o Juizado exigia semanalmente autorização para que menores frequentassem o programa.

Para obter o documento, os responsáveis tinham que enfrentar uma grande burocracia, e acabavam desistindo de levar os filhos. Sem plateia e artistas a atração não teve como prosseguir. Imperial e Eduardo ficaram sem trabalho no Rio de Janeiro e foram para São Paulo, onde a "caça às bruxas" não havia acontecido. Esta ida à cidade acabou sendo a sorte dos dois, pois quem ficou no Rio acabou preso. Além de Eduardo e Carlos, o juiz João de Deus Mena Barreto decretou a prisão de Plínio Gesta, Luiz de Carvalho, Luiz Carlos Ismail e Paulo Imperial. Luiz de Carvalho foi levado para o quartel da Polícia Militar no Estácio. Paulinho, retirado da sala de aula na PUC, onde estudava, foi algemado e conduzido à delegacia. Num apartamento em Copacabana, Ronaldo Guilherme foi preso no dia 28 de junho de 1966 e enviado à Delegacia de Vigilância.

A notícia das prisões chegou a São Paulo, e Eduardo Araújo foi aconselhado pelos amigos a se esconder até as coisas se acalmarem. O local mais indicado para isso era a fazenda da família em Joaíma. O cantor namorava a atriz Débora Duarte, e a mãe da menina o levou à cidade mineira em seu carro. Enquanto isso, Imperial foi acolhido na casa de Erasmo, que também havia passado maus bocados com o escândalo – foi hostilizado em algumas cidades onde fez shows –, mas havia sido deixado em paz pelo Juizado depois de Roberto Carlos e outros artistas atestarem seu bom caráter. Erasmo também achava que a melhor coisa que Carlos tinha a fazer era ir para algum lugar afastado e aguardar o desenrolar dos acontecimentos.

Joaíma era o refúgio perfeito para Eduardo, ninguém ia até lá. Além do que, da porteira da fazenda, os empregados avistavam qualquer um que se aproximasse. Mas logo no dia seguinte à chegada do rapaz, Aurino foi avisado de que um Simca Chambord vinha em direção à propriedade. O irmão de Eduardo foi ver quem era, temendo tratar-se da polícia. Quando o carro parou, um rapaz calvo, de bigodes, baixinho e troncudo, que estava no banco do carona, saltou dizendo:

– Ô Aurino, não está me reconhecendo? Teu companheiro está aqui.

Era Francisco Manoel, irmão de Carlos, que na companhia do sogro, um coronel do Exército, viera trazer Imperial para também se esconder na fazenda. O fugitivo dormia no banco de trás do Simca, deitado sobre uma meia dúzia de travesseiros. Quando Aurino se aproximou, acordou lamuriando-se:

– Porra Mineiro, olha a fria em que o amigo entrou. Não comi ninguém e decretaram a minha prisão.

No Rio, o Dr. Gabriel procurava soltar Paulo Roberto e revogar a prisão de Carlos Eduardo. Manoel Maria, seu braço-direito na cooperativa de crédito, lembrou do jovem advogado criminalista Sérgio do Rego Macedo.

Gabriel levou Sérgio para a Miguel Lemos, onde o manteve durante três dias até o problema ser resolvido. Dizia para o advogado cobrar o que quisesse, mas que ele só sairia do apartamento depois de tudo resolvido. Macedo ouviu Dona Maria José pedir para o marido falar com Carlos a fim de que evitasse tantas confusões, mas Gabriel respondeu:

– E adianta?

Sérgio pediu o habeas corpus para Paulinho em primeira instância no Rio de Janeiro e terminou por consegui-lo em segunda, no STF, em Brasília. O voto favorável foi do relator, Vitor Nunes Leal, que considerou a denúncia abusiva.

Em Joaíma, enquanto aguardava a revogação de seu mandado de prisão, Imperial prosseguia a parceria musical com Eduardo. Nesse exílio na fazenda, nasceu "Vem Quente que Eu Estou Fervendo", ideia nascida de Eduardo, que ouviu Lívio, seu irmão, dizer a um comprador durante uma venda de gado: "Se a proposta lhe convier, pode vir quente que eu estou fervendo". O rapaz não tirou mais isso da cabeça e acabou contando a Imperial. Os dois fizeram uma canção em cuja letra o sujeito não está nem aí para o descontentamento da namorada.

Se você quer brigar e acha
que por isso estou sofrendo
Se enganou, meu bem, pode
vir quente que eu estou fervendo

Ao examinar nos autos o depoimento de Gine, uma das menores corrompidas, o Dr. Sérgio descobriu que a garota dissera ter vindo ao Rio de Janeiro porque o valor do "programa" era maior do que em São Paulo. O advogado tratou o caso como "crime impossível", para ele não havia corrupção de menores, mas prostituição precoce. Conseguiu que em Brasília a denúncia fosse considerada abusiva. A situação se inverteu, e os meninos passaram a ser tidos com vítimas. Os juízes não se arriscavam mais a pôr a mão no fogo pelas jovens.

Não havia telefone na fazenda. Para obter notícias sobre o caso, Aurino ia a Governador Valadares, que ficava a 400 quilômetros, para fazer uma ligação interurbana, realizada somente depois de oito horas do pedido de linha. Numa dessas idas em busca de novidades, soube com o Dr. Gabriel que o advogado havia conseguido o relaxamento da prisão de Imperial e Eduardo, aproveitando as férias do juiz Mena Barreto. Aurino trouxe os dois de volta ao Rio para a audiência com seu substituto.

Eduardo e Carlos eram figuras conhecidas do público, seria fácil de as meninas os apontarem durante a acareação, mas isto não aconteceu. As duas não apontaram os dois. O juiz extinguiu o processo, mas deu um sabão em Imperial. Disse que ele deveria ser um exemplo para a juventude, em vez de envolver-se em escândalos. Quando a audiência terminou, na saída Imperial deu um tapinha nas costas de Aurino e comentou:

– É Mineiro, se esse juiz demora mais um minuto me esculachando eu ia mandar ele à puta que pariu.

O Dr. Gabriel, que estava ao lado do filho, não conseguiu ouvir aquilo calado.

– Carlos Eduardo, ponha as mãos para o céu! Não foi mole não, o Paulo Roberto ainda está todo traumatizado com a cadeia.

Aderindo ao "cabelo Beatles", Carlos Imperial recebe mais um convidado internacional: Trini Lopez.

IMPERIAL FATURA O INSULTO

Estreando a figura do **vilão** no cenário musical brasileiro, Imperial usa ostensivamente a camisa do Corinthians e torce pelo Palmeiras. Fala mal abertamente de seus colegas compositores e é o que já sofreu mais acusações de plágio (sôbre a sua **Uma Dúzia de Rosas** os músicos da Record escreveram **Uma Dúzia de Músicas,** rebatizando-a). Critica os críticos e, ao mesmo tempo, procura aproximar-se dêles — só respeita os **disc-jockeis**, que são, em última análise, os responsáveis pela popularidade de suas composições. Carlos Imperial é um **acinte** ao público, um espécie

Surge o ogro midiático. (Reprodução revista "Intervalo".)

16

O DONO DA FESTA

O cantor Ronnie Von divulgava seu compacto com a canção "Catedral" no programa de José Paulo de Andrade, na Rádio Bandeirantes, quando o locutor esportivo Fernando Solera entrou no estúdio e perguntou ao disc-jóquei:

– Já mostrou pra ele?

– Calma, só um instante.

José Paulo levou Ronnie até a sala em frente, apanhou um gravador de rolo e colocou uma fita com uma canção que gostaria que o cantor ouvisse.

A mesma praça, o mesmo banco
As mesmas flores, o mesmo jardim
Tudo é igual, mas estou triste
Porque não tenho você
Perto de mim...

– Quer gravar?

Ronnie achou até bonitinha, mas não ficou entusiasmado com o convite.

– Olha, a minha escola é outra, eu sou do rock'n roll. Isto aqui é uma marcha-rancho.

– Pensa bem, todo mundo que ouviu, gostou. Mas o compositor quer que você grave. Grava que tem uma fila de gente querendo também.

A tal canção chamava-se "A Praça", e o autor era Imperial, que desde o início de 1967 havia voltado a São Paulo disposto a recuperar o tempo perdido com a retirada estratégica para Joaíma. Vinha conseguindo ser bem-sucedido nesse intento. Edson Leite, superintendente da TV Excelsior, chamou

Eduardo Araújo para apresentar um programa na linha do "Jovem Guarda", "O Bom". O cantor conseguiu que o amigo fosse contratado para dirigir a atração. Como diretor, Imperial convidava todos os artistas não contratados da poderosa Record, como seu amigo George Freedman, Bub, uma cantora de ascendência japonesa, a dupla Os Diferentes, conjuntos como Os Beatniks, Os Minos, cujo guitarrista era um garoto de apenas 13 anos chamado Pepeu Gomes, e Os Brazas, a "cozinha" do maestro Peruzzi, responsável pela direção musical. Silvinha, a adolescente que Imperial conhecera em Belo Horizonte na época do "Carlos Imperial Show", veio de São João Del Rei com contrato assinado para apresentar "O Bom" ao lado de Eduardo. O programa conseguiu excelente audiência, o que tornou Imperial respeitado no meio artístico paulistano. Sua atividade como compositor também ia às mil maravilhas.

Desde a época da confusão da corrupção de menores, as músicas de Imperial já apareciam nas paradas de sucessos. Em junho de 1966, Erasmo lançou "O Carango"; em novembro, no LP "Vou Deixar Cair", Simonal também interpretava a canção, acompanhada de nova versão de "Mamãe Passou Açúcar em Mim". Quando o cantor trocou a TV Tupi pela Record para comandar um novo programa nas noites de quarta, o "Show em Simonal", as canções de Imperial sempre faziam parte do repertório. E claro, "O Bom" também era usado como veículo para divulgar suas novas parcerias com Eduardo, como "Viva o Divórcio", "Goiabão" e "Vou Botar pra Quebrar", esta interpretada por Silvinha. Com tanta exposição, Carlos Imperial passava a ser um compositor disputado por vários artistas.

O interesse das gravadoras era apenas naquilo que poderia refletir em grandes vendas, a opinião do artista não era levada em consideração. Ronnie Von era contratado da Polydor, que não pensava diferente das demais. Foi convencido pela companhia de que gravar "A Praça" seria bom negócio para sua carreira. Seu primeiro encontro com Imperial aconteceu durante um evento na TV Record. Carlos demonstrou todo o seu contentamento com a decisão do rapaz, que desde sua estreia em disco com "Meu Bem", versão de uma balada dos Beatles, virara ídolo. Sua bela cabeleira castanha e olhos verdes levavam as fãs ao delírio. Roberto Carlos era chamado de "o rei da Juventude", mas Ronnie, de príncipe. Império o escolheu como intérprete de sua música porque sabia que essas qualidades estéticas também seriam de grande valia para alcançar o sucesso. Antes de se despedir, avisou que promoveria a canção de uma maneira nunca vista antes.

Promover uma música era algo que Carlos sabia fazer com um pé nas costas. Quando decidiu gravar "Vem Quente que Eu Estou Fervendo", Erasmo protagonizou uma briga fajuta com o compositor, noticiada durante dias nos jornais. O Tremendão perdeu uma de suas camisas favoritas, rasgada por Imperial durante a sessão fotográfica que registrou o embate de mentirinha, mas o compacto com a canção vendeu mais do que "pãozinho saído do forno". "Horóscopo", que Império pretendia que Wanderléa gravasse, começou a ser comentada nos jornais através de um apelo para que devolvessem o par de chinelos amarelos em que dizia ter escrito sua letra – alegava não ter papel à mão quando surgiu a inspiração no auditório da Record – e que havia perdido. Dizia que sem ele a conclusão da música estava ameaçada, pois não lembrava quais eram os versos finais. Com "A Praça", começou noticiando que havia um número absurdo de cantores disputando o direito de gravá-la, mas que Ronnie Von tornara-se o agraciado, após o pagamento de 15 milhões de cruzeiros.

O compacto com "A Praça" foi lançado em 20 de abril de 1967. Em 15 dias vendeu 40 mil cópias, o que causou um sorriso de orelha a orelha na diretoria da Polydor. Mas para o autor isso não era suficiente e ele deu um aviso a Ronnie:

– Eu vou polemizar "A Praça" de uma forma que ela vai ter a autoria discutida nos meios de comunicação. Aguarde.

Em Copacabana, Imperial conhecia Aroldo Santos, um morador do morro do Pavãozinho que sempre lhe mostrava seus sambas, o de maior sucesso chamava-se "Batida de Limão". Um dia,

Roberto Carlos separa os seus amigos Erasmo Carlos e Carlos Imperial, enquanto os dois trocam ofensas, depois de terem trocado murros. A briga surgiu por causa de uma gravação...

BRIGA PRÁ VALER ENTRE ERASMO CARLOS E CARLOS IMPERIAL!

TUDO aconteceu durante as comemorações do aniversário de Luís Aguiar, em São Paulo. Vários cantores jovens estavam presentes, inclusive Erasmo Carlos e Carlos Imperial, que já vinham fazendo ameaças mútuas através de amigos. O primeiro a chegar foi Carlos Imperial, que conversava com Martinha, Leno e Lílian e Marcos Roberto. Quando Erasmo chegou, de camisa listrada e óculos escuros, aconteceu a briga: êles se engalfinharam, trocando mesmo sopapos e xingamentos. De camisas rasgadas e alguns arranhões os dois foram separados.

REVISTA DO RÁDIO ouviu primeiro Erasmo Carlos, trancado num dos estúdios da TV Bandeirantes. Êle afirmou:

— O que êle quer é fazer promoção às minhas custas. Mas eu não estou aqui para temer ameaça de ninguém. Acontece que sou dono do meu nariz e gravo o que eu bem quiser.

Ficou esclarecido que houve a briga porque Carlos Imperial não aprova que Erasmo gravasse "Vem Quente Que Estou Fervendo" em "compacto" e não tenha incluído no outro lado uma música também de sua autoria. Disse Carlos Imperial:

— Erasmo quer é ganhar dinheiro fácil. E o que êle está fazendo é autêntica molecagem. No contrato que assinamos, e que já está em poder de meus advogados, reza que no outro lado de "Vem Quente..." devia ser gravada outra música de minha autoria, "Faz Só Um Mês".

Durante alguns dias, Carlos Imperial ameaçou Erasmo de quebrar todos os discos de "Vem Quente..." e além do mais exigiu dêle uma indenização de 20 mil cruzeiros novos por quebra de contrato. Disse Imperial que o caso foi parar na Censura Federal, em Brasília e que, enquanto não vem a decisão judicial, êle tomará as providências que achar necessárias, nem que tenha que recorrer à fôrça novamente...

A turma do deixa-disso separou os dois brigões, que antes eram tão amigos. Imperial diz que vai exigir 20 mil cruzeiros novos (nada menos) de Erasmo, a título de indenização!

Para Imperial, tudo era válido para promover uma música.

Carlos lhe propôs ajuda na sua carreira se ele topasse participar de uma de suas armações. Foram para São Paulo, onde começaram a aparecer juntos em programas de TV. Aroldo se apresentava como o verdadeiro autor de "A Praça", e acusava Imperial de roubo. A notícia causou enorme alvoroço, mas em vez de refletir em propaganda negativa, fez com que as vendas aumentassem ainda mais. Imperial levava fama de ladrão, mas a música estourava da maneira como planejara.

O Colégio Imperial,
onde estudava e... brincava,
a ZYL9,
a emissora de Cachoeiro,
que o iniciou na carreira artística
e a praça dos velhos "footings"

Praça da terra natal é tema de música que pinta sucesso

IMPERIAL REENCONTRA A INFÂNCIA PERDIDA

Texto de Henrique Caban
Fotos de Aldyr Tavares

Carlos Imperial, nem bem chegou a Cachoeiro do Itapemirim, foi matar um desejo alimentado durante um ano, tempo em que estêve afastado de sua terra natal. Correu logo para a Praça Jerônimo Monteiro e relembrou todos os lugares onde brincou a maior parte de sua vida.

Jerônimo Monteiro é a **A Praça** de Carlos Imperial, a música na qual o autor de **Carango e Mamãe Passou Açúcar ni Mim**, deposita suas maiores esperanças para 1967. Antes mesmo de ser gravada, a marchinha vem causando grande euforia entre os amigos do compositor.

A Praça mereceu, durante seus dois dias de permanência em Cachoeiro, várias visitas. Saudoso, com o olhar triste, lembrando o bom tempo de sua infância, Imperial viu lá o pipoqueiro, o sorveteiro. Só as árvores onde êle gravou o coração consagrado ao seu primeiro amor não se encontram no mesmo lugar. Exigências do progresso obrigaram as autoridades a derrubá-las.

Cantando para todos que quisessem ouvir, lá na praça mesmo, Imperial fêz uma revelação: **Não sou um compositor sentimental, mas essa praça me fêz mudar. Nela se resume tôda a minha infância.**

Imperial mostra à revista "Intervalo" o local que inspirou sua canção de sucesso. (Reprodução – acervo Ricardo Pugialli.)

O problema é que de repente, o golpe tomou proporção ainda maior, com outros autores aparecendo. Um jovem morador de Vista Alegre, subúrbio do Rio de Janeiro, Nilo Sérgio, e depois João Nilo Peixoto, da cidade mineira de Arcos, apareciam na revista "O Cruzeiro" alegando cada um ter sido ludibriado por Imperial. Vendo isso, Carlos comentou com o amigo William Prado:

– Comecei pagando um cara pra dizer que era dono da minha música. Mas agora estão aparecendo outros pra fazer isso de graça. Vou parar de pagar o sujeito.

Em outubro de 1966, a TV Record realizou o II Festival Nacional de Música Popular Brasileira – uma ideia colocada em prática um ano antes pela rival Excelsior. Na competição, dividindo o microfone com a musa da bossa-nova, Nara Leão, o jovem compositor Chico Buarque de Hollanda saiu-se campeão com uma poética marcha-dobrado intitulada "A Banda" (Estava à toa na vida / O meu amor me chamou / Pra ver a banda passar / Cantando coisas de amor). A primeira colocação foi um empate com "Disparada" (Geraldo Vandré), segundo diziam por sugestão de Chico, que ao saber da sua vitória ameaçou dar o prêmio à canção concorrente, de que gostava bastante e considerava a verdadeira vencedora. A criação do jovem de 24 anos conquistou ouvidos e corações de todo o Brasil. Em sua crônica no "Correio da Manhã", o poeta Carlos Drummond de Andrade expressava o que todos os apaixonados pela marchinha sentiam: "E se o que era doce acabou, depois que a banda passou, que venha outra banda, Chico, e que nunca uma banda como essa deixe de musicalizar a alma da gente". Quando "A Praça" foi lançada e começou a se tornar o fenômeno de vendas com que Imperial sonhara, alguns críticos classificaram sua marcha-rancho como puro oportunismo, uma versão de quinta categoria de "A Banda".

E como se já não bastasse, também apontavam a semelhança da canção com "Makin' Whoopee" (W. Donaldson / G. Kahn), que Frank Sinatra gravara em "Songs for Swingin' Lovers".

Another bride, another June,
Another sunny honeymoon,
Another season, another reason,
For makin'whoopee!

Carlos limitava-se a dizer que era apenas coincidência musical. Segundo ele, a tal praça era a Jerônimo Monteiro, em Cachoeiro, onde brincava em sua infância.

Quando mostrou a letra para sua família lá no apartamento da Miguel Lemos, originalmente havia um verso com um medonho pleonasmo: "A gente vai crescendo, fica grande e o tempo passa". Sua cunhada Maria, a esposa de Francisco, reparou naquilo:

– "Vai crescendo, fica grande", Carlos? Que coisa horrorosa!

Dona Zezé, que era a revisora do filho, concordou, e Maria sugeriu:

– Troca para "A gente vai crescendo, vai crescendo e o tempo passa".

Imperial acatou a sugestão, cujo resultado final sem o vício de linguagem ficou:

A gente vai crescendo
Vai crescendo
E o tempo passa
E nunca esquece a felicidade
Que encontrou

Roubo, oportunismo e plágio eram as acusações que pairavam sobre Imperial. Mas "A Praça" continuava vendendo. Depois de Ronnie Von, outros cantores a regravaram. Simonal foi um deles, e também Francisco Petrônio, "a voz de veludo do Brasil" e apresentador do "Baile da Saudade". Quem não conseguia "A Praça", se dava satisfeito por cantar qualquer música que tivesse Carlos Imperial como autor. Ele era chamado pelos jornais de "o novo dono do sucesso". De doze compactos de artistas nacionais lançados, seis continham uma composição sua. A União Brasileira de Compositores o apontava como o associado que mais arrecadava no país. Como consequência, as portas de todas as gravadoras encontravam-se escancaradas para ele. Um dia, chegou à sede da RCA Victor para falar com Ramalho Neto, o dono da loja de discos em que passara as tardes de sua adolescência, atualmente diretor artístico da gravadora. Queria mostrar uma ideia fresquinha:

– Eu quero fazer uma gravação, mas só tenho um "lá-lá-lá".

– Não estou entendendo.

– Ramalho, eu fiz um "lá-lá-lá" sensacional, vai vender 600 mil discos.

– Lá-lá-lá?

– É.

– Mas, e a música?

– Eu ainda não tenho a música.

– Nem letra?

– Nem letra. Primeiro eu vou gravar o "lá-lá-lá", depois a melodia, e finalmente a letra.

– Carlos Imperial, se qualquer cara me entrasse nesta sala e me dissesse isto, eu dava um tiro nele. Mas você me fala, e eu não sei o que faço. Não sei se te expulso daqui.

– Deixa comigo. O "lá-lá-lá" é fantástico.

Imperial satiriza o próprio sucesso

A OUTRA PRAÇA É DOS DEMÔNIOS

Carlos Imperial anda muito aborrecido com as acusações de que plagiou A Praça, e com as opiniões de certos cronistas, segundo as quais essa música é a coisa menos ruim que êle fêz até hoje. Por causa disso — conta — resolvi compor uma música, A Outra Praça, satirizando meu próprio sucesso e a inveja alheia. Já que pretensos críticos não foram capazes de entender o lirismo e o amor de A Praça, talvez compreendam as grossuras desta A Outra Praça. Já que o negócio é bagunçar o coreto de A Praça, então vamos todos fazer uma bagunça em têrmos profissionais. Esta nova música de Imperial é em ritmo de samba e foi gravada pelos Demônios da Garoa. Eu a fiz especialmente para os Demônios e no estilo de Adoniram Barbosa, que tão bem êles interpretam. Sua letra é assim: A praça do meu bairro não tem banco/ não tem rosa amarela nem jardim/ a turma lá da praça é da pesada/ os vagabundos 'tão dormindo no capim/ o guarda sempre cria confusão/ por isso foi em cana outro dia/ o pipoqueiro 'tá vendendo macarrão/ o sorveteiro sempre entra numa fria/ já venderam as árvores/ dizendo que era ipê roxo da Bahia. ●

Os Demônios da Garoa vão ser os novos donos da Praça

Indignado com o boato que ele mesmo criou, Carlos Imperial aparecia nas páginas da revista "Intervalo" lançando "A Outra Praça", seu protesto contra a acusação de apropriação musical: "A praça do meu bairro não tem banco / Não tem rosa amarela nem jardim / a turma lá da praça é da pesada / os vagabundos tão dormindo no capim". (Reprodução – acervo Ricardo Pugialli.)

Pegava o violão e cantava:

– Lá-lá-lá lá-lá-lá! Dom-dom-dom! Lá-lá-lá lá-lá-lá! Dom-dom-dom!

Mais uma vez contando com a parceria de Eduardo Araújo, Carlos conseguiu que seu "lá-lá-lá" virasse uma balada. Deu a ela o nome de "Pra Nunca mais Chorar". Vanusa, cantora contratada pela Excelsior para se apresentar em "O Bom", passou a cantá-la semanalmente no programa. Foi uma ótima estratégia, pois as pessoas iam às lojas à procura do disco com a música interpretada pela bela loirinha que assistiam na televisão. Porém, o compacto sequer havia sido finalizado, o que só fazia aumentar a expectativa pelo seu lançamento. Quando isto aconteceu, a vontade do público em ter o disco foi tamanha, que sua chegada ao mercado foi digna de comemoração. Não vendeu as 600 mil cópias que Imperial prometera a Ramalho Neto, mas 100 mil não era um número insignificante.

Com o dinheiro que ganharam com a arrecadação dos direitos autorais de suas músicas, Imperial e Eduardo Araújo puderam comprar novos carros. Eduardo escolheu um Mustang amarelo, apelidado de "Goiabão", e Imperial, um Mercury Cougar vermelho como na letra de "O Bom".

"Jovem Guarda" deixara de ser apenas um programa, e passou a ser classificado como um movimento. Mas muita gente não engolia isto. Consideravam-no apenas um grupo de cabeludos alienados vestindo roupas de gosto duvidoso que cantavam músicas de baixa qualidade. A oposição começava dentro da própria TV Record.

Depois de gravar sem muita vontade "Viva a Brotolândia", no ano seguinte Elis Regina conseguiu fazer seu disco com boleros, cujo resultado também não foi como desejara. Somente na sua quarta vinda ao Rio de Janeiro, em 1964, a gauchinha começou a se encontrar musicalmente. Foi levada ao Beco das Garrafas, onde passou a se apresentar, o que deu novo estímulo à sua carreira. Depois, em São Paulo, deu vários shows, até que, em 1965, "Arrastão" (Edu Lobo e Vinícius de Morais), canção interpretada por ela, sagrou-se vencedora do I Festival Nacional de Música Popular Brasileira (TV Excelsior). Seu desempenho na competição foi elogiado, e ela ficou conhecida no Brasil inteiro. Após o show "Elis, Jair e Jongo Trio", no Teatro Paramount, ela e o cantor Jair Rodrigues foram contratados para apresentar na TV Record o programa "O Fino da Bossa", que se tornou um campeão de audiência, e a alçou a categoria de estrela de primeira grandeza na emissora.

Há muito Elis deixara de ser aquela menininha que Imperial mandara trazer de Porto Alegre, mas uma coisa não mudara nela, sua antipatia pelo rock'n roll. Não importava que o nome houvesse mudado, que agora fosse iê-iê-iê, ela não gostava mesmo do ritmo. Chegou a participar como convidada do "Jovem Guarda", recebendo aplausos entusiasmados do Rei Roberto. Mas à revista "Intervalo" declarou: "Esse tal de iê-iê-iê é uma droga! Deforma a mente da juventude". Em 17 de julho de 1967, ela, Gilberto Gil (jovem compositor que havia descoberto), Jair Rodrigues, Edu Lobo e Geraldo Vandré, entre outros, participaram de um ato em defesa das nossas raízes musicais, que ficou conhecido como "A Passeata contra a guitarra". Na verdade, uma ideia de Paulo Machado de Carvalho, diretor da Record, que trazia por trás a intenção de promover uma nova atração da emissora, o programa "Frente Única", que seria apresentado pelos artistas da casa.

Porém, ao que parece, a rapaziada jovenguardista levou a coisa a sério. Principalmente Imperial, que viu nisso uma ótima oportunidade para continuar em evidência na imprensa e dar uma cutucada em Elis, que nunca mencionava seu nome quando o assunto era o início de sua carreira. Em agosto, a capa de "O Cruzeiro" trazia Imperial, Roberto e Erasmo, o "estado maior do iê-iê-iê", disposto a dar um chega pra lá em seus detratores. Os três afirmavam que os artistas da "velha guarda" os apoiavam, que suas músicas eram simples, mas alegravam o povo, e por isso faziam sucesso. Sobre Elis Regina, Imperial declarou:

– Elis é uma das nossas maiores cantoras. Às suas palavras injustas e impensadas, nós responderemos com o nosso sorriso e amizade. Por ela não gostar de nós, não vamos deixar de gostar dela.

Mas apesar desse discurso aparentemente diplomático, encerrava a matéria com uma declaração bélica:

– PODEM VIR QUENTES QUE NÓS ESTAMOS FERVENDO!

"Podem vir quentes que nós estamos fervendo!", nas páginas de "O Cruzeiro", a reação do "estado maior" do iê-iê-iê aos críticos da Jovem Guarda. (Reprodução – acervo da família Corte Imperial.)

Para provar a simpatia que os artistas de gerações anteriores nutriam por eles, Roberto dividiu o palco do "Jovem Guarda" com Ataulfo Alves, num dueto em "Ah que Saudades da Amélia", canção do mestre em parceria com Mário Lago.

Imperial, que há muito queria aproximar-se de Ataulfo, aproveitou para lhe propor uma parceria musical. O Gordo, como começava a ser conhecido, tinha quase pronto "Você Passa, Eu Acho Graça", um samba bem no estilo do compositor. Mostrou ao mestre, que ficou interessado. Feliz da vida, Carlos convocou a imprensa para documentar o encontro dos dois no apartamento do Hotel Danúbio, onde se hospedava em São Paulo. Durante a entrevista, Ataulfo fez um rasgado elogio a Imperial, que certamente deixou os críticos do "dono do sucesso" ainda mais mortos de inveja:

– Quando ouvi este menino no Teatro Record, senti o quanto de musicalidade ele tem. De uma breve aproximação veio a ideia de compormos juntos. O primeiro samba está feito e pode ter a certeza de que outros mais virão, porque o entrosamento foi perfeito: até parece que a gente compõe há muito tempo.

Devido à confusão com "A Praça", muita gente duvidou da veracidade da parceria de Imperial com Ataulfo. Tinham certeza de que ele havia comprado a música do compositor. No Rio de Janeiro, o diretor do Museu da Imagem e do Som, Ricardo Cravo Albin, amigo de Ataulfo, e que há pouco havia se surpreendido com a cultura musical de Imperial ao ter uma conversa com ele nos bastidores TV Tupi, foi tirar a prova dos nove com o mestre:

– Ataulfo, o Carlos Imperial é seu parceiro pra valer ou é para divulgar música?

– É pra valer sim, eu te asseguro que o rapaz tem muito talento.

Todas as noites de terça, a Record exibia "Esta Noite se Improvisa". Era uma disputa de conhecimento musical, onde o apresentador Blota Jr. dizia: "A palavra é...", e o participante que soubesse uma canção cuja letra tivesse a palavra proposta apertava o botão de uma campainha e corria para o microfone para cantá-la acompanhado pelo conjunto regional de Rubens Antônio da Silva, o Caçulinha. Quem cantava a música inteira, marcava seis pontos. Se cantasse apenas uma parte, a pontuação ficava a critério de um júri. Os artistas participavam de bom grado da atração, era divertida, além de oferecer como prêmio um automóvel da marca Gordini, de fabricação nacional.

Chico Buarque virou campeão imediato, seu conhecimento era realmente fabuloso, além de que era capaz de inventar uma música e atribuí-la a algum autor do passado, sem que ninguém percebesse. Mas depois surgiu outro competidor do seu nível, o baiano Caetano Veloso. Na verdade, ele não foi a primeira opção, já que Nilton Travesso, um dos diretores do programa, havia chamado sua irmã, a cantora Maria Bethânia, que brilhava nos palcos com o espetáculo "Opinião", mas declinara do convite. Chico e Caetano passaram a dividir a simpatia dos telespectadores. O primeiro com seu charme e belo par de olhos azuis, e o segundo com seu jeito de rapazinho frágil e educado. Positivamente, eram dois jovens que qualquer família brasileira aceitaria em seu lar.

Com o nome em constante evidência, não demorou para Imperial ser convidado a participar do "Esta Noite se Improvisa". Mas diferentemente dos dois rapazes de bem, quem assistia sua figura na telinha da TV, certamente fecharia portas e janelas para que ele não entrasse em sua casa. Gordo, com um andar gingado como de um malandro, trajando camisas com estampas espalhafatosas que usava desabotoadas, rosto esburacado pelas acnes da adolescência e, o pior, calçando chinelos, Carlos era um verdadeiro ogro midiático. E seu comportamento era ainda mais reprovável do que a aparência, pois passava todo o programa implicando com os competidores, e até mesmo com Caçulinha. Quando apertava a campainha e corria ao microfone para cantar, nunca deixava de dizer para o músico:

– Mas isto está uma droga! Você não toca nada!

O auditório o vaiava. Ele ria e atirava beijos debochados. As vaias ficavam mais fortes.

Império tinha uma memória prodigiosa, era capaz de cantarolar a mais obscura das obras do começo ao fim e obter os seis pontos máximos para no final do programa abocanhar um Gordini. Algo que comemorava da maneira mais arrogante possível, provocando mais vaias. Numa ocasião, após mais uma dessas reações da plateia, respondeu:

– Prefiro ser vaiado no meu Mercury Cougar que aplaudido num ônibus – mais vaias.

A frase causou repercussão, mas não demorou para denunciarem sua semelhança com uma da autora do romance "Bom Dia Tristeza", a francesa Françoise Sagan: "Prefiro ser infeliz no meu Jaguar que no metropolitano". Nova acusação de plágio para a qual, diga-se de passagem, não deu a menor importância:

– Não quero me fazer de ignorante, mas só sei que a Sagan escreveu dois livros. E eu não li nenhum deles.

Bobagem, apesar da vida escolar medíocre, lia bastante. Nessa época andava obcecado com Omar Khayyam, o poeta persa do século XI, e o simbolista Augusto dos Anjos, de quem repetia passagens do poema "Versos Íntimos":

Vês! Ninguém assistiu ao formidável
Enterro de tua última quimera.

A grande ironia é que a impopularidade do Gordo refletia em excelentes índices de audiência para a Record. O público se queixava do seu jeito encrenqueiro, mas queria ver o que ele iria aprontar no "Esta Noite se Improvisa". Sua presença passou a ser disputada pelas demais atrações da casa. Numa delas, o programa da apresentadora Hebe Camargo, tão logo lhe deram o microfone, despejou sua costumeira agressividade, além de lançar uma nova palavra.

– Auditório cafona! Vocês já morreram, seus idiotas. Deveriam estar em casa em vez de vir me ouvir dizer bobagens.

Originária do italiano "cafone", a palavra designava tudo aquilo que era de mau gosto. Depois daquela noite no "sofá da Hebe", Imperial era quase que obrigado a repeti-la para em troca receber vaias, que no seu caso correspondiam a aplausos.

Contudo, toda essa aparência de homem da Idade da Pedra Lascada não passava de encenação. A começar pela constante implicância com Caçulinha, profissional pelo qual nutria grande carinho. A verdade é que quando foi chamado para participar do programa de Blota Jr., Imperial percebeu que de alguma maneira precisava superar a imagem de bons moços de seus adversários. A arriscada estratégia de surgir como o grande cafajeste televisivo acabou dando certo. Um dia, no apartamento da Miguel Lemos, comentou com o amigo Aurino Araújo:

– Mineiro, naquele programa só tem artista, não tem bandido. Eu sou o único que tem lá. Mas, enquanto isso, eu estou ganhando carros.

Disposto a aproveitar ainda mais a popularidade que sua impopularidade causava, da sua suíte no Hotel Danúbio, Carlos telefonou para Erasmo:

– Porra, Erasmo, precisamos fazer um movimento aqui em São Paulo. Está tudo muito quieto.

– Mas o que nós vamos fazer?

– Vamos sacanear a galera. Eu vou dizer que sou Corinthians desde criancinha e você Palmeiras doente.

– Mas Imperial, eu sou Vasco!

– Mas você é vascaíno no Rio, aqui você vai dizer que é Palmeiras, pra gente fazer um carnaval. Está tudo muito devagar.

– Tá legal, mas como a gente vai fazer?

– Deixa comigo!

No dia do "Esta Noite se Improvisa" em que os dois se enfrentariam, Imperial apareceu vestindo uma camisa do Corinthians e falou para Erasmo:

– Este teu Palmeiras não é de nada, o Corinthians é que é!

A parcela corintiana da plateia vibrou com a provocação, e quando Erasmo replicou em defesa do "seu time de coração", os palmeirenses presentes também se manifestaram. O embate entre os dois apaixonados torcedores gerou grande repercussão, a ponto deles andarem pelas ruas sendo acompanhados por torcidas organizadas de seus respectivos clubes.

Em setembro, quando a Record realizou o seu terceiro festival musical, a rivalidade entre o pessoal da chamada MPB, a música popular brasileira, e o pessoal da "Jovem Guarda" continuava acirrada. Comentava-se que os artistas da música jovem não teriam coragem de participar da competição, dada a qualidade primária de seus trabalhos. Mas o "estado maior do iê-iê-iê" se fez presente. Roberto Carlos participou com o samba "Maria, Carnaval e Cinzas" (Luís Carlos Paraná), Erasmo com "Capoeirada" e Imperial com "Uma Dúzia de Rosas", interpretada por Ronnie Von. A canção era outra marcha-rancho para aproveitar o sucesso de "A Praça", e falava de um manjado galanteio que Carlos usava para conquistar corações femininos. Ele costumava dar onze rosas (sempre amarelas, já que considerava as vermelhas muito comuns) à mulher pela qual estava interessado, dizendo que junto a ela a dúzia estava completa.

Quero dar-lhe 11 rosas
Que juntas a você
Formarão a mais linda dúzia de rosas
Que existe no mundo meu bem

Uma curiosidade é que a letra contava com uma participação não creditada de seu pai, dado a escrever seus poeminhas quando não estava ocupado com números. O Dr. Gabriel era responsável por dois versos na canção do filho:

Um coração sem amor
É uma jarra no canto da sala sem flor

A plateia do Teatro Paramount, onde foi realizado o festival, já que o Teatro Record havia sido vitimado por um incêndio, era muito diferente da que comparecia nas tardes de domingo para assistir ao "Jovem Guarda". Era um pessoal simpático à corrente politizada da MPB, que tinha aversão aos cabeludos e suas guitarras. Não adiantou a letra da canção de Roberto trazer uma crítica social, ou a de Erasmo ser nacionalista. Os dois foram vaiados por aquele público que os considerava estranhos no ninho. Com Ronnie Von, a coisa não foi diferente, principalmente pelo fato do autor da música que interpretava ser o "homem vaia", Carlos Imperial. Mas o Gordo tinha completa ciência de que isto ocorreria. E, já que era algo inevitável, resolveu tirar algum proveito da situação. Enquanto Ronnie se apresentava, sem que o cantor soubesse, Império surgiu por trás dele vestindo um elegante smoking, mas calçando seu inseparável par de chinelos de couro de bezerro. Com o habitual deboche, distribuiu beijos para a plateia. Foi vaiado de pé. "Uma Dúzia de Rosas" não foi classificada, mas seu compositor não saiu do teatro como um reles anônimo.

Fernando César, o amigo e mentor de Imperial, com quem montou uma editora musical, a Ediclave. (Reprodução "Revista do Rádio".)

Apesar dessas vaias aos representantes do iê-iê-iê, o festival demonstrava que algo de novo estava chegando. A corrente da MPB havia tirado o primeiro e terceiro lugares, respectivamente com Edu Lobo ("Ponteio") e Chico Buarque ("Roda Viva"). Mas no segundo e no quarto lugares, Gilberto Gil ("Domingo no Parque") e Caetano Veloso ("Alegria, Alegria!!!"), classificavam-se com canções que, acompanhadas pelas ameaçadoras guitarras elétricas, receberam aplausos do público.

Depois de contar a história para Gastão, Imperial ficou em silêncio. Os pensamentos sobre o motivo pelo qual havia sido preso davam lugar à preocupação com o que lhe seria reservado. Lembrava de 1962, quando apareceram mendigos mortos no Rio Guandu e acusaram a polícia do Lacerda. E se quisessem fazer o mesmo com ele? Imaginava daqui a alguns anos os amigos lamentando: "Pobre Impera, foi parar no Guandu".

Imperial dá o ar de sua graça na cervejaria Bierklause. (Acervo Tito Santos.)

17

PILANTROCRACIA

Um dos grandes acontecimentos do carnaval do Rio de Janeiro era o concurso de fantasias realizado no baile do Teatro Municipal. Clóvis Bornay, Evandro de Castro Lima, Wilza Carla, Zélia Hoffman e Mauro Rosas eram os principais nomes do evento em que as fantasias primavam pela suntuosidade, utilizando tecidos importados, plumas, penas de pavão e em alguns casos até pedras preciosas. Bornay foi o idealizador da competição, inspirado nos bailes do carnaval de Veneza. Era um grande detentor de primeiros lugares, mas tinha em Evandro um fortíssimo concorrente. Ao desfilarem todo o luxo de suas criações pela passarela armada na Cinelândia, os dois protagonizavam uma acirrada disputa que encantava os espectadores.

Em fevereiro de 1968, em mais uma de suas jogadas para virar notícia, Imperial declarou que também iria participar do concurso. Mas, como em tudo em que se envolvia, não poderia deixar de polemizar.

– Faço um apelo aos homens do país. Vamos moralizar o desfile do Municipal. Acabar com aquelas desmunhecadas violentas na passarela. A minha fantasia é colorida, cheia de coisa, e vou pisar firme para vencer. Homem também ganha desfile. E uma sugestão modesta: que se faça um levantamento da vida pregressa de todo concorrente. Se encontrarem tatu na toca, não deixem inscrever-se. Só homem ou mulher. Contrapeso não entra.

Como representante do que chamava de Frente Ampla da Masculinidade, desfilou como o "Rei dos Hippies". Hippie era uma nova forma de comportamento surgida nos Estados Unidos, que pregava o amor livre, a não violência e o fim da guerra do Vietnã. Os adeptos do sexo masculino usavam roupas coloridas, cabelos compridos e barba. E foi assim que Carlos pisou na passarela do Municipal. Sua fantasia consistia em um manto colorido, uma cartola enfeitada com flores e uma metralhadora com uma rosa amarela saindo do cano. Antes de pisar na passarela, arranjou briga com os demais fantasistas. Quase saiu no braço com Mauro Rosas. Foi o último colocado.

Imperial como o Rei dos Hippies, polêmica no Teatro Municipal. (Reprodução revista "Intervalo".)

Na semana seguinte, descobriram que a briga com Rosas jamais existiu, fora apenas mais uma maneira para atrair atenção para si. Mauro, inclusive, havia confeccionado a fantasia com que Imperial desfilou. Volta e meia arranjava alguma confusão dessas para sair nos jornais. Quando foi anunciado o casamento de Ronaldo Bôscoli com Elis Regina, não desperdiçou a oportunidade: "O Bôscoli foi namorado da Nara Leão, noivo da Maysa e agora marido da Elis Regina. É uma cauda de cometa, está sempre agarrado a uma estrela"; "Elis Regina e Ronaldo Bôscoli fizeram mal a tanta gente, que Deus resolveu castigar os dois ao mesmo tempo: casou um com o outro".

Uma vez conversando com seu amigo Ed Wilson, explicou a razão de arranjar essas brigas com os famosos:

– Figura, se você quiser chamar a atenção pra você, comece a falar mal da pessoa que estiver em maior evidência no momento.

A barba com que Carlos apareceu no Municipal fazia parte de uma promessa feita diante das câmeras da Record. Havia prometido que se o seu amado Corinthians vencesse o imbatível Santos de Pelé, iria barbear-se diante das câmeras. No dia 6 de março de 1968, quando isto aconteceu, cumpriu com a palavra durante o programa do apresentador Sérgio Galvão, tendo um barbeiro profissional para executá-la, mais Erasmo e o humorista Chico Anísio como auxiliares.

A versão de "O Carango" que Simonal gravou em "Vou Deixar Cair" era superior à de Erasmo. Mesmo caso de "Mamãe Passou Açúcar em Mim", lançada inicialmente por Simonal naquele compacto com arranjos do maestro Peruzzi. Ambas, assim como o restante das músicas do LP, ganharam um sabor todo especial graças aos arranjos criados pelo tecladista César Camargo Mariano, integrante do "Som 3", conjunto que também contava com o baixista Sabá e o baterista Toninho Pinheiro. O trio acompanhava Simonal em shows, no programa de TV e no estúdio, onde também somavam-se o talento do guitarrista Geraldo Vespar, o sax de Juarez Araújo e o trompete de Maurílio Silva Santos. O "samba jovem" de Imperial ganhava muito mais graça com a interpretação de Simonal e os arranjos de César executados por essa turma. Ouvia-se um som com pitadas de Burt Bacharach, Herb Alpert, Chriz Montez, o lá-lá-lá do porto-riquenho Trini Lopez, jazz, rock, samba, xaxado, baião, e o mais importante: descontração.

"Pilantrarte", bem-humorada reportagem com a cantora Maysa. (Reprodução – Acervo Tito Santos.)

Mas Simonal achava que batizar aquela festa de "samba jovem" era completamente descabido, queria um nome melhor. Nonato veio com "bossa brasileira", mas ele achou ainda mais formal. Aquilo que faziam tinha esperteza, suingue, malandragem, pilantragem. E era esse o nome que queria: pilantragem. Imperial concordou, irreverência era com ele mesmo. Voto vencido, Nonato teve de aceitar. Mas não deixou de profetizar que o nome ainda acabaria sendo usado de forma depreciativa.

Durante a gravação do LP "Alegria, Alegria!!!", segundo trabalho de Simonal, na linha da "pilantragem", o estúdio da Odeon no edifício São Borja virou ponto de encontro de amigos do cantor, a "turma da pila", como ele gostava de chamar. Marcos Moran, Chico Feitosa, Ângelo Antônio, Nonato e Imperial, sempre que possível, davam uma passada para conferir a quantas ia a gestação da criança. Isso acabou sendo aproveitado no disco, em faixas que registravam a algazarra do pessoal festejando o talento do amigo. Quem ouvia o disco tinha vontade de também estar ali e participar daquela brincadeira. A voz de Imperial podia ser percebida em "Vesti Azul", música de Nonato, onde em dado momento ele solta um "Dá-lhe, Simona!" cheio de entusiasmo.

Havia uma canção que Imperial chegou a iniciar com Nonato, mas o maranhense achou muito no estilo de "O Carango" e desistiu da parceria. Imperial continuou trabalhando nela, e lhe deu o nome de "Nem Vem Que Não Tem". Era aquela pilantragem meio samba de breque, cuja letra era um apanhado de ditos populares.

Nem vem que não tem
Nem vem de garfo
Que hoje é dia de sopa
Esquenta o ferro
Passa a minha roupa
Eu nesse embalo
Vou botar pra quebrar

"Alegria, Alegria!!!", Simonal e o apogeu da pilantragem. (Acervo Meire Botura.)

De início divulgou que a cantora paulista Miriam Batucada, que fazia muito sucesso na Record, iria gravar. Mas a música acabou também no "Alegria, Alegria!!!", com Simonal, agora Simona, fazendo uma introdução cheio de malandragem:

– Vamos voltar à pilantragem. Xá comigo. Uma musiquinha, pra machucar os corações.

A "musiquinha" ficou elaboradíssima graças à dedicação de César Camargo Mariano. Mas foi um trabalho árduo, porque Imperial a entregou no estágio mais primário. Na maioria das vezes, quando uma música do Gordo chegava às suas mãos, vinha apenas com a primeira parte, e ele tinha que se virar com o resto, já que a hiperatividade de Carlos não permitia desperdiçar tempo com tais preciosismos. No caso de "Nem Vem que Não Tem", Império entregou apenas um texto. Na sua concepção, ela seria falada do início ao fim. César e Simonal a retrabalharam, deixando a primeira parte realmente como o Gordo queria, mas dando uma melodia ao resto.

O temor de Nonato parecia não ser fundamentado, porque o público caiu de amores pela "pilantragem". Simonal, ao lado de Roberto Carlos, era o artista de maior popularidade do país. Com muito "alho e óleo" e no "champignon", conquistava o Brasil. A nova sacada musical rendia bons frutos para ele, Nonato e Imperial, que não deixava ninguém esquecer do seu papel na história. A imprensa classificava Simona como "O Rei da Pilantragem", mas o Gordo reivindicava o título para si, pois seu ex-secretário poderia superá-lo em musicalidade, mas ele era um pilantra em tempo integral.

Imperial precisava de novas atrações para "Barra Limpa", seu novo programa na TV Tupi. Os donos da boate Cave, em São Paulo, organizaram uma feijoada num sábado, onde os artistas da casa se apresentaram para ele. Entre alguns deles, estavam um conjunto vocal chamado "Os Diagonais" e seu velho conhecido, Tim, que viera tentar a sorte na cidade após ter passado oito meses preso pelo furto de uma cadeira. Carlos simpatizou com o conjunto, ficou ainda mais impressionado com a voz do seu "Little Richard brasileiro", mas quem lhe interessou foi o jovem Juan Senon Rolón, um cantor paraguaio, que se apresentava como Juancito e era especialista em sucessos do porto-riquenho Trini Lopez.

– Ô figura, eu gostei de você. Embora Juancito pareça nome de toureiro. Você gostaria de ir para o Rio comigo participar do meu programa jovem?

– Claro, mas esta viagem é para quando?

– É para hoje à noite.

– Olha só, eu também canto na Diana's Drinks, preciso avisar à dona.

– Sem problema, vamos lá falar com ela.

Imperial levou Juancito para despedir-se da patroa, e à noite os dois partiram no Mercury Cougar rumo ao Rio de Janeiro. Sempre parando em algum restaurante de beira de estrada para o Gordo tomar Coca-Cola .

Ao chegar, o cantor ficou hospedado no apartamento da Miguel Lemos, onde Imperial o apresentou aos seus pais, Delícia e Enedina. Juancito sentiu-se muito bem com aquele ambiente familiar.

Carlos começou a trabalhar o rapaz como sempre fazia com suas descobertas. Deu-lhe um calção de banho mandando que fosse diariamente à praia bronzear-se, pagou aulas de violão e ressuscitou o seu método de fonoaudiologia anteriormente empregado na gagueira de Ed Wilson.

– Você precisa perder o sotaque, cantor com sotaque não dá certo no Brasil.

Comprou todos os jornais para que Juancito os lesse em voz alta com uma caneta entre os dentes.

Depois de certo tempo, levou-o para a TV Tupi onde o apresentou ao diretor da casa, José Arrabal. Imperial gozava de muito prestígio.

– Quem é o rapaz?

– Arrabal, este é um cantor que vou lançar. Em breve vai se tornar o maior ídolo do Brasil, vai ser o rei das menininhas.

– Mas qual é o nome dele?

– O nome dele ainda estamos estudando. Ele não tem nome artístico, mas olhe bem para este rosto. Eu quero que o senhor providencie o contrato deste rapaz.

– Mas quanto vai custar?

– Vai custar cinco mil cruzeiros.

– Mas é um bom dinheiro.

– Mas ele vale.

Trouxeram o contrato, Juan assinou e passou a funcionário da TV Tupi. De volta ao triplex da Miguel Lemos, Imperial convocou Eduardo Araújo, Aurino e Paulinho Imperial a uma reunião para ajudá-lo a encontrar um nome artístico para o cantor. Depois de várias sugestões, o paraguaio lembrou-se de Fábio Marcelo, nome que no passado fora usado por um colega cantor de São Paulo, que depois acabou optando por Herondy.

– Que tal Fábio?

– Gostei. É verdade, você tem mesmo cara de Fábio. É isso, de hoje em diante você se chama Fábio.

Com a benção de Império dada, todos foram embora, e o rapaz ficou sozinho no triplex lendo o jornal com a caneta na boca para ver se perdia o sotaque. Até que o telefone tocou e ele foi atender.

– Eu gostaria de falar com o Fábio.

– Aqui não tem ninguém com esse nome.

– Fábio é você, seu burro!

"Carlos Imperial Apresenta" ou "Barra Limpa", onde se deu a estreia de Fábio, era gravado uma única vez na semana para ir ao ar de segunda a sexta às

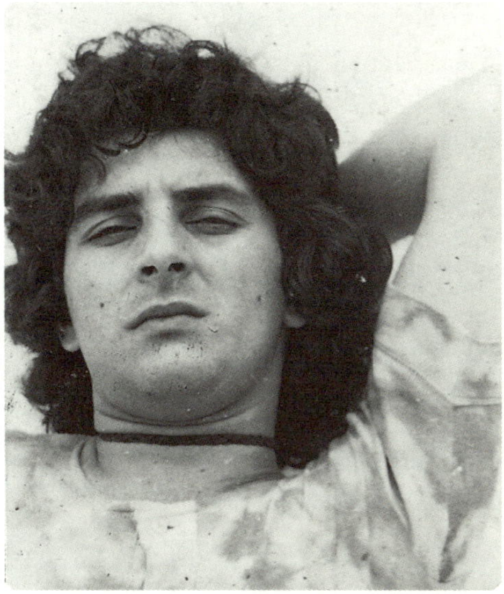

O novo "rei das menininhas": Fábio.

18 horas. Além do "novo rei das menininhas", também apresentavam-se Rosemary, os Brazilian Bitles e o mineiro Márcio Greyck, jovem talento que vinha fazendo sucesso com "Minha Menina", versão de "Eleonor Rigby", dos Beatles da Inglaterra.

Como contratado da Tupi, Fábio era presença constante nas atrações da casa. Ia várias vezes ao programa de Bibi Ferreira, o "Bibi ao Vivo", assim como ao do humorista Ronald Golias. Ao receber os aplausos do auditório, percebia que agradava. Mas ainda não tinha um único disco gravado, e sentia falta disso. Quando foi conversar sobre o assunto com Carlos, ele se limitou a dizer que ainda não era chegada a hora.

Na final do campeonato estadual, em 9 de junho de 1968, Imperial levou Fábio para conhecer o Maracanã. A decisão era entre o seu querido Botafogo e o Vasco da Gama. Os alvinegros jogavam pelo empate e tentavam o bicampeonato. Imperial comentou com sua descoberta:

– Vamos ver se você é pé-quente.

Fábio demonstrou ser um verdadeiro talismã, pois logo aos 15 minutos Roberto marcou para o Botafogo, e aos 33 foi a vez de Rogério balançar a rede vascaína. Carlos vibrava e abraçava seu pupilo. Aos 15 do segundo tempo, Jairzinho marcou o terceiro, e Gérson liquidou a fatura cobrando falta aos 22. Botafogo 4 × 0 Vasco. Imperial debochava:

– Vou acabar com indigestão, quatro pratos de bacalhoada deixam qualquer um no estaleiro.

Os dois foram comemorar o bicampeonato alvinegro na mansão do português (e obviamente vascaíno) Fernando César, que levou na esportiva as gozações de Imperial. Quando voltaram para a Miguel Lemos, Imperial, ainda eufórico com a conquista do seu time, falou para Fábio:

– Você é realmente um pé-quente, amanhã vou chamar o pessoal da RCA Victor e falar para eles te contratarem.

Na segunda-feira, Imperial ligou para a gravadora e os executivos foram até a Miguel Lemos, onde o contrato foi assinado. Agora restava ao cantor providenciar duas músicas para um compacto simples. Fã dos Beatles, Fábio ouvia direto a recém-lançada e polêmica "Lucy in the Sky with Diamonds", canção de duplo sentido, que alguns dizia ser uma ode de John Lennon ao LSD. O paraguaio sabia que Imperial tinha ojeriza a qualquer tipo de droga, mas não dispensava uma boa polêmica. Resolveu arriscar.

– Imperial, os Beatles estão fazendo o maior agito com aquela música deles. A gente podia fazer a nossa aqui no Brasil. Eu já tenho os primeiros versos: "Lindo sonho delirante, hoje quero viajar".

A possibilidade de ganhar as páginas dos jornais falou mais alto, e Carlos resolveu embarcar no chamado som psicodélico. Ele e Fábio trabalharam a canção e fizeram uma segunda, "O Reloginho". As duas foram gravadas no estúdio Havaí, com a participação dos sempre eficientes The Fevers. Dessa vez ninguém foi incumbido dos arranjos, que foram nascendo na hora.

"Lindo Sonho Delirante", o flerte com o psicodelismo do "careta" Imperial. (Acervo Valdir Siqueira.)

O disco foi lançado quinze dias depois de pronto. Imperial recomendava-o a radialistas como Haroldo de Andrade e Paulo Moreno. Apesar do enorme LSD estampado na capa, a censura não se manifestou em momento algum. Provavelmente, jamais deviam ter ouvido falar em psicodelismo. Sem a agitação que Carlos imaginou causar, o compacto acabou não vendendo muito. Mas, ainda assim, ajudou a tornar Fábio conhecido entre o público, principalmente as menininhas.

Além do paraguaio, Império andava às voltas com outro talento. Quando o promotor acusou Imperial de ter praticado uma orgia com as menininhas paulistas no apartamento da Francisco Otaviano, o Gordo poderia perfeitamente valer-se de uma importante testemunha de defesa: a noiva de Aurino Araújo. Era uma jovem cantora chamada Clara Nunes que o mineiro trouxera de Belo Horizonte. Ela viera para o Rio de Janeiro a fim de cumprir um contrato com a Odeon obtido graças à sua classificação no concurso "A Voz de Ouro

ABC". Como Imperial vivia mais no apartamento dos pais, e só usava o outro endereço para "passar alguém nas armas", pediu que deixasse a jovem ficar provisoriamente hospedada por lá. Para o Gordo, e Eduardo, outro sócio no imóvel, não houve objeção. Porém, Clara, vinda de uma família mineira muito simples, mas que prezava pelas convenções, não se sentiu confortável em dividir o mesmo teto com dois homens. Eles se comportavam muito bem com ela, entretanto, mesmo assim a jovem temia ficar mal falada. Quando estourou a confusão da corrupção de menores, e apontavam o endereço onde morava como o local onde se promoviam bacanais com menininhas, ela rapidamente tratou de arrumar um lugar para morar.

O contrato de Clara com a Odeon poderia ter sido uma ótima oportunidade para a cantora, mas não foi isso que aconteceu. Com um repertório equivocado, semelhante àquela tática de atirarem para todas as direções que quase arruinou o início de carreira de Roberto Carlos e Elis Regina, a cantora passava por maus bocados na companhia. "A Adorável Voz de Clara Nunes", seu LP de estreia recheado de boleros, e os compactos que gravara tinham vendas insignificantes. Na Odeon, havia uma temida lista onde apareciam artistas com o nome grifado em vermelho: aqueles que seriam dispensados pela gravadora. À boca pequena, comentavam que Clara era um deles.

Sensível à situação que sua noiva vivia, Aurino recorreu ao amigo compositor, Carlos Imperial. Pediu para que ele deixasse Clara gravar "Você Passa, Eu Acho Graça", sua primeira parceria com o mestre Ataulfo Alves. Isto seria um ótimo impulso na instável carreira da jovem. Porém, Imperial recusou. Considerava a garota uma roceira sem classe, que poderia acabar comprometendo o futuro da canção. Clara era considerada uma cantora de boleros de má qualidade, uma cafona. Mas depois de alguns dias, o Brucutu amoleceu seu coração e acabou cedendo. Foi marcada uma peixada na casa de Ataulfo para que ele conhecesse Clara. O mestre ficou apaixonado pela doçura da jovem e disse que a partir daquele momento a canção passara a ser dela.

Os festivais ganhavam cada vez mais espaço; ter uma canção participando de um dava boa visibilidade, além da chance de abocanhar um prêmio em dinheiro. A TV Excelsior iria promover "O Brasil Canta no Rio", uma ideia do jornalista Adônis Karan, que decidiu realizá-lo simultaneamente em oito estados. Em cada um seriam classificadas três canções para a grande final, que aconteceria no Rio de Janeiro. Imperial decidiu inscrever "Você Passa, Eu Acho Graça".

No Rio de Janeiro, a fase regional do festival foi realizada em junho, no teatro da TV Excelsior, em Ipanema. Coube a Ataulfo a tarefa de defender a composição. Homem de grande elegância no falar e no vestir, o autor de "Ai que Saudades da Amélia" jamais fora visto sem que estivesse vestindo terno e gravata, e muito menos com atitudes inconvenientes. Era óbvio que não compactuava com o jeito irreverente do novo parceiro. Minutos antes do início da competição, advertiu Imperial:

– Carlos Imperial, eu não quero saber dessa história de vaia comigo. Não gosto dessas coisas.

A comentada parceria entre Imperial e o mestre Ataulfo Alves virou até fotonovela nas páginas da "Revista do Rádio". (Reprodução – acervo José Roberto Oldies.)

Respeitando o compositor como se fosse o Dr. Gabriel, durante a apresentação do mestre, Carlos comportou-se como um verdadeiro lorde. Seus bons modos foram recompensados, pois a canção foi incluída entre as três que participariam da final do dia 27 de julho.

Classificação garantida, Imperial quis incrementar a história. Para isso, convocou Ivan Paulo, filho do seu amigo, o maestro Carioca, a fim de elaborar novo arranjo para a música. Anteriormente, havia utilizado os serviços do rapaz na gravação de "Pra Nunca mais Chorar" e ficou satisfeito com o resultado. Sua ideia era gravar "Você Passa, Eu Acho Graça" na voz de Clara Nunes, mandar prensar uns acetatos e espalhá-los por todas as rádios do Rio de Janeiro.

Ivan criou uma introdução para a canção com metais e coro, e a submeteu a Carlos, que após a ouvir, foi só elogios:

– Ivanzinho, esta introdução é o grande gancho da música. Você também é meu parceiro!

A prensagem dos acetatos foi financiada por Aurino Araújo, que além disso, foi chamado para juntamente com Odacir Louro, um cantor que vivia de imitar Ataulfo Alves, ajudar Imperial a distribuir os discos pelas principais rádios cariocas. O talento do Gordo na arte da caitituagem fez com que em questão de horas "Você Passa, Eu Acho Graça" na voz de Clara Nunes fosse ouvida por todo o Rio de Janeiro. Os demais participantes do festival protestaram contra essa estratégia de divulgação, alegavam que as músicas inscritas não poderiam tocar em rádio, já que havia a exigência de que fossem inéditas. Mas Impera, como bom pilantra que era, percebeu uma brecha no regulamento.

Na mesma fotonovela, Clara Nunes, a voz que ajudou a imortalizar "Você Passa, Eu Acho Graça", encena um par romântico com Imperial. (Reprodução – acervo José Roberto Oldies.)

– A música era inédita até ter sido apresentada pela primeira vez. Como isto já aconteceu, posso fazer com ela o que bem entender – caso encerrado.

Na final realizada no Maracanãzinho, a abertura do evento ficou por conta da banda da Polícia Militar, que conseguiu a façanha de ser mais vaiada que Imperial. O motivo foi o assassinato do estudante Edson Luís Lima, em março, durante protesto contra o mau funcionamento do restaurante estudantil do Calabouço. O batalhão de choque da PM invadiu o local, espancou todo mundo e meteu uma bala calibre 45 no peito do rapaz. "Mataram um estudante. Podia ser seu filho". Eclodiram várias manifestações de protesto, não só pela morte de Edson, mas por toda a situação vivida em quatro anos de regime militar. Ao verem os policiais subir o palco montado no ginásio Gilberto Cardoso, o público não perdoou:

– Fora, fora, assassinos!

Mesmo com o ambiente hostil, os dublês de músicos e policiais levaram a apresentação até o final. Mas em momento algum conseguiram abafar o som de vaias muito mais fortes do que as que Imperial costumava levar.

Após esse desastroso início, o festival correu em tranquilidade. Ataulfo Alves se apresentou novamente, com a letra da sua canção mais do que conhecida, dada a estratégia de Imperial. Mas o primeiro lugar amplamente alardeado pelo Gordo acabou não se concretizando. A vencedora foi "Modinha", do jornalista Sérgio Bittencourt, na interpretação do cantor Taiguara. A "Você Passa, Eu Acho Graça" coube a quinta colocação.

Contudo, Clara Nunes poderia considerar-se vitoriosa. A grande execução de "Você Passa, Eu Acho Graça" na sua voz fez com que a Odeon enfraquecesse um pouco a tinta vermelha sobre seu nome. Milton Miranda, diretor artístico da casa, decidiu dar-lhe mais uma oportunidade e a chamou de volta ao estúdio para um novo LP. A "parceria maldita" de Imperial e Ataulfo seria o carro-chefe e título do disco. A lamentar apenas o fato de Ivan Paulo, autor da introdução que dera um tempero especial à composição, não ter seu nome nos créditos. Para assumir os arranjos e a orquestração, a gravadora chamou o maestro Carlos Monteiro de Souza, que manteve o trabalho de Ivan com apenas algumas modificações. Inclusive, em "Você Não é Como as Flores", outra parceria do Gordo com o mestre, o riff do filho do maestro Carioca é novamente utilizado.

Passado o festival, o Gordo continuava com suas artimanhas. Impera sempre achou semelhanças do rock com o nosso forró, ele ouvia os conjuntos que se apresentavam em "Brotos no 13" e os imaginava tocando clássicos do ritmo nordestino em iê-iê-iê. Um dia, conversando com Stokler, dono da gravadora Codil, deu a sugestão de que algum dos conjuntos contratados da casa experimentassem essa fusão. Eduardo e Seus Menestréis, que acompanhava seu amigo Ronnie Von, encontrava-se prestes a gravar seu primeiro compacto. O Gordo insistiu com eles, que acabaram gravando "Asa Branca" de Luiz Gonzaga e Humberto Teixeira. Ele gostou tanto do resultado, que guardou uma cópia demo consigo.

Na TV Tupi, o jornalista Gontijo Teodoro, apresentador do "Repórter Esso", atrás de uma notícia fresca, resolveu recorrer a Imperial, que por lá se encontrava.

– Gontijo, eu tenho um furo de reportagem pra você: os Beatles gravaram "Asa Branca" – tendo às mãos a fita com a gravação de Eduardo e Seus Menestréis, o "rei da pilantragem" deu a prova cabal ao jornalista.

A notícia foi impactante. Luiz Gonzaga, que com o iê-iê-iê andava amargando um injusto ostracismo, da noite para o dia virou o centro das atenções. As revistas "Veja" e "Intervalo" o procuravam para dar declarações sobre o caso. Emissoras de TV prestavam-lhe homenagens. A sorte voltava a sorrir para o "rei do baião".

Durante mais uma homenagem que "Lua" recebia na TV Rio, Imperial o abordou e contou a verdade. Revelou que tudo não passara de mais uma de suas jogadas promocionais. Mas o cantor não lhe deu importância, limitou-se a agradecer pelo que o Gordo fizera por ele.

O pior é que muitas pessoas comentavam ter vindo de Londres, onde a canção de Gonzaga e Humberto Teixeira na gravação do conjunto inglês era sucesso absoluto. Ao tomar conhecimento disso, Imperial começou a se perguntar se a sua mentira havia virado verdade. Numa noite, Humberto telefonou para sua casa:

– Carlos Imperial, eu gostaria de saber sobre essa história envolvendo "Asa Branca". O Luiz Gonzaga me falou que é tudo invenção tua, mas eu tenho uma amiga que jura de pés juntos que ouviu a música lá na Europa.

Por coincidência, os Beatles haviam lançado uma canção, "The Inner Light", de autoria de George Harrison, em que sua guitarra trazia certa semelhança com uma viola nordestina. Talvez as pessoas que abordavam Imperial tivessem ouvido essa música, que para elas passava por "Asa Branca". Mas, sem saber disso, Carlos pensou em desmentir a história. Um dia foi falar com Luiz Gonzaga:

– Luiz, vamos convocar a imprensa e contar a verdade. Eu estou disposto a dar fim a essa história.

– Você está maluco, Imperial? Nada disso, me deixa continuar porque eu estou fazendo muito show. Logo agora que o dinheiro voltou a entrar?

Voltando ao outro tipo de pilantragem, apesar da chiadeira inicial, Nonato acabou aceitando o nome que Simona dera à sua criação musical. E para embarcar de vez na onda, decidiu criar um conjunto, "A Turma da Pilantragem", grupo que contava com músicos de alto gabarito, arranjos do jovem pianista Antônio Adolfo e de Severino Filho.

Fumando na contracapa do LP produzido pelo amigo Rildo Hora. Cigarro apenas para aparecer em fotografia, pois nem sequer sabia tragar.

O grupo capitaneado por Nonato fez tanto sucesso, que despertou a cobiça de Imperial. Ele lançou "Pilantrália", executado pela "Turma da Pesada", na verdade os músicos do estúdio da Odeon, gente como os saxofonistas Paulo Moura e Oberdan Magalhães, o baterista Edson Machado e o jovem talento do piano, Wagner Tiso. Era a mesma onda de Nonato, cantar suas músicas, ou o que mais aparecesse, em ritmo de pilantragem. Simonal já havia provado que isso era mais do que possível, quando gravou, no "Alegria, Alegria!", "Escravos de Jó" e "Meu Limão Meu Limoeiro", duas cantigas entoadas em brincadeiras de criança. Sendo assim, no disco do Gordo tudo era permitido. Até parceria com o poeta romântico do século XIX, Castro Alves, ao musicar o poema "Laço de Fita", que virou uma marchinha pilantra no estilo da "Chiquita Bacana" do compositor Braguinha:

Não sabes, criança? 'Stou louco de amores...
Prendi meus afetos, formosa Pepita.
Mas onde? No templo, no espaço, nas névoas?!
Não rias, prendi-me
Num laço de fita.

Durante uma feijoada no restaurante "Bistrô", onde a alta sociedade se reunia, Imperial foi apresentado por William Prado ao colunista social Ibrahim

Sued, colega do jornalista em "O Globo". Wiliam marcou o encontro a pedido de Carlos, que queria o "Turco" como seu parceiro. Ibrahim lembrou orgulhoso que também já havia feito algumas canções de sucesso, citou a marchinha "Maria Xangai". Algo mais do que sabido por Imperial. Dias depois, o Gordo chamou William e lhe mostrou a música que havia feito com o jornalista. A melodia era de Carlos, e a letra de Ibrahim. "O Adeus" também foi incluída em "Pilantrália".

"Pilantragem é a apoteose da irresponsabilidade consciente". "Pilantrália", projeto despretensioso que acabou rendendo bons frutos.

Era uma tarde
Cinza de tristeza.
Meus olhos tristes
Não podiam ver os teus

Os vocais do LP ficaram com o pessoal do Trio Esperança, Golden Boys, e sua nova descoberta, um jovem que frequentava a ala juvenil da Turma da Miguel Lemos, Luiz Henrique. Na realidade, o rapaz se chamava Gastão Lamounier Neto. Seu avô, de quem herdara o nome, era um dos mais importantes compositores de valsas do país. Algo que não foi levado em consideração por Imperial, que tratou de rebatizar seu cantor.

– Gastão lembra garçom. Temos que mudar isso. De hoje em diante teu nome vai ser Luiz Henrique.

Quem não simpatizou com a história foi o avô compositor e o pai do rapaz. Os dois foram ao novo apartamento de Imperial, na Rua Barata Ribeiro, onde Gastãozinho estava hospedado para tentar demovê-lo da ideia absurda. Contudo, não houve argumento que o fizesse desistir de ser Luiz Henrique. E foi assim que saiu na contracapa do "Pilantrália".

O título do disco era a tentativa de Imperial em fazer graça com um novo e revolucionário movimento musical que tinha Caetano Veloso e Gilberto Gil como principais figuras, a "Tropicália". Carlos considerava genial a total falta de preconceito daquela turma que misturava o tradicional e o moderno. Mas, como era de se esperar, dizia não gostar daquilo:

– As músicas são muito complicadas e dificilmente serão aceitas pelo público, em que pese eu gostar de "Soy Loco por Ti, América". Mas o público comprador de disco e o dançante não a entendem.

"Pilantrália" fazia relativo sucesso, mas "A Turma da Pesada" continuava como um conjunto de laboratório, mais uma armação de Carlos. No andar da carruagem, ele teria que fazer shows, uma tarefa impossível. Até aquele momento, o único membro do grupo era Luiz Henrique. Durante um programa de TV, no qual se apresentavam os "Velhinhos Transviados", uma ideia do violonista José Menezes, que contava com o prestigiado clarinetista Abel Ferreira, chamaram a atenção duas meninas que faziam coro para os músicos. Eram duas loirinhas dos seus 20 anos, belas vozes, e o melhor de tudo: gêmeas idênticas.

As gêmeas cantoras Célia e Celma – Imperial diante de mais uma grande descoberta.

Depois que o grupo terminou a apresentação, Imperial procurou obter informações sobre as meninas. Soube que elas faziam parte do conjunto de Luís Carlos Vinhas, que se apresentava na boate Blow-up, em São Paulo, onde Bruno, filho de Abel Ferreira, era guitarrista. O rapaz fora o responsável pela vinda das duas para o Rio, onde seu pai as acolhera e convidou-as para acompanhar os "Velhinhos". Respeitosamente, Carlos foi conversar com o clarinetista. Pediu sua autorização para falar com as meninas. O músico disse não haver problema algum, e deixou o caminho livre para Império. Ele expôs às gêmeas sua intenção de tornar a "Turma da Pesada" realidade e perguntou se elas estariam interessadas em participar do projeto. Mortas de medo da fama de cafajeste dele, as irmãs ficaram em dúvida se iriam ou não ao encontro marcado por ele em seu apartamento. Foram, e descobriram que ele poderia ser gentil e engraçado. Acabaram aceitando seu convite e entraram para o grupo.

Com as duas cantoras, Luiz Henrique e seu amigo de todas as horas, Ângelo Antônio, a "Turma da Pesada" tornava-se um conjunto de verdade. Quando na TV Rio encontrou seu amigo, o diretor Maurício Sherman, Imperial deixou transparecer toda a sua alegria com a nova descoberta:

– Sherman, descobri duas menininhas que são umas verdadeiras gracinhas. São gêmeas. Elas sabem até cantar!

Luiz Henrique (Gastão Lamounier Neto), Imperial, Célia e Celma durante a primeira apresentação da "Turma da Pesada". (Acervo Célia e Celma.)

18

ANTES DO TEMPORAL

Célia e Celma apresentaram Bruno, o filho do clarinetista Abel Ferreira, a Imperial. Além de tocar violão e guitarra, o rapaz era um barítono de voz bem trabalhada e também fazia orquestrações para importantes artistas, entre eles o astro em evidência, Gilberto Gil, de quem era parceiro na canção "Frevo Rasgado". Era talento demais dando sopa. Lógico que Carlos não desperdiçou a oportunidade de arregimentá-lo para a "Turma da Pesada".

Os ensaios do grupo no apartamento da Rua Barata Ribeiro duravam horas a fio. As gêmeas estavam obstinadas em reproduzir com perfeição cada música do "Pilantrália". Quem tinha a oportunidade de assisti-las e não sabia da armação do LP acreditava que eram delas as vozes femininas no disco. As duas eram as figuras de frente do conjunto. Na escolha do tom para os arranjos, primeiro era levado em consideração o que ficaria melhor para elas. Luiz Henrique, que tinha uma boa extensão vocal, as acompanhava cantando em falsete, enquanto Ângelo Antônio ia na base da empolgação. E Imperial, quando estava com vontade, enganava em duas canções.

De vez em quando Carlos gostava de dar uma de professor com os garotos da "Miguelzinho", a ala jovem da Miguel Lemos, da qual faziam parte, além de Luiz Henrique, Júnior, filho do locutor esportivo Luís Mendes e da atriz Daisy Lúcidi, Kiko, Renato Terra e Paulinho Imperial. O Gordo levava todo mundo para almoçar por sua conta no restaurante "Forno e Fogão", na Rua Souza Lima, onde dava suas explanações sobre música e conquistas amorosas. Os rapazes ficavam fascinados com o que ele dizia. Principalmente com o segundo tema da aula.

– Meus jovens, abordo dez mulheres por dia. Destas dez, nove vão me dar um fora. Mas pelo menos uma me dá o telefone dela. No final do mês tenho trinta novos números na minha caderneta. Trinta!

Realmente chovia mulher na sua horta. Todo dia ele levava uma diferente para almoçar com sua família, que era apresentada à dona Zezé, sua cúmplice meio a contragosto, como futura esposa. No almoço seguinte aparecia com outra, e a história se repetia.

Jorge Tredler, o Jorginho Francês, amigo de Imperial dos tempos de Copa Golf, trabalhava como ourives. Com o dinheiro entrando devido aos autorais e um contrato com a Record, Carlos lhe encomendou uma medalha em ouro com suas iniciais gravadas, e outras vinte em tamanho menor. Estas seriam para dar de presente a cada nova conquista. Quando ia trabalhar em São Paulo e o estoque terminava, pedia para Jorginho tomar o primeiro avião e trazer mais medalhinhas.

Ângelo Antônio, o irmão postiço de Imperial.

Imperial e Bruno Ferreira tinham personalidades completamente diferentes. O músico era uma pessoa muito discreta, e até um tanto tímida, enquanto que o Gordo primava pelo escracho. Mesmo assim, nasceu uma forte amizade, que só foi abalada quando o rapaz decidiu trair a "classe dos eternos solteiros". Desde o início Imperial desaprovou o casamento, e sequer compareceu à cerimônia. Acabou provando estar certo, pois a união durou apenas quinze dias.

– Eu te avisei que esse casamento era fajuto. Agora você nem tem onde morar. Vem pro meu apartamento, não vai pra casa do teu pai, não.

Bruno aceitou a oferta. Mas foi um grande choque morar com Imperial. O entra e sai de mulheres no apartamento o deixava encabulado. Preocupado com a tristeza do rapaz devido à desilusão amorosa, Carlos arrumava algumas menininhas para ele conhecer. Porém, ainda machucado com a separação, Bruno não conseguia se animar com a história. Mesmo assim, Império insistia. Ao telefone falava para a garota com quem iria sair:

– Amor, diga à sua amiga que o Bruno Ferreira está perdidamente apaixonado por ela.

Bruno replicava:

– Mas Imperial, eu nem conheço a garota!

– Deixa de ser trouxa!

Uma hora depois, apareciam as duas garotas. O rapaz não conseguia disfarçar o constrangimento.

Bruno se revezava entre os ensaios com a "Turma da Pesada" e trabalhos como guitarrista. Participava do show de Maria Bethânia na boate Blow Up quando, ao voltar ao Rio, ouviu de Imperial:

– Esquece esse negócio de tocar. Você agora vai ser o maior maestro do Brasil. Não te preocupa com as despesas, vou cuidar de você. De hoje em diante, você vai apenas estudar. Mas só tem uma coisa.

– O quê?

– Vai ter de mudar este teu nome. Bruno Ferreira parece nome de quitandeiro. Agora você vai se chamar Leonardo Bruno, maestro Leonardo Bruno.

Bruno foi comunicar a mudança de nome a Abel Ferreira. Temia que o pai ficasse aborrecido, mas sua reação foi surpreendente:

– Este era o nome que a tua falecida mãe queria que você tivesse. Ela queria Leonardo, devido a um livro chamado "Leonardo, o Pescador", mas eu quis Bruno para homenagear um amigo. Eu não deixei que a vontade dela fosse feita, e agora ela se realiza através do Imperial.

Imperial continuava tentando armar programas para Bruno, agora Leonardo. Numa dessas ocasiões, uma de suas namoradas chegou trazendo uma amiga. Carlos tratou de levar sua boneca para o quarto e deixou o amigo na sala com a outra menininha, que por coincidência também era bastante tímida. A jovem trazia alguns livros do mesmo curso de inglês em que o músico havia estudado. Depois de quase meia hora sem conseguir dizer uma única palavra, ele venceu a timidez para iniciar uma conversa:

– Você está fazendo o Ibeu? Eu me formei lá. Em que período você está?

Antes que a menina abrisse a boca para responder, Imperial apareceu na sala. Estava nu, suando em bicas e todo descabelado.

– Porra, maestro, ainda não comeu?

Além da qualidade artística de Célia e Celma, Imperial admirava os valores familiares que as duas traziam. Eram meninas muito bonitas mas extremamente sérias. Professoras primárias formadas no Sacre Coeur de Marie de Ubá, sua cidade natal. Moças para casar. A cada dia ele ficava mais encantado com as virtudes das gêmeas. Mas era Célia quem mais o atraía. Embora fosse idêntica à irmã, jamais a confundia. Para Imperial, ela era única, diferente de todas aquelas mulheres que levava para seu apartamento. Estava apaixonado.

Quando percebeu o que se passava com o coração de seu empresário, a jovem ficou assustada, e comentou com a irmã;

– Ai, meu Deus, Celma, eu acho que ele está a fim de mim. O que é que eu vou fazer?

Ela era uma menina de 20 anos com a cabeça de garota do interior. Só havia tido inocentes namoricos com rapazes da sua idade. Carlos era um homem, trinta e dois anos de estrada, mal falado, desquitado, e o pior de tudo: mulherengo. Mas, ao se declarar, disse que a coisa era séria, que daria um jeito de casar-se com ela, apesar dos impedimentos causados pelo seu desquite. Falava com sinceridade, não se tratava de mais uma de suas armações. Célia, que também sentia atração por ele, acabou capitulando. Mas manteve uma condição: sua família não poderia saber de nada. Com certeza, seu pai, o fotógrafo Celidônio Mazzei, reprovaria o namoro da filha com um cafajeste profissional como Carlos.

Quando souberam da novidade, Dona Zezé e o Dr. Gabriel comemoraram. Adoravam Célia e viam na jovem a possibilidade de Carlos Eduardo abandonar a vida irresponsável. Os filhos de Carlos também ficaram felizes, Maria Luíza e Marquinho se davam muito bem com a mineirinha, que também era amiga de Rose, a ex-mulher do namorado.

Celinha passou a ser a pessoa mais importante da vida do Gordo. Ele não conseguia ficar sem falar com ela. Quando precisava viajar, ligava a toda hora apenas para ouvir sua voz. Na volta, comportava-se como se houvesse atravessado todo um oceano de saudade. Era um novo homem.

Se Imperial encontrava-se sossegado, o mesmo não poderia ser dito da situação do país. A insatisfação com os militares só fazia crescer. Os protestos constantes eram reprimidos com violência cada vez maior. No dia 30 de agosto de 1968, a Universidade de Brasília foi invadida pela Polícia Militar, que espancou vários estudantes. Em 2 de setembro, o deputado federal do MDB, Márcio Moreira Alves, discursou na Câmara convocando o povo a protestar contra as arbitrariedades daquilo que chamava de "democratura", sugerindo o boicote às comemorações pela Independência.

(...) Vem aí o 7 de setembro. As cúpulas militaristas procuram explorar o sentimento profundo de patriotismo do povo e pedirão aos colégios que desfilem junto com os algozes dos estudantes. Seria necessário que cada pai, cada mãe, se compenetrasse de que a presença dos seus filhos nesse desfile é o auxílio aos carrascos que os espancam e os metralham nas ruas. Portanto, que cada um boicote esse desfile (...).

Os ministros militares consideraram as palavras de Márcio um ultraje às Forças Armadas. Exigiam providências imediatas. Em 12 de outubro, foi dada entrada no pedido de cassação do mandato do deputado.

Fazia um tempinho que Carlos estava afastado do cinema. Mas, em 1967, o diretor Maurice Capovilla dirigia o filme "Bebel, a Garota Propaganda", cuja história se passava num ambiente bem "jovem guarda", e como acontecera dez anos antes com Carlos Manga, quis trabalhar com a maior autoridade em iê-iê-iê. Imperial foi o nome que lhe veio de imediato. O Gordo fez o tema de abertura, e o final, que nada mais era que uma versão instrumental de "Vem Quente que Eu Estou Fervendo", ambos executados pelo conjunto The Bells. Além disso, no meio do filme, a atriz principal, Rossana Ghessa, fez um dueto com o cantor Marcos Roberto. Os dois interpretavam o ie-iê-iê de Imperial, "Você é de Morte". A canção era uma variação de "Eu Quero é Beijar" (parceira com Simonal), que em 1960 fez parte do filme "Vai que é Mole", com o casal de atores Anilsa Leoni e Ankito a interpretando. Para dar nova cara à canção, Imperial trocou os nomes das praias para onde os rapazes de cada versão queriam levar as namoradas para ver corrida de submarino.

Essa participação no filme de Capovilla fez com que voltasse a sentir vontade de trabalhar com cinema. Quando não estava a serviço em São Paulo,

Imperial terminava suas noites na cantina La Fiorentina, no Leme, onde todos os artistas se encontravam. Ali se discutia a futura encenação de uma peça, o roteiro de um filme, e se arranjava emprego. Uma passada no La Fiorentina era a garantia para quem estava parado encontrar um diretor formando o elenco de uma produção de teatro ou cinema e dali sair com contrato acertado. E foi lá que surgiu a ideia do filme que Carlos decidiu produzir.

Numa noite, enquanto saboreava uma massa, ouviu da mesa ao lado o ator Edson Silva contar sobre a ocasião em que emprestara seu apartamento para o amigo Jorge Dória ter um encontro amoroso, e ao recebê-lo de volta, o encontrara completamente alagado devido a um vazamento na descarga do banheiro, que transformou a privada numa Fontana di Trevi jorrando água sem parar. Imperial adorou a história, e sempre que encontrava Edson pedia para repeti-la. Decidiu, com base nela, criar o argumento do seu filme. Seria a história de Bebeto e suas infrutíferas tentativas de levar uma estonteante mulher casada para a cama. Convidou seu amigo Adolpho Chadler para entrar na empreitada da produção e Jacy Campos, seu antigo chefe na Tupi, para a direção. Paulo Silvino faria o azarado Don Juan. Após insistir por algum tempo na carreira musical – tendo, inclusive, música gravada pelos Cariocas –, Silvino seguiu o conselho de Carlos e enveredou pela carreira humorística.

Em 13 de outubro de 1968, com a equipe formada, o produtor quis iniciar os trabalhos. Ligou procurando Paulinho. Porém, na véspera, o ator havia casado com Diva, sua namoradinha de longa data. Quem atendeu ao telefone foi dona Naja.

– Imperial, você está maluco? Você acha que eu vou acordar o Paulinho para filmar com você no dia da lua de mel dele? Ele casou ontem!

– Mas Naja, que lua de mel? Ele já mora com a Diva há seis meses. No convite de casamento o endereço da noiva é o do apartamento onde eles estão morando. Eu preciso do Paulinho.

Após muito insistir com a senhora, conseguiu o endereço do hotel onde Silvino estava e mandou o pessoal da produção ir buscá-lo. Às 10 da manhã começaram a filmar.

Oficialmente, o roteiro do filme era do Gordo, Jacy e Mário Meira Guimarães, roteirista de "O Dono da Bola". Mas, na verdade, não havia roteiro algum, o que havia era o famoso "nas coxas". Um exemplo foi o dia em que Carlos encheu um ônibus com crianças do orfanato do conhecido Irmão Pedro, um senhor que visitava todas as emissoras de TV pedindo doações, e foi para a praia do Recreio dos Bandeirantes. Quando chegaram, Jacy perguntou como seria a cena. Imperial pediu que ele esperasse um momento, correu até uma carrocinha de cachorro-quente, pegou um pedaço de papel de pão e começou a escrever em cima de um pacote de cigarros também emprestado do carroceiro.

– Tá aqui a cena, pode filmar.

As filmagens levaram apenas doze dias. Para pegar carona no sucesso que o ritmo que ajudara a inventar fazia, Carlos batizou a obra de "O Rei da Pilantragem". A trilha sonora era o LP "Pilantrália", inclusive com um número musical de Luiz Henrique nas areias de Ipanema e rodeado de menininhas, cantando com sua voz suave "Esperança", canção de Império e Euclides de Souza Lima.

Paulo Silvino e Maria Pompeu em "O Rei da Pilantragem", a primeira aventura de Imperial como produtor cinematográfico.

A crise provocada pelo discurso de Márcio Moreira Alves prosseguia. Em 4 de novembro, o Supremo Tribunal Federal enviou à Câmara pedido de licença para processar o deputado. A solicitação foi encaminhada à Comissão de Constituição e Justiça. Márcio apresentou sua defesa perante a Comissão e aguardou o resultado.

Embora tenha ficado em último lugar, a participação no concurso de fantasias do Teatro Municipal agradou a Carlos. No início de dezembro, já anunciava sua intenção de participar do desfile do próximo carnaval. E começava a fazer propaganda de sua fantasia, o "Veado Real".

– Eu vou sair de "Veado Real". O meu é fantasia. O dos outros é autêntico.

Quem não simpatizava com a volta do Gordo ao concurso era o diretor do Municipal, o senhor Antônio Vieira de Mello. Considerava os desfiles um evento pautado pelo profissionalismo e seriedade. Pensamento compartilhado por Pedro Chediak, presidente do júri. Os dois não achavam a menor graça nas declarações que Imperial dava à imprensa.

Em 11 de dezembro, após nove deputados da Arena, o partido do governo, serem substituídos na Comissão de Constituição e Justiça por discordarem da violação à imunidade parlamentar de Moreira Alves, foi concedida a licença para processar o emedebista. Como protesto, todos os representantes do MDB abandonaram a comissão. Porém, no dia seguinte, o pedido para a cassação de Márcio foi recusado pelo plenário da Câmara, por uma diferença de 75 votos (216 votos contra e 141 a favor). O resultado contou com votos de emedebistas e de arenistas insatisfeitos com o caminho que a "Redentora" havia tomado.

Numa sexta-feira 13, o presidente Costa e Silva anunciou a entrada em vigor do Ato Institucional nº 5 como a melhor forma de oferecer todas as condições para levar adiante os ideais da "Redentora". O incidente com Márcio Moreira Alves não passara de um pretexto; muito antes, a linha dura do regime reivindicara as medidas presentes no Ato. À noite, o ministro da justiça, Luís Antônio da Gama e Silva, em cadeia nacional de rádio e TV, divulgava que qualquer cidadão poderia ter seus direitos políticos suspensos por dez anos, a suspensão de habeas corpus e o recesso do Congresso Nacional. Enquanto isso, as prisões começavam a acontecer. No Rio de Janeiro, Juscelino Kubitschek foi detido ao sair de uma cerimônia de formatura realizada no Teatro Municipal em que fora paraninfo, e conduzido a um quartel em Niterói. No dia seguinte, também no Rio, Carlos Lacerda – que tanto colaborara com o golpe de abril de 1964, mas alijado das decisões tomadas, voltara ao seu habitual papel de opositor de governos – foi enviado ao Regimento Marechal Caetano de Farias, quartel da Polícia Militar. O mesmo acontecia a outros políticos contrários ao governo, jornalistas e artistas.

Os órgãos de comunicação passavam por censura prévia. Só seria divulgado o que interessasse ao governo. A prisão de Juscelino foi noticiada como internação numa clínica no Leblon para cirurgia no tendão de aquiles.

Além do "Veado Real", Carlos maquinava outra ideia. Queria fazer um cartão de Natal fora do convencional. Chamou Pedro Henrique, um amigo fotógrafo da revista "Intervalo", para, no banheiro do apartamento da Barata Ribeiro, tirar seu retrato sentado na privada com as calças arriadas e a mão no queixo, imitando a escultura "O Pensador", do francês Rodin.

Antes mesmo de a foto ficar pronta, Imperial já tinha a mensagem que iria acompanhá-la: "Espero que Papai Noel não faça no seu sapato o que eu estou fazendo neste cartão" – caso o destinatário fosse alguém com quem ele não simpatizasse, o "não" seria riscado a caneta. Mas ainda queria à sua maneira desejar votos de feliz ano novo. Aproveitando que 69, o ano vindouro, também poderia designar uma popular prática sexual, escreveu a frase "Um feliz 69". Mas com o algarismo substituído pelo desenho de um casal praticando a posição amorosa sob um lençol.

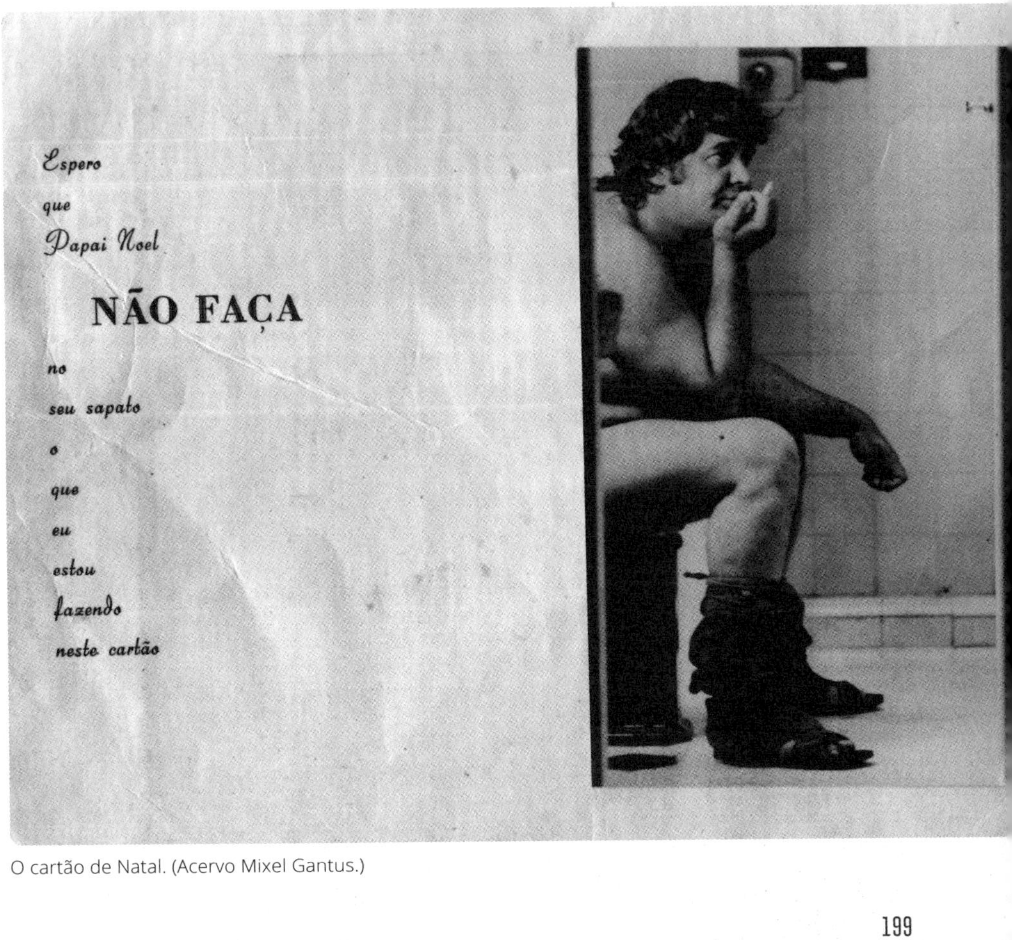

O cartão de Natal. (Acervo Mixel Gantus.)

Carlos queria fazer cem cartões. Para isso, precisaria dos serviços de uma gráfica. Mas que fosse de confiança, pois a brincadeira necessitava de total sigilo. Sem surpresa, não tinha graça. Júnior Mendes lembrou-se do seu tio Oscar, dono de uma tipografia em Marechal Hermes. Ele e Imperial foram falar com o senhor, que aceitou a encomenda.

Depois de prontos, chegou a hora de enviar os cartões aos destinatários. A maioria das cem pessoas eram amigos que levariam a brincadeira numa boa: Fernando César, William Prado, o editor musical Emílio Vitale, seu amigo de infância Agildo Ribeiro, o jornalista Eli Halfoun. Mas não ia perder a oportunidade de tirar sarro com a sisudez dos senhores Antônio Vieira de Mello e Pedro Chediak. Ria sozinho ao imaginar a cara de espanto dos dois quando recebessem a mensagem de boas festas.

Tony Checker, Fábio, Ary Tell e Presunto iriam levar os envelopes aos destinatários. Aurino, que testemunhou todo o processo de criação da brincadeira, quis saber por que Imperial não enviava tudo de uma só vez pelo correio.

– Mineiro, se eu botar isso selado no correio, o pessoal vai descobrir que fui eu que mandei. Isso aqui tem que ser distribuído de mão em mão.

Os cartões foram entregues, e nada de grave aconteceu. No máximo alguém ligava para reclamar do mau gosto da piada. Mas ninguém o ameaçou com processo. Nem os dois senhores do Teatro Municipal, nem as pessoas que receberam o mimo com o "não" riscado. Foi apenas mais uma brincadeira. Precisava pensar na próxima.

Na manhã de 27 de dezembro, Caetano Veloso e Gilberto Gil foram presos em São Paulo e levados para o quartel do exército de Marechal Deodoro, no Rio. O motivo alegado foi uma nota lida pelo apresentador Randal Juliano em seu programa "Guerra é Guerra", na TV Record, que dizia sobre um show na boate Sucata, no Rio de Janeiro, no qual os dois haviam cantado uma paródia do hino nacional repleta de palavrões, e enrolados na bandeira do Brasil. Mas ninguém ficou sabendo.

À noite, a "Turma da Pesada" enfim tinha a sua estreia. A apresentação foi no programa de Bibi Ferreira, o "Bibi ao Vivo", na TV Tupi. Todos os integrantes com o figurino impecável, elaborado por Célia e Celma, que entre outras coisas também sabiam costurar. Imperial participou, mas sua voz "dois tostões" não comprometeu, e, apesar da sua presença, o conjunto não recebeu vaias. Foi até bastante aplaudido.

No penúltimo dia do ano, o governo divulgou a cassação do mandato e suspensão dos direitos políticos por dez anos de onze deputados – Márcio Moreira Alves encabeçava a lista. O desembargador Joaquim de Souza Neto e Carlos Lacerda (libertado após uma semana de greve de fome), também perderam seus direitos políticos por dez anos.

A "Turma da Pesada" começou 1969 com sua segunda participação na TV Tupi. Dessa vez eram os convidados do comediante Ronald Golias. Após a parte musical, Imperial aproveitou para fazer graça diante das câmeras, e novamente falou do "Veado Real". Depois do programa, foi levar Célia e Celma em casa, na Rua Barão de Ipanema. Antes de se despedir, lembrou do ensaio marcado para a manhã seguinte no seu apartamento. Estava satisfeito com a repercussão das duas apresentações do conjunto, mas não queria descuidar. Pelo andar da carruagem, muitos shows estavam por vir.

Como estivesse morto de fome, Imperial aproveitou para comer uma massa no La Fiorentina. Fábio e Luiz Henrique o acompanharam. No restaurante, entre uma e outra garfada de espaguete ao alho e óleo, comentava com os dois a alegria que a "Turma da Pesada" estava lhe proporcionando, e a expectativa com o lançamento de "O Rei da Pilantragem".

A conversa foi interrompida quando três homens se aproximaram de sua mesa e um deles perguntou:

– Senhor Carlos Imperial?

– Pois não?

O carro da polícia parou e, de dentro dele, Imperial pôde avistar aquele sombrio prédio em arquitetura francesa. Rua da Relação nº 40, a sede do Dops. Restava saber o que o aguardava lá dentro. Ao menos não tinha ido parar no Guandu.

ESTADO DA GUANABARA
SECRETARIA DE SEGURANÇA PUBLICA
SUPERINTENDÊNCIA EXECUTIVA
DOPS - SERVIÇO TÉCNICO

PLANILHA DE REGISTRO PRONTUÁRIO S.F.A. Nº ________

NOME CARLOS EDUARDO CORTES IMPERIAL
FILIAÇÃO Gabriel Cortes Imperial e Maria José Cardoso Cortes Imperial
NACIONALIDADE Brasileira
NATURALIDADE Espirito-Santo
DATA DO NASCIMENTO 24/11/1 935
ESTADO CIVIL desquitado
PROFISSÃO Radioalista
INSTRUÇÃO Secundaria
RESIDÊNCIA Barata Ribeiro, 814- ap. 202
LOCAL DE TRABALHO TV- Tupi - Canal 6

NOTAS CROMÁTICAS

CUTIS branca CABELOS castanhos
OLHOS castanhos BIGODE raspado
BARBA ________ COMO USA raspada

FILIAÇÃO MORFOLÓGICA

ALTURA 1,81 PÊSO 102 FOTOGRAFIA Nº 11 748

Identificado por [assinatura] em 3 de Janeiro de 1 969
Fotografado por Darcy em " de " de "

[assinatura]
Assinatura do Identificado

SÉRIE / MÃO DIREITA			SÉRIE		
	POLEGARES	INDICADORES	MÉDIOS	ANULARES	MÍNIMOS
SEÇÃO / MÃO ESQUERDA			SEÇÃO		

Arquivo Público do Estado do Rio de Janeiro

19
HÓSPEDE DO GOVERNO

O Departamento de Ordem Política e Social, o Dops, existia desde 1924. Sua finalidade era controlar movimentos sociais considerados perigosos para o governo. Com o golpe de abril de 1964, encontrava-se em plena atividade, e depois de 13 de dezembro, ficou ainda mais agitado. O prédio onde funcionava no Rio de Janeiro era considerado um lugar maldito. Na época do Estado Novo, alguns dos envolvidos no "Levante de 1935" sofreram suplícios inimagináveis nas suas celas. Mas no regime militar, os cidadãos considerados ameaça que eram enviados para lá não sofriam as mesmas torturas. Na verdade, sentiam-se até aliviados por estarem lá, em vez dos quartéis, de onde eram comuns as histórias sobre torturas. Não era tratamento de hotel cinco estrelas, mas havia coisa muito pior em outras bandas.

Assim que entrou no prédio, Carlos foi conduzido a uma sala, onde um senhor de terno e gravata o aguardava.

– Como vai, Imperial? Senta aqui – o homem pegou o telefone. – Avisa que ele já está aqui – depois dirigiu-se novamente a ele. – Você vai ficar uns dias conosco.

– Qual o motivo da minha prisão?

– Você não está preso, está detido para averiguações.

Gastão, que ainda o acompanhava, foi dispensado. Despediu-se de Carlos, que em voz baixa pediu que ele avisasse sua família e a imprensa.

O Gordo foi levado para o terceiro andar. Já imaginava estar sendo levado para uma tenebrosa masmorra, tendo o Conde de Monte Cristo como companheiro de cárcere. Mas teve uma agradável surpresa quando chegou ao salão cheio de camas tipo beliche, onde alguns bicheiros de segundo escalão também se encontravam "detidos para averiguações". Foi imediatamente reconhecido por eles.

– Imperial! Por que te prenderam?

– Acho que vou levar um arrocho porque comi a mulher de um coronel e ele deve ser amigo do secretário de segurança. Só pode ser isso.

– Que fria...

O Decreto-lei 3.688, de 3 de outubro de 1941, proibia os jogos de azar sob pena de quatro meses a um ano de prisão. Apesar disto, as autoridades faziam vista grossa para com o jogo do bicho. A polícia recebia um agrado, e as apostas transcorriam normalmente. Com o "Ano Zero da Revolução", a Secretaria de Segurança decidiu restabelecer o combate à contravenção, e efetuou a prisão dos donos das bancas de apostas, os bicheiros, e de seus funcionários, os apontadores.

Carlos não apareceu para buscar as gêmeas no horário combinado para o ensaio da "Turma da Pesada", e Célia ligou para o apartamento dele. Mas ninguém atendeu. Tentou a Miguel Lemos. Paulinho falou com ela, mas não explicou direito onde o irmão estava. O motivo é que minutos antes, um grupo de policiais estivera por lá à procura de Imperial. A comunicação entre eles era tão falha que ainda não sabiam que ele já estava preso. Quem lhes deu a notícia foi Fábio quando chegou para avisar os pais do amigo. Depois que os homens foram embora, o Dr. Gabriel achou melhor manter segredo e ver qual a melhor atitude a tomar. A única certeza é que iria precisar mais uma vez dos serviços do Dr. Sérgio do Rego Macedo.

Na Rua da Relação, Carlos era interrogado pelo delegado Manoel Vilarinho, que segurava o motivo dele estar ali.

– O senhor reconhece isto?

Como não reconheceria seu cartão de Boas Festas? Mas era por aquilo que o haviam prendido? Mas ninguém tinha reclamado! Uma inocente brincadeira...

Pesava sobre Imperial a acusação de atentado ao pudor e desrespeito às autoridades. Também foram consideradas ofensivas suas palavras no programa de Golias quando se referiu aos demais concorrentes do concurso de fantasias do Municipal. Ele admitiu ser o responsável pelo cartão e que havia distribuído para cem pessoas. Mas assumiu toda a autoria, em momento algum revelou os nomes daqueles que o ajudaram. Estava preocupado com os danos que poderia causar aos amigos, principalmente a Célia. Foi liberado e voltou para jogar dominó com seus amigos bicheiros.

Também não foi muito bem aceita "Tropicalhorda", a canção que aparentemente fizera para sacanear os tropicalistas:

É preciso jogar no lixo,
A consciência na lata do lixo.
Troca a sola do meu chinelo,
Pois o verde não combina com o amarelo.

Tropicalhorda, tropicalhorda,
Vamos gritar pra ver se ele acorda.

Naquele momento, a notícia de sua prisão já estava em todos os jornais. Gastão havia seguido sua orientação e saiu espalhando o acontecido. Surpreendentemente, a censura deixou passar.

Adolfo Chadler tinha amigos na polícia, e avisou Aurino Araújo que haveria uma diligência no apartamento de Imperial, na Barata Ribeiro, para procurar material subversivo. O mineiro lembrou que na sala do Gordo havia um pôster do revolucionário Che Guevara, que poderia tornar-se uma nova dor de cabeça. Rose, que ficou tomando conta do apartamento do ex-marido, foi avisada e tratou de queimar o quadro. Mesmo assim, quando os homens deram a batida, ainda teve de se explicar, pois havia um macaco empalhado no apartamento e a empregada, durante uma faxina, colocou um capacete de brinquedo que pertencia a Marco Antônio na cabeça do bicho. Os policiais custaram a aceitar que não se tratava de uma provocação para com as Forças Armadas.

Em 3 de janeiro de 1969, pouco antes do meio-dia, o diretor da TV Tupi, Alcino Dinis, liderava um grupo de amigos de Imperial que solicitou audiência com o secretário de segurança do Estado da Guanabara, o general Luís de França Oliveira. Alcino fora informado da transferência de Carlos para o presídio da Ilha Grande e foi pedir ao secretário que não permitisse que o amigo fosse mandado para lá como um marginal comum. Não adiantou, Luís de França negou o pedido. À Imprensa, declarou que Imperial seria enquadrado no AI-5 e não teria direito a habeas corpus. O comediante Ronald Golias também teria de prestar esclarecimento por ter permitido o mau comportamento de Carlos no seu programa de TV.

Às 18h25, Imperial saiu do prédio do Dops rumo a Ilha Grande. A imprensa o aguardava, e antes de entrar no camburão, expressou sua surpresa com a reação ao seu espírito sempre alegre. Havia enviado o cartão a várias pessoas, inclusive ao diretor do Teatro Municipal, mas apenas como brincadeira. Também avisou que ia aderir ao "protesto sujo", só voltaria a tomar banho depois de solto.

Imperial foi para a ilha-presídio

Acusado de atentado ao pudor e desrespeito às autoridades, o cantor e compositor Carlos Imperial foi transferido para o presídio da Ilha Grande, onde já estão os maiorais da jogatina. Ao embarcar no "carrão" da Polícia, disse que só voltará a tomar banho quando estiver livre. Outro cantor-compositor, Erasmo Carlos, também está às voltas com um "carrão": quer vender seu "Rolls-Royce", que foi de Getúlio e Ademar. (P. 3)

Ultima Hora

Ano XVIII — Edição Nacional, Sábado, 4/1/1969 — N.º 2.472 — NCrS 0,40

Carlos viajou na cabine do carro da polícia, entre o motorista e um agente do Dops. Cinco dos seus amigos bicheiros também transferidos não tiveram o mesmo privilégio. Aguentaram as duas horas de viagem apertados na caçamba dos presos. Quando chegaram em Mangaratiba, tomaram a lancha com destino ao presídio.

A Colônia Penal Cândido Mendes era o local para onde enviavam os criminosos de maior periculosidade. No Estado Novo, Vargas enviara muitos dos seus opositores para lá. O regime militar voltava a adotar essa prática. Carlos estava apavorado, lembrava de histórias pavorosas que ouvira sobre o lugar.

Os senhores Antônio Vieira de Mello e Pedro Chediak se apressaram em esclarecer que nada tinham com a prisão de Imperial, pelo contrário, consideravam um absurdo. Reprovavam sua postura procurando ridicularizar os concursos do Municipal, mas não consideravam algo que merecesse sua ida para Ilha Grande.

O Dr. Sérgio acreditava na palavra dos dois senhores. Em sua opinião, algum desafeto mostrara o cartão a um integrante do governo militar, distorcendo a real intenção da brincadeira. A acusação contra seu cliente era de crime contra os costumes, portanto ele não poderia ser enquadrado no AI-5. Tinha direito a habeas corpus, negado apenas a crimes de subversão ou contra a economia popular. Entrou com uma petição que dizia:

A Revolução deve estar muito instável e insegura para dizer que o senhor Carlos Imperial deva ser considerado criminoso político e seu inimigo. Dá a entender que a Revolução é algo muito frágil. Se ela não suporta uma reação que não tem nada a ver com a área política, e prende o Sr. Carlos Imperial, onde é que os outros vão parar? Todo mundo vai ser considerado criminoso político porque abala a segurança da Revolução.

Apesar da prisão, Carlos poderia considerar-se um sujeito de sorte. No Dops ficou num salão com cama e ninguém lhe encostou a mão. Na Ilha Grande, temia o pior, mas acabou encontrando a alta cúpula do jogo do bicho. Castor de Andrade, Natal da Portela e Milton Camelo o receberam de braços abertos e compartilharam suas mordomias com ele. Ficou na cela 44, um quarto confortável com cama, televisão, gravador e toca-discos. Seu "companheiro de cárcere" era Francisco de Souza, o Magé, um violonista que também fora detido para averiguações. A dupla passava as horas tocando violão e compondo novas músicas. Também frequentavam a praia e, claro, jogavam dominó. E Imperial não cumpriu a palavra, continuou tomando banho.

Presos em celas separadas no quartel em Marechal Deodoro, Caetano e Gil tiveram suas cabeças raspadas. Nos jornais, a notícia era dada como apenas uma mudança de estilo. Nenhum comentário sobre a prisão em dezembro.

No dia 9 de janeiro, a imprensa teve acesso ao local onde Imperial e os bicheiros estavam. O Gordo foi fotografado trajando bermudas, uma de suas camisas estampadas e calçando chinelos. Estava com três quilos a mais, barba feita e continuava com o cabelo comprido. Dizia que iria escrever suas memórias do cárcere e que estava cada vez mais convicto da filosofia absolutista de Omar Khayan. Assim que estivesse em liberdade, faria campanha para transformar a ilha em centro turístico, adaptando a Penitenciária Cândido Mendes a balneário, com todo conforto de hotéis de luxo. Também anunciava seu novo parceiro musical, o bicheiro Castor de Andrade, com quem fizera uma canção batizada de "A Ilha". Por ser advogado, o contraventor tinha direito a prisão especial. Estava instalado numa casa com oito quartos, e seu iate ficava ancorado bem próximo ao presídio. Com a conivência dos guardas, podia ir até lá quando bem entendesse. Como amigo do homem, Imperial podia usufruir dessas regalias. Os jornalistas deixaram o presídio com a impressão de que o "rei da pilantragem" estava fazendo turismo na ilha.

Quando o Dr. Sérgio foi visitá-lo para informar do andamento do seu caso, Imperial não teve dúvida em fazer-lhe um pedido:

– Bom, já que eu estou aqui, vou aproveitar a situação. Sérgio, faça o possível para prolongar mais a minha estada aqui, não me tira agora não.

O Dr. Gabriel e Aurino também foram visitar Carlos. Pegaram um barquinho de pescador em Mangaratiba e depois um carro até o presídio. Dias depois foi a vez de Rose, que o tranquilizou quanto aos filhos. Maria Luíza estava com Dona Zezé. E Marquinho, para ser poupado da notícia, passava alguns dias na casa de praia em Marataízes.

Célia recebeu uma carta do namorado na qual ele planejava o seu futuro pós-Ilha Grande: "Em cima dessa eu faturo fácil o resto do ano".

O Dr. Sérgio conseguiu no Supremo Tribunal Federal o habeas corpus de Carlos. Junto com o irmão dele, Francisco Manoel, agora advogado do Instituto Brasileiro do Café em Brasília, foram entregar o mandado de soltura pessoalmente ao juiz Mendonça Rabello, que deu ordem para libertá-lo. Depois de 23 dias, Imperial voltava à liberdade.

Ao saber da notícia da soltura do prisioneiro, o secretário de segurança, general Luís de França, que continuava insistindo que o Gordo deveria ser enquadrado no AI-5 sem direito à habeas corpus, não disfarçou seu aborrecimento. Profundamente irritado, negou-se a receber a imprensa para dar qualquer declaração.

Na volta para casa, a família e os amigos preferiram manter Imperial longe do contato com repórteres. Tinham medo de que ele desse alguma declaração que viesse a lhe causar novas complicações. Somente depois de dois dias, recebeu os jornalistas no triplex da Miguel Lemos. Falou sobre diversos assuntos, mas nada sobre suas férias na ilha.

O caso caiu na Auditoria da Marinha e, em fevereiro, Imperial compareceu a uma audiência com representantes das Forças Armadas. Um almirante o arguiu:

– Meu filho, por que você fez isso? Sentado na privada! Você com isso quis mandar o governo à merda?

– Almirante, eu quis desejar felicidade às pessoas, na minha linguagem de homem de teatro. Na Comédie Française, nos palcos cariocas, a gente deseja boa sorte aos colegas numa estreia dizendo "merda".

O Almirante cochichou com os outros dois integrantes da comissão que o interrogava, e em seguida o liberou. Dias depois, o Dr. Sérgio comunicou que a Auditoria Militar considerara que ele não havia cometido crime contra a Segurança Nacional. Poderia até comemorar, mas a história ainda não havia acabado. Seu caso foi parar na justiça comum.

Em fevereiro, Caetano e Gil foram finalmente soltos. Porém, em prisão domiciliar, seguiram direto para a casa de suas famílias em Salvador.

Da esquerda para a direita: Chacrinha, Leonardo Bruno, Célia, Ângelo Antônio, Imperial, Celma e Luiz Henrique. A Turma da Pesada em mais uma participação na "Discoteca do Chacrinha", na TV Globo. (Acervo Célia e Celma.)

20
EM PLENA ATIVIDADE

Em liberdade, Carlos procurou reativar sua parceria musical com Ataulfo Alves. O mestre ia ao seu apartamento, onde os dois trabalhavam numa canção chamada "Vou Fazer Mandinga". O verão carioca andava implacável, termômetros marcando 40 graus, mas a elegância do compositor continuava inabalável. Por nada no mundo o mestre deixava de vestir seus ternos bem cortados. O máximo de falta de cerimônia que Ataulfo se permitia era tirar o paletó, depois de Imperial muito insistir, preocupado com as consequências que o forte calor poderia lhe causar. Mas o estendia na porta da geladeira muito bem aberto, para não amarrotá-lo. Carlos também ficava apreensivo com o estado de saúde do mestre. Estava ainda mais magro e não conseguia esconder o incômodo com uma úlcera duodenal que há anos o acompanhava.

Em março, Imperial lançou "O Rei da Pilantragem", anunciado como o primeiro filme de "cinema marginal". Aproveitava para pegar carona no novo rótulo surgido para classificar filmes com estética mais despojada, baixo orçamento e influências da cultura pop, cujo principal representante era "O Bandido da Luz Vermelha", de Rogério Sganzerla, um sucesso de bilheteria em 1968. Mas isso não ajudou muito. E nem a aparição de vários amigos do Gordo, como Wilza Carla, Lúcio Mauro, Monsueto, Cyl Farney e até o "cantor das multidões", Orlando Silva. O filme ficou poucos dias em cartaz, e a bilheteria foi insignificante. Na realidade, era uma chanchada anárquica, e o público não demonstrava mais interesse por esse tipo de cinema.

Mas a decepção de Imperial não durou muito tempo. A "Turma da Pesada" havia engrenado. A todo o momento eram vistos na "Discoteca do Chacrinha", na TV Globo, e em programas das demais emissoras. A agenda estava lotada de shows. Num domingo, às 10 da manhã, cantaram em um programa de TV em São Paulo; ao meio-dia participaram de outro, no Rio; às 16 horas, cantaram novamente em São Paulo, e fecharam a noite com um show num clube carioca. Tudo com cachê. O pingue-pongue na ponte aérea rendera tanto dinheiro, que faltaram bolsos para guardá-lo.

Numa dessas idas a São Paulo, no avião, Imperial viajou ao lado de Leonardo Bruno, e queria combinar com o maestro os últimos detalhes da apresentação que iriam fazer. Durante o pouso, o Brucutu soltou um violento arroto. Os demais passageiros, a maioria senhoras de cabelinho azul e executivos engravatados com suas pastas 007, viraram-se para ver de onde viera o barulho. Cinicamente Carlos comentou com voz radiofônica:

– Maestro, eu acho que o refrigerante não lhe fez muito bem.

O namoro de Carlos e Célia continuava indo muito bem. Ele a cercava de todos os carinhos e agia com enorme generosidade para com sua família e amigos. Mas nem tudo era perfeito. Havia nele um lado "médico e monstro" que a incomodava. Sua paciência se esgotava muito rapidamente. Se fossem lhe expor algo, mas demorassem a concluir, ele olhava para os lados demonstrando impaciência. Logo depois, explodia. Numa ocasião, uma das duas linhas telefônicas instaladas no seu apartamento apresentou defeito. Ele ligou para a companhia solicitando o reparo, mas foi atendido por uma funcionária com um discurso decorado. De início, até procurou agir com polidez.

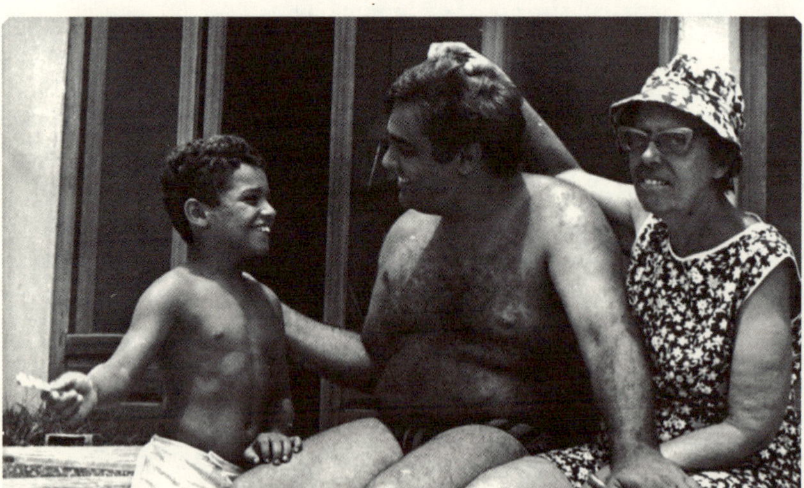

Imperial entre o filho, Marco Antônio, e Dona Maria José. O Gordo recebendo um afago.

– Minha senhora, meu telefone está parado. Ele é minha ferramenta de trabalho.

– Queira ligar para...

– Minha senhora, eu não vou ligar para nenhum outro lugar. Já faz dois dias que estou aguardando o conserto.

– Queira ligar...

– Mas minha senhora, isto não está certo.

– Queira ligar para...

– Porra, minha senhora!

No restaurante, era capaz de fazer um escândalo se o garçom errasse no pedido. Em casa, se Mauricéa, sua empregada, não cumprisse corretamente suas ordens, Copacabana sofria um abalo sísmico. Nos ensaios da "Turma da Pesada", Gastãozinho vivia em constante tensão provocada pelos gritos do Mr. Hyde capixaba exigindo constante aperfeiçoamento dele. Ângelo Antônio era o único que tirava de letra os ataques de Imperial. Os dez anos de amizade fizeram com que aprendesse a transformar a situação em piada.

– O porra do Imperial tem oito erres. – Ângelo fazia graça.

Imperial ainda arranjava tempo para continuar orientando os garotos da "Miguelzinho". Numa tarde, Renato Terra passou no seu apartamento para lhe mostrar uma música que acabara de fazer. O rapaz dominava muito bem o violão e estava obstinado em atingir uma qualidade técnica irrepreensível. Compôs uma canção rebuscada, repleta de acordes. Depois de ouvi-la, Carlos veio com mais um de seus conselhos.

– Renatinho, escute bem o que eu vou te falar e guarde para toda a tua vida. É muito fácil fazer o difícil. O difícil é fazer o fácil.

Em abril, Ataulfo foi internado às pressas para operar sua úlcera. Carlos ia visitá-lo diariamente na Casa de Saúde São Sebastião, no Catete, onde ele se recuperava. No dia 20, passou manhã e tarde com o Mestre, procurando animá-lo. Ofereceu a casa da família em Marataízes para ele passar o período de recuperação, pois o queria novo em folha para quando fossem mostrar suas novas músicas ao público. Despediu-se prometendo voltar no dia seguinte. Precisava ir para a TV Tupi, onde tinha um compromisso com o diretor artístico da emissora, Roberto Jorge. Às 19h30, recebeu um telefonema de Adeilton, um dos filhos de Ataulfo, avisando que o compositor havia falecido fazia quinze minutos. Leonardo Bruno, que estava com ele, precisou ampará-lo. O Brucutu desabou num choro incontrolável. Alguns funcionários da casa, que presenciaram sua reação, achavam que era apenas jogo de cena. Mas o maestro sabia que aquilo era sincero.

No final do mês, Imperial tomou posse como presidente da Associação Defensora dos Direitos Fonomecânicos, a Addaf. Assumia a vaga de Ataulfo Alves, de quem era vice. Em respeito ao mestre, cortou a longa cabeleira à Príncipe Danilo, vestiu paletó e gravata, e calçou sapatos. Ataulfo Jr. e Adeilton, filhos do compositor recém-falecido, estavam presentes à posse. Durante seu discurso, Carlos lamentou assumir a presidência em tal circunstância, mas prometeu honrar o nome de Ataulfo desempenhando sua função da melhor maneira possível.

– É preciso que o compositor brasileiro nos procure. A Addaf tem a única e exclusiva finalidade de defender seus interesses. De arrecadar suas cotas nos estados sem que precisem fazer viagens dispendiosas para consegui-lo. E aqui estarei das 12 às 18 horas, à disposição. Procurem-me.

Como não era de ferro, Imperial soltou um pouco de sua irreverência, para a alegria da imprensa:

– Olhem aqui, meus chapas. Sou pilantra velho e sei que vocês estão ofuscados e, ao mesmo tempo, assombrados com minha elegância. Mas tem uma coisa, logo mais abandono o fardão, visto uma camisa colorida daquelas de fazer inveja a qualquer padrão japonês, pego um chinelo da onda, e me largo pro Maracanã, de onde sairei com a vitória do meu Botafogo.

Carlos inscreveu sua derradeira parceria com Ataulfo Alves no Festival de Juiz de Fora, outro evento organizado por Adônis Karan. O nome definitivo da canção ficou apenas "Mandinga". Dessa vez, queria que, além de gravar, Clara Nunes fosse a intérprete na competição. E com a "Turma da Pesada" a acompanhando. Ela aceitou o convite, e imediatamente começaram os ensaios no apartamento do Gordo.

Até mandinga eu vou fazer
Pra fazer você voltar
Fiz promessa, rezei tanto
Me ajuda, meu pai Oxalá

Da esquerda para a direita: Clara Nunes, Célia, Luiz Henrique, Celma, Ângelo Antônio e Imperial. "Mandinga" é campeã no Festival de Juiz de Fora.

Clara iria cantar no 1º de maio, mas a "Turma da Pesada" chegou em Juiz de Fora três dias antes. Célia e Celma aproveitaram para fazer campanha por "Mandinga". Um de seus irmãos era o fotógrafo mais importante da cidade e as apresentou para meio mundo. As duas visitaram uma fábrica de refrigerantes e saíram de lá com patrocínio para imprimir panfletos com a letra da canção. Na noite da apresentação, as duas mil pessoas que superlotavam o Cine Teatro Central sabiam cada verso de cor. Passou fácil para a grande final no dia seguinte. E aí veio a consagração, "Mandinga" era primeiro lugar, empatada com "Casaco Marrom", de Gutemberg Guarabyra, Danilo Caymmi e Renato Corrêa. O prêmio de 8 mil cruzeiros novos foi dividido entre as duas. Mas não importava, Imperial dizia aos jornalistas que o mais importante era lembrar Ataulfo Alves. Abraçava Clara e Ataulfinho, que trouxera para participar da competição, enquanto as lágrimas escorriam por seu rosto.

Nas reuniões da cúpula da Odeon, presididas por Milton Miranda, todos os presentes primavam pelo requinte no vestir. Mas isto não se aplicava a Imperial, que usava uma surrada calça Lee com a bainha feita à mão pouco antes de sair de casa, camisa estampada cheia de coqueiros e os inseparáveis chinelos. Comportava-se como se estivesse em sua própria casa. Colocava os pés na mesa e, quando a vontade vinha, soltava alguns petardos flatulentos, que provocavam horror em Milton e no maestro Lírio Panicalli.

Numa tarde, após uma dessas reuniões, chegou a casa e avisou Leonardo:

– Olha aqui, Maestro, nós temos que levantar a Clara Nunes. Ela precisa de um sucesso. Vou produzir o novo LP dela. E você vai fazer os arranjos.

Como em "Viva a Brotolândia" e "Louco Por Você", a escolha do repertório de "A Beleza que Canta" também primou pela variedade. Impera colocou músicas de seus amigos William Prado ("Gente Boa"), Fernando César ("Graças a Deus") e Piti ("Espuma Congelada"), um violonista baiano que hospedava em sua casa, uma de Ataulfo ("Meus Tempos de Criança), e na qualidade de produtor do disco, três suas: "Foi Ele", "Guerreiro de Oxalá" e "Felicidade" (com Niltinho).

Além de Leonardo Bruno, Ivan Paulo também participou de "A Beleza que Canta". Foi o responsável pelo arranjo da faixa que abre o LP, "De Esquina em Esquina" (César Costa Filho e Aldir Blanc), que Clara iria defender em setembro, no II Festival Universitário de Música Popular Brasileira.

O disco de Clara Nunes vendeu pouco, mas serviu para que ela encontrasse seu caminho: abandonaria de vez os boleros e se dedicaria ao samba. A estratégia que Roberto Corte Real usara com Roberto Carlos, de gravar vários estilos e ver com qual deles o cantor se mostrava mais confortável, deu certo no caso da mineira. Os sambas de Imperial com Ataulfo a fizeram enxergar um caminho a seguir.

O primo de Luiz Henrique, Guilherme Lamounier, havia terminado sua participação no filme norte-americano "Capitães da Areia", adaptação do romance de Jorge Amado. Entre os intervalos das filmagens, costumava pegar o violão e entreter os colegas. Tinha uma boa voz e músicas interessantes. Cris Rodrigues, assistente de produção do filme, já havia esbarrado com Imperial nos pontos de encontro da turma do cinema e lembrou dele como a pessoa certa para Guilherme procurar. O rapaz achou uma ótima sugestão, até porque Gastãozinho poderia fazer a ponte entre ele e o descobridor de talentos.

Foi amor à primeira vista. Mal foi apresentado ao Gordo, Guilherme já estava instalado no novo apartamento dele, na Rua Sá Ferreira 44. Imperial viu no garoto a possibilidade de criar um símbolo sexual, um ídolo que iria hipnotizar todas as menininhas do Brasil. Começou a investir no rapaz pagando aulas de violão e pedindo que Leonardo Bruno o orientasse musicalmente.

Guilherme tinha como companheiros no apartamento de Imperial o baiano Piti e Tim, que havia deixado São Paulo para aguardar a gravação de um compacto pela Philips. Carlos decidira acolhê-lo, embora continuasse achando-o doido demais. Anteriormente, Tim havia gravado dois discos que não lhe haviam agradado nem um pouco. O primeiro foi em 1968, quando Roberto Carlos convenceu Evandro Ribeiro a deixar seu ex-companheiro do The Sputniks gravar um compacto pela CBS. Resultado final decepcionante e vendas nulas. Poucos meses antes, Erasmo lhe conseguira uma chance na RGE. Para dar uma roupagem soul nas duas músicas, Tim quis utilizar metais na gravação, mas a diretoria da gravadora não achou conveniente.

– Que dois trompetes? Isso é um absurdo, não está no orçamento! Quem é esse Tim?

O compacto pela RGE vendeu tanto quanto o da CBS. Nada. A gravação na Philips era a tábua de salvação para o rapaz. Mas estava demorando muito para botar os pés no estúdio. Uma torturante espera.

Generosidade era algo que Imperial tinha de sobra, acolhia os amigos sem um pingo de sovinice. O apartamento era deles, com direito a uma geladeira constantemente reabastecida. Mas havia uma condição importantíssima para ter direito à hospedagem. Nem em pensamento as drogas poderiam passar por lá. Algo dificílimo para aquela turma que ali se encontrava. Tim era o que mais se queixava:

– Pô, não dá pra eu ficar sem o meu bauretezinho..

Mas se o Gordo descobrisse a transa de algum deles com tóxicos, o infeliz podia pegar suas malas e caçar outro canto para morar. Para evitar isso, todo mundo respeitava a regra do Império. Quando batia a vontade, tratavam de ir dar uma volta na praia. Numa dessas vezes, Imperial estava no apartamento, e sem ter o que inventar, um dos jovens falou:

– Pô, Impera, estou de saída, vou ver uma amiga, a Cristina.

"Vou ver Cristina" virou o código para "apertar um fino, um finíssimo". Só que mulherengo como ele só, Imperial ficou obcecado em conhecer a garota. Os meninos inventavam que um dia a apresentariam a ele. Enquanto isso não acontecia, ele ficava com o violão cantarolando a frase que seus hóspedes a todo momento repetiam. Vendo aquilo, Tim resolveu embarcar na brincadeira e começou a desenvolver uma canção com seu anfitrião.

Vou-me embora agora pra longe
Meu caminho é ida sem volta
Uma estrela amiga me guia
Minha asa presa se solta, eu
Vou ver Cristina, vou ver Cristina, vou ver Cristina

Imperial continuou sem conhecer a beldade. Mas gostou da experiência com Tim. O cantor continuava impaciente com a demora na gravação do seu compacto. Enfrentava a difícil espera compondo. Sua mais nova criação chamava-se "Azul da Cor do Mar", e nascera olhando um pôster no apartamento de Fábio – Imperial achou melhor o paraguaio deixar o apartamento de seus pais depois de descobrir seu namoro secreto com Maria Luíza –, onde passara alguns dias, antes de ir para a Sá Ferreira.

Ah!
Se o mundo inteiro
Me pudesse ouvir
Tenho muito prá contar
Dizer que aprendi...

Era um grande prazer para Imperial quando Tião vinha mostrar-lhe a música. Mas achava que ela poderia ficar ainda melhor. Não concordava com uma parte em que o rapaz cantarolava, dizendo que no estúdio iria colocar muitas cordas. Nada disso, para Impera, tinha de ter voz, de preferência cantando uns versos que fez:

Olha como tudo está tão belo,
Veja como tudo é tão lindo.
Penso em você meu bem...

– Não, Imperial, aqui só entra violino.

Tim tratou de cortar as pretensões do Gordo. Sabia que se aceitasse uma sugestão, por menor que fosse, ele ia querer parceria na canção. "Azul da Cor do Mar" era especial, o testemunho do período difícil que estava vivendo. Era um momento apenas seu, não cabia parceiro na sua história.

Dias depois, o cantor viu que era chegada a hora de procurar outro abrigo. Além da insistência de Imperial em tornar-se seu parceiro, o mau gênio dele entrava em rota de colisão com o seu. A gota-d'água foi ter sido chamado de burro.

– Burro é a puta que te pariu!

– Calma, Tim, calma. Quer comer o meu fígado frito, meu irmão?

Pego de surpresa, Impera nem soube como proceder. Não estava acostumado com reações a seus ataques. Amarelou.

Antes que o caldo entornasse de vez, Tim pegou sua pequena bagagem e foi para a casa de sua mãe, dona Maria Imaculada, lá na Tijuca.

Durante a prisão de Imperial na Ilha Grande, Fábio começou uma parceria com Paulo Imperial. O paraguaio havia passado por uma decepção amorosa com uma cantora chamada Marisa e queria fazer uma canção. Paulinho falou:

– Marisa que nada! A mulher te deu um corno e você vai fazer música pra ela? Vamos fazer é pra Stella.

– Mas quem é a Stella?

– Stella é a rainha da PUC, é a mulher mais linda do mundo.

Nasceu "Stella-a-a-a-a, em que estrela você se escondeu?". Um enorme sucesso que rendeu dinheiro suficiente para Fábio morar novamente em Copacabana, dividindo apartamento com Aurino Araújo.

Mas a parceria de Imperial com Fábio ainda rendeu uma canção gravada por uma cantora do time das estrelas de primeiríssima grandeza. Maysa, intérprete de tantos sucessos, como "Meu Mundo Caiu" e "O Barquinho", gravou "San Juanito", de Imperial, Fábio, J. Roberto e Santos Dumont, um cantor uruguaio residindo no Brasil, que passou a fazer parte da turma do Gordo. Segundo Carlos, a canção era "um brado de revolta contra o progresso que destrói o lirismo das cidades do interior".

San Juanito
San Juanito
San Juanito
San Juanito

Não está no mapa
Não saiu na capa
Não tá em lugar nenhum

Só tem quatro casas
Tem uma pracinha
Uma igreja e meu amor

Pra chegar lá
Nem mesmo organizando
Uma expedição

É um ponto perdido
Mas encontrado
Em meu coração

Um pouco antes da partida de Tim, o apartamento da Sá Ferreira 44 recebeu um novo morador, Marco Antônio, o filho de Carlos. O guri fora criado na doutrina da família Gracie, praticando jiu-jítsu e alimentando-se de maneira saudável. Mas depois da prisão, Imperial quis ficar mais próximo do menino e o tirou da casa de Dona Zezé. Marco chegou para morar com o pai como um legítimo Gracie. Tinha o cabelo bem à Príncipe Danilo e usava roupas formais. O Gordo achou que ele necessitava repaginar o visual. Foi à "Lixo", uma loja de roupas especializada em vender uniformes de exércitos de outros países para a turma mais avançadinha de Copacabana. Voltou com várias sacolas e deu para o filho.

– Você vai deixar o cabelo igual ao do Piti e do Caetano Veloso. Segue o Piti, olha o Caetano Veloso. Olha os cabelos do Caetano Veloso. Olha a Gal Costa. Observa como é que eles cantam, como é que eles se vestem. Esse é o povo novo do milênio que vai dizer as coisas. Seja igual a eles! Toma estas roupas, deixa o cabelo crescer e vá contestar o mundo!

Em dezembro, Imperial compareceu à audiência na justiça comum referente ao incidente do cartão de Boas Festas. O juiz Luciano Humberto Belém insistia na acusação de ultraje público ao pudor. Mas o Dr. Sérgio do Rego Macedo contestou alegando que tal classificação não procedia. Não havia nada de erótico, sexual, no cartão. Poderia até haver algo de imoral, mas não cabia nada na configuração do tipo penal. O processo terminou arquivado.

Dias depois, nova audiência. Mas dessa vez Imperial era quem movia o processo. Acusava Nirto Batista de Souza por calúnia, injúria e apropriação de propriedade intelectual. Nirto fora uma das pessoas que apareceram nos jornais se dizendo autores de "A Praça". Carlos havia perdido em primeira instância o processo que movera contra o rapaz que o chamou de ladrão nos jornais. A acusação foi novamente indeferida, e ele resolveu deixar o caso de lado. Para recuperar-se de um ano intenso, aceitou o convite de Damião Costa para passar a última semana de 1969 no Hotel Fragata, voltando somente após o Réveillon. No primeiro de janeiro, um jornalista ligou para seu apartamento querendo saber onde e como fora sua passagem de ano.

– Foi em Paquetá. É que já me habituei a passar o Ano Novo em ilhas e não quis fugir à regra em 1970.

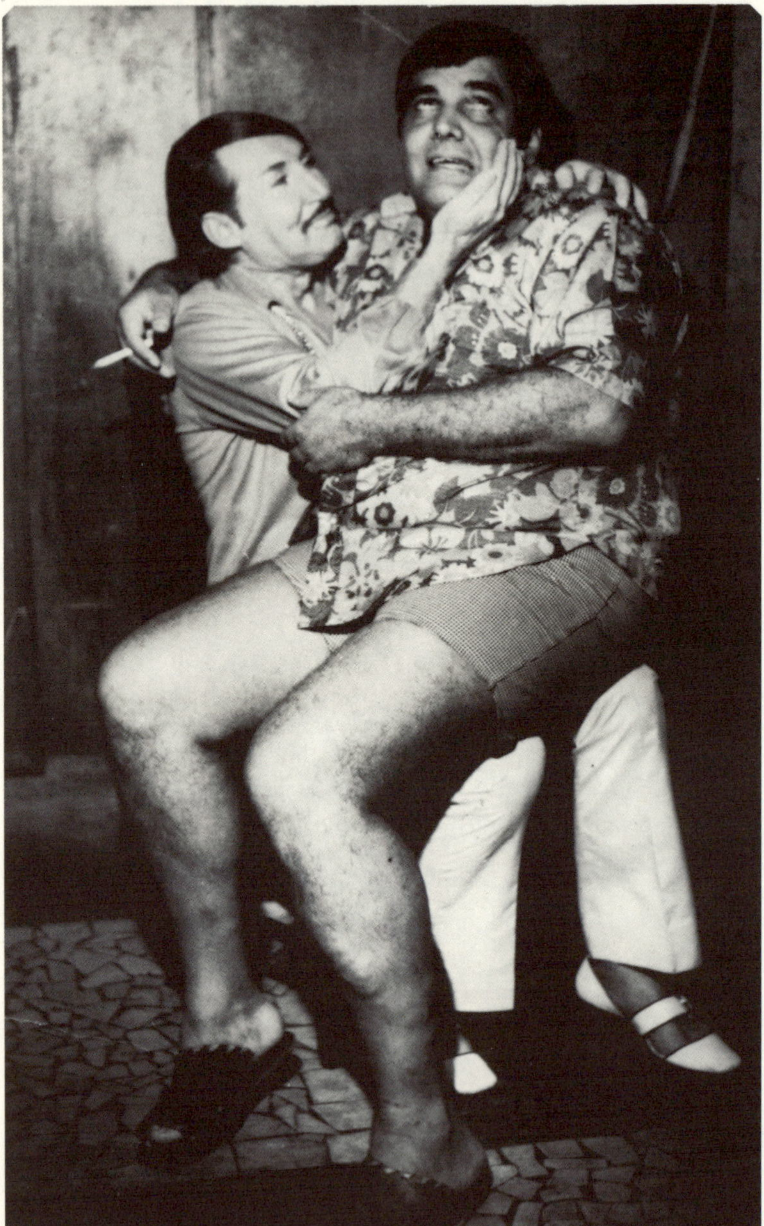

Bornay e Imperial, irreverência a qualquer hora.

21

TUDO AO MESMO TEMPO AGORA

Nesta avenida colorida
A Portela faz seu carnaval
Lendas e mistérios da Amazônia
Cantamos neste samba original
Dizem que os astros se amaram
E não puderam se casar

– Nilo, é esse o samba!

Imperial havia passado uma madrugada inteira no apartamento da Sá Ferreira ouvindo com Nilo Figueiredo, o vice-presidente da Portela, uma centena de fitas com sambas para ver qual melhor representaria o enredo do carnaval de 1970 da escola. A composição de Catoni, Jabolô e Valtenir foi a que mais o agradou. Mas decidiu fazer uma mudança. Deixou o samba todo em tonalidade menor, com a virada em maior. Ou seja, ele começava numa melodia tristonha para desaguar num refrão alegre e contagiante.

Ô skindô lalá,
Ô skindô lelê,
Olha só quem vem lá
É o saci-pererê

Durante sua estada na Ilha Grande, Imperial ficou amigo do bicheiro Natal, presidente de honra da escola. Houve uma identificação entre o contraventor e o pilantra, que simpatizava com a escola de Madureira. Já em liberdade, Natal pediu para o Gordo ajudar no próximo carnaval da escola. Clóvis Bornay foi chamado para ser o carnavalesco e sugeriu "Lendas e mistérios da Amazônia" como enredo.

Em setembro, começou a escolha do samba, mas Imperial achou que caberia a ele a escolha, e não ao terreiro, como era a tradição. E foi o que aconteceu na madrugada em que contou com a ajuda de Nilo Figueiredo. Mas essa inovação não foi vista com a simpatia do pessoal fiel às tradições da escola. Na noite da apresentação, o tempo esquentou. Um negro com cara de pouca amizade chegou perto da mesa da diretoria e, sobre ela, pousou um 38, falando:

– Samba se escolhe é no terreiro!

Em seguida, um senhor franzino de terno, partidário das inovações de Imperial, sacou um 45 e gritou:

– O samba já está escolhido!

Imperial, que estava acompanhado de Leonardo Bruno, ficou apavorado com a possibilidade de tudo terminar em tiroteio. Abandonaram a quadra da escola com destino a Copacabana, num fusca azul que o Gordo havia comprado para dar a Célia. O também apavorado Clóvis Bornay pegou uma carona com a dupla e foi deixado na Rua Viveiros de Castro, bem perto de onde morava. Ao se despedir, Bornay agradeceu com voz doce.

– Eu daria um pedacinho do céu para cada um de vocês dois.

Apesar da resistência, o samba acabou sendo o escolhido, e com o empenho de Imperial na divulgação, era cantado por toda a cidade.

Os meses se passaram, e o carnaval de 1970 chegou. No sábado, véspera do desfile da Portela, Imperial ligou para o apartamento de Marcos Moran. Em janeiro, o ex-Dry Boy havia participado do Festival de Músicas de Carnaval em que Noel Carlos, acompanhado de "A Turma da Pesada", conquistara o quinto lugar com "Adeus Amigos" (Imperial, José da Silva Braga, Nilce Cosendei, Aldem Vieira de Souza). O Gordo lembrou da performance do cantor no evento do Maracanãzinho e teve uma ideia de última hora.

– Eu tenho te visto no Mourisco, nos ensaios da Portela. Você sabe o samba deste ano?

– Claro.

– Você gosta?

– Gosto.

– Então você vai puxar o samba no desfile.

– Mas a Portela sai amanhã. Não tem a menor chance, eu nunca cantei samba de escola nenhuma.

– Vai por mim. Não tem mistério.

– Tudo bem. Mas tem um pequeno detalhe, eu não tenho roupa.

– Tá legal, Moran. Tá legal.

Dois minutos depois o telefone toca novamente. Era Clóvis Bornay.

– Imperial falou que você não tinha roupa. Tem uma calça aqui linda, maravilhosa.

O sol começava a raiar na segunda-feira quando a Portela saiu da Candelária. No carro de som, junto com os demais puxadores, Marcos Moran defendia o samba da escola com toda emoção. O público presente na Avenida Presidente Vargas saudava a escola de Madureira, cantando cada verso do samba e encantado com a Amazônia saída da criatividade de Clóvis Bornay. Na altura da Central do Brasil, onde ficava a dispersão, Natal deu sua palavra final sobre tudo aquilo que acabara de passar.

– Ganhamos o desfile.

Depois de apresentar por escrito um pedido de desculpas ao Sr. Antônio Vieira de Mello, Imperial voltava a pisar a passarela do Teatro Muncipal. Sua nova fantasia chamava-se "A libélula deslumbrada", segundo dizia, uma sugestão do amigo William Prado. Depois mudou de ideia e passou a dizer que era do jornalista que assinava a coluna "Roda Viva" na "Última Hora", já que era um nome que andava em evidência.

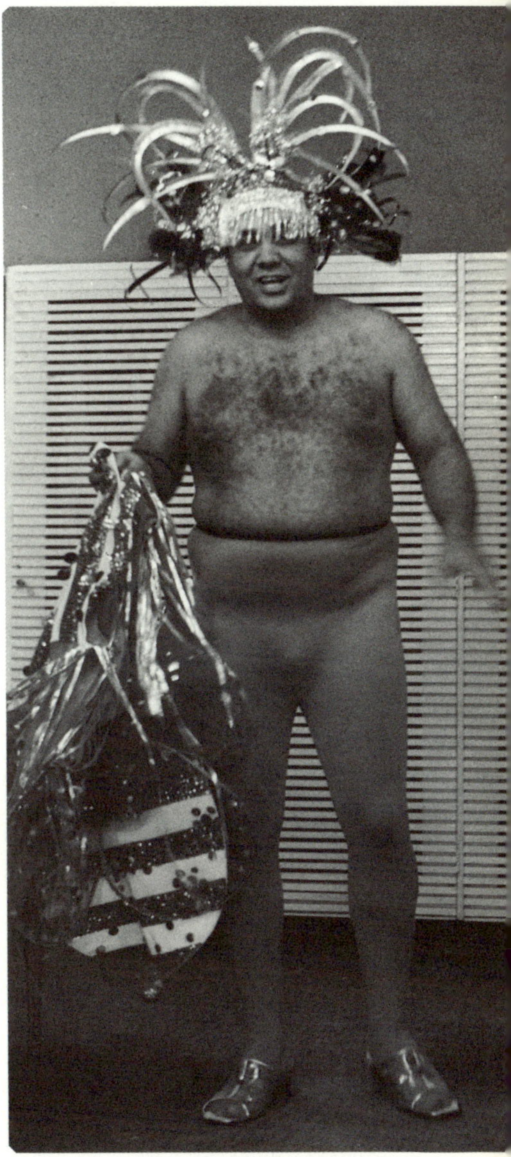

"Olha, com a minha Libélula Deslumbrada, este ano no Municipal eu posso não ter tirado o primeiro lugar. Mas em delicadeza tirei nota 10". (Foto Arquivo Agência / "O Globo".)

– A fantasia foi uma ideia do Nelson Motta, baseada na fábula de La Fontaine, que fala de uma triste libélula que ao bater as asas pela primeira vez fica deslumbrada com o esplendor do mundo.

Na terça-feira de carnaval, Imperial tomou um táxi de Copacabana rumo à Cinelândia. Vestia sua fantasia totalmente desajeitado. Célia e Celma o ajudaram a entrar no carro, mas pediram pelo amor de Deus para serem poupadas de participarem do espetáculo. Ele concordou, seria realmente uma bola preta para as vocalistas da "Turma da Pesada" serem vistas naquilo. Antes de ir, queixou-se com as gêmeas do suplício que era tentar andar sobre sapatos de salto alto.

– Não sei como vocês mulheres aguentam isso!

Quando chegou ao Municipal, Imperial começou com as habituais provocações para com os demais concorrentes, principalmente Bornay. Em dado momento, foi indagado por um repórter de TV se não se sentia constrangido em participar de um desfile como aquele.

– Nem um pouco. Isto é coisa pra homem. Amanhã, inclusive, o Ricardo Cravo Albin, que é outro macho como eu, vai participar de um concurso com a fantasia "Cataratas do Iguaçu".

Mauro, Evandro, Bornay, Wilza, todos desfilaram com a graça habitual. Imperial evoluiu na passarela com a leveza de um rinoceronte manco, as asas da libélula amassadas devido à viagem no táxi. A grande surpresa por ele anunciada desde o final do ano anterior como um marco de originalidade, algo nunca visto antes nos desfiles, não passava de uma lâmpada costurada na parte de trás da fantasia – bem na altura da bunda – que ficava piscando durante sua evolução. Lógico que não obteve classificação. Mas as atenções voltaram-se todas para ele, que ao saber do resultado, sentou-se na escadaria do Teatro Municipal e desatou a chorar copiosamente enquanto pipocavam os flashes.

– Como pode um júri qualquer julgar a minha fantasia internacional se ele não tem capacidade sequer de julgar roupas da Rua da Alfândega? Perdi em originalidade, mas ganhei em feminilidade.

Quando chegou em casa, estava todo moído, o esplendor que carregava na cabeça deixara seu pescoço dolorido. Seus pés estavam destruídos, cheios de bolhas do sapato apertado. E as panturrilhas doíam como o cão. Ia aproveitar para esparramar-se em sua cama, quando tocou o telefone.

– Carlos Imperial?

– Ele mesmo.

– Imperial, aqui é o Ricardo Cravo Albin. Que estória é essa de dizer na televisão que eu vou desfilar em concurso de fantasia?

– Mas Ricardo, eu estou te promovendo.

– Imperial.

– O que é?

– Vai à merda.

O duelo entre Imperial e Bornay na passarela do Teatro Municipal deu origem a "Libélulas Deslumbradas", várias semanas de sucesso no Canecão.

Natal estava certo, além do público, "Lendas e Mistérios da Amazônia" também conquistou os jurados, e no carnaval de 1970 a Portela conquistava seu 18º campeonato.

A briga de Imperial com Bornay era mais do que fajuta, os dois se adoravam. O Gordo se divertia bastante com o lado espirituoso do carnavalesco.

Clóvis só não gostava muito era das visitas que o espaçoso fazia em seu trabalho, no Museu Histórico Nacional, onde era museólogo. A diretoria ficava chocada com a presença daquele sujeito de maus modos, calçando chinelos e com aquelas camisas estampadas.

Aproveitando o sucesso que a falsa rivalidade dos dois trazia, decidiram fazer um show na casa de espetáculos Canecão. Com texto de Chico Anísio e direção de Wilton Franco, estrelaram "Libélulas Deslumbradas", um espetáculo de samba e humor que contava com a participação de passistas e mulatas da Portela.

O cenário do show contava com duas passarelas de cada lado do salão da cervejaria, por onde os dois passavam, vindo a se encontrar em um "queijo" situado no meio do salão. Toda vez que entrava, Imperial era vaiado e pedia mais vaias.

– Podem vaiar, vaiem mais. Eu gosto. É isto mesmo que se deve fazer com os artistas que se dizem artistas.

Em seguida era a vez de Bornay fazer sua entrada triunfal. Numa noite, alguém da plateia gritou:

– Bicha!

Calmamente, o grande fantasista dos Bailes de Gala do Teatro Municipal pegou o microfone e respondeu ao engraçadinho:

– Pois é, não há nada como uma bicha para reconhecer outra – foram quinze minutos de aplausos.

"Libélulas Deslumbradas" deveria ficar em cartaz por apenas duas semanas. Durou dois meses com casa lotada.

Em abril, Imperial lançou um compacto simples de Célia e Celma com as canções "O Ratinho", feita em cima de Topo Gigio, um camundongo importado da Itália que aparecia na TV Globo ao lado de Agildo Ribeiro, e "O Coelhinho", uma canção de domínio público que Célia e Celma ensinavam para suas alunas quando eram professoras em Ubá. Os arranjos eram de Leonardo Bruno, também parceiro de Carlos em "O Ratinho". Foi a partir desse trabalho que Imperial prestou mais atenção em canções de domínio público. Na Odeon, quis saber para quem iriam os direitos autorais, e lhe responderam que era para a própria gravadora. Correu e registrou "O Coelhinho" como sua, além de todas as canções sem autor que foi encontrando. O caso que acabou ganhando os jornais foi o registro de "Meu Limão, Meu Limoeiro", o que lhe provocou uma saraivada de críticas. Mas ele sequer se abalou:

– Comigo é assim, mulher e música, se não tiver dono, eu vou lá e apanho.

Em casa, Dona Zezé o repreendeu:

– Mas Carlos Eduardo, como você tem coragem de dizer que esta música é tua? Meu filho, eu cansei de te embalar cantando ela quando você era recém-nascido!

"O Coelhinho" – Imperial descobre um novo filão: as canções de domínio público.

Depois de longa e torturante espera, Tim finalmente entrou no estúdio da Philips. "Primavera" e "Jurema" eram as músicas escolhidas por ele para fazer parte do seu compacto. A primeira era uma balada de Genival Cassiano, integrante do conjunto "Os Diagonais", em parceria com Sílvio Rochael, um amigo da Tijuca, assim como ele apaixonado por soul. "Jurema" era de sua autoria, homenagem a uma ex-namorada, um soul bem agitado, com nítida influência do Otis Redding de "Mr. Pitful". Na gravadora, Nelson Motta, o novo produtor de Elis Regina, ouviu o vozeirão do rapaz e perguntou se ele não tinha alguma canção para a gauchinha gravar. Tim mostrou "These Are The Songs", que havia gravado naquele malfadado compacto da Fermata. Elis adorou, e a incluiu em seu LP, "Em Pleno Verão", fazendo um sensacional dueto com ele. "These Are The Songs" tomou conta das rádios e fez com que a gravadora decidisse apressar o lançamento do compacto de Tim, agora com sobrenome: Tim Maia. Mas o cantor ficou contrariado com essa afobação. Desejava que "Primavera" saísse na própria estação, para dar maior impacto. Não adiantou. Lançaram no verão mesmo. Foi um sucesso estrondoso. Vendo que o rapaz poderia ser uma mina de ouro, a Philips encomendou para ontem o lançamento de um LP. Tim saiu recolhendo músicas por todo lugar, gravou "Cristina", sua parceria com Imperial e "Salve Nossa Senhora", composição do Gordo com Eduardo Araújo, a quem era muito grato pela ajuda que lhe dera em São Paulo, convidando-o para participações em "O Bom" e incumbindo-o de produzir seu LP, "A Onda é o Boogalloo". A dupla Fábio e Paulinho Imperial também entrou na jogada com a natalina "Risos". O LP foi o marco do nascimento de uma nova onda sonora no país, a soul music brasileira.

Macaco velho que era, Imperial já vislumbrava esse novo filão musical. Sabia do potencial de Tim, mas também de sua forte personalidade. Decidiu construir o seu próprio soulman, que no caso seria Guilherme Lamounier. Na sua concepção, o rapaz levaria vantagem sobre o "ex-Little Richard brasileiro". Além de uma voz marcante, era um garoto bonito, que atrairia muito mais o público feminino do que o gorducho Tim Maia. Assim que o compacto com "Primavera" estourou, Impera levou Lamounier para o estúdio da Odeon. Queria gravar o mais depressa possível um LP com ele. Colocou Guilherme para gravar dez músicas. Todas de sua autoria, ou parcerias com Lamounier, Fábio e até o colunista social Ibrahin Sued (novamente "O Adeus"). As orquestrações ficaram a cargo de Don Salvador, maestro Cipó e Leonardo Bruno. A interpretação do rapaz para "Cristina", sua parceria com Tim, seria o carro-chefe do disco.

Além do disco, decidiu reunir todos os talentos da novidade musical, pois desejava formar um novo movimento. No lugar de soul music, achava melhor chamar de "som livre". Marcou um almoço na cobertura da Miguel Lemos, onde compareceram, além de Guilherme e Fábio, Tony e Frankye, uma dupla de cantores que se apresentava na boate "Vagão", Toni Checker, Paulinho Imperial, Ivan Lins e Leonardo Bruno. Tim Maia e Cassiano faltaram ao encontro, que foi devidamente documentado com uma foto do grupo, em que Marquinho Imperial acabou entrando, mas Luiz Henrique foi deixado de fora, pois o Gordo não o considerava com a cara do movimento.

Imperial explicou para os artistas que esse tipo de som era o mesmo que fizera com o rock. Queria organizar a coisa, já que os rapazes não ligavam para nada além de tocar. Enxergava aquilo tudo como um movimento musical pronto: Tim Maia, o cantor solo; "Os Diagonais", o grupo vocal, "Tony e Frankye", a dupla. Ficaria de uma maneira que um artista puxaria o outro. Os artistas só gravariam músicas próprias, ou de alguém que quisessem lançar. Mas antes de tudo, queria arranjar outro nome para a nova onda. No lugar de soul music, preferia "som livre", para que algum chato não começasse com aquele papo de americanizado. O pessoal não se opôs. Bem, ninguém sabia a opinião de Tim.

A vontade de Carlos em conhecer melhor o som dos rapazes era enorme. Tony e Frankye moravam numa casa na Rua Cinco de Julho, e sempre passavam na casa do Gordo para filar a boia, pois a situação andava difícil. Aproveitavam para levar discos de artistas americanos, como Four Tops, Marvin Gaye e Smokey Robinson, que Carlos ouvia com bastante interesse.

Da esquerda para a direita, fileira do alto: Tony Checker, Tony Bizarro, Carlos Imperial, Paulo Imperial, Ivan Lins e o maestro Leonardo Bruno. Segunda fileira: Fábio, Luiz Antônio, Marco Antônio Imperial, Frankie Arduini e Guilherme Lamounier. Os talentos do "som livre".

O sobrinho de Adopho Bloch, Pedro Jack Kappeller, queria lançar "Amiga", uma revista que iria concorrer com a "Intervalo" (Abril) e a "Cartaz" (Rio Gráfica). Como as duas, cobriria os acontecimentos envolvendo o meio artístico. Kappeller convidou o jornalista Moisés Fuks para dirigi-la, mas ele não aceitou, preferiu continuar à frente da "Sétimo Céu". Moisés indicou Henrique Weltman, que passou a bola para o irmão, também Moisés, que finalmente aceitou. Weltman sugeriu a Jaquito a criação de uma coluna irreverente, contrastando com uma séria. Arthur da Távola seria o responsável pela coluna convencional, que iria fazer uma análise crítica dos programas de televisão e dar notas sobre o que acontecia no meio artístico. Como a figura mais irreverente que conhecia fosse Imperial, Weltman o indicou como primeira e única opção para dar as notas não convencionais.

"Amiga" saiu nas bancas em 25 de maio de 1970, com Imperial voltando a exercer a função de colunista, coisa que não fazia desde os tempos da "Revista do Rádio". Sua coluna irreverente recebeu o nome de "Plá".

Sou talvez o mais novo colunista da paróquia. O papel de colunista, apurar informações, é cansativo, mas tem me dado muito prazer. O papai aqui até que está agradando na difícil arte de fofocar. Às vezes uma notícia dada por mim recebe contestação dos imbeotas (invenção minha para somar o cara que além de imbecil é também idiota). Mas, como eu ia dizendo, os imbeotas ficam me enchendo querendo desmentir isso ou aquilo. Aí eu boto o cara de castigo que é por causa de que ele está me chateando.

Para promover o "som livre", Imperial decidiu armar mais uma das suas brigas fajutas. Ligou para o disc-jóquei José Messias combinando um embate entre os dois mais recentes movimentos da música jovem. De um lado o "som livre", liderado por ele. Do outro, Messias comandaria o pessoal egresso da extinta Jovem Guarda, batizado de "turma do lamê", devido ao figurino colorido e brilhoso que astros como Wanderley Cardoso, Nilton César e Jerry Adriani usavam.

A briga teve início com o lançamento do LP de Guilherme Lamounier. A contracapa do disco trazia um texto de Imperial que dizia:

Prometo que ele (Guilherme) não vai usar roupas de lamê, não vai gravar músicas rimando "quero teu amor" com "preciso do teu calor" e nunca levará sua mãe para ser homenageada na TV. Isso já é um começo.

A reação de Zé Messias veio logo em seguida nas páginas de "Amiga":

– O moderno homem pré-histórico, a mais perfeita imagem viva do Brucutu, chama de Turma do Lamê quem não canta esse negócio de soul music, ou seja, Jerry, Wanderley, Paulo Sérgio, etc. Para mim, estes são jovens normais e não daqueles que quando a gente manda fazer higiene mental, saem correndo e vão lavar a cabeça.

O disco de Guilherme não teve um desempenho satisfatório. Outro LP produzido por Imperial com baixa vendagem. Mas, com certeza, sua campanha promocional fora das mais divertidas.

O almoço na casa de Imperial não conseguiu render maiores frutos além do estreitamento da amizade dos rapazes com ele. Tim e Cassiano jamais se entusiasmaram, preferiam levar suas carreiras individualmente. Vendo que nada iria adiante, o Gordo procurou ajudar os outros rapazes conseguindo apresentações em alguns programas de TV.

Entretanto, o "som livre" não deixou de render dividendos ao Gordo. João Araújo estava à frente do projeto de fundar uma gravadora com a finalidade de lançar em disco as trilhas sonoras compostas especialmente para as novelas da TV Globo. Estava tudo certo, inclusive com o nome escolhido, seria "Som Livre". Porém, João descobriu que o nome já havia sido registrado e pertencia a uma pessoa: Carlos Imperial. Não dava para simplesmente escolher um outro, já havia muita coisa adiantada na gravadora como "Som Livre", que além do mais era um ótimo nome. O jeito era ir falar com o Gordo e ver se chegavam a um acordo. Imperial, que andava sempre bem informado, já sabia do acontecido, e recebeu o produtor com um enorme sorriso e com a solução para o impasse:

– Meu jovem, belo e querido amigo, eu vendo o nome "Som Livre" para você. E digo mais, como somos amigos de longa data, ainda vou te fazer um bom desconto.

A trilha sonora nacional da novela "O Cafona" foi lançada em 1971; foi o primeiro lançamento com o selo "Som Livre". Imperial gostou das músicas que o LP trazia, assim como dos cruzeiros a mais que entraram na sua conta corrente.

Em agosto a "Amiga" noticiava que Carlos havia prestado vestibular para o curso de música do Instituto Villa Lobos, da Universidade Federal do Rio de Janeiro. Na realidade, Célia e Celma é que haviam feito o exame. Imperial realmente passou a frequentar o curso de música, mas a desastrosa vida escolar que tivera só lhe permitiu entrar pela janela. Para isso contou com a conivência do reitor, interessado na grande publicidade que seu nome atrairia para a instituição. Como era de se esperar, as gêmeas levaram o estudo muito a sério, enquanto ele assistiu a algumas aulas e depois não deu mais as caras.

Os festivais de música continuavam em alta. Criado por Augusto Marzagão, em 1966, o Festival Internacional da Canção teria em outubro a sua quinta edição. Realizado no ginásio do Maracanãzinho, e transmitido pela TV Globo, seria um excelente veículo para os artistas divulgarem suas obras. Carlos percebeu isto, e reativando sua parceria com Ibrahin Sued, compôs "Conquistando e Conquistado" para concorrer ao Galo de Ouro, o prêmio máximo da competição. Guilherme Lamounier seria a voz que defenderia a criação da dupla de colunistas. Segundo os dois, uma toada jovem, espécie de baião moderno, com muito ritmo e muita divisão. Ibrahin definia os versos de sua letra como o "papo da esquina":

Quem achar que eu canto certo
Vem pra perto vem cantar
Quem pedir que eu não cante
Não se espante se eu chorar
Vou amando, sou amado
Conquistando e conquistado
Sem derrota, sem vantagem,
Sem sorrir, chorar de dor.

Guilherme Lamounier, a aposta de Carlos Imperial na soul music nacional. (Acervo Marcelo Munhoz.)

Imperial usou o "Plá" e todos os jornais em que lhe era dado espaço para, à sua maneira, promover a música. Por diversas vezes ameaçou retirar a música da competição, reclamando da exigência de cessão de direitos para a editora de Augusto Marzagão. Fez o seu pandemônio habitual.

Tony Checker também ia participar do FIC. Fazia um tempo que deixara de ser apenas um "mimiqueiro". Estava cantando muito bem. Era inclusive crooner do conjunto de Ed Lincoln. Foi lá que a dupla Antônio Adolfo e Tibério Gaspar o procurou. "BR-3", a composição que os dois pretendiam inscrever no festival, precisava de uma voz. Simonal não se interessou, e Tim, às voltas com o lançamento do seu LP, não teve como aceitar o convite. Já sem esperanças de encontrar um bom cantor, receberam a dica de Orlan Divo sobre um negro com vozeirão que estava cantando no conjunto do "Rei dos Bailes" e foram conferir. Bastou ouvirem Tony cantar a primeira música da noite para concluírem que a procura havia terminado. No estúdio da Odeon, enquanto colocava a voz em "BR-3", Tony aproveitava para elaborar a coreografia que desejava usar em sua apresentação no Maracanãzinho. Dela fazia parte um giro de 360 graus, que ele executava com perfeição. Ao assistir aquilo, o produtor Mariozinho Rocha comentou com Antônio e Tibério que o gigante negro tinha a energia de um tornado. A partir dali, o "Chubby Checker brasileiro" passou a ser conhecido como Tony Tornado.

Com uma felicidade que não cabia dentro de si, Tony foi contar as novidades a Imperial. Era muito grato ao Gordo pela ajuda que lhe dera nos tempos do "Clube do Rock". Carlos o parabenizou e deu nota máxima à coreografia no estilo James Brown que seu antigo pupilo iria mostrar no FIC. Apenas Mauricéa é que não gostou muito. Havia acabado de encerar o apartamento e Mr. Tornado deixara o piso todo riscado com aquela dança maluca.

Em 30 de outubro, dia da eliminatória do FIC em que "Conquistando e Conquistado" iria participar, Imperial e Guilherme chegaram com boa antecedência ao Maracanãzinho. Durante meses Carlos incutiu na cabeça do rapaz que ele seria o grande vencedor do Festival. Guilherme acreditava em tudo o que seu empresário dizia, obedecendo a todas as suas ordens, por mais absurdas que fossem. Naquela tarde, enquanto os demais intérpretes procuravam descansar, Lamounier era visto subindo e descendo a arquibancada do ginásio. Segundo Imperial, um ótimo exercício para melhorar o fôlego durante o canto.

À noite, tão logo o locutor Hilton Gomes e a atriz Arlete Salles, os apresentadores do FIC, anunciaram o nome Carlos Imperial como um dos autores de "Conquistando e Conquistado", as vaias começaram. Mas isto não era nada de incomum. Guilherme subiu ao palco, dirigiu-se ao microfone e aguardou que a apoteótica introdução da música, executada pela orquestra da TV Globo sob a regência de Leonardo Bruno, terminasse para começar a cantar. Mal pronunciou a primeira palavra e as vaias começaram. Vaias ensurdecedoras, que o faziam cair em desespero e se esgoelar cada vez mais sem ouvir a própria voz. Não conseguia entender o porquê da reação tão negativa para com ele. Imaginava contar ao menos com o apoio do público feminino, mas nem isso acontecia. O Maracanãzinho inteiro o vaiava.

O que Guilherme não sabia é que Imperial estava bem atrás dele. Usando uma fantasia de índio cedida pelo bloco Cacique de Ramos, o "rei da pilantragem" executava uma desengonçada "dança da chuva", que desencadeava as vaias do público. Foram cinco minutos de vaia ininterrupta que fizeram com que Guilherme deixasse o Maracanãzinho com destino a uma clínica de repouso. Por um longo período ficou com o trauma daquela noite.

Mas o festival proporcionou alegrias a antigos pupilos de Carlos. "Encouraçado", de Suely Costa e Tite de Lemos, na interpretação de Fábio, conquistou o terceiro lugar. O paraguaio também foi escolhido o melhor intérprete da competição. "BR-3" foi a grande vencedora, com Tony Tornado alçado à categoria de ídolo nacional.

O ogro em momento de ternura.

22

TRANSA GERAL

– Você não vai envergonhar o nome da nossa família! Você não vai envergonhar o nome da nossa família!

Imperial não parava de repetir isso, e muito menos de sacudir Paulinho pelo colarinho. Havia descoberto que o irmão estava fumando maconha e não se conteve ao vê-lo com os olhos vermelhos no sagrado almoço de domingo da família. Seu acesso de fúria só cessou com as súplicas de dona Zezé.

A partir daquele dia a relação entre os irmãos ficou bastante abalada. O Gordo foi ligando uma coisa a outra, descobriu o significado do "vou ver Cristina" da rapaziada, desmentiu a história no "Plá", e resolveu dar um susto em Paulinho e em seu parceiro Fábio. Pediu para um amigo da polícia intimar a dupla, que compareceu à delegacia de Copacabana, onde sofreu várias ameaças. Quando Paulo descobriu a armação do irmão, ficou bastante irritado.

"Curtir, ou é fácil ou impossível", com essa frase Carlos lançou o "Plá", o antiprêmio, feito para recompensar aqueles que simplesmente souberam aproveitar o ano. Em janeiro de 1971, durante uma animada festa à beira da piscina do restaurante Berro D'Água, em Ipanema, Chico Anísio, Cidinha Campos, Betty Faria, Cláudio Cavalcanti, Fábio, Tânia Scher, Marília Pêra, Djanane Machado, Nelson Motta e Erasmo Carlos receberam a medalha de prata do "Plá 1970" com os dizeres "Bicho, você é o maior barato" gravados.

Além dos "melhores curtidores", foram distribuídos prêmios em outras categorias, como "Rei do Lamê", José Messias; "Troféu Uva", Clóvis Bornay, e "Munheca de Aço" para Jerry Adriani. Paulinho Boca de Cantor, do conjunto Novos Baianos, recebeu a faixa "Rei do Lamê" no lugar do ausente Zé Messias.

Em fevereiro, Imperial viajou a Guarapari com a "Turma da Pesada" e seus filhos, Marquinho e Maria Luíza. Foi assistir ao festival promovido na cidade praiana, uma tentativa de se realizar um Woodstock brasileiro. Foi um completo fiasco, com a repressão policial e artista faltando a suas apresentações. Carlos procurou evitar que o desastre fosse completo, assumindo o papel de apresentador e convencendo os artistas que lá se encontravam a não desistir de seus shows. Quem também estava lá era seu amigo Erasmo, que após o fim da Jovem Guarda dava novo rumo à carreira. Estava de barba, com um visual hippie e compondo letras mais introspectivas e preocupadas com problemas sociais para um novo disco que estava preparando para sua estreia na Philips.

"Lapa em Três Tempos" foi o enredo com que a Portela fez seu carnaval em 1971. Dessa vez, Imperial não participou tão ativamente da preparação do desfile. Limitou-se a fazer a divulgação no "Plá". Não simpatizava com o tema, chegou a publicar que a escola dava um mau exemplo ao homenagear o "berço da bandidagem carioca". A escola terminou em segundo lugar.

Em abril, Imperial participou como ator convidado da Paixão de Cristo na cidade de Nova Jerusalém, em Pernambuco. Fez um dos membros da corte do rei Herodes. Ficou amigo do diretor do espetáculo, José Pimentel. Entusiasmado com o trabalho realizado no local, o divulgou entusiasticamente no "Plá" e no programa Flávio Cavalcanti, onde era jurado:

– Pernambuco tem o maior espetáculo do mundo, a Paixão de Cristo, que eu fiz.

Carlos continuava seu namoro com Célia, mas depois de algum tempo de fidelidade, voltou com seu dom-juanismo. Isso criava uma situação difícil para os amigos do casal, que presenciavam e tinham de encobrir a seu pedido suas puladas de cerca. Mesmo assim, a mineirinha andava desconfiada, principalmente da famosa caderneta de telefones contendo apenas nomes femininos. Sempre que estava sozinha no apartamento do namorado, Célia pegava uma caneta e começava a alterar os números que ele havia anotado.

A desconfiança de Célia transformou-se em decepção quando ela viu estampado nos jornais o anúncio da nova Madame Imperial. Ex-mulher de Dener Pamplona, o grande nome da alta-costura nacional, a manequim Maria Stella Splendore era anunciada por Carlos como a mulher que conquistara definitivamente seu coração. O romance que virava manchete teve início durante uma ida do "rei da pilantragem" a São Paulo. Ele, que já a conhecia desde uma participação no humorístico da TV Record, "A Família Trapo" , foi tomado por uma paixão avassaladora pela deusa loira e a trouxe para o Rio de Janeiro. Sem em momento algum levar em consideração o mal que poderia causar ao coraçãozinho de menina do interior de Célia, posou orgulhoso para fotografias ao lado de Maria Stella como um pescador que acabara de fisgar um marlin azul de 600 kg.

Além de uma mulher belíssima, Imperial conseguia atrair muitos comentários sobre seu novo romance. Com barba e cabelos compridos, beirando os 120 kg, estava ainda mais Brucutu. As pessoas não conseguiam acreditar que aquele sapo gorducho havia conquistado aquela princesa.

Mas, após algumas semanas, com direito a poema para celebrar sua paixão, o caso do pilantra com a boneca cobiçada teve final tão rápido quanto o começo. Só aí Imperial lembrou de que Célia era sua namorada. Foi procurá-la, mas deu com a cara na porta. O encanto da moça por ele havia acabado. Tentou de tudo. Mandou dúzias e mais dúzias de rosas amarelas, telefonou sem parar implorando perdão. Porém, sem obter o menor êxito, acabou indo curar sua dor de cotovelo com uma viagem. Aproveitou a realização do Festival de Cannes para fazer turismo e conhecer o meio cinematográfico do restante do mundo.

Voltou da França carregado de histórias, como um encontro com Charles Chaplin, e a pequena ajuda que prestou ao casal John Lennon e Yoko Ono, em dificuldades com o uso de uma moviola que ele sabia operar. Também relatou aos jornalistas a boa receptividade do filme de Nelson Pereira dos Santos, "Como Era Gostoso o Meu Francês", além de fazer um apelo à censura para que permitisse filmes brasileiros com o nu feminino.

– É preciso que a Censura Brasileira abra um pouco as portas para que possamos colocar também a beleza da mulher nua no cinema. Sem isso, não conseguiremos competir no mercado internacional.

No início de agosto, Imperial foi contratado pela TV Globo para ser um dos diretores da gincana "Alô Brasil". Era um programa de perguntas e respostas em que o perdedor era obrigado a cumprir uma tarefa estipulada pela direção. Para alavancar a audiência, elaborou um esquema com Paulo Silvino, prometendo promovê-lo de uma maneira única. Durante várias terças à noite, Paulinho perdeu a competição, sendo obrigado a cumprir tarefas cada vez mais difíceis. Uma delas foi dar banho em um elefante de circo. O público sintonizava na emissora só pra ver qual seria o suplício que Silvino teria de enfrentar. Com isso, o programa conseguiu um bom índice de audiência.

Imperial no festival de cinema de Cannes. (Acervo Célia e Celma.)

Em 19 de agosto de 1971, Imperial estreou uma coluna na "Última Hora". A convite do novo proprietário do jornal, Ary de Carvalho, lançou "Na Corte do Imperial", semelhante ao "Plá", mas que estaria diariamente nas bancas, trazendo como bordão uma frase do pensador francês do século XVIII, Beaumarchais, livremente traduzida por Impera: "Sem liberdade para espinafrar, nenhum elogio é válido" ("Sans la liberté de blâmer, il n'est point d'éloge flatteur"). Outras duas novidades eram a foto de uma bela mulher de biquíni, a "lebre do Imperial", um novo termo empregado por ele para denominar a figura feminina, e uma tira de três quadrinhos com um personagem de humor chamado "O Grilo" – porque deixava as pessoas "griladas" com as notinhas que soltava –, criação do estudante de arquitetura da UFRJ Mixel Gantus. O rapaz fazia parte da equipe que o Gordo formou para ajudá-lo a colocar suas duas colunas para funcionar. Inicialmente, Roberto Jorge, diretor musical da TV Tupi, e sua namorada, Áurea

Catarina, ajudavam com o estúdio instalado no apartamento da Sá Ferreira 44, onde as lebres eram fotografadas por Fernando Barra.

Fernando foi uma indicação de Mixel, seu colega de faculdade, que o levou para falar com Imperial na Sá Ferreira. O Gordo estava no quarto, esparramado na cama como um paxá, tendo Marquinho sentado ao seu lado.

– Mas Fernando, qual é teu nome todo?

– Fernando Barros Barreto do Amaral.

– Você vai ser Fernando Barra, pode começar a trabalhar.

As lebres fotografadas por Fernando eram muitas vezes namoricos do Imperial. Menininhas a quem o Gordo possibilitava a realização do sonho de ter a foto no jornal. Mas também havia ocasiões em que o rapaz era incumbido de tirar fotos de lebres de uma faixa etária mais elevada. Nessas horas precisava operar verdadeiros milagres a fim de disfarçar seios flácidos, estrias, celulite e bundas punidas pela inexorável lei da gravidade. Valia-se de muito esparadrapo e jogo de luz.

A cabeça de Imperial trabalhava 24 horas por dia em função das colunas. Mesmo estando em uma boate com uma lebre, conseguia imaginar como poderia tirar proveito daquele lazer em benefício delas. Dormia e acordava com novas ideias.

Uma vez que o volume de trabalho era cada vez maior, Carlos decidiu profissionalizar de vez a coisa, e criou uma agência. Nasceu a Carlos Imperial Produções Artísticas Ltda., a Cipal, cuja primeira incumbência oficial foi a organização do concurso da Miss Objetiva, criação de Maurício de Paiva, que seria realizado no Programa do apresentador Flávio Cavalcanti, na TV Tupi.

Muito alto e forte, Maurício de Paiva, o Maurição, tinha um temperamento ao mesmo tempo alegre e explosivo. Numa ocasião, chegou a dar um tiro num cartaz de um filme de Randolph Scott na "Galeria Alaska". Gritava que era muito melhor do que o caubói americano, enquanto sacudia o revólver para o alto. Maurício também fazia parte da Cipal, onde escolhia fotos para as colunas.

Além de organizar o concurso de Miss Objetiva, Imperial foi convidado para o júri. Flávio Cavalcanti era uma das vítimas prediletas do Gordo em suas colunas ("Flávio vai atirando bobagens sob o aplauso de seus parceiros, verdadeiras vaquinhas de presépio"). Mas o relacionamento entre os dois era ótimo, os piches eram pura encenação.

Durante o evento, Carlos contou com a ajuda da jovem Rizeth Garcia, trabalhando como assistente de produção do concurso. Gostou tanto do desempenho da moça que a efetivou na Cipal. Ela começou como sua secretária, depois repórter da coluna, chefe de redação e terminou como gerente geral.

Em "Na Corte do Imperial", o Gordo promovia qualquer show ou peça encenada na cidade. Noticiava que o ator principal da novela das oito fora visto almoçando em um longínquo e desconhecido restaurante, e a frequência do lugar triplicava. Também criava personagens irreverentes, seu alter ego ainda mais sacana. Da boca de Terezoca Orelha de Urso, Arpejão Alvanota, maestro racista que tirou os bemóis de seu piano, Mergulhão Maresia, Jota Esmerilhão, o maior bicão da paróquia, e Geraldão Cheio de Varizes – um codinome para o órgão sexual masculino – saía tudo aquilo que o "rei da pilantragem" até poderia dizer sem o menor medo, mas não estava muito a fim no momento.

Porém, quando estava com vontade de implicar, não se inibia. Nem mesmo o vice-presidente da Rede Globo escapava de suas gaiatices:

O Boni não abandona de maneira alguma sua moda estranha de vestir (calça roxo-defunto e camisa amarelo-hepatite) e de comer queijo camembert (ele come com goiabada cascão).

"Na Corte do Imperial", onde o Gordo era o rei.

Todos os dias, um artista era submetido a um questionário da coluna. Em "Nosso Ibope", o convidado respondia a perguntas como: "Quem te ajudou?" e "Quem é o cara mais inteligente do Brasil?". Mas também: "Quem é o presidente da escola de samba Unidos do Mau Caráter?"; "Quem usa meias brancas (o sujeito chato, certinho ao extremo)?", e "Quem joga água fora da bacia (uma cutucada na sexualidade alheia)?" Se alguém quisesse apelar para a diplomacia, evitando as questões mais polêmicas, azar o dele. O Gordo ou o pessoal da sua equipe tratavam de providenciar as respostas. Mesmo correndo o risco de arrumarem um inimigo mortal, a todo momento os artistas apareciam na Cipal pedindo uma chance de aparecer em "Na Corte do Imperial".

Como colunista da Bloch, Carlos Imperial frequentava constantemente a nova sede da editora, um prédio de doze andares na Rua do Russel, na Glória. Circulava pelas redações de "Manchete", "Amiga", e "Fatos & Fotos", divertindo a todos com suas tiradas bem-humoradas. Seu Adolpho o adorava, e sempre que o encontrava fazia a mesma pergunta.

– Como é que vai, Imperial? E as mulheres?

Num desses encontros, o pilantra decidiu "jogar um verde" com o dono das Empresas Bloch.

– Como é que é, seu Adolpho, vamos fazer uma música?

Por incrível que pareça, a resposta do homem foi sim. Depois de algumas batucadas em cima da mesa da sala de Bloch, contando com a desafinada participação do jornalista Carlinhos de Oliveira, nasceu "Cabo Frio Devagar". A música virou o xodó do velho homem da imprensa, que levava o Gordo a todas as redações para mostrar a sua estreia como compositor.

Cabo Frio sempre quente
Sol na gente
Areia e mar
Mil biquínis coloridos
Distraídos ao luar
Dia e noite, noite e dia
Alegria, gamação
Muito sarro no meu carro
No meu carro curtição

Carlos e o Grilo no traço de Mixel.

Desde abril, "O rei da pilantragem" era o diretor artístico da gravadora Continental. E viu na parceria com seu Adolpho a possibilidade de lançar um grande estouro no mercado fonográfico. Levou "Célia e Celma" – depois de um tempo, Célia havia aceitado sua amizade – para o estúdio e mais do que depressa gravou a canção "Cabo Frio Devagar". Tinha a vantagem de não precisar correr atrás de divulgação. Assim que foi finalizada a gravação, Bloch providenciou uma matéria com ele, as gêmeas, Impera e Carlinhos para ser capa da edição seguinte da revista Manchete.

O único problema era a ação da Censura Federal. Antes de ser lançada, toda música era submetida à análise dos funcionários do órgão do governo. "Cabo Frio Devagar" começou a encontrar resistência à sua liberação. O verso que falava em "muito sarro no meu carro" foi considerado com conteúdo sexual, e vetado. Imperial substitui para "muita onda no meu carro". Passou.

As meninas voltaram ao estúdio para fazer a alteração, e o disco foi prensado. Quando a sessão de fotos para a capa da Manchete estava pronta para ir às bancas, a censura enviou novo comunicado. A encrenca agora era com o refrão.

Mas Cabo Frio
O que era bom se acabou
Quem não pode ter Brigitte
Tem que ficar com Bellot

Os censores eram um pouco lentos em seus raciocínios, mas nem tanto. Depois de uma segunda análise, descobriram que o tal Bellot "homenageado" na canção era Moacir Bellot, um truculento delegado que abusava de sua autoridade na Região dos Lagos, um fiel servidor da ditadura que dizia: "Sou quadrado. O quadrado é uma figura geométrica que não rola, e esses avançadinhos estão sempre rolando em direção ao xadrez". Os antecedentes de Carlos também foram levados em consideração, e a música foi proibida.

Marco Antônio vivia com o pai, mas Maria Luíza continuou com Dona Zezé. A avó jamais permitiria que o filho a tirasse dela. A menina era seu bibelô, a reencarnação da filha que perdera em Cachoeiro. Rose visitava a filha diariamente, mas Imperial, sempre muito ocupado, só podia fazer isso nos domingos, o dia da "canja da paz". Nesse dia, procurava saber como ela vinha se comportando com a avó, do que ela precisava e, eventualmente, se era necessário deixá-la de castigo por alguma travessura. Quando descobriu seu namorico secreto com Fábio, Carlos não ficou aborrecido. Mas pediu para o paraguaio se afastar da menina. Para ele, aos 13 anos, a filha era muito criança para namorar, ainda por cima alguém dez anos mais velho como Juancito.

No dia 13 de julho de 1971, Maria Luíza completou 15 anos. À tarde, Imperial passou no apartamento dos pais e avisou a garota:

– Se arruma que vamos sair para comemorar o teu aniversário.

Luíza fez o que o pai pediu, e os dois partiram no novo carro do Gordo, um Mercury Cougar dourado. O destino não poderia ter sido mais insólito. Imperial levou a menina para visitar alguns inferninhos do Centro do Rio e de Copacabana. A garota, um tanto assustada com aquele ambiente desconhecido, ficava boquiaberta com a fauna que lhe era apresentada: dançarinas, prostitutas com trajes sumaríssimos, travestis e boêmios de longa data. O que mais a impressionava durante a "visita guiada" era o fato do pai parecer um assíduo frequentador desses lugares, alguém que privava da intimidade dos demais clientes e das "funcionárias". Em cada estabelecimento que visitava era saudado:

Momento de inspiração.

– Grande Impera! Namoradinha nova?

– Não, esta é minha filha. Hoje é o aniversário dela – respondia orgulhoso, provocando espanto.

Por volta das 7 da noite, Imperial levou Luíza de volta à casa dos avós, fazendo outra recomendação:

– Coloca tua roupa mais bonita. Agora nós vamos onde um homem deve sempre levar uma mulher.

Ainda tonta com o primeiro passeio, mas curiosa em saber o que o pai lhe reservava, Maria Luíza trocou de roupa e aguardou sua volta. Lá pelas 8 da noite, Imperial veio buscá-la. Dessa vez foram ao Monsieur Pujol, o requintado restaurante de Alberico Campana, administrado por Miele e Bôscoli. Pai e filha jantaram e conversaram por toda a noite. Quando deixou Luíza na casa dos avós, Carlos despediu-se dizendo:

– Agora você já sabe onde deve e onde não deve ir.

Por um determinado período, Imperial andou apaixonado pela modelo Vicky Schneider. Sentia-se muito orgulhoso de estar com uma mulher daquele quilate, desfilando com ela pela noite carioca, na companhia de Fernando Barra e sua namorada. O jovem fotógrafo da Cipal se surpreendia com a descoberta de que mesmo por um breve momento o cafajeste também podia se apaixonar.

Desde o lançamento da pilantragem, Wilson Simonal era o incontestável exemplo de artista bem-sucedido. Seu nome atraia negócios que não tinham como dar errado. Em 1969, no IV FIC, ia fazer apenas o show de abertura para o grande homenageado do evento, Sérgio Mendes, o brasileiro que conquistara a América. Mas a enorme capacidade de comunicação de Simona fez com que o público do Maracanãzinho ficasse na palma da sua mão. O coro de 30 mil vozes que regeu em "Meu Limão, Meu Limoeiro" entrou para a história. Acompanhando a seleção brasileira na Copa do México, repetiu a dose. Dava até para pensar que à sua ordem o sol podia nascer e se pôr.

Até que veio o revés. Em agosto de 1971, os jornais noticiam Simonal como mandante do sequestro e tortura de seu contador, Rafael Viviani. Segundo o que foi divulgado, o cantor suspeitou de que estava sendo roubado por Rafael, e pediu a um grupo de amigos na polícia que aplicassem um corretivo no contador. Viviani foi retirado de casa e levado para a sede do Dops, onde o serviço foi feito. Em liberdade, foi à delegacia e registrou queixa contra o ex-patrão por extorsão, sequestro e tortura.

Simonal jurou inocência. Em depoimento, alegou estar sofrendo ameaças anônimas e que suspeitava do ex-contador, por isso recorrera a seus conhecidos no Dops. A história se espalhou, e da noite para o dia ele tornou-se uma figura malquista. Começaram os boatos de que sua ligação com o Dops era mais profunda do que se imaginava, que na verdade era um informante da ditadura. A edição de 7 de setembro do jornal "O Pasquim" trazia como destaque "O magnífico e erecto dedo de Simonal, hoje muito mais famoso do que sua voz". Além de sequestro e tortura, era acusado de "dedo-duro".

Imperial não tolerava o que estava acontecendo com o amigo, achava aquilo tudo uma injustiça, pura perseguição. Lembrava que antes do caso do contador, a "curriola de esquerda" já demonstrava sua má vontade para com Simonal.

Em novembro, o cartunista Henfil, que abominava as canções de Simonal enaltecendo as maravilhas do Brasil e o "charme e o veneno da mulher brasileira", publicava na sua página de "O Pasquim" uma historinha em que o personagem Tamanduá sugere ao cantor o suicídio como única forma de conquistar o aplauso do povo. No mês seguinte, tanto Simonal quanto Imperial e Eduardo Araújo apareciam no "Cemitério dos Mortos Vivos" de Henfil.

Apesar de seus negócios estarem concentrados no Rio, Carlos continuava viajando a São Paulo, onde visitava Eduardo Araújo, agora casado e feliz com Silvinha, um romance nascido durante o trabalho em "O Bom", na TV Excelsior. Além disso, fazia parte do júri do programa do apresentador Silvio

Santos. Nas tardes de domingo, na TV Globo, aquele sujeito gordo, de rabo de cavalo, alisando a barba a todo instante, era um enorme contraste com a beleza de Marilu Martinelli ou a austeridade do pianista José Fernandes. Os calouros jamais sabiam o que esperar dele. Era capaz de dar nota máxima a um cantor com voz de "taquara rachada" e zero ao mais afinado deles. Só não se permitia era que sua participação semanal passasse em branco ("Falem mal, mas falem de mim!").

Seu grande cúmplice de irreverências no júri era o jornalista Raul Giudicelli. Num desses programas, o conjunto "Os Incríveis" se apresentou cantando "Eu Te Amo, Meu Brasil, Eu Te Amo", tema ufanista usado pelo governo Médici para alardear as maravilhas do seu "Brasil grande".

Eu te amo meu Brasil, eu te amo
Meu coração é verde, amarelo, branco, azul-anil
Eu te amo meu Brasil, eu te amo
Ninguém segura a juventude do Brasil

Súbito, Imperial levanta-se com ar solene, fazendo sinal para que Giudicelli o acompanhasse. O restante dos jurados, sem saber do que se tratava, também se levantou. E em seguida o auditório. Todos os presentes comportaram-se como se fosse ser executado o Hino Nacional Brasileiro.

Carlos e Raul Giudicelli, a infernal dupla de jurados do Programa Silvio Santos.

No final do programa, os censores designados para fiscalizar a atração quiseram saber qual o significado daquele comportamento. Estavam em dúvida se tratava-se de uma homenagem ou um deboche ao governo. Imperial, preocupado em não perder o avião de volta ao Rio, respondeu sem muita paciência:

– Vocês é que vão ter de explicar aos seus superiores porque não se perfilaram como nós.

No domingo seguinte os censores foram substituídos.

Em janeiro de 1972, compartilhava sua alegria com seus leitores na revista "Amiga":

Pois é isso, minha gente, eu, Carlos Eduardo Corte Imperial, filho diletíssimo de Dona Maria José, estou feliz paca, no final do aninho da graça de 1971. Depois de ganhar mil festas de aniversário, eis que me chega a notícia das notícias: fui escolhido por unanimidade pela equipe do Programa Flávio Cavalcanti para ganhar o alfinete de ouro de 71. E o jornalista do ano, pela associação de repórteres fotográficos da Guanabara. O Alfinete de Ouro é uma bolação do Flávio para homenagear os caras que nasceram para o sucesso.

O cinema brasileiro andava em baixa. O Sindicato dos Exibidores chegava a publicar nos jornais anúncios contra a obrigatoriedade de exibição de produções nacionais. O espectador ia ao cinema, e a bilheteira alertava:

– Olha, é filme nacional...

Em São Paulo, Pedro Carlos Rovai teve sua estreia na direção em 1970, com a comédia "Adultério à Brasileira". O filme lhe valeu o prêmio Molière de diretor estreante, além de obter elogios da crítica e uma boa bilheteria. Depois desse primeiro êxito, Pedro decidiu mudar-se para o Rio, ainda o centro cinematográfico do país, apesar da crise. Em coprodução com a Cinedistri de Oswaldo Massaini, produziu "Lua de Mel e Amendoim", comédia em dois episódios, com um deles ("Berenice") dirigido por ele. O filme também foi bem-sucedido, e como consequência vários investidores privados começaram a injetar dinheiro na produção de filmes, uma vez que o resultado era positivo.

Um dia, na Praça Paissandu, em São Paulo, Pedro ouviu de um amigo a história verídica de um fazendeiro mineiro, o coronel Alexandrão, que falecera e deixara sua viúva virgem. Naquela hora surgiu a ideia de fazer um filme baseado no causo, um primeiro tratamento para o roteiro, mas era um tanto teatral. Armando e Cecil lhe deram uma forma mais cinematográfica.

João Bittencourt, Armando Costa e Cecil Thiré escreveram o roteiro de "A Viúva Virgem", onde, depois de morto, Alexandrão volta do além para assombrar qualquer homem que se aproximasse de sua deliciosa viuvinha.

Com o roteiro pronto, Rovai partiu para a contratação do elenco. Adriana Prieto foi escolhida para interpretar a jovem viúva. Jardel Filho, que fazia grande sucesso numa novela da TV Globo, faria um pretendente cafajeste, interessado na herança da viuvinha; a bela Darlene Glória, a irmã de Jardel; além de Wilson Grey; Henriqueta Brieba e José Lewgoy. Era um elenco de peso. Porém, faltava o ator que iria interpretar o Alexandrão.

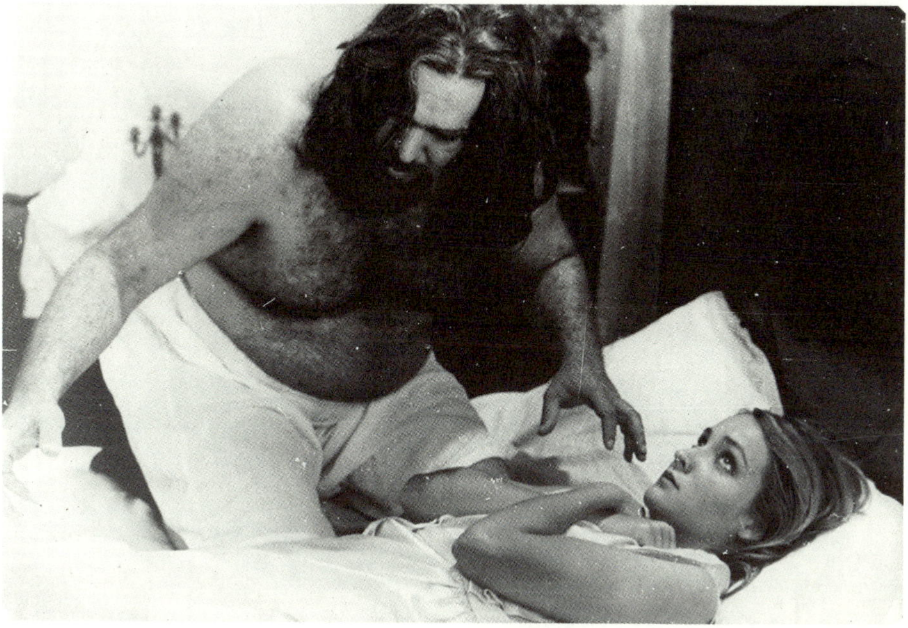

Com Adriana Prieto em "A Viúva Virgem", cinema nacional com público.

Alexandrão era um glutão, um barão da Idade Média, um Henrique VIII mineiro. Morria no início do filme, mas era o personagem mais importante da história. Precisava ser interpretado por um ator muito especial, tinha que ter carisma, um certo toque demoníaco, pois ele apareceria ameaçador nas visões de Adriana e de Jardel.

Novamente em São Paulo, o crítico de cinema Rubem Biáfora sugeriu a Rovai o nome de Carlos Imperial como o certo para o Alexandão. Depois de assistir ao Gordo na televisão, Pedro concluiu que ele era realmente perfeito para o papel.

Por uma feliz coincidência, André Adler, seu assistente de direção, era amigo de Paulinho Imperial, que lhe deu o telefone de Carlos. André ligou identificando-se como amigo de seu irmão e explicou sobre o papel no filme. Ele marcou um encontro na cantina da TV Globo, no Jardim Botânico, durante o intervalo de "Alô Brasil, Aquele Abraço". Antes de André falar qualquer coisa, Imperial quis saber:

– Por que Carlos Imperial?

André precisava pensar rápido e expressar honestidade. Respondeu:

– Porque se este filme fosse feito nos Estados Unidos, precisaria de alguém com o carisma de Orson Wells. Aqui no Brasil essa pessoa é você.

As filmagens de "A Viúva Virgem" começaram na cidade de Miguel Pereira, região serrana do Rio. A casa de Paschoal Carlos Magno, o antigo professor de teatro de Imperial, foi usada como o casarão do Alexandrão. Rovai concluiu que havia tomado uma decisão mais do que acertada em contratar Carlos. Ele foi extremamente profissional durante as filmagens. Sempre pontual, muito reservado. Eventualmente soltava uma piada, mas na maioria das vezes ficava sentado em sua cadeira, concentrado estudando o roteiro. Incorporou o personagem. Quando assistiu aos copiões na cabine da Líder, em Botafogo, ficou apaixonado pelo resultado. Percebeu que fizera algo importante que resultaria num bom filme. Tornou-se um aliado incondicional.

Além de atuar, Carlos também ficou responsável pela trilha sonora do filme, e a Cipal passou a se encarregar da publicidade. Começou a divulgar nas suas colunas. Mas depois teve uma ideia ainda melhor.

AA viúva, virgem, rica, 21 anos, loura, linda, da tradicional família mineira, procura jovem carioca de fino trato, que queira passear pelos pontos pitorescos do Rio de Janeiro e para futuro compromisso matrimonial. Cartas para a portaria do JB, nº 009937.

Imperial colocou este anúncio na seção de correio sentimental dos classificados de importantes jornais. Explicou a Rovai o A duas vezes repetido como uma maneira de assegurar que o anúncio seria o primeiro da lista. Sua tática deu certo, a caixa postal recebeu milhares de cartas de candidatos ao coração da viúva. O quarto de Marquinho, onde as correspondências eram guardadas, ficou abarrotado. O menino quase não tinha como dormir lá. Mas Imperial ainda não estava satisfeito:

– Rovai, nós temos que criar uma bola de neve. Eu tenho uma amiga jornalista, a Marisa Raja Gabaglia, que pode ajudar.

Marisa leu as cartas enviadas em resposta ao anúncio e escreveu uma crônica sobre o fenômeno da "Viúva Virgem". Em seguida, o restante da imprensa também se interessou pelo assunto.

O filme estreou no cinema Roxy, em Copacabana, em 20 de abril de 1972. Foi sucesso por várias semanas. Depois do Roxy, entrou em todo o circuito de cinemas Severiano Ribeiro, sempre com sessões esgotadas. As cópias do Rio eram enviadas para São Paulo. Quando terminava lá, seguiam para Belo Horizonte, Porto Alegre, Curitiba e depois para Recife, Salvador e Fortaleza, as principais praças. O sucesso do filme de Rovai deu início a um novo gênero de cinema, a "pornochanchada", mais uma classificação pejorativa, desta vez dada às comédias que contavam com uma veloz cena de nudez entre uma piada e outra.

O envolvimento de Imperial foi tão forte com a realização do filme, que muita gente pensava ser ele, na verdade, o diretor. Não era raro Pedro ouvir:

– Você já assistiu àquele filme do Carlos Imperial, "A Viúva Virgem"?

Alexandrão e seu fiel escudeiro, Gravatinha, em momento de felicidade. (Reprodução.)

"A Viúva Virgem" rendeu vários convites para Carlos participar de outras produções. Na foto, ele é dirigido por Carlos Coimbra no épico "Independência ou Morte".

23

VÁ AO TEATRO

Durante uma reunião no apartamento do casal Bibi Ferreira e Paulo Pontes, discutiu-se a possibilidade da remontagem de "Um Edifício Chamado 200". A peça escrita por Paulo havia sido encenada em 1971, mas não obtivera a repercussão desejada. José Renato Pécora, o diretor, e Milton Moraes, o ator principal, estudavam com Pontes uma maneira de torná-la sucesso. Porém, os três queriam dedicar-se exclusivamente às suas funções, deixando em aberto a vaga de produtor. Imperial, amigo de Bibi e Paulo desde os tempos da TV Tupi, também estava presente. Prestava atenção na conversa já com algumas ideias na cabeça.

O Gordo mantinha um namoro mais sério com a atriz Myriam Pérsia, com quem sempre se aconselhava a respeito de decisões que pretendia tomar. Expôs a vontade de assumir a vaga de produtor da peça. Myriam achou a ideia muito boa, seria uma maneira dele diversificar ainda mais as suas atividades. E ficou decidido: Carlos seria produtor de teatro. Comunicou sua intenção ao trio e começou a levantar capital.

Com a ajuda de Dona Zezé, e as economias de que dispunha, Imperial começou a pôr mãos à obra. Com medo de que sua inexperiência na função o atrapalhasse, pediu algumas dicas a Victor Berbara, o diretor e produtor da montagem brasileira de "My Fair Lady", por coincidência grande sucesso de Bibi Ferreira. A amizade entre Imperial e Berbara teve início quando Carlos passou a defender Victor em sua coluna na "Última Hora" das pesadas críticas do jornalista Paulo Francis às peças que ele produzia e dirigia.

Quando se aproximava a data da estreia, o dinheiro acabou. Imperial viu-se com uma peça prestes a entrar em cartaz, mas sem a verba necessária para possibilitar isso. Lembrou de Victor Berbara, que de bom grado lhe emprestou a quantia que faltava. Carlos ficou profundamente agradecido, e disse que o amigo acabara de se tornar seu sócio na montagem, algo com que Victor não concordou. Achava que a peça era exclusivamente do Gordo, fizera apenas um favor. Mesmo assim, Imperial alardeou sua sociedade com o diretor de "My Fair Lady" para todo mundo.

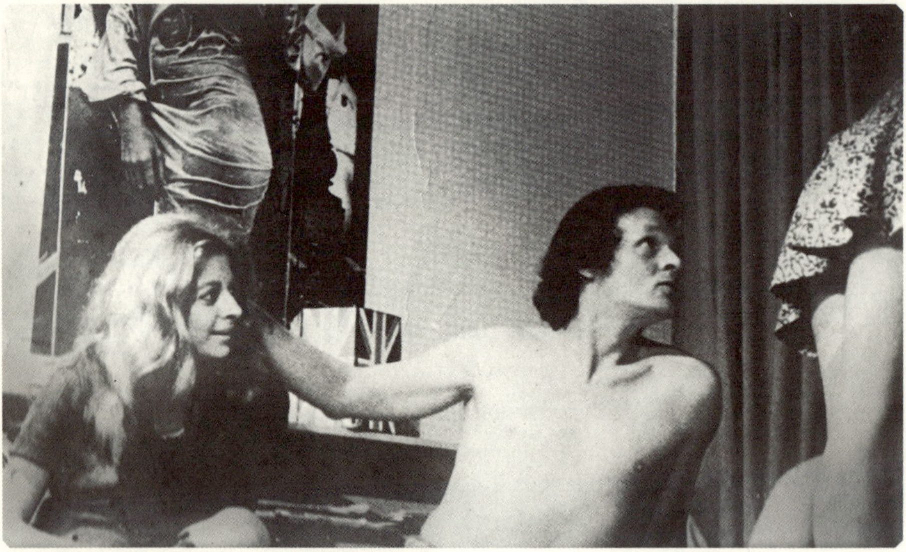

Vera Brahim, Milton Moraes e as belas pernas de Tânia Scher em "Um Edifício Chamado 200". Lotação esgotada.

Em maio de 1972, com Milton Moraes e as atrizes Tânia Scher e Vera Brahim no elenco, "Um Edifício Chamado 200" estreava no Teatro Senac, em Ipanema. E, ao contrário do que havia acontecido em 1971, foi sucesso imediato. No "Plá", Imperial anunciava: "Amigos, abro meu peito e grito bem alto, para que os anjos escutem, que sou o mais novo produtor teatral da praça".

Assim que recebeu o primeiro dinheiro da bilheteria, foi saldar sua dívida com Berbara. Também quis lhe pagar um percentual na sociedade, mas Victor não aceitou.

"Um Edifício Chamado 200" contava a história de Alfredo Gamela, um malandro carioca que vivia num apartamento na Rua Barata Ribeiro 200 onde, após a visita de um extraterrestre, obtém o resultado de um jogo da loteria esportiva. Sua noiva e uma ex-namorada, com quem divide o quarto e sala, recebem dele o dinheiro para fazer a aposta, mas gastam em comida.

O resultado do jogo é o que a entidade dera a Gamela. Diante da perda do prêmio milionário, ele enlouquece. Era quase uma biografia do ator Milton Moraes, que deu a ideia da peça a Paulo Pontes e era o intérprete de Gamela na montagem. Durante as apresentações, Milton reservava um lugar na plateia para uma pessoa que sinalizava para ele os resultados das corridas de cavalo no jóquei. Quando o negócio não ia bem, acabava refletindo no seu desempenho. Alfredo podia ficar alegre, ou mais melancólico. Mas sempre genial, já que Moraes era considerado o melhor intérprete de personagens genuinamente cariocas. Seu monólogo era aplaudidíssimo:

Vocês já deram uma panorâmica na vida que tá aí fora? O cara acorda às 5 horas da manhã com medo de abrir os olhos, veste um ataúde de tergal, passa no pescoço uma forca de seda, engole o pão que o diabo amassou, salta na rua com um bando de dívidas numa pasta 007, caminha desviando das trincheiras e barricadas armadas pela guerra do trânsito, encaixa o seu cansaço no rabo de uma fila, apoia o seu nariz embaixo do sovaco de uma multidão dentro de um ônibus, caminha até o 14º onde tenha um ponto que registra, cadastre e prove a quantidade de horas que o cara vai morrer naquele dia, no final do expediente recolhe o que restou de humano nele e entra num cinema onde vão lhe oferecer uma fatia de vida azul ou cor-de-rosa, mas que vai reconciliá-lo com o dia seguinte.

Em junho, Imperial foi à sua cidade natal receber o título de "Cachoeirense Ausente", conferido aos ilustres filhos de Cachoeiro de Itapemirim que se destacaram Brasil afora. O Gordo sentiu-se envaidecido com a honraria. Quatro anos antes, o Dr. Gabriel também fora agraciado. Apesar de se sentir um típico carioca, Imperial jamais esquecera sua origem capixaba.

O Teatro Senac vivia seus melhores dias. Casa lotada de terça a domingo. Sendo que de quinta à sexta, eram duas sessões, e aos sábados e domingos, três. Era muito dinheiro entrando. Tanto que no final de cada noite os funcionários da Cipal recolhiam a féria em sacolas de supermercado.

Imperial percebeu que havia descoberto uma nova mina de ouro. Em julho, montou o "200" no Teatro Paiol, em São Paulo, com Juca de Oliveira, Cléo Ventura e Terezinha Sodré no elenco. A reação do público paulista foi semelhante à do carioca: sucesso de bilheteria. Achou que havia possibilidade de produzir uma segunda peça no Rio de Janeiro. Depois de pesquisar, escolheu

"O Cordão Umbilical", de Mário Prata, que em 1970 tivera uma montagem em São Paulo. Imperial gostou do texto e decidiu apostar nele.

Carlos precisava de um diretor para a nova peça. Aderbal Júnior era um nome que andava em evidência. Morando no Rio desde 1970, o jovem cearense havia feito muito sucesso dirigindo "Flicts", peça infantil baseada no livro do cartunista Ziraldo. Imperial ficou interessado nele. Mas antes foi aconselhar-se com seu guru, Paulo Pontes. Depois da vitoriosa montagem do "200" a palavra do autor passou a ter grande importância nas decisões do Gordo.

– Não, esses jovens diretores vão mudar tudo. Sai dessa!

Porém, depois que Imperial deu maiores detalhes sobre o cearense Aderbal, o paraibano Paulo lembrou-se de anos antes ter conhecido o rapaz num programa de rádio em Fortaleza, e de ter gostado de suas ideias. Voltou atrás e deu sua benção à escolha de Imperial. Aderbal foi encontrar o Gordo no apartamento da Sá Ferreira, onde também estava Mário Prata, o autor de "O Cordão Umbilical". Aderbal respondeu a um verdadeiro interrogatório do produtor, mas no final saiu contratado do encontro.

O desempenho como produtor teatral de Carlos era invejável. Porém, ele não estava preparado para isso. A administração de "Um Edifício Chamado 200" andava uma bagunça. Na agência, podia contar com Rizeth, que se

Mudança no elenco do "200": entram Regina Célia e Stênio Garcia. Vera Brahim permanece.

responsabilizava com o que dizia respeito às suas colunas. Mas na produção teatral, estava muito mal auxiliado. Acabou descobrindo que estava sendo roubado. Demitiu todo mundo e saiu à procura de gente de confiança para trabalhar na administração do "200" e futuramente em "O Cordão Umbilical". De imediato, contratou Ari Soares, que tinha chegado de Curitiba com experiência em administração teatral, para ser seu coordenador geral. Para administrador geral, perguntou a André Adler se não conhecia alguém de confiança. O rapaz indicou seu irmão, Jorge, que logo caiu nas graças do Gordo. Além de honesto, era eficiente e dedicado. Satisfeito com o desempenho de seu novo administrador teatral, Imperial o chamou para um particular:

– Jorge, o "200" vai para o Teatro Casa Grande. Você não vai poder ir pra lá porque "O Cordão Umbilical" está para estrear e eu quero você na administração. Vou precisar de um cara para administrar o "200". Não precisa ser um conhecedor de teatro, mas tem que ser um sujeito honesto e esperto.

– Fica meio difícil.

– Pois é, honesto e esperto. Com você assinando embaixo dessa honestidade.

– Eu tenho a pessoa.

Jorge foi falar com seu amigo Ciro Pereira da Silva, que morava no mesmo prédio que ele.

– É o seguinte, você vai trabalhar com o Carlos Imperial. Eu vou te ensinar o serviço.

– Tá maluco que eu vou trabalhar com o Imperial!

– Pode vir trabalhar que ele é gente boa.

– Aquele cara vai me dar porrada.

– Não, não vai dar não. Eu estou trabalhando há um mês com ele e até agora não levei nenhuma.

Ciro Pereira começou a trabalhar na administração do "200", que depois de três meses de sucesso mudara-se para o Teatro Casa Grande. No novo endereço, os 600 lugares na plateia não eram suficientes para o enorme público que ia assistir à peça. Em todas as sessões Ciro precisava colocar cadeiras extras.

Durante a pré-produção de "O Cordão Umbilical", Carlos decidiu produzir outra peça, "Check-Up", também de Paulo Pontes. A comédia dramática contava "o sofrimento e alegrias de um velho ator internado num hospital". Paulo havia escrito especialmente para Ziembinski, o polonês considerado o responsável pela modernização do teatro brasileiro quando dirigiu "Vestido de Noiva" (Nelson Rodrigues) em 1943. O ator / diretor aceitou a homenagem, anunciando que seria sua despedida dos palcos. "Check-Up" estreou no Teatro Gláucio Gil em agosto. Além de Ziembinski, trazia no elenco Neuza Amaral, Miriam Muller, Edson França, Roberto Pirillo, José Maria Monteiro e Miguel Carrano. A direção coube a um ex-aluno de "Zimba", Cecil Thiré, um dos roteiristas de "A Viúva Virgem".

A convite do diretor Paulo Afonso Grisolli, Carlos participou de "Por Mares Nunca Dantes Navegados". Durante duas noites, no Teatro Municipal do Rio de Janeiro, o Gordo foi o poeta Bocage no musical com canções de Sidnei Miller.

Em setembro, era a vez de "O Cordão Umbilical" estrear no Teatro Senac. No elenco estavam Débora Duarte, Marco Nanini, Íris Bruzzy e Nelson Caruso. Com poucos dias, Débora, com problema de saúde, foi substituída por Thaís Moniz Portinho. A peça era uma enorme ousadia. Mixel, o "pai do Grilo", era o responsável pelo cenário, e fez um apartamento realmente funcionando em cena – o banheiro tinha água, o fogão funcionava. A direção de Aderbal Júnior recebeu as melhores críticas, alçando-o à categoria de maior revelação do teatro carioca do ano.

O Gordo passou a admirar cada vez mais o talento de Aderbal, que entendia muito bem o estilo dele, o seu personagem. Os dois tornaram-se amigos. Diariamente, em sua coluna na "Última Hora", Carlos fazia apaixonados elogios a "Aderbal Júnior, o maior gênio já surgido em toda a história do teatro brasileiro". O rapaz ficava encabulado com aquilo tudo.

A rapaziada contratada por Imperial para administrar seus espetáculos tornou-se uma grande família. Se faltasse alguém da área técnica em alguma peça, os profissionais das outras corriam para dar cobertura. Evaldo Lemos foi contratado para gerenciar a parte financeira. Ele acabou com a história de se tirar dinheiro da conta da Cipal para cobrir as eventuais despesas de Imperial e também com a bagunça na arrecadação da bilheteria das peças. O saco de papel onde anteriormente a féria era recolhida foi aposentado.

Depois de mais de um ano trabalhando como fotógrafo da Cipal, Fernando Barra viu a necessidade de dedicar-se mais à sua faculdade de arquitetura. Gostava da fotografia, mas não a encarava como sua carreira. Comunicou ao Gordo que precisava abandonar o posto. Imperial sentiu, gostava bastante dele, mas aceitou. Fernando indicou, para seu lugar, Frederico Confalonieri, outro jovem estudante de arquitetura da UFRJ, também amigo de Mixel. Fred foi muito bem recebido por Carlos, mas teve de dividir o estúdio da Sá Ferreira com um novo fotógrafo.

Marlene Morbeck era chacrete, uma das dançarinas do programa do Chacrinha, que a apresentava como a "loura sinistra". Numa noite, no La Fiorentina, foi apresentada a Imperial, que a convidou para tirar fotos para a sua coluna na "Última Hora". Ele deu o endereço da Sá Ferreira pedindo para que ela comparecesse à sua agência no dia seguinte, que o fotógrafo a estaria aguardando. Marlene apareceu na Cipal e foi recebida por um guri de uns 14 anos.

– A senhora não vai se arrumar para as fotos?

– Eu prefiro esperar o fotógrafo chegar.

– O fotógrafo sou eu.

– Só pode ser brincadeira, você é apenas um menino. Eu vou falar com o Imperial.

Marlene conseguiu com o garoto o telefone do lugar onde o Gordo estava, e foi tranquilizada por ele.

– Maleninha, não precisa ficar preocupada. O rapaz é meu filho, Marco Antônio. Ele é fotógrafo da agência.

Imperial tinha a intenção de lançar Marco artisticamente quando o tirou da casa dos avós e orientou que adotasse um visual hippie. Os dois saíam em várias revistas, com o pai dizendo que em breve iria lançar o filho artisticamente para ser o maior ídolo da juventude. Pagou professores de canto e violão para Marco, que com 14 anos compôs uma música no estilo do americano Richie Havens e foi mostrar ao pai.

Falam por aí muito mal da Maria Joana,
Que ela é uma mulher vulgar, uma mundana.

Nem teve tempo de cantar o terceiro verso, pois Imperial começou a gritar:

– Para! Para! Para! Isto não passa de uma propaganda de tóxicos!

O Gordo confirmou suas suspeitas sobre o filho naquela mesma semana, quando ele chegou em casa com cara de sono e os olhos vermelhos, bem parecido como Paulinho costumava ficar.

– O que você estava fazendo?

Na Cipal, Carlos Imperial e Marco Antônio, imagem e semelhança.

– Aquilo que o senhor mandou: contestando o mundo.

– Porrrrrrrra! Mas eu não te mandei fumar maconha!

Para manter o Marco Antônio afastado da "mundana Maria Joana", Carlos lhe deu uma câmera Hasselblad e o internou no estúdio da Cipal. Para sua alegria, o menino ficou apaixonado pela arte da fotografia – também pelas lebres que fotografava – e foi adquirindo respeito entre os demais fotógrafos. Eventualmente, além do trabalho em "Na Corte do Imperial", conseguia fazer alguns trabalhos para a Editora Bloch.

A vontade de Carlos de produzir peças não parava. Estava com outra engatilhada, um texto do gaúcho

Sérgio Jockman, "Marido, Matriz e Filial". E, para a direção, não abria mão do seu diretor favorito, Aderbal Júnior. Mas o cearense estava com outras intenções, queria alçar outros voos, experimentar mais. Quis declinar do convite, mas Imperial insistiu muito, ofereceu tudo o que ele quisesse. Aderbal acabou cedendo. Guilherme Corrêa, primo de Ângelo Antônio, era o protagonista, com Myriam Pérsia, que finalmente aceitou participar de uma peça do agora ex-namorado, e Hildegard Angel nos papéis femininos. O grande atrativo da peça foram os figurinos, a cargo da mãe de Hildegard, a prestigiada Zuzu Angel, pela primeira vez trabalhando para teatro.

Zuzu vivia um triste drama em sua vida. Em 1971, seu filho Stuart se envolvera na resistência armada contra o regime militar. Tempos depois foi apontado como terrorista foragido da justiça. Na verdade, agentes do Centro de Informações de Segurança da Aeronáutica (CISA) o prenderam, torturaram, mataram e desapareceram com seu corpo. Zuzu soube de toda a verdade através da carta de um companheiro de cárcere do filho que testemunhou o massacre do jovem. Desde então, ela movia uma batalha pela recuperação do corpo de Stuart, e denunciava os abusos praticados pela ditadura militar.

Os atores das peças produzidas por Carlos o consideravam o melhor produtor com quem haviam trabalhado. No meio, era muito raro encontrar alguém que se preocupasse tanto com o bem-estar do elenco. Efetuar o pagamento no dia certo era seu principal compromisso. E se esse dia caísse numa segunda-feira, dia de folga no teatro, fazia questão de pagar no sábado, e em espécie ("domingo os bancos não abrem e vocês podem precisar de dinheiro"). Sempre que possível celebrava a ótima fase que vivia convidando os artistas de suas produções para almoçar em sua mansão na Barra da Tijuca, comprada com o dinheiro dos direitos autorais obtidos graças à gravação que a atriz francesa Brigitte Bardot fez de "Nem Vem que Não Tem" ("Tu Veux Ou Tu Veux Pas"). Na realidade, a mansão era uma casa simples de dois andares. À mesa não dispensava uma jarra imensa, cheia de gelo, onde derramava quatro ou cinco garrafinhas de Coca-Cola, que virava num longo gole.

Carlos ainda arranjava tempo para assinar uma coluna no "Jornal dos Sports", onde comentava futebol. A imparcialidade passava longe:

Meu time vai sair dando surra em todo mundo. Vamos depenar todos os urubus do Rio de Janeiro. Os torcedores do Botafogo vão saborear bacalhau com azeite quando a Selefogo jogar contra o Vasco. Ao popozinho de arroz, está reservada outra surpresa. O Glorioso vai fazer a maquilagem completa dele. Depois do jogo, nós que torcemos pelo maior time do mundo, vamos pôr batom em cada torcedor do fluzim.

No La Fiorentina, bastava alguém avistar o Mercury Cougar vermelho ou o dourado se aproximando para ser dado o aviso: "O Imperial chegou!". A entrada do Gordo era efusivamente festejada por atores iniciantes, excitados com a possibilidade de conseguirem trabalhar com ele. A Cipal vivia repleta de artistas tentando falar com ele a respeito de alguma peça para atuar. Ele os recebia, mas não tinha paciência para chatos. Quando estava de saco cheio de ouvir besteiras, falava com enfado:

– Putz, putz, Neném.

Rizeth, que o conhecia muito bem, sabia que tinha de tirar a pessoa de perto dele antes que começassem os esporros.

Seu desempenho como produtor deu nova vida ao meio teatral. Estava com "Check Up" no teatro Gláucio Gil, "Cordão Umbilical" no Senac; "Marido, Matriz e Filial" no Santa Rosa, em Ipanema, e "Um Edifício Chamado 200" no Casa Grande, no Rio, e no Paiol, em São Paulo. Era indiscutível que havia sido a figura mais importante do teatro carioca em 1972. Menos na opinião do Museu da Imagem e do Som, que sequer o indicou como candidato ao Troféu Estácio de Sá, o "Golfinho de Ouro". Apesar do seu espírito inabalável, desta vez não conseguiu esconder seu desapontamento no "Plá":

Como não frequento curriolas e não jogo água fora da bacia, meu nome sequer foi lembrado. Os golfetes me roubaram o troféu Estácio de Sá.

Como desagravo ao Gordo pela injustiça sofrida, Plínio Marcos, o autor de "Navalha na Carne", divulgou uma nota em que dizia:

No Rio de Janeiro, parece que o pessoal do Museu da Imagem e do Som anda de memória fraca. Por exemplo: esqueceram que o teatro lá andava caindo pelas tabelas e que foi o Carlos Imperial que deu um embalo na arte cênica.

Enquanto Imperial passava por essa decepção, Maria Luíza fazia sua primeira participação num programa de TV. A produção de Flávio Cavalcanti resolveu criar um júri para a atração somente com filhos de famosos. Por andar bastante em evidência ao sair em revistas ao lado do pai, Marco Antônio foi a primeira opção para representante do clã dos "Corte Imperial". Mas o garoto não demonstrou o mínimo interesse. Acabaram chamando Maria Luíza.

Além da filha de Carlos Imperial, o quadro também contava com: Flavinho, o filho do apresentador; Eleonor Soledade, filha do compositor Paulinho Soledade; Gisela Pitanguy, cujo pai era o cirurgião plástico Ivo Pitanguy; e Solange Porto, filha do jornalista Sérgio Porto, o Stanislaw Ponte Preta. O grupo teria de julgar artistas convidados do programa. Na estreia, a cantora Cláudia, melhor intérprete na maioria dos festivais de que participara, foi a convidada da noite. Nos bastidores, Luíza não gostou quando disseram que a cantora reclamara do absurdo que era ser submetida a julgamento por um bando de pirralhos sem conhecimento musical. Irritada, nem procurou averiguar se era mesmo verdade, comentou com os colegas de júri que naquela mesma noite ia mostrar quem era pirralha.

Cláudia cantou "Aquarela do Brasil" homenageando Carmen Miranda. Vestia roupa de baiana estilizada semelhante à que a "pequena notável" usava com o indefectível arranjo de frutas na cabeça. Sua apresentação foi impecável. Obteve nota máxima de todos os integrantes do jovem júri. Menos de Maria Luíza Imperial. Quando Flávio Cavalcanti perguntou se ela havia gostado do que ouviu, respondeu sem o mínimo constrangimento:

– Não.

– Mas por quê?

– Ela grita muito. E esta música é ridícula.

– Mas é uma canção do grande Ary Barroso.

– Mas é ruim. Tem um sério problema na letra.

– Que problema?

– É naquele trecho em que diz: "esse coqueiro que dá coco". Ora, é claro que coqueiro dá coco. Alguém já viu coqueiro dar manga? E tem mais, essa roupa que a cantora está usando é muito feia. Esse monte de frutas penduradas não tem cabimento. Quando ela apareceu, eu pensei que ela vinha com um abacaxi preso na cabeça e uma melancia pendurada no pescoço.

– Mas é uma homenagem a Carmen Miranda.

– Olha, pra mim a Carmen Miranda é a rainha da feira.

Luíza conseguiu dar a resposta que desejava a Claudia. E também gerar turbulência no programa. O júri dos adultos, o "dos coroas", protestou contra o desrespeito a tradicionais figuras da cultura nacional. Os jovens companheiros da garota lhe deram apoio. E a plateia a vaiou da mesma maneira que fazia com seu pai.

Luíza chegou à casa dos avós preocupada com a reação do pai. Só pensava no esporro que ia levar pelo mau comportamento na TV. Mas não foi isso que aconteceu. Imperial lhe deu os parabéns pelo invejável desempenho no programa. Orgulhoso, queria saber quando ela retornaria. Tinha muitos planos para ela.

Pela manhã, Maurina contou para a garota que enquanto ela anarquizava na televisão, Imperial dava pulos de alegria e gritava:

– É minha filha! Essa é minha filha! Puxou ao pai!

A participação de Maria Luíza no júri do programa da Tupi passou a ser a nova obsessão de Imperial. Ele orientava cada atitude da filha, procurando moldá-la a sua imagem e semelhança. A menina transformou-se na versão feminina e adolescente do pai. Provocava temor nos artistas que teriam de enfrentar suas demolidoras opiniões. Seu veredicto sobre a apresentação do cantor Waldick Soriano foi arrasador.

– Eu acho que deveriam decretar a prisão desse senhor por cantar músicas tão horríveis.

De antemão a equipe de Flávio avisava a Maria Luíza qual seria a vítima da semana, o que possibilitava a seu pai esmerar-se nas pequeninas crueldades que a filha deveria praticar no domingo à noite. Os artistas escalados para o "Programa Flávio Cavalcanti" entravam em pânico imaginado o que a adolescente lhes reservava. Assídua frequentadora do triplex dos Corte Imperial, e uma das descobertas de Carlos, a cantora Rosemary resolveu telefonar para a menina e pedir para não ser massacrada na TV. Luíza a tranquilizou, jamais faria nada contra uma amiga da família. Quando saiu para fazer o programa, o pai perguntou:

– Quem você vai julgar esta noite?

– Ah, vai ser tranquilo, é a Rosemary. Eu falei pra ela que não vou fazer nada não. Falei que ela é como se fosse da família.

– Você está maluca? Por isso mesmo é que você tem que cair matando.

Tal como Cláudia, Rosemary apresentou-se homenageando Carmen Miranda. Seu desempenho foi irretocável, não tinha com que se preocupar.

Na sua inocência acreditava que a impiedosa Maria Luíza Imperial iria poupá-la. Ledo engano.

– Sinceramente, eu teria vergonha de aparecer vestida assim num programa de televisão.

A participação de Luíza passou a ser trunfo de audiência. Os telespectadores aguardavam ansiosos a hora da menina aparecer. Flávio Cavalcanti lhe fazia perguntas, e ela respondia da maneira mais debochada possível. A plateia iniciava uma estrondosa vaia, mas a adolescente reagia com total indiferença. Porém, o negócio começou a ficar mais sério quando algumas frequentadoras do programa tornaram-se mais agressivas. Algumas esperavam sua saída da emissora para uma sessão de xingamentos. Preocupado com a possibilidade de a menina sofrer uma agressão, Imperial pediu que Dudu, filho de seu amigo, o jornalista Carlos Renato, bancasse o guarda-costas. O rapaz praticava jiu-jítsu e poderia dar um "chega pra lá" em quem tentasse algo contra Luíza.

As perguntas feitas a Luíza eram previamente respondidas por Imperial. Porém, a produção do "Programa Flávio Cavalcanti" decidiu acabar com isso, e apanhá-la de surpresa. O Gordo a orientou a não responder nada. Quando Flávio começasse a falar, ela deveria tirar da bolsa uma revista do Pato Donald e começar a ler.

– Mostra que faz sucesso mesmo sem falar. Leva uma revista e fica lendo.

A fama de garota malcriada da filha do Imperial só fazia crescer. Na imprensa ela detonava polêmicas com o selo de qualidade Corte Imperial: "Roberto Carlos é um cantador de boleros que parou no tempo. Ele estava na Estrada de Santos, de repente parou para botar gasolina, e parou no posto. Não tem capacidade nem talento para sair dali"; "Na falta de coisa melhor, o Flávio Cavalcanti é o melhor"; "Acho que o ídolo não existe. É criação imbecil de um público mais imbecil ainda"; "Eu não arraso com ninguém. Só não admito quem é ruim". Era evidente que tudo não passava de teatro. Mas a encenação da mocinha era tão convincente, que havia quem levasse a sério e a hostilizasse.

O entusiasmo de papai Imperial com o fenômeno Maria Luíza era enorme, e ele quis que a filha atuasse em outras áreas. Lançou "Amor, Amor", a estreia de Maria Luíza como compositora em parceria com o sambista Paulinho Menezes, que foi gravada pela cantora Beth Carvalho e por Ângelo Antônio.

Amor, não me deixe agora
É cedo pra você dizer adeus
Hoje nos seus braços
Quero esquecer
Os sofrimentos meus
No meu coração

Nesse mesmo período, o ator Juan de Bourbon causava sensação interpretando o filho do bicheiro Sabonete na novela "Bandeira 2". Ex-manequim do estilista Dener, Juan era considerado um dos homens mais bonitos do Brasil. Pertencia à casa dos Bourbon (mudou o sobrenome para evitar polêmicas com a família real espanhola) e por isso ficou conhecido como o "Príncipe". Além de ator, Juan também cantava e estava à procura de uma gravadora. Imperial marcou um encontro com ele e lhe propôs gravar uma canção com sua filha, que gozava de muita (im)popularidade como jurada do Flávio Cavalcanti. Iria fazer uma grande campanha em cima do casal. Maria Luíza, que assistia a tudo, ria muito de toda a história, já que não sabia cantar.

Juan e Luíza gravaram um compacto com uma canção em que ele cantava e ela declamava alguns versos. Antes do lançamento do disco, os dois começaram a se apresentar em vários programas de televisão com um bando de repórteres em cima dos dois. Imperial usou como estratégia de publicidade inventar um noivado para o casal. Era muito interessante para ele ter a filha aparecendo nos jornais como noiva de um príncipe.

Maria Luíza Imperial e o Príncipe.

O "Príncipe" ficou muito amigo de Maria Luíza, era uma menina linda e completamente diferente da encrenqueira que assistia na televisão, mesmo caso de Imperial, que sempre o tratava de maneira muito educada e gentil.

O casal viajou a São Paulo para uma apresentação no programa de Silvio Santos. Graças à personagem antipática que Luíza fazia, receberam uma enorme vaia. As fãs de Juan gritavam enlouquecidas:

– Larga ela! Você é nosso, não pode casar com essa garota!

O ódio contra Maria Luíza aumentou quando ela desatou a falar mal de alguns cantores, principalmente Roberto Carlos. Na saída da emissora, a jovem quase apanha das ciumentas admiradoras do Príncipe. O casal entrou no carro, e as fãs quase viraram o veículo. O motorista ficou dando voltas e mais voltas na cidade a fim de evitar alguma surpresa desagradável na porta do Hotel San Raphael, onde estavam hospedados.

A participação de Maria Luíza no júri do "Programa Flávio Cavalcanti" durou apenas dois meses. Foi o tempo suficiente para os "deuses em miniatura" da censura federal a considerarem uma má influência para a juventude e exigirem sua saída da atração.

O Coringa no baralho criado pela fotógrafa e cineasta Lenita Perroy. (Acervo Dácio Pinheiro.)

Imperial, em "O Monstro Caraíba". (Arquivo Ivan Cardoso.)

24
CINEMA É A MAIOR DIVERSÃO

O sucesso de "A Viúva Virgem" atiçou em Imperial a vontade de produzir filmes. Tinha certeza de conseguir retorno financeiro semelhante ao de suas peças. Mas Evaldo Lemos não concordava; para ele, o Gordo acabaria perdendo todo o dinheiro obtido com sua vitoriosa carreira como produtor teatral. Como não conseguiu demover o patrão da ideia, Evaldo decidiu pedir demissão. Parou de trabalhar com Imperial quando a nova e luxuosa sede da agência, na Rua Djalma Ulrich 229, contava com poucos dias de inaugurada. A Cipal havia passado por um processo de modernização, com máquinas de escrever elétricas e mesa de PABX. Miro Lopes, Denise Bandeira e Luiz Sérgio Lima e Silva eram os mais recentes membros da equipe, que continuava capitaneada por Rizeth.

Imperial ainda mantinha algumas peças em cartaz: o "200", com o ator Stênio Garcia substituindo Milton Moraes; uma montagem paulista de "Check-Up", estrelada por Walter Stuart sob a direção de Antunes Filho; e uma ousadia, "O Jardim das Borboletas", um musical infantil. Carlos decidiu montar a peça de André Adler, depois de voltar animado de uma viagem à Disney. Dada a grandeza do espetáculo, foi a única produção em que o Gordo recorreu a patrocínio. A Shell, uma empresa de combustíveis que jamais havia investido em peças infantis, acreditou no projeto e liberou uma verba significativa. "O Jardim das Borboletas" contou com uma trilha sonora especialmente composta por Eduardo Souto Neto, Taiguara, Jorge Omar, Zé Rodrix, Paulo Imperial e Luiz Mendes Jr., que foi lançada em LP pela RCA Victor. Foi o grande acontecimento do teatro infantil, com Imperial fazendo um grande lançamento, a peça recebendo ótimas críticas e o Teatro Casa Grande sempre lotado.

A primeira produção de Imperial, após o fracasso de "O Rei da Pilantragem", se chamava "Como Abater uma Lebre". A direção do filme coube a Braz Chediak, que já conhecia Carlos de vista, desde quando iniciara carreira na década de 1960. O Gordo ia muito à Herbert Richers, onde havia trabalhado como assistente de J. B. Tanko. No estúdio, Chediak ouvia várias histórias sobre ele, desde o caso de um roteiro de Tanko que ele dera para uma vaca do terreno ao lado comer, até a mais recente, envolvendo uma reforma que havia feito no apartamento do ator Anselmo Duarte em São Paulo – sem o consentimento do mesmo –, emprestado ao Gordo enquanto acompanhava a montagem paulista de "Um Edifício Chamado 200". Chediak acabara de vir de uma elogiada adaptação para o cinema de "Navalha na Carne", e pareceu uma ótima escolha para o produtor. Como era costume, aceitou o convite de Imperial temeroso de sua fama de cafajeste.

Carlos começou a rodar o filme em janeiro de 1973. Tinha apenas uma ideia do que queria, nada mais. O roteiro foi surgindo à medida que as filmagens iam acontecendo, numa parceria dele com Braz, seu primo Jesus e Sindoval Aguiar. Esse método de criação deixava os atores um tanto confusos, sem saber o que estavam fazendo, mas Imperial, vivendo uma fase de grande alegria, ria, os abraçava e tornava o clima alegre. Os temores de Chediak desapareceram, e ele descobriu que o Gordo podia ser uma pessoa fácil de lidar.

Produtor e diretor acabaram criando fortes laços de amizade. De vez em quando Imperial telefonava para Braz dizendo que precisava falar com ele urgente. Marcava um encontro, onde os dois ficavam horas conversando e nada do Gordo entrar no assunto. Numa tarde, na casa da Barra, Chediak reclamou sobre isso e Imperial respondeu:

– Pô, Chediak, não tem assunto nenhum. Eu quero é exercitar minha inteligência, eu preciso conversar...

Na noite seguinte, no apartamento de Braz, toca o telefone. Ele atende, ouve uma voz conhecida do outro lado da linha:

– Chediak, precisamos nos encontrar amanhã. É urgente...

"Como Abater uma Lebre" contava a história do psicanalista Dr. Ferrão, interpretado pelo próprio Imperial, que mantém um consultório especializado em pacientes com problemas sexuais. Além de Carlos, o elenco contava com Rose Di Primo, Myriam Pérsia, Nélia Paula, Felipe Carone, Ary Fontoura, Mário Petraglia, Henriqueta Brieba, Ângelo Antônio, entre outros.

Com apenas 18 anos, a modelo Rose Di Primo era considerada uma das mais belas mulheres do país. Capa de diversas revistas e inventora de um novo e sensual modelo de biquíni, a tanga, definido pelo jornalista Leon Eliachar como "um pedaço de pano cercado de olhos por todos os lados". Antes de "Como Abater uma Lebre", Rose havia participado de outros dois filmes, mas não gostou por serem comédias eróticas, as pornochanchadas. Aceitou trabalhar na produção de Imperial porque Cristina, seu personagem, era um noiva pura e virginal e a direção era de Braz Chediak, que havia dirigido "Navalha na Carne". Para sua decepção, o filme do Gordo não era nenhum drama de Plínio Marcos.

Apesar disso, Rose encarou o trabalho com toda a responsabilidade. E contou com a ajuda de Imperial, que pacientemente batia o texto com ela, sempre muito profissional, nunca se insinuando para ela. Porém, o clima entre os dois azedou quando Carlos quis que ela fizesse uma cena mostrando os seios. Ela se negou, e a calma que o Brucutu demonstrou durante toda a filmagem desapareceu. Ele começou com seus berros, deixando a menina assustada. Mas ela conseguiu lembrá-lo de que seu contrato não a obrigava a filmar nua. Imperial mandou trazer o documento e viu que Rose estava certa. A cena foi feita com seus seios cobertos por um lençol.

Uma outra beldade que participou de "Como Abater uma Lebre" foi a também modelo Katherine Lee Riddell Caughey de Barbosa Lyra. Era uma americana que vivia no Brasil desde 1971 e vinha chamando bastante atenção ao sair na capa de várias revistas. Imperial a quis trabalhando em seu filme, mas teve a preocupação de pedir permissão a seu marido, o compositor Carlinhos Lyra, seu conhecido desde a adolescência em Copacabana.

A participação de Katherine seria rápida, apenas o suficiente para aproveitar sua grande beleza. Porém o Gordo não desperdiçou a oportunidade de rebatizá-la. A modelo era chamada de Kathy pelo marido e amigos. Mas Imperial achava que se realmente quisesse seguir na carreira artística, teria que mudar de nome.

– "Kathy" não vai dar certo, brasileiro não está acostumado a pronunciar esse "th". Você tem que se chamar Kate, que é bem mais simples. Isso mesmo, Kate Lyra!

Assim que as filmagens de "Como Abater uma Lebre" terminaram, Carlos deu início a outro projeto, levar às telas "Um Edifício Chamado 200". Mas dessa vez ele mesmo iria dirigir. Pediu apenas para que Chediak ficasse responsável pela supervisão, mas, devido a compromissos já assumidos, Braz não pôde aceitar. Imperial lamentou, mas isso não o atrapalharia, o filme estava fadado ao sucesso. Se a peça lhe rendera tanto dinheiro, um filme baseado nela não teria como dar errado. Milton Moraes e Tânia Scher, da vitoriosa montagem original, foram mantidos, apenas Vera Brahim foi substituída por Kate Lyra, que Carlos acreditava poder atrair mais público ao cinema. O sotaque da moça não seria problema, já que ela poderia ser dublada.

O filme foi realizado em coprodução com Luiz Maximiniano Correa, Geraldo Brocchi e José Carlos Meira Mattos. As filmagens foram complicadas. Milton Moraes, atravessando uma fase de pouca sorte nas apostas, exigiu receber todo o pagamento antes de começar o trabalho. Imperial advertiu Brocchi de que Milton Moraes ainda iria pedir dinheiro novamente. O Gordo era um grande admirador do seu talento, mas estava temeroso de que o problema do ator com o jogo inviabilizasse a conclusão do filme. Durante uma fala em que Alfredo Gamela diz para a namorada: "Se me chamar pelo nome completo, não abre a porta que é cobrador!", não teve como deixar de tecer um comentário bem-humorado para Milton.

– Tu tens muita experiência nisso.

Carlos cercou-se de jovens talentos da produtora Corisco, como o fotógrafo Murilo Salles, Roberto Moura (fotografia de cena) e César Ladeira Filho (assistente de direção). Mas essa rapaziada não levava muito a sério as pretensões do Gordo, além de ficarem descontentes com suas explosões durante as filmagens. Como vingança, passaram a inventar termos técnicos para se divertir com a sua ingenuidade.

– Ô Impera, não seria melhor usar nesta cena um "plano Stroheim"?

– "Plano Stroheim"?

– É, você não conhece o "plano Stroheim"?

Juca Pontes, o "gênio da Paraíba", foi o responsável pelo roteiro, adaptando o texto do irmão, Paulo. Ele visitava diariamente o set, mas a amizade com Imperial terminou junto com o filme. Em sua coluna na "Última Hora", Ronaldo Bôscolli dava a dica:

Se o amigo gosta de tomar nota, tome. Caso contrário, recorte esta coluna. O filme que será lançado por Carlos imperial, "Um Edifício Chamado 200", terá receita embargada desde a estreia. É que Imperial deixou de achar Ipojuca Pontes o "gênio do Nordeste" e desferiu-lhe violento tiro de meta. Tirou-o da jogada, do argumento (que é de Ipojuca) e, consequentemente, dos direitos autorais. Dr. Danilo Rocha tem em mãos todos os elementos para receber no papo ou na justa. A LM, empresa que também estava na produção do filme, foi afastada. Esse bode, posso assegurar, vai ser preto. Ipojuca está tirando as calças pela cabeça. E a época do deixe pra lá já vai longe.

O jovem cineasta Júlio Bressane, diretor de "Matou a Família e Foi ao Cinema", nutria grande admiração por Imperial, seu pioneirismo no rock brasileiro e sua figura rebelde. Propôs a ele trabalhar em seu filme "O Monstro Caraíba". Telefonou para o Gordo, que muito gentilmente o convidou para encontrá-lo na mansão da Barra. Júlio falou sobre o filme onde Imperial faria o principal e único papel (havia uma participação rápida do ator Wilson Grey no início e no final do filme). Carlos ficou muito entusiasmado e deixou Júlio da mesma maneira. O diretor ficou encantado com a personalidade carinhosa de Imperial, muito diferente da imagem de vilão das chanchadas e do encrenqueiro da televisão.

O filme foi feito em apenas um dia de filmagem nas praias de Búzios. Filmaram das 7 da manhã às 7 da noite. A montagem foi feita em dois ou três dias. Foi tirada uma cópia e houve uma sessão para Imperial no antigo laboratório Leader na Rua Álvaro Ramos, em Botafogo. Carlos foi acompanhado de uma namoradinha. Ivan Cardoso, assistente de direção de Bressane, também estava presente. Acabada a projeção, Imperial exclamou:

– Eu estou antológico!

Passados alguns dias Imperial, que havia abraçado o projeto de Bressane, ligou para ele informando que o filme havia sido retido pela censura. Não gostaram da cena em que Wilson Grey acorda dizendo: "Levanta, Brasil!". Pediu para Júlio esquecer o filme por um tempo. Mas não houve jeito, "O Monstro Caraíba" terminou proibido.

Além do filme de Bressane, Imperial também atuou em uma produção em Pernambuco. Durante mais uma participação no espetáculo da Paixão de Cristo, Carlos foi convidado pelo diretor Cleto Mergulhão para fazer o papel de São Pedro na comédia "O Palavrão", a história de um homem que, ao escapar de um afogamento, promete a São Pedro entrar nu na igreja de sua cidade. No papel do santo, Carlos surgia em visões para o devoto dizendo com um riso sem vergonha: "Se você cumprir esta promessa, você vai para o inferno".

Até Maysa foi alvo dos projetos cinematográficos de Imperial. Em certa ocasião, ele procurou seu amigo, o jornalista João Luiz de Albuquerque, querendo que ele o ajudasse a elaborar o roteiro para um filme estrelado pela cantora. O Gordo imaginou uma história em que Maysa sofria um acidente de automóvel e perdia a memória, esquecendo completamente a sua vida de estrela da canção. Carlos chegou a arrastar João Luiz à clínica psiquiátrica Dr. Eiras para consultarem um médico a fim de confirmar se era possível alguém perder toda a memória após um acidente. Mas como ideias surgiam o tempo todo em sua cabeça, o roteiro jamais foi escrito.

Durante um bom tempo Imperial prometeu a publicação de seu livro "Memórias de um Cafajeste", afirmando que iria revelar tudo o que viveu durante sua nada monótona vida. Mas para alívio de um considerável número de pessoas, quando o livro foi lançado no final de 1973, Carlos escreveu no texto de apresentação que fatos foram misturados e nomes omitidos.

Paulo Pontes, seu guru, escreveu o prefácio. O paraibano era uma figura respeitadíssima pela intelligentsia carioca, que torcia o nariz para o jeito fanfarrão de Carlos e suas canções sobre mulheres e carros. Ter o autor de "Brasileiro: Profissão Esperança" elogiando sua estreia como escritor foi uma ótima maneira que Imperial encontrou para matar de raiva o povo que o considerava símbolo de alienação.

"Memórias de um Cafajeste" era ambientado na época em que Imperial dava seus primeiros passos na TV Tupi apresentando o "Clube do Rock" e fazendo papel de vilão no "Câmera Um". Trazia um perfeito painel do Rio de Janeiro dos anos 1950, feito por alguém que realmente vivera tudo aquilo. Havia sexo, drogas (o kelene, ou quilha) e rock'n roll. Não foi um best-seller, mas o medo de muitas pessoas em ver seus nomes nas histórias do livro o divertiu bastante.

"Amigos, estava eu abatendo umas lebres na minha casa na Barra da Tijuca...". Volta e meia Carlos iniciava com essa frase seus editoriais em "Na Corte do Imperial". Um reflexo do que acontecia na sua "mansão", onde o estoque de beldades de sua escuderia era constantemente renovado. "O amor dura a eternidade de 24 horas", dizia. Porém, naquele mesmo lugar, palco de incontáveis partidas do nobre esporte do "coxivirilismo", o coração do Gordo encontrou uma dona.

Na casa vizinha à sua morava uma advogada. A doutora, sempre muito ocupada, saia pela manhã e só retornava alta hora da noite. Porém, a mulher tinha como animal de estimação uma cadela vira-lata que, por passar o dia inteiro sozinha, acabava invadindo a "mansão". Lá, Medeiros, o fiel motorista do Gordo, único ser vivo com permissão para dirigir seus dois Mercury Cougar, lhe dava comida. Imperial reclamava daquilo, não gostava daquela cachorra invadindo sua casa, a dona que cuidasse dela. Ele a enxotava, mas no dia seguinte ela estava de volta. Terminou por se acostumar com aquilo e até arrumou um novo nome para ela: Fresca. Um dia, a advogada foi transferida pela empresa em que trabalhava para outra cidade. Mas quando foi colocar Fresca no carro, a vira-latas correu para a "mansão", indo se esconder embaixo da cama do Gordo. Ele, que já estava completamente afeiçoado à cadelinha, perguntou se não poderia ficar com ela. A mulher concluiu que seria melhor deixar a cadela no novo lar.

"Meu Carro é Vermelho...", o Mercury Cougar.

Fresca virou tudo na vida do Gordo. Ele dormia com ela, almoçava e a levava a todos os lugares: restaurantes, cinemas, teatros e até nas reuniões da União Nacional de Compositores em que participava. Na entidade, a vira-latas era confortavelmente acomodada numa das poltronas de veludo reservadas à diretoria. Ninguém ousava mexer com a menina dos olhos do Imperial.

Mas houve um dia em que, andando pela Sá Ferreira, Imperial se distraiu e Fresca desapareceu. Ele entrou em desespero. Na Cipal, abria o berreiro:

– Eu quero a minha Fresca! Tragam ela de volta pra mim!

A. Bastidores de "O Sexo das Bonecas". Imperial com um membro da equipe e a inseparável Fresca.
B. Mulheres e Fresca, duas das paixões de Imperial. Mas a cadela vinha em primeiro lugar.

Toda a agência se mobilizou. Publicaram um anúncio em jornal, espalharam cartazes por toda Copacabana, prometeram recompensa, mas nada. O choro daquele homenzarrão comovia seus funcionários.

– Eu quero a minha Fresca! Tragam ela de volta pra mim!

Sensibilizada com a dor do patrão, Rizeth subiu o Morro do Pavãozinho para ver se a cachorra estava lá. Mas não a encontrou. Até que num milagre, depois de uma semana, uma criança foi bater à porta da Cipal, trazendo a vira-latinha. Carlos não coube em si de tanta felicidade. Mandou comprar todo o estoque de doces da Gerbô e várias cocas para festejar a volta da sua Fresca.

Quando a Fresca entrava no cio, Imperial não a deixava sair na rua. Mas a levava à Cipal, onde Miro Lopes, o redator-chefe das colunas do Gordo, um tremendo sacana, aproveitava a hora em que ele ia tirar um cochilo na cama que instalara na agência, e esfregava seus chinelos na cachorra. Era Imperial pôr os pés na Djalma Ulrich, para todos os vira-latas de Copacabana saírem atrás dele. Mais tarde, com a cara mais cínica, Miro ouvia o patrão comentar:

– Eu acho que a Fresca dormiu em cima dos meus chinelos.

Mal terminaram as conturbadas filmagens de "Um Edifício Chamado 200", Imperial engatou uma terceira produção. "Ele, Ela e o Etc." era definido por Imperial como a moderna versão do triângulo Arlequim, Colombina e Pierrô. Mas, na verdade, era uma adaptação da peça de Fernando Melo, "Greta Garbo quem diria acabou no Irajá". A direção ficaria novamente a cargo do Gordo, que usaria o mesmo elenco da montagem carioca da peça: Nestor de Montemar como o homossexual de meia-idade, Pedro; Arlete Salles como a prostituta Gracinha; e Mário Gomes, como o belo Renato, objeto de desejo dos dois.

Em suas duas produções anteriores, Carlos investiu dinheiro do seu próprio bolso. Porém, em "Ele, Ela e o Etc.", decidiu arriscar um financiamento na Empresa Brasileira de Filmes, a Embrafilme. Descobriu a existência de uma verba destinada a filmes infantis e apresentou um projeto denominado "A Guerra dos Heróis", conseguindo arrancar 250 mil cruzeiros da estatal. Durante toda a filmagem, a claquete de "Ele, Ela e o Etc." trazia a palavra "Guerra" escrita, para o caso de alguém da Embrafilme aparecer no set.

Os reluzentes olhos azuis de Mário Gomes causavam grande sensação no teatro, o que deixava Imperial com a plena convicção de que a beleza do ator também funcionaria em seu filme. Contudo, se as filmagens do "200" foram problemáticas, as de sua "moderna versão de Arlequim, Colombina e Pierrô" foram ainda piores. Mário não conseguia aceitar os métodos nada ortodoxos de seu diretor. O texto de Fernando Melo era sagrado para ele, foi seu primeiro trabalho a obter um reconhecimento mais significativo. Ver Imperial arrancar as folhas do roteiro e dizer que iria acabar com as encucações o deixava profundamente contrariado. E o projeto aparentava que não ia dar mesmo certo, o filme tinha um ritmo lento, outro filme inteiramente passado num apartamento (exceção para algumas cenas externas em que sem sucesso tentou-se dar algum dinamismo à história), era apenas teatro filmado. Após a conclusão, Imperial decidiu deixar "Ele, Ela e o Etc." guardado, e

A. A adaptação cinematográfica de "Um Edifício Chamado 200", um plano que não deu certo. Lyra, Milton Moraes e Tânia Scher, o elenco do "200" no cinema.

B. Carlos Imperial como Capitão Gancho em "O Picapau Amarelo", atuação elogiada.

lançá-lo quando Mário Gomes se tornasse um ator mais conhecido, algo que tinha certeza de que iria acontecer.

Enquanto acertava os detalhes finais para o lançamento do "200" e de "Como Abater Uma Lebre", Imperial participou de outras produções. Em "Cassy Jones, o Magnífico Sedutor", além de uma ponta, foi o responsável pela trilha sonora, elaborada com o auxílio de Leonardo Bruno. O trabalho rendeu o prêmio de melhor autor e partitura musical do Instituto Nacional de Cinema. Ele também fez o Capitão Gancho em "O Picapau Amarelo", uma equivocada transposição da obra de Monteiro Lobato para o cinema, dirigida por Geraldo Sarno. A interpretação do Gordo foi um dos poucos elogios do filme.

Outro trabalho do ator Carlos Imperial foi "As Depravadas", filme sobre fuga de mulheres de presídio feminino, um gênero muito popular no cinema B norte-americano. O Gordo interpretava um pintor que vive com sua bela noiva numa casa de praia, invadida pelas fugitivas lideradas por Olívia Pineschi, esposa do produtor Hélio Vieira de Araújo, o "Hélio madeireiro", que investia o lucro do seu negócio na produção de filmes. A dublê de crítica e atriz Joanna Fomm comentava na "Última Hora" de São Paulo:

Carlos Imperial não é ator, é acontecimento. Mas apesar do seu despreparo físico, consegue atravessar o filme com alguma dignidade.

A

B

C

A. "As Depravadas". Carlos Imperial, um chamariz de público.

B. Com Chantale Mazin em "As Depravadas", sempre um sedutor.

C. Imperial, Olívia Pineschi e Marly de Souza. (Acervo Olívia Pineschi.)

A versão cinematográfica de "Um Edifico Chamado 200" estreou em julho de 1974, e teve uma recepção fria. Carlos não conseguiu evitar que a obra virasse um teatro filmado, não havia dinamismo. Sua estreia como diretor não foi nada memorável. Suas preocupações se voltavam para "Como Abater uma Lebre", que acabara mudando de nome.

A censura havia proibido a exibição no Brasil do filme "Laranja Mecânica" ("A Clockwork Orange"), de Stanley Kubrick, considerado violento demais. A curiosidade do público brasileiro em assistir ao filme era enorme. Foi daí que, com muito oportunismo, Imperial decidiu mudar o nome da sua produção: "Como Abater Uma Lebre" virou "A Banana Mecânica".

Diariamente em "Na Corte do Imperial" era comentado o lançamento do filme. Carlos inclusive pediu a Mixel que criasse um personagem chamado "Banana Mecânica" para disputar espaço com o grilo Sócrates. Além disso, deu mais um de seus golpes de publicidade quando obteve permissão da Adeg (Administração dos Estádios da Guanabara) para realizar filmagens durante os jogos de um final de semana no Maracanã. Imperial conseguiu licença para colocar faixas em todo o estádio com os dizeres: "Banana Mecânica Vem Aí", declarando à imprensa que o autor do gol mais bonito dos dois jogos apareceria no filme, assim como a torcida mais animada. O detalhe é que as câmeras da equipe de cinegrafistas da Cipal estavam vazias. A intenção do Gordo era apenas estender suas faixas no anel do estádio.

As jogadas inventadas por Imperial deram resultado. "Banana Mecânica" estreou em 7 de outubro de 1974 com uma receptividade muito melhor que a adaptação do "200". O público ria com as aventuras do Dr. Ferrão e sua teoria revolucionária, o "sex-surprise". O filme rendeu um bom dinheiro, o que o fez acreditar que o cinema era o caminho que deveria seguir.

Quem fazia uma participação especial em "Banana Mecânica" era o ator Pedrinho Aguinaga. Em 1970 Aguinaga foi o vencedor do concurso do "Homem Mais Bonito do Brasil" no "Programa Flávio Cavalcanti", na Tupi. Imperial era um dos jurados e terminou estreitando amizade com o rapaz. O filme predileto de Imperial era "Noites de Cabíria", e Pedrinho era sua companhia predileta para assisti-lo. Sempre depois do filme saíam a pé por Copacabana. Às vezes se entusiasmavam com a conversa e acabavam indo do Bruni Copacabana até o Cervantes ou o La Fiorentina, já no Leme. Também frequentavam muito a lanchonete Cirandinha, onde Imperial tomava várias bananas split. Dizia:

Dr. Ferrão, magnetismo animal.

A

B

A. "Banana Mecânica", a vitoriosa produção da Cipal.

B. Da esquerda para a direita, o elenco principal de "Banana Mecânica". Fileira do alto: Mário Petraglia, Myriam Pérsia, Nélia Paula e Imperial. Abaixo: Felipe Carone, Kate Lyra, Rose Di Primo e Ary Fontoura.

– Vou sair do regime!

Enquanto se regozijava com a guloseima, Imperial costumava dar dicas técnicas sobre os filmes, falava de enquadramento e fotografia. Dizia gostar do cinema europeu, mas não gostava do tempo. Admirava os americanos por serem mais objetivos.

– Os americanos têm a dissertação e o corte, e nós, brasileiros, só a dissertação. O brasileiro consegue ser mais lento que o europeu.

No início de 1975, Imperial estava às voltas com mais um problema com a Justiça. Devido a um artigo na "Corte do Imperial" em que criticou o Juiz João de Deus Lacerda Mena Barreto por ter sentenciado Simonal a cinco anos e quatro meses de prisão em decorrência do caso do contador, o Gordo foi indiciado na Lei de Segurança Nacional. João de Deus era o mesmo juiz que havia decretado sua prisão no episódio da corrupção de menores. No seu editorial, Carlos lembrou desse episódio e atribuiu ao meritíssimo a causa de um derrame sofrido por Dona Zezé após a prisão de Paulinho. Porém, depois de um pedido de desculpas, o caso não foi adiante. Simonal passou uma semana preso, com seu advogado conseguindo marcar novo julgamento.

Em sua relação com o pai, Maria Luíza havia lhe prometido jamais lhe esconder assunto algum. E Imperial pedia que ela lhe avisasse do momento em que desejava ter sua iniciação sexual. Achava que a filha não deveria ir para cama com qualquer um.

– Vá porque você quer, não porque ele quer, levar uma mulher a um motel é fácil. Eu levo a toda hora, a mulher tem que se dar valor.

Com 17 anos Luíza começou a namorar Rorion, seu primo, filho do mestre Hélio Gracie. Estava apaixonada, e decidiu que sua primeira vez seria com ele. Mas não queria algo mecânico como uma simples ida a um motel, era um momento especial em sua vida. Combinou com o namorado um romântico final de semana em Conservatória. Antes de viajar ligou para o Gordo:

– Pai, estou viajando com meu namorado. Nós vamos sozinhos.

Imperial compreendeu o que a filha queria dizer. A garota percebeu a mudança no seu tom de voz. A seleção brasileira ia enfrentar a Holanda pelas quartas de final na copa da Alemanha, e ele pediu para que antes da viagem ela e Rorion fossem assistir à partida com ele. O Gordo mal prestou atenção ao jogo em que o Brasil foi surpreendido pelo carrossel holandês. Os dois a zero que acabaram com o sonho do tetra passaram despercebidos para ele. Estava claramente nervoso, mas não era com nada relacionado a futebol. Depois que Luíza foi embora, comentou com seu amigo Luiz Adolpho, o Luizinho da Ângela.

– Minha filha acabou de viajar para ter a sua primeira vez. Que loucura... que loucura...

O final de semana de Maria Luíza foi exatamente como ela havia planejado. Mas logo nessa primeira relação, ela acabou engravidando. Diferentemente do que ocorrera com sua mãe, não houve pressão familiar para que se casasse. Mas a menina percebeu que faria Dona Maria José feliz se fizesse isso. Para dar essa alegria a avó, decidiu casar-se ao menos no civil.

Rorion fez questão de pedir a mão de Luíza para Imperial. Foi falar com o futuro sogro na mansão da Barra, imaginando receber os parabéns. Mas a reação do Gordo não foi como o esperado.

– Acho isto uma tremenda babaquice. Casar é uma aporrinhação. Vocês vão ter uma trabalheira para casar e depois para descasar é outro trabalho. É uma trabalheira de documento, de papelada, de advogado. É um gasto inútil para casar e depois para descasar. Se vocês quiserem casar, vocês casam. Mas eu acho isto uma tremenda babaquice.

No caminho de volta a Copacabana, o rapaz se queixou com a namorada:

– Poxa, eu estou pedindo você em casamento, e ele já fala em separação.

Apesar da indiferença de Carlos, o casamento foi realizado. Apenas no civil. No cartório, Rorion registrou o nome de casada de Luíza apenas com o sobrenome Gracie, uma tradição na família. Mas por ela ainda ser menor, Imperial precisava assinar uma autorização.

– Isto eu não assino, isto é um absurdo! Corte Imperial! Como é que você tira o meu nome!

Luíza falou com Rorion, que mudou para Maria Luíza Imperial Gracie.

– Eu não assino isto! O seu nome não é Imperial, o seu nome é Corte Imperial ! Você está botando metade do seu nome. Por quê?

Na terceira ida ao cartório a certidão definitiva ficou como era do agrado de Carlos: "Chamar-se-á Maria Luíza Gracie, digo Maria Luíza Imperial, digo Maria Luíza Corte Imperial Gracie".

Na manhã do dia 15 de março de 1975, Maria Luíza deu à luz, na Maternidade São José, a uma menina, que nasceu com 3 quilos e 400 gramas e recebeu o nome de Rose, em homenagem a avó materna. Imperial se encontrava na casa da Barra, descansando de uma madrugada trabalhando num show na boate Sucata. Mas assim que foi avisado, correu para a maternidade. Quando chegou, a imprensa já o aguardava ansiosa por uma declaração.

– É uma sensação que ainda não consigo descrever bem, a de ser avô. É algo maravilhoso, difícil de traduzir em palavras.

Aos 39 anos de idade, o terrível "abatedor de lebres" virava um avô coruja.

O nascimento de Rose, um avô precoce e coruja.

Grilo.

25

VACAS MAGÉRRIMAS

O show que Imperial dirigia na boate Sucata chamava-se "Era uma Vez no Carnaval". O espetáculo, que estreou no dia 27 de maio de 1975, era estrelado pelos cantores Mano Rodrigues e Sidney Magal, a atriz Márcia de Windsor, a "jurada nota 10" do Programa Flávio Cavalcanti, e um time de belas vedetes como Baby Conceição, uma negra de corpo escultural, com quem Carlos mantinha um romance, e Leila Cravo. Também contava com as coreografias de Cecília Zalazar, amiga de Imperial dos tempos do "Barra Limpa" na TV Tupi. O Gordo depositava uma enorme confiança na bailarina; ela era sua confidente em momentos de desabafo. Era chamada por ele de "o meu melhor amigo mulher". E Cecília foi a responsável por trazer uma atração a mais que Carlos desejava para o show.

Imperial queria que "Era uma Vez no Carnaval" contasse também com um travesti no elenco. Mas desejava que fosse o mais feminino de todos, pois sua mente já maquinava um boa jogada de publicidade. Cecília sabia onde encontrar o que o Gordo queria, e era na boate Holiday. Ela levou Impera para assistir a um show que contava com o balé da coreógrafa Adriana Lobato, e que trazia, no meio de algumas bailarinas, um travesti. Imperial assistiu ao espetáculo ao lado de Cecília, perguntando a todo momento:

– Tá, mas cadê o travesti? Onde é que está?

– Calma, que você vai saber – Cecília respondia.

O show continuava, desta vez com um número de strip-tease. E Imperial ficava mais impaciente:

– Cadê o travesti? Já sei, é aquela ali.

O show terminou e Cecília voltou do camarim acompanhada de uma das bailarinas. Imperial a cumprimentou, mas cobrou da sua coreógrafa:

– Mas cadê o travesti?

– É essa aqui. É a Cláudia.

Império não acreditou:

– Mas como? Não é aquela outra? Aquela morena?

– Não, não, é essa aqui.

O caça-talentos comemorou:

– Achei meu travesti! Que beleza! Isso vai ser uma bomba!

Transbordando de entusiasmo, Imperial explicou o que pretendia fazer com Cláudia e perguntou:

– E aí, você aceita trabalhar comigo?

Cláudia aceitou, mas antes de acertarem de vez, Império impôs uma condição:

– Eu quero que você deixe de trabalhar em boates. Vou te pagar um salário legal, mas quero que você deixe as boates. Pois vou trabalhar você na mídia.

Ela não se opôs. Mas ainda falta uma coisa, a escolha do nome.

– Que sobrenome você usa? – Carlos quis saber.

– Eu não uso sobrenome.

– Mas Cláudia pode ser qualquer uma. Todo artista tem que ter sobrenome.

– Bom, eu não sei. Inventa um.

– Não pode ser nada de Cláudia Bernston, Cláudia Romesk, nada disso. Vamos botar um nome bem feminino. Já sei, você vai se chamar Cláudia Celeste!

Cláudia detestou, chorou, reclamou.

– Eu não quero esse nome!

– Mas minha filha, você não se vê? Você é tão feminina, tão mulherzinha. Você fica bem com nomes femininos. Porque aí é que ninguém vai mesmo perceber que você é travesti, entendeu? Eu quero fazer com que as pessoas só descubram depois.

Mais uma vez, o Gordo conseguiu manter um argumento. Dias depois, na coluna da "Última Hora", diariamente aparecia uma foto de Cláudia Celeste, a lebre misteriosa.

O jovem e boa-pinta Sidney Magal era um dos dois cantores do espetáculo. Anteriormente, fora escolhido por Carlos para um projeto não concretizado, o filme "Geração Aquarius", uma adaptação para o cinema da comédia "O Genro que Era Nora", de Aurimar Rocha, com roupagem hippie. Uma tentativa de pegar carona no sucesso do musical "Hair". Imperial chegou a formar o elenco, que, além de Sidney, contava com Aurimar Rocha, Françoise Fourton e Baby Conceição. Porém, o filme não foi além de algumas fotos para divulgação tiradas na Cipal. Mas, a partir dele, o Gordo alimentou a vontade de fazer um musical. A oportunidade veio como espetáculo na Sucata.

Carlos contou com a ajuda de Osmar Frazão, que fez uma seleção musical. O pesquisador teve a preocupação de que os clássicos do carnaval brasileiro seguissem uma sequência coerente e estivessem adaptadas ao tom de voz de Sidney Magal e Mano Rodrigues. Ensaiou com cantor e músicos, deixando o espetáculo muito bem amarrado. Mas sacanamente não foi mencionado nos créditos. Reclamou com Imperial, que apenas riu. Levou na esportiva, pagando na mesma moeda, levou o pianista do show para outro em que trabalhava simultaneamente. Faltava uma semana para a estreia, e o Gordo quase enfartou.

Márcia de Windsor iria costurar com algumas falas a apresentação de cada número musical. Mas Imperial quis que no último quadro ela fizesse um improviso. Ela disse não ser capaz, e eles iniciaram uma discussão que terminou com um para cada lado chorando. Enxugando as lágrimas e querendo levar a melhor, o Gordo foi pedir desculpas à sua maneira:

– Me perdoa, pensei que você fosse capaz.

A fala de Imperial esquentou o sangue da atriz, que desejando lhe dar uma resposta à altura, acabou fazendo exatamente o que ele esperava.

Além de Sidney, Mano Rodrigues e Márcia, outro destaque de "Era uma Vez no Carnaval" chamava-se Sandra Escobar. Imperial vivia cinco meses de intensa paixão com a morena de cabelos negros e corpo de levar à insanidade, desde a primeira vez que a vira, durante o "Almoço com as Estrelas" do apresentador Aérton Perlingeiro. Carlos apareceu no programa da TV Tupi acompanhado de outra garota, mas não conseguia tirar os olhos de Sandra. Na primeira oportunidade, fez chegar às suas mãos um bilhete com sua cantada padrão: "Que tal tomarmos um sorvete de morango?".

Sandra, que vinha tendo alguma projeção no meio artístico participando de shows na boate "Night and Day" e como jurada do "Programa Mauro Montalvão", acabou correspondendo à investida de Imperial. Marcaram um encontro que se repetiu nos dois dias seguintes. Enquanto isso, a garota com quem o Gordo havia aparecido no programa de Perlingeiro ligava a toda hora para a Cipal em busca de notícias. O carnaval estava próximo e ele havia prometido à moça desfilarem juntos na Portela. Mas ele jamais retornou as ligações.

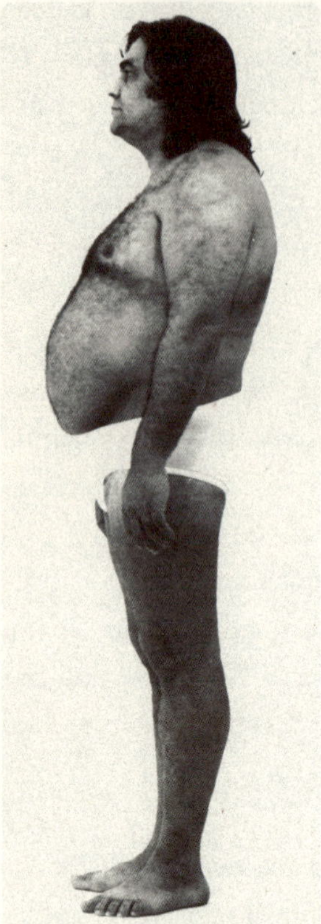

Depois de muito tempo, Carlos Imperial tinha olhos apenas para uma única mulher.

Os amigos do Gordo testemunhavam sua mudança, ele abandonou as saídas noturnas, só fazia isso se Sandra o acompanhasse. Na maioria das vezes, ficavam na casa da Barra, ou no apartamento onde ela morava com a mãe, Dona Eva, de quem Imperial ficou amigo. Os pais da moça eram separados, e ele a acompanhava à Olaria, quando ela ia visitar seu pai, "o bicheiro Neco", dono de todos os pontos daquele bairro. O contraventor exercia um enorme fascínio sobre Carlos, que ouvia atentamente os relatos de seus dias de luta para construir seu império da corretagem zoológica. Para ele, estar com Neco equivalia a um encontro com Don Vito Corleone.

Tamanha foi a força da entrada de Sandra Escobar na vida de Imperial, que ele até voltou a se preocupar com a aparência. Acabou fazendo algo inconcebível como abandonar a Coca-Cola. Perdeu 20 kg dos 120 que estava pesando.

Em "Era uma Vez no Carnaval" havia um certo momento em que Sidney Magal e Mano Rodrigues cantavam:

Se veste de Baiana,
Dizem que é mulher,
Vai ver que é...
Vai ver que é...
Vai ver que é...
Ô!

Para, logo depois, Marcia de Windsor surgir e dizer:

– Será que ele é o quê? Ah, bicha? Mas, o que seria do nosso carnaval se não fossem as bichas? São elas que mais encantam... E existem bichas perfeitas, tão perfeitas que aqui dentro desse espetáculo existe uma senhorita que é um travesti e o nome dela é Claudionor Alves Ferrão.

Imperial inventara esse nome bem masculino para chocar de vez o público. Quando Cláudia surgia juntamente com as demais meninas do elenco, ficando em destaque e começava a desfilar, Márcia de Windsor comentava:

– Essa jovem que vocês estão vendo na passarela não é nada mais, nada menos do que o senhor Claudionor Alves Ferrão!

Da noite para o dia, Cláudia passou a aparecer em todas as revistas e jornais. Publicidade para ela, publicidade e casa lotada para "Era uma Vez no Carnaval". Imperial dizia que para saber o mistério que envolvia Cláudia Celeste, a "lebre divina", era preciso ir à Sucata e assistir ao espetáculo. Era o que o público fazia.

Em maio de 1976, Imperial e Sandra foram assistir ao show de Roberto Carlos no Canecão. Sentaram-se a uma mesa próxima ao palco. Sandra percebeu a troca de olhares entre o namorado e Roberto. Depois do espetáculo, foram recebidos pelo rei a portas fechadas em seu camarim. Os dois trocaram um longo abraço, enquanto eram observados por Nice, a esposa do cantor, e Dona Laura, sua mãe.

Mas os dias do Gordo não eram plenos de felicidade. Ele atravessava uma péssima fase financeira. A advertência de Evaldo Lemos de que ele iria perder dinheiro com seu sonho de fazer cinema deveria ter sido levada em consideração. Em apenas dois anos, Carlos foi do céu ao inferno. "Banana Mecânica" teve um considerável êxito, mas o prejuízo com a versão cinematográfica do "200", e o engavetamento de "Ele, Ela e o Etc.", o deixaram quebrado. Também teve prejuízo por adiantar dinheiro a atores que iriam participar de futuros trabalhos, mas que, após receberem, desapareciam. Sem falar nas festas de entrega do seu antiprêmio, o "Plá", onde oferecia "boca-livre" a premiados e padrinhos que muitas vezes no dia seguinte desdenhavam de sua generosidade.

O restaurante Carlito's, Comidinhas e Bebidinhas, em sociedade com Maurição de Paiva, também foi outro dos desastrosos investimentos do Gordo. A ideia até que era boa, um lugar na Lagoa Rodrigo de Freitas tendo como carro-chefe petiscos e chope gelado. Mas as obras demoraram uma eternidade. Imperial teve de vistoriar até as viradas de concreto, algumas vezes quase saindo no tapa com o pedreiro. Perto da inauguração, o acúmulo de tarefas o estava deixando à beira da loucura. Tinha que atender vendedores de cartão de crédito, providenciar os letreiros, bebidas, toalhas, talheres, cadeiras. Uma loucura. Durante uma visita de Dudu Castro, fez um desabafo:

– Agora não dá mais pra parar, mas estou vivendo uma experiência terrena do inferno.

Desnecessário dizer que a aventura do Gordo no mundo da baixa gastronomia provocou um considerável rombo em suas finanças. O Carlito's, Comidinhas e Bebidinhas não demorou muito tempo para fechar.

O dinheiro jogado fora começou a fazer falta. Surgiram as dificuldades, e Carlos foi obrigado a vender seu Mercury Cougar vermelho e duas Kombis da agência. O quadro de funcionários da Cipal ficou reduzido a Rizeth, Miro, Marquinho, o pau para toda obra Paulo Fatah, e Pachoal Ambrósio, que substituiu Mixel nas tiras do Grilo, quando o espírito aventureiro do artista o fez meter uma mochila nas costas e viajar pelo mundo. Fred Confalonieri, um pouco depois de seu amigo, também deu adeus a Imperial e botou o pé na estrada.

Rizeth chegava antes do expediente para fazer a faxina, já que não havia como pagar uma diarista. Queria que as pessoas encontrassem tudo arrumado para não deixar transparecer os problemas por que passavam. Ela discutia com Carlos toda vez que ele se envolvia em algum negócio furado. Insistia para ele não levar adiante. Mas não adiantava.

– Neném, vou ter que encarar. Se a curra é inevitável, relaxa e goza.

Outro desses "projetos dor de cabeça" do Gordo foi a promoção de um carnaval fora de época no Rio de Janeiro, com desfile de escolas de samba na Praia de São Conrado, em frente ao Hotel Nacional, onde seria realizada uma convenção de turismo com a presença de agências de todo o mundo. Carlos conseguiu um patrocínio da Petrobras, mas o evento não saiu no nível dos que a empresa costumava bancar. A salvação para que o evento não fosse um fiasco foram as notas de jornal que ele conseguiu. Como saldo positivo, ganhou um novo amigo, o diretor de marketing da companhia, Carlos Alberto Pinheiro.

Esse período de vacas magras refletiu na vida de Carlos e Sandra. O casal também passou aperto. Num domingo, sem dinheiro para um programa romântico, ficaram rodando pela Cinelândia no Mercury Cougar dourado. Não tinham sequer uma moeda para a pipoca.

A salvação da lavoura surgiu com a estreia da novela "Anjo Mau", mais um campeão de audiência da TV Globo. Além de Suzana Vieira interpretando a ardilosa babá Nice, o galã Mário Gomes balançava corações femininos. Imperial ficou exultante, sua previsão de que o ator do seu "Ele, Ela e o Etc." ia chegar a algum lugar foi certeira. Era o momento exato para tirar as latas do filme da prateleira e lançá-lo em várias salas de cinema. Dias melhores estavam a caminho.

Para assegurar-se de que o filme estouraria nas bilheterias, Imperial iniciou mais uma de suas agressivas estratégias de publicidade, noticiando em suas colunas para breve o seu espetacular lançamento. Também aproveitou uma novidade surgida no meio artístico mundial, a androginia. O cantor inglês David Bowie atraía atenção do público do mundo inteiro aparecendo na capa de seus discos maquiado e usando o vestido de sua mulher. Mick Jagger, dos Rolling Stones, usava batom e sombra nos olhos, e era imitado pelos fãs. Por que não tentar o mesmo com Mário Gomes? Afinal de contas, a história criada por Fernando Mello tratava de um romance homossexual. Tinha tudo para dar certo.

Como toque final, o Gordo decidiu jogar um pouco de purpurina no título do filme, trocado para o escandaloso "O Sexo das Bonecas". Fazia tempo que "boneca" deixara de ser sinônimo de garota bonita, como nos tempos do "Clube do Rock". Em 1976 era uma das maneiras chulas como um homossexual era chamado.

A estreia no cinema Roma-Bruni estava marcada, quando, na manhã do dia 22 de junho, o oficial de justiça Luiz Moreira Leite, cumprindo ordem do Juiz da 21ª Vara Cível, recolheu quinhentos cartazes do filme. A apreensão decorria de uma solicitação do ator Mário Gomes, profundamente aborrecido em ver seu rosto pintado pelo mestre dos pincéis, o cartazista Benício, usando batom e cílios postiços como um travesti da galeria Alaska, assim como com as modificações feitas no texto de Fernando Melo, e o título sensacionalista da produção. Alegava sérios prejuízos causados em sua ascendente carreira.

O polêmico cartaz de "O Sexo das Bonecas", no magistral traço de Benício.

Carlos ficou desesperado, com tudo pronto para o lançamento – inclusive com a presença confirmada de vários representantes do "terceiro sexo" –, ocorria essa paulada. Não era possível, havia investido suas últimas economias.

Teria de marcar nova estreia, providenciar novo cartaz, novos gastos. Pegou o telefone e ligou para Mário, na tentativa de convencê-lo a reconsiderar sua decisão. Mas não adiantou. Para o ator, Imperial agiu com um oportunismo condenável, quis promover um filme sem qualidade à custa do seu recente sucesso. Diante da negativa do rapaz, Imperial bateu o telefone e esbravejou:

Nestor de Montemar em "O Sexo das Bonecas".

– Porrrrrrrra! Eu investi meu dinheiro nesse filme, e ele não quer liberar. Ele não sabe com quem está se metendo. Eu sou Carlos Imperial!

Somente dois meses depois, com um novo cartaz encomendado a Benício, "O Sexo das Bonecas" estreava. Apesar da briga entre produtor / diretor e o ator do filme ter servido como publicidade gratuita, a receptividade ao filme foi fria. Críticas ruins e, dessa vez, cinemas vazios. A direção de Imperial foi considerada sem inspiração, apenas teatro filmado que tentava vender como pornochanchada. No "Jornal do Brasil", José Carlos Avellar dava a sua definição sobre a obra imperialesca: "Malicioso ingênuo, procura vencer na vida sem muito esforço, explorando o teatro, e gritando, em amplos e repetidos movimentos de zoom: 'me chama de cinema'".

Na tentativa de juntar os cacos da sua precária condição financeira, em setembro, Imperial lançou outro filme que se encontrava guardado na Cipal desde 1975. "O Esquadrão da Morte", sua incursão no gênero policial, era livremente baseado em livro homônimo de seu amigo Pinheiro Júnior. Originalmente, o filme, que contava a história de uma sangrenta disputa pelo produto de um assalto, se chamaria "Massacre". Porém, como nesse período as execuções praticadas pela organização denominada "Esquadrão da Morte" diariamente eram publicadas nos jornais, o oportunismo de Carlos acabou ocasionando a mudança de título. Stênio Garcia, que no teatro havia substituído Milton Moraes em "Um Edifício Chamado 200", Carlos Vereza, "mais novo amigo de infância" do Gordo, e Regina Célia, atriz também egressa do "200", encabeçavam o elenco, que ainda contou com a participação especial de Fresca, como a cadela de estimação do Doutor, o vilão interpretado por Imperial. A trilha sonora era de Zé Rodrix, que sucedeu Leonardo Bruno como maestro oficial do Gordo. Para orgulho de Imperial, o filho de Abel Ferreira havia se tornado um profissional bastante solicitado.

A

B

C

A. Stênio Garcia e Carlos Vereza, os astros de "O Esquadrão da Morte".
B. Imperial em Pedra de Guaratiba dirigindo o filme.
C. "O Esquadrão da Morte", projeto ambicioso, mas com bilheteria fraca.

"O Esquadrão da Morte" foi mais um fracasso. Seu saldo positivo foi ter possibilitado a aproximação entre Imperial e Alex Viany. O Gordo exibiu o filme em primeira mão para o crítico e diretor na cabine de seu amigo Roberto Bataglin. Conseguiu de Viany uma carta com rasgados elogios, que exibiu como um certificado de qualidade de "Esquadrão da Morte". Passou

Zé Rodrix, o novo maestro de Imperial, e Françoise Fourton numa sessão de fotos para o não realizado "Geração Aquarius".

a visitar Alex constantemente em sua casa na Avenida Portugal, na Urca, onde ficavam conversando sobre cinema por horas. A amizade entre os dois rendeu a Carlos uma participação em "A Noiva da Cidade", projeto que Alex realizava desde 1974. Coube a Imperial interpretar Dr. Carlão, o delegado da pacata Catavento, e tio da protagonista, Daniela, interpretada por Elke Maravilha. Durante as filmagens, Carlos fez mais um amigo, o ator Hugo Bidet, um dos fundadores da "Banda de Ipanema" e colaborador de "O Pasquim", entre outras coisas. Seu verdadeiro nome era Hugo Leão de Castro, mas numa ocasião em que ofereceu em seu apartamento uma feijoada aos amigos, e na falta de uma panela para deixar os salgados de molho, usou o bidê, ganhou o novo sobrenome: Bidet. Grafado em francês, muito mais adequado ao seu glamour.

"Taí, Raul, hoje eu me proponho a fundar o seu fã-clube. Vou ser o presidente." Na foto, o empresário artístico Carlinhos Garcez, Raul Seixas, sua esposa, Glória Vaquer, e Imperial.

A relação de Carlos e Sandra Escobar tinha períodos de lua de mel e de brigas homéricas. A personalidade da jovem de 23 anos era tão forte quanto a dele, e os conflitos acabavam surgindo, e o casal tinha suas idas e vindas.

Durante uma das separações do casal, a menstruação de Sandra atrasou. Ela manteve segredo, mas, através de um amigo em comum, a notícia foi parar no ouvido de Imperial. Ele foi procurá-la para conversar. Acabaram saindo no Mercury Cougar. Ele socava o volante do carro e gritava:

– Eu quero esse filho, eu quero esse filho!

– Isso é um problema meu. Além do mais, eu ainda nem fiz os exames. Posso muito bem não estar grávida.

– Eu quero esse filho, eu quero esse filho!

Uma semana depois eles voltaram. Carlos contou animado a Zé Rodrix que iria ser pai novamente. Mas sua alegria foi breve. Dois dias depois, na casa da Barra, a menstruação de Sandra veio. Ela estava sozinha e saiu desesperada para a casa da mãe, em Copacabana. De volta à "mansão", Carlos foi avisado por Maurina e foi atrás da namorada. Na Sá Ferreira encontrou Dona Eva na porta do prédio. Ela contou o que acontecera. Ele abraçou a senhora e começou a chorar. Subiu até o apartamento e encontrou Sandra. Novo abraço e um choro ainda maior.

Depois de um período de paz, as brigas continuaram. Além do choque de temperamentos, as infidelidades de Imperial, que voltaram a ocorrer, contribuíam para as brigas. Numa ocasião, Carlos inventou que iria passar a noite discutindo a possibilidade de voltar a apresentar um programa na TV Tupi, mas Sandra não acreditou. Ela tomou um táxi e foi para a casa da Barra, onde viu o Mercury Cougar estacionado. Imperial a viu da janela e partiu para Copacabana implorando por perdão. Ela o perdoou, mas nunca mais pôs os pés na casa da Barra.

Durante um final de semana em Petrópolis, Imperial reencontrou o jornalista Tito Santos, seu companheiro de boemia na década de 1960. Ele morava há tempos na cidade, onde mantinha uma coluna no jornal local. Através de Tito, foi apresentado às mais importantes figuras de Petrópolis, inclusive o prefeito Paulo Rattes. Acabou tendo uma de suas ideias.

O Gordo reuniu os principais comerciantes da cidade e lhes propôs sociedade em 'Férias Amorosas", o seu mais novo projeto cinematográfico. A maioria topou, e ele conseguiu juntar verba para dar início às filmagens, em Petrópolis. O filme teve Sandra como estrela, e mais alguns amigos.

Lia Farrel, uma amiga dos tempos dos bailes de formatura participava, assim como o travesti Jane de Castro. O filme foi realizado em tempo recorde, com algumas cenas concluídas na Cipal. Tito Santos também teve uma participação como ator, mas quando indagou pelo cachê, Imperial respondeu que entre amigos não havia necessidade dessas formalidades.

Mas aprendendo a redimensionar melhor seus gastos, o Gordo conseguiu uma sobra no orçamento, e, mal acabou o filme, deu início a outro, "Um Marciano em Minha Cama", baseado num roteiro de Paulo Silvino, que para a irritação do autor foi totalmente alterado por Imperial. E contava a história de uma nave espacial que caiu no quintal de um casal em lua de mel, com as grandes potências lutando pela guarda de seu tripulante alienígena. O comediante Pato Preto interpretava o homem de Marte, cabendo a Fernando Reski e à loura argentina Marta Moyano os papéis dos jovens recém-casados. Ângelo Antônio, que com o fim da turma da pesada, em 1972, havia se dedicado a trabalhos como ator, fazia um agente soviético. Na elaboração do traje espacial de Pato Preto, Imperial recorreu à ideia da lâmpada no traseiro, usada em "Libélula Deslumbrada".

A. "Um Marciano em Minha Cama". Alípio de Miranda, o Pato Preto, faria o papel-título.

B. Tony, Célia Regina, Márcia Gastaldi, Pato Preto e Ângelo Antônio, no intervalo das filmagens de "Um Marciano em Minha Cama". (Acervo Tito Santos.)

A equipe ficou hospedada no Hotel Casablanca, cujo dono tinha participação no projeto "Férias Amorosas". Preocupado com sua mãe, uma senhora católica de valores tradicionais, recomendou que não se filmasse no estabelecimento. Mas não adiantou, Imperial acabou fazendo algumas tomadas no local. Quando deu de cara com uma das atrizes transitando pelo hall sem a parte de cima do biquíni, a senhorinha quase teve uma síncope. O Gordo e sua trupe foram deslocados para outro lugar.

Imperial era rigoroso com a disciplina da equipe. Chegou a trancar Marta Moyano e Fernando Reski em seus quartos para que não fossem para a farra. Alegava que deveriam estar com a pele em ótimo estado. Convidava muitos amigos para assistir às filmagens, às vezes até estudantes de cinema a quem dava orientações.

Em dezembro, Imperial combinou com Sandra uma festa de Natal no apartamento de Dona Eva. Chamou Damião Costa e Hugo Bidet, que compareceram acompanhados por suas respectivas namoradas. As duas garotas se juntaram a Sandra na cozinha e a ajudaram a preparar a comida. O ano de 1977 se aproximava e Carlos tinha fé de que com ele viria um tempo de melhor sorte. Continuava no vermelho, mas tinha essa esperança.

"Mais solto que arrozinho de primeira."

26
MALDADE

Enquanto dava o toque final em seus filmes, Imperial voltou a ter um programa na TV. Desde 1972, época de "Alô Brasil, Aquele Abraço", que não estava à frente de uma atração. O "Show do Grande Rio" ia ao ar de segunda a sexta das dez à meia-noite na TV Rio. A proposta era fazer comentários sobre as notícias dos jornais do dia e entrevistar as pessoas envolvidas nessas notícias. Porém, a emissora atravessava uma fase de total decadência. Não havia dinheiro sequer para o transporte dos entrevistados. Devido a isso, o programa poderia contar com dez entrevistados, ou apenas um. Ninguém sabia se eles realmente compareceriam à emissora, já que tinham que fazer isso com recursos próprios. Havia sempre aquela dúvida: "Quem vai aparecer?".

A equipe jornalística do Gordo era formada por estagiários de comunicação que atenderam a um anúncio de jornal. No princípio, recebiam um pequeno salário, que, depois da perda de um patrocínio da Petrobras, deixou de existir. Os rapazes passaram a contar apenas com uma refeição numa pensão na Djalma Ulrich. Mas isto também acabou. O pessoal se reunia para elaborar a pauta na Cipal, depois iam para a TV Rio de ônibus mesmo. Não havia dinheiro para carro da produção.

Rizeth e os estagiários Márcio Guimarães e Beto Fae desdobravam-se para conseguir entrevistados. A necessidade acabava proporcionando uma lista de convidados bastante eclética. Aurélio Buarque de Holanda, Hermeto Pascoal, Zé Ramalho, João Bosco, Waldick Soriano foram alguns nomes que passaram pelo "Show do Grande Rio". A entrevista com Alceu Valença rendeu um baita esporro para Rizeth. Imperial não gostou nada quando o cearense pôs os pés sobre sua mesa. Ao final do programa, Neném teve muito o que ouvir.

– Porrrrrrrra! Você fica trazendo esses malucos para o meu programa.

O ator Pedro de Lara tinha um quadro sobre astrologia, mas numa noite não soube dizer a que signo correspondia a data de nascimento de um dos entrevistados. Acabou levando um tremendo esporro de Imperial no ar.

Antes do programa de Carlos, havia um do cantor Ivon Curi, cujo patrocínio era do restaurante Sambão e Sinhá, especializado em culinária baiana, que toda noite oferecia ao vivo um jantar para seus convidados. Quando o "Show do Grande Rio" ia ao ar, o estúdio estava completamente empesteado com o cheiro de azeite de dendê.

Imperial levava Fresca para a emissora, e não foram raras as vezes em que ela saiu correndo atrás dos ratos da TV Rio com o programa no ar. Seus latidos começavam a atrapalhar as entrevistas, e Imperial pedia licença para o convidado e gritava:

– Cala a boca, Fresca!

A decadência da TV Rio refletia-se no não pagamento dos funcionários. Constantemente havia problemas com a equipe da emissora. Durante o programa os câmeras ameaçavam ir embora por falta de pagamento, e no intervalo Imperial ia negociar com eles. Com tantos problemas, o "Show do Grande Rio" teve apenas dois meses de duração.

Na manhã de 24 março de 1977, o diretor Daniel Filho foi acordado pelo telefonema de Renato Pacote, seu colega na TV Globo, que queria lhe avisar de uma notícia publicada no jornal "A Luta Democrática" daquele dia:

– "O ator Mário Gomes, o másculo galã de 'Duas Vidas', apontado como responsável pela separação entre Daniel Filho e Betty Faria, procurou a Maternidade Fernando Magalhães para medicar-se de uma insólita ocorrência. Estava entalado com uma cenoura em local absolutamente invisível. O tubérculo, como foi registrado na ficha de atendimento, fora ali alojado pelo mesmo, num momento de incontido desejo de satisfação pessoal. Para a extração, Mário precisou ser anestesiado". Ouviu isso aí, Daniel?

– Pacote, esta cenoura vai parar é no meu cu, porra!. Eu sou o principal suspeito!

O comentário de Daniel não foi exagerado. Vingança de um marido abandonado foi a hipótese cogitada por todos, logo que a história se espalhou. Ele era o diretor da novela em que Mário e Betty haviam se apaixonado. Viu seu casamento chegar ao fim e foi ridicularizado por todo o país. Poderia muito bem ter inventado aquele absurdo para ir à forra.

Mas, aos quinze minutos do primeiro tempo, surge outro personagem para desviar o foco sobre o diretor global. Era Carlos Imperial, que no mesmo jornal onde a notícia fora divulgada, dava um depoimento repleto de agressividade para com Mário. O Gordo lembrava da atitude do astro no episódio do lançamento de "O Sexo das Bonecas", além de acusá-lo de não respeitar um importante princípio entre homens: "Quando um amigo se separa da mulher, a gente tem que respeitar. Mesmo que ela se ofereça, a gente tem que esperar uns seis meses, no mínimo, para poder pousar. É preciso um prazo de carência. No caso do Mário, que andou de mãozinha dada com a Beth Faria, logo após a separação, está provado que era só exibicionismo".

Encerrava fazendo piada do boato:

Quanto ao já famoso caso da cenoura divulgado pela LUTA, acho que cada um usa legume de acordo com seu gosto e necessidade. Eu, por exemplo, gosto muito de cenoura picadinha na canja dominical que tomo com a minha mãe. Cenoura crua e inteira realmente deve ser muito indigesta.

Se alguém tinha todo direito de afirmar que estava vivendo uma experiência terrena do inferno, esse alguém era Mário Gomes. Depois do mecânico Júlio em "Anjo Mau", a popularidade do ator como o sedutor Dino César em "Duas Vidas" foi a índices inimagináveis. Era capa de todas as revistas, sonho de todas as mulheres. O colarzinho de contas brancas que o aspirante a cantor Dino usava virou moda entre o público masculino de todo o Brasil. A gravadora Som Livre anunciava em horário nobre o lançamento de "Chiclete e Cabochard", seu primeiro LP. Mas veio a notícia na "Luta Democrática" e da noite para o dia virou motivo de piada. Não podia mais gravar externas, pois a toda hora as cenas eram interrompidas por populares zombando dele.

– Cenourinha! Pernalonga!

Contratou o advogado Virgílio Donnici para processar o jornal. Tinha uma declaração assinada pelo diretor da Maternidade Fernando Magalhães, Dr. José Pimentel, negando sua internação no hospital. Mas foi ainda mais ridicularizado: "Mário Gomes entra na vara", "Mário Gomes condenado à morte (do seu personagem)", "Mário Gomes entra na justiça para provar que é machão". O público lhe virou as costas. O colarzinho que todo rapaz usava para ficar parecido com ele virou o Distintivo da Ordem da Cenoura e foi parar no lixo. Inventaram que em “Greta Garbo, Quem Diria, Acabou no Irajá”, a cena do beijo entre ele e Nestor de Montemar era mais longa do que o texto pedia. Sua masculinidade era cada vez mais colocada em dúvida.

Com o mundo desabando sobre sua cabeça, o rapaz de 26 anos ficou destroçado, enclausurou-se em seu apartamento. A revolta que sentia foi ainda maior com um texto publicado por Imperial no seu “Plá”, retratando de maneira ambígua seu pai, morto quando ele tinha 15 anos, vítima de câncer. Em “O Doce Pai e o Filho Amargo”, o Gordo fala de Mário, o pai, seu conhecido dos áureos tempos da Rua Miguel Lemos, como um bem-querido de Copacabana, mas ao mesmo tempo um malandro que vivia aplicando golpes.

Carlos não assumia nem negava a autoria do boato. Mas muita gente jurava ter testemunhado o fato. Falavam que ele havia mandado um de seus secretários levar o texto para Raul Azedo, o dono da “Luta”, publicar. Analistas de seu estilo literário apontavam a semelhança do texto da notícia com os editorias de suas colunas. Também sofreu consequências do boato da cenoura. Perdeu amigos em Copacabana. O “Rei da Dança”, Ary Tell, e seu irmão (outro Mário) eram amigos do Mário pai, e quando este morreu praticamente adotaram seu garoto. Os dois não tinham dúvida de que Impera era o grande responsável pelo linchamento praticado contra o filho do Marinho da Miguel. Cortaram relações com ele.

Mas uma perda ainda pior aconteceu no dia 20 de abril, quando recebeu a notícia da morte de Hugo Bidet. Dez dias antes, o capitão Ipanema bateu à porta de Alex Viany, seu vizinho no prédio da Rua Jangadeiros 42, para pedir-lhe ajuda. Tinha acabado de dar um tiro na boca. Levado para a emergência do Miguel Couto, e depois removido para o hospital de Ipanema, demonstrava arrependimento pelo momento de insanidade que o levara a atentar contra a própria vida. Com o passar dos dias, parecia que ia escapar. Mas foi apenas a “visita da saúde”. Morreu exatos quinze dias após completar 43 anos.

No Cemitério São João Batista, onde foi o enterro, Imperial não conseguia esconder seu pesar. Os dois anos de convivência com Hugo foram de uma forte amizade. O Gordo preocupava-se bastante com os sinais de depressão do amigo, e com seu problema com a bebida. Procurou ajudá-lo de todas as formas. Deu-lhe emprego em seus filmes, e quando eles terminaram, recorreu a outros cineastas para fazer o mesmo. Conseguiu com o jovem diretor Cláudio

Cunha um papel para Hugo e Carlos Vereza no policial "Vítimas do Prazer, Snuf". Cláudio, logo no início das filmagens, percebeu o estado emocional em que Bidet se encontrava. Passou todo tempo preocupado que ele fizesse alguma besteira. E ele fez. "Snuf" foi seu penúltimo trabalho.

Em agosto, Imperial lançou "O Sexomaníaco", uma das duas produções petropolitanas realizadas no ano anterior. Na verdade, era "Férias Amorosas" que havia mudado de nome. Foi considerado seu trabalho como diretor mais bem realizado, e obteve um bom resultado nas bilheterias. Não foi o suficiente para sair do atoleiro em que se encontrava, mas era uma vitória pela qual esperava há um bom tempo.

Passadas algumas semanas da estreia do filme, os comerciantes de Petrópolis, que nele haviam investido, pediram para que Tito Santos indagasse Imperial a respeito da primeira prestação de contas. Mas a resposta dada pelo Gordo o deixou sem saber o que dizer.

– Tito, eu filmei "O Sexomaníaco". O contrato que foi assinado é referente a "Férias Amorosas", que ainda não foi feito. Quando isso acontecer, farei a prestação de contas sem problema. Diga para eles terem paciência e aguardarem.

A

B

A. "O Sexomaníaco".

B. Pânico: Severino Barba de Bode, o sexomaníaco, volta a atacar. Na foto, Carlos e o veterano ator Jota Barroso.

Quando "O Sexomaníaco" foi lançado, o quase casamento de Carlos com Sandra Escobar já havia terminado. Depois de várias idas e vindas, a convivência entre os dois tornou-se muito difícil. As brigas tornaram-se frequentes, e cada vez mais sérias, até que a jovem concluiu que há muito um não fazia bem ao outro. Era melhor dar o ponto final.

Novamente solteiro, Carlos intensificou a alta rotatividade em sua cama feita sob medida. Mas terminou por iniciar um relacionamento mais sério, por coincidência, com outra Sandra. Era uma jovem loira de cabelos cacheados que ele lançou como estrela de seu mais recente filme: "Funerária Kung Fu". O roteiro contava as aventuras dos funcionários do estabelecimento do título do filme, que após o término do expediente promoviam animadas bacanais no local de trabalho. Pedro de Lara, o ex-astrólogo do "Show do Grande Rio", interpretava Azevedo Tripé, o dono da funerária. Durante um encontro com sua amante, Azevedo morre em pleno ato sexual. Imperial decidiu ambientar a segunda metade do filme no velório de Tripé, que foi filmado no salão do Nevada Clube, na Barra da Tijuca. As várias participações especiais do filme foram orientadas a simplesmente dirigirem-se ao caixão onde o personagem de Pedro de Lara estava sendo velado pela viúva (Wilza Carla) e um sobrinho (Fernando Reski) e improvisarem uma piada. Clóvis Bornay e o humorista Jô Soares foram alguns dos astros convidados pelo Gordo para contar uma anedota ao defunto. "Loucuras, o Bumbum de Ouro", novo título escolhido por Imperial para o filme, foi o último trabalho de Hugo Bidet, que foi homenageado nos créditos iniciais.

No papel da amante de Azevedo estava Lady Francisco, a quem Imperial chamava de a "amante do Brasil", em contraste com a atriz Regina Duarte, a "namoradinha do Brasil". Lady era outra grande confidente do Gordo e frequentadora assídua das páginas de suas colunas.

Jô Soares era um velho conhecido de Carlos. Na década de 1960, os dois contracenaram juntos em algumas chanchadas. Aceitou trabalhar em "Loucuras Cariocas" (o título definitivo do filme) atendendo a um pedido de Imperial em nome dos velhos tempos. Luiz Adolpho, o Luizinho da Ângela, foi incumbido de buscar o humorista no apartamento onde morava, na Marquês de São Vicente, e levá-lo para as gravações no Nevada Clube. Jô fazia o papel de um mafioso e comentava com Luiz:

– O Imperial não é mole, me faz acordar cedo, colocar um terno e nem o charuto do personagem ele paga!

Com a atriz Wilza Carla, mais de 30 anos de amizade.

O apelido "Luizinho da Ângela", usado pelo amigo de Imperial, se devia ao fato de ele ter sido casado com a cantora Ângela Maria. Ele era um amigo de longa data do Gordo. Os dois haviam se conhecido em 1954, quando serviram ao Exército no Forte de Copacabana. Luiz casou com Ângela em 1964 e foi morar em São Paulo. Imperial sempre ia visitá-lo na intenção de que Ângela gravasse suas músicas. Mas ela morria de medo da sua fama de cafajeste. Algo bastante compreensível, já que ele levava Luiz para a farra e só o trazia de volta depois de três dias. Em 1971 veio a separação, e Luizinho voltou ao Rio. Tornou-se um colaborador bissexto da Cipal.

Mauricéa estava tendo problemas com a rebeldia de Fatinha, uma de suas quatro filhas. Por coincidência, Imperial reencontrou a ex-empregada e, ao saber da situação, ofereceu uma vaga na Cipal para a menina. Mauricéa, mais do que ninguém, conhecia o mulherengo incontrolável que Carlos era, mas achou que, no caso da sua garota, não haveria perigo. Ele vira Fatinha e as irmãs criança, brincara com elas. Ainda por cima, tinha um namoro sério com Sandra Castro.

Mas Fatinha havia crescido. Agora era uma mulher de dezenove anos, 1,70 m de altura e cabelos negros com uma franjinha provocadora. A verdadeira tentação morena. Carlos aproveitou a beleza da jovem em "Loucuras Cariocas", dando-lhe um papel no filme, onde ela aparecia desfilando num sensual vestido transparente.

O tempo passou. Em Vilar dos Teles, Mauricéa não tinha notícias da filha, até que num desses pressentimentos de mãe resolveu ligar para a casa da Barra. Fatinha atendeu, e ela quis saber se estava tudo bem, se estava sendo bem tratada por Imperial e, principalmente, se estava com o ciclo menstrual em dia. A garota disse que sim, de maneira rude, e desligou. Imperial ligou logo em seguida.

– Mauricéa, o quê você falou pra Fatinha? Ela está muito bem!

Dois dias depois, Imperial avisou a Mauricéa o que realmente estava acontecendo. Fátima estava grávida de três meses. Ela custou a acreditar, não esperava que ele tivesse a coragem de se envolver com sua filha. Uma garota que viu criança. Mas ele teve, e ainda disse que queria o filho. Fátima ficaria em Cachoeiro de Itapemirim até o nascimento da criança, e depois ele se responsabilizaria pelo sustento dos dois.

A mãe de Mauricéa não aceitava aquela situação, dizia que a filha devia dar parte na polícia. Mas ela não via assim, dizia que Fatinha era rebelde mesmo, que achou a atitude de Imperial uma traição, mas não queria o mal dele. Não conseguia esquecer o tanto que ele havia feito por ela em épocas difíceis. O Dr. Gabriel também ficou sabendo e lhe falou:

– Mauricéa, como você pôde deixar uma moça tão bonita sob a responsabilidade do Carlos Eduardo sabendo como ele é?

A situação ficou ainda pior quando Sandra Castro soube da traição. A moça sentiu uma revolta muito grande. Foi à casa da Barra e, num acesso de raiva, rasgou todas as roupas de Carlos e Fatinha, quebrou o que viu pela frente. A máquina de escrever onde Imperial datilografava seus editoriais foi arremessada pela janela. Apavorado com a reação da loura, ele foi se refugiar no apartamento de Sandra Escobar.

Depois de alguns dias, Mauricéa recebeu novo telefonema de Imperial. Segundo ele, Fátima havia feito um aborto contra a vontade dele, que continuava com a intenção de pagar-lhe uma pensão. Mauricéa não aceitou, apenas pediu que ele enviasse a filha de volta a Vilar dos Teles. Continuava sem conseguir atinar como foi que de empregada de Carlos Imperial quase virou sua sogra, contra a vontade.

Mário Gomes terminou a novela "Duas Vidas" aos cacos com o boato que tanto mal lhe fez. Ganhou o processo movido contra a "Luta Democrática", recebendo uma indenização ridícula se comparada com o prejuízo que lhe fora causado. E continuou tocando sua vida. Em janeiro de 1978 voltou às novelas, interpretando um falso psicanalista em 'O Pulo do Gato". Mas ainda teve de aturar, no carnaval, o fantasista Mauro Rosas que lançara a provocativa marchinha "Melô da Cenoura".

Ao mesmo tempo em que causou um clima ruim entre seus colegas de jornalismo, o boato que vitimou Mário também contribuiu para tornar Imperial ainda mais temido. Alguns conhecidos do Gordo, mesmo não tendo certeza de que ele foi o responsável pela história, usavam seu contato com ele como arma em seus entreveros. Ivan Cardoso, de quem Carlos havia se tornado amigo à época de "O Monstro Caraíba", foi um dos que recorreu a esse expediente. Depois de aguentar por semanas um desafeto ligando para sua casa para lhe perturbar, o cineasta resolveu recorrer ao poder do "rei da pilantragem":

– Já liguei pro Imperial e ele vai enfiar uma cenoura no teu cu.

– O quê?

– É isso mesmo, cansei de ser perturbado por você – e bateu com o telefone.

Dez minutos depois, Carlos ligou para o diretor:

– Ivan, o que você aprontou? Acabei de receber uma ligação de um rapaz desesperado. Ele me pediu pelo amor de Deus pra eu não colocar cenoura nele.

"Programa Carlos Imperial" em novo endereço: a TV Studios de Silvio Santos.

27

EMBALOS ALUCINANTES

Em julho de 1978, depois de uma irrecusável proposta da TV Bandeirantes, Chacrinha abandonou a problemática Tupi, onde apresentava a sua "Buzina", deixando as noites de sábado do canal 6 sem atração para o horário das 21 horas. Com esse problema para resolver, David Raw, superintendente da emissora, lembrou imediatamente de Imperial como a solução para seus problemas. Os dois eram velhos amigos, e ele conhecia muito bem o desempenho do Gordo em programas de auditório.

Carlos não pensou duas vezes para dizer sim. Mas dessa vez não ia contar com Rizeth. A sua fiel escudeira não tinha mais resistência para outra das arriscadas aventuras do patrão. A precariedade do "Show do Grande Rio" ainda estava fresca em sua memória. O programa deixou de ser exibido em março, e a TV Rio teve seus transmissores lacrados no mês seguinte. A situação da Tupi não era nada diferente. E, como sabia que Carlos não ia desistir da ideia, Rizeth decidiu abandonar a Cipal. O Gordo sentiu bastante a saída de Neném, mas não havia tempo para tristezas. Tinha um programa para colocar no ar em tempo recorde.

Faltando uma semana para a estreia, Imperial recebeu em seu apartamento a visita de um funcionário do Instituto Brasileiro de Opinião Pública e Estatística, o Ibope, que realizava pesquisa sobre audiência televisiva. De maneira muito cortês convidou o rapaz para entrar e, após responder ao questionário, fez algumas perguntas sobre os mecanismos do instituto. Despachou o pesquisador com um convite para aparecer ao primeiro programa.

Às 21 horas do sábado, dia 12 de agosto de 1978, foi ao ar o "Programa Carlos Imperial". A gravação havia acontecido na quarta-feira em condições mambembes. A Tupi não tivera como oferecer sequer um cenário para a atração. O jeito dado pelo Gordo foi pegar emprestadas as tapadeiras da equipe de som Furacão 2000. Ao longo do programa, foi prestigiado com a presença de amigos da imprensa e do mercado fonográfico. Edson Pinto, redator-chefe da "Amiga", o produtor Armando Pitigliani, e artistas como os Golden Boys, o cantor Marcelo, seu colega em "A Viúva Virgem", e Rildo Hora.

Sérgio Gabriel, o pesquisador do Ibope, também apareceu. Mostrou senso de iniciativa quando pôs-se a ajudar Luiz Adolpho com a claque. Imperial, que o observava do palco, gostou de sua atitude e no final do programa pediu para ele comparecer à Cipal no dia seguinte. Ele compareceu à agência no horário combinado, mas teve que esperar um pouco. O Gordo chegou da mansão da Barra acompanhado de Fresca e três lebres somente duas horas depois. Fez algumas perguntas sobre a vida de Sérgio e lhe ofereceu um salário duas vezes maior que o do Ibope. O rapaz saiu da Djalma Ulrich e foi pedir demissão do instituto de pesquisa. Começou a trabalhar com Imperial no dia seguinte. Foi admitido como assistente da produção, passando a integrar a equipe que nessa época contava com: Luiz Adolpho; Rose, diretora de produção; Paulinho Bico, responsável pela produção musical, que entrava em contato com as gravadoras, para que elas mandassem os discos que Carvalhinho, o sonoplasta, tocava no programa; e Elton Menezes, o diretor do programa.

Sérgio morava no Cachambi, e Imperial foi visitar seus pais. Explicou-lhes que estava dando uma oportunidade a ele, pois, do contrário, a única coisa que iria acontecer a ele seria ficar conhecido como "o crioulinho que toca reco-reco" (Sérgio tocava o instrumento na Salgueiro) ou cair na marginalidade.

Os sábados se passavam sem que o programa decolasse, e a paciência do Brucutu terminou. Enraivecido, mandou grande parte da equipe embora: Rose, Paulinho e Elton Menezes. Sérgio Gabriel foi promovido a encarregado da produção musical, com um significativo aumento de salário. Porém, a quantia era bem menor do que Paulinho Bico, seu antecessor, recebia. Imperial deu sua justificativa ao rapaz:

– Se eu colocar muito dinheiro na mão do "crioulinho", ele vai acabar fazendo cagada. Entendeu?

Durante um almoço na galeteria da Djalma Ulrich, Imperial convidou Mário Jorge, assistente de direção em vários de seus filmes, para substituir Elton Menezes no cargo de diretor do "Programa Carlos Imperial". Mário, que jamais havia trabalhado em televisão, recusou a proposta. Mas Carlos insistiu, oferecendo quanto ele quisesse. Acabou assinando um contrato redigido pelo Gordo em um guardanapo do restaurante.

Imperial e Mário delinearam a nova linha do programa. Precisavam acabar urgentemente com a transmissão de toda aquela pobreza. Foram colocados anúncios no "Plá" e na "Corte do Imperial" convocando meninas para substituir as que estavam dançando no programa (em sua maioria ex-chacretes passando da casa dos trinta). Realizaram um concurso no programa para escolher novas lebres. As candidatas iam à emissora acompanhadas das mães, que levavam as filhas aos testes receosas da má reputação de Carlos. No final, acabavam derretidas por seu jeito atencioso e simpático.

Na reestreia, o programa estava com outra cara. Muito mais bonito. Belíssimas lebres, figurinos luxuosos, e até cenário. A nova abertura ao som da versão disco do spiritual "Oh Happy Day" na voz de Roberta Kelly, trazia Imperial na praia rodeado por suas novas lebres e passeando com elas em seu Corcel II conversível, presente da concessionária Souza Ramos, que viu nele um bom garoto-propaganda para o carro.

O show de renascimento da atração foi com Tim Maia. Depois de um período de baixas vendagens, Tim retornava ao sucesso com o LP "Tim Maia Disco Club". Porém, enfrentava problemas por faltar ou abandonar alguns shows devido a uma dívida cobrada por oficiais de justiça. Mas garantiu que no programa do Gordo iria com prazer. E sem cobrar cachê. Cumpriu com a palavra. Mesmo sendo uma apresentação em playback, algo de que ele não gostava, colocou toda a plateia do antigo Cassino da Urca e o público que o assistia na TV para dançar ao som de "Acenda o Farol".

O programa havia entrado nos eixos, a audiência começou a ficar significativa. Porém a Tupi parou de pagar. Imperial teve uma discussão com Gérson Tavares, responsável pelo departamento comercial da emissora. Gérson falou algo de que ele não gostou, e por pouco não se machucou feio com uma máquina de escrever que o Brucutu arremessou na sua direção.

Depois do quase assassinato, Imperial foi para a mansão da Barra para pensar com calma sobre como solucionar o problema. No dia seguinte, marcou uma reunião com os diretores de todas as gravadoras (RCA, CBS, Polygram, WEA, etc.).

– Vocês só tem o meu programa e o do Chacrinha, como vai ser? Eu preciso permanecer no ar, mas a Tupi não está pagando e tenho que pagar a minha produção e as minhas lebres. A única solução que encontro é cada um de vocês contribuir com uma quantia. Ou então o programa para.

As gravadoras concordaram, e com dinheiro em caixa, a atração prosseguiu em paz. O estúdio da Tupi, em petição de miséria, foi reequipado por Imperial, que providenciou lâmpadas novas e uma máquina de fog para ser usada no início do programa.

A novela "Dancin' Days" era a dona dos maiores índices de audiência, e Carlos condicionava a transmissão do seu programa ao momento exato em que ela terminava. Mário Jorge ficava no estúdio da Tupi acompanhando a concorrente em um aparelho de TV. Enquanto isso, eram exibidos desenhos animados. Quando surgia na tela da TV Globo: "A seguir cenas do próximo capítulo", o "Programa Carlos Imperial" começava a ser exibido. Carlos explicava sua estratégia ao diretor:

– Mário, quando a novela acaba, é a hora em que os homens passam a mandar na televisão. Assim que aparece "cenas do próximo capítulo", o marido começa a trocar de canal.

Em 1978, o que se ouvia em todo lugar era uma mistura de funk, soul e até salsa, chamada disco music. Esse novo som teve como principal propagador o filme "Saturday Night Fever", estrelado por John Travolta, cujos passos da coreografia que executava nas telas eram imitados em todas as pistas de dança. Assim como seu figurino de terno com colete, camisas de colarinho enorme e calça "boca de sino". No Brasil, a discoteque – como ficou conhecido o novo som – também virou mania. E Carlos Imperial, da mesma maneira que fez com o rock na década de 1960, tornou-se um de seus principais incentivadores. Inclusive aproveitando "Embalos de Sábado à Noite", o título brasileiro do filme de Travolta, como novo nome de seu programa.

– Alô amigos, eu sou Carlos Imperial! Estou aqui na sua televisão para apresentar o meu, o seu, o nosso programa, porque nós gostamos de música jovem, nós gostamos de discoteque! Vamos curtir "Os Embalos de Sábado à Noite". Aumenta o volume da sua televisão. Bota no máximo o volume da sua televisão, porque hoje o programa vai ser uma zorra.

Rosemary, Liana Lemos, Vera Vargas, Miriam Nascimento, Mônica Rossi, Geny Garcia, Lilian Vernont, Alda Valéria, Soninha Montenegro e Vera Garrido formavam o time de lebres do Imperial, as "mulheres mais lindas da televisão brasileira". O responsável pela coreografia era o bailarino e "professor campeão de discoteque", Edson Far.

Antes de conhecer Imperial, Edson, que era bailarino em boates de Copacabana, escrevia seu sobrenome artístico como "Fahrr". Mas o Gordo insistiu para que ele trocasse para Far, que alegava ser menos complicado. O coreógrafo preferiu deixar como estava, mas não teve jeito, nos letreiros do programa acabou saindo como Imperial queria. Foi se queixar com o patrão:

– Pô, você mudou o meu nome! Que pobreza! Por que um erre só? Bota dois pelo menos!

"Os Embalos de Sábado à Noite" na TV Tupi.

– Qual é o som que sai? Não é Edson Far? Pra que você vai botar dois erres? Não complica a cabeça das pessoas! Seja prático!

As lebres de Carlos eram intocáveis, ele as protegia do assédio dos "grandes diretores", ensinava como escapar de arapucas e também dava alguns esporros:

– Não entrem nessa, isto é ba-ba-qui-ce! Ba-ba-qui-ce! Se vierem com esse papo de que vão fazer de vocês estrelas, digam: "Nós já somos estrelas!" Manda vir falar comigo. E tem outra coisa: se quiserem dar, deem! Eu não estou proibindo vocês de dar nada. Mas deem para um médico, para um dentista, um advogado, não para um simples câmera só para aparecerem melhor no programa! Saibam se dar o devido valor!

A mulata Vera Garrido, a "baiana maravilhosa que recebe mais de cinquenta cartas diariamente", foi durante certo período a lebre favorita do Imperial. Com ela, Carlos viveu um romance mais sério do que as aventuras que vinha tendo depois da loura Sandra Castro.

As noites de sábado do programa do Imperial eram embaladas por artistas não necessariamente de discoteque. Como na época de "Os Brotos Comandam", todo mundo tinha a sua chance: o conjunto Super Bacana cantando "A Melô da Pipa" ("Tá com Medo Tabaréu?") e "O Meu Fogo Vai Queimar Você"; as crianças prodígio da "Patotinha"; o sambista Rico Medeiros, com "A Nega Tanajura"; Bebeto e seu sambalanço; o romântico Wando; a rainha da samba-soul, Lady Zu; o cantor e bailarino Ronaldo Resedá; Walter Montezuma; e "Célia e Celma", que se adequando à era disco interpretavam uma versão "travoltiana" de "Vem Quente que eu Estou Fervendo". Também havia a bailarina Regina Shakti, que fazia mímicas de sucessos da inglesa Dee D. Jackson, vestindo roupas futuristas e acompanhada de um rapaz fantasiado de extraterrestre. A jovem era malandramente apresentada por Carlos como Dee D. Jackson.

Imperial dava muitas broncas na equipe, algumas justas, outras nem tanto. Gritava, sabia o que queria, tinha um raciocínio rápido e esperava que as pessoas o acompanhassem nesse raciocínio. A maioria não conseguia, e ele se aborrecia com isso. Dava esporro em quem não fazia o que ele queria e em Mário Jorge.

– Mas Imperial, eu não tenho nada a ver com isso.

– Não quero saber, você é o diretor do programa!

Wladimir, divulgador da gravadora Copacabana, comentou com Luiz Adolpho:

– Olha, tem uma cantora alemã que é a coisa mais linda que existe.

Luiz foi falar com Imperial, que mandou trazer a tal cantora. Quando lhe apresentaram a jovem na TV Tupi, comentou:

– Porra Wladimir, tu vais querer dizer que a Maria Odete que foi das "Melindrosas" é alemã? Pra cima de mim, não!

A carioca Maria Odete Brito de Miranda havia integrado, com suas irmãs Yara, Sueli e a prima Paula, o grupo "As Melindrosas". Quando partiu para a carreira solo, foi aconselhada a escolher um nome artístico. A inspiração surgiu quando passava de ônibus pelo centro de São Paulo e viu o letreiro de um cinema exibindo o filme de Silvio Back, "Aleluia, Gretchen". Ela havia gravado um compacto com a sensual "Dance With". Imperial colocou Gretchen para cantar em seu programa orientando-a para que explorasse ao máximo esse lado "deusa do sexo".

– Mostra tudo o que tu tem direito! Vira a bunda pra câmera! Mostra a bunda! Finge que você quer morder a câmera. Tu não queres fazer sucesso? Faz o que eu digo.

Gretchen, num vestido transparente que permitia ao espectador apreciar suas belas formas, seguia à risca as dicas do apresentador do programa. Virou mania nacional e motivo de conflito entre esposas enciumadas e maridos com "olhar de peixe morto" diante do aparelho de televisão.

O saxofonista Oberdan Magalhães era um amigo de Imperial dos tempos da Odeon, onde participara da gravação do LP "Pilantrália". Junto com Jorjão Barreto, Lúcio Trombone, Barrosinho, Claudinho Stevenson, Luiz Carlos Batera e Waldecir, integrava a elogiada Banda Black Rio. Depois de dois discos de sucesso, a atual formação encontrava-se sem gravadora. Os rapazes saíam a cata de contatos, e depois acabavam na casa de Imperial. Falavam de algum executivo que haviam conhecido durante a peregrinação daquele dia e ouviam o Gordo dizer, enquanto uma lebre coçava suas costas:

– Oberdan, Barrosinho, Jorjão, esse sujeito não presta! Não vale nada!

Imperial engatou uma parceria com os rapazes. Compôs três músicas, que foram executadas pela banda e conseguiu que fizessem parte da trilha sonora de "Sábado Alucinante", novo filme de Cláudio Cunha, cujo argumento era seu. A canção título era de Imperial e Oberdan, e para cantá-la, Carlos chamou Sônia Santos, uma negra com um altíssimo alcance de voz, comparada por ele à rainha da disco music, a americana Donna Summer. "Eu Quero Mais" era outro flerte do Imperial com a androginia ("Eu Passo Batom") e foi feita para Emerson, um jovem representante do gay power que Imperial trouxera de Juiz de Fora com promessas de torná-lo astro, mas que terminou como seu mordomo.

A segunda parceria de Imperial com Oberdan Magalhães era uma grande brincadeira do pilantra com a sucessão presidencial. Havia uma disputa nas bases do governo entre o general João Batista Figueiredo e o senador Magalhães Pinto pela indicação como candidato da Arena à sucessão de Geisel.

Capa e contracapa do compacto com a trilha de *Sábado Alucinante*.

João Batista era conhecido por sua paixão por cavalos, e Magalhães, como o dono do Banco Nacional, o "banco do guarda-chuva". Todo sábado, Imperial apresentava um rapaz usando uniforme de equitação e outro carregando um guarda-chuva num concurso para ver quem dançava melhor.

– Eleições diretas pela Rede Tupi de Televisão! Aqui você vota! É o Figueiredo? É o Magalhães?

Figueiredo venceu Magalhães e saiu como candidato da Arena. No dia 15 de outubro de 1978 foi eleito presidente para um mandato de 6 anos. Obteve no Colégio Eleitoral 355 votos contra 226 do general Euler Bentes Monteiro, o candidato do MDB. Tomou posse em 15 de março de 1979 prometendo fazer do país uma democracia. Foi daí que Imperial compôs com Oberdan o funk "A Dança do Figueiredo". A letra apenas repetia o tempo inteiro o nome do presidente eleito ("Figueiredo, Figueiredo"), mas Waldecir fazia um slap no baixo que permitia ao público dos bailes onde a "Black Rio" se apresentava criar um complemento em "homenagem" ao general:

– Figueiredo, Figueiredo, vá pra puta que o pariu ! Figueiredo, Figueiredo, vá pra puta que o pariu!

Apesar de ser taxado pela classe artística mais intelectualizada como um alienado, Imperial achava que todo mundo podia fazer alguma coisa contra a falta de liberdade que existia. Ele vibrava com essa reação do público:

– É isso aí, nós sempre temos que fazer alguma coisa que instigue o povo.

"A Dança do Figueiredo" saiu creditada como de autoria de Carlos Imperial e Magalhães Pinto. Mas não era o senador mineiro, que após ter perdido a chance de ser presidente decidira virar compositor. O nome completo do saxofonista da "Black Rio" era Oberdan Pinto Magalhães, e quando soube disso, Imperial bolou mais uma de suas polêmicas.

Depois de um bom tempo dedicado apenas às suas aventuras cinematográficas, Imperial reativou sua produção musical. Além das três canções da trilha do filme de Cláudio Cunha, começou a desenvolver um outro tema. Inicialmente, queria fazer algo semelhante a "Nem Vem que Não Tem", outra música falada. O título inicial era "Coisa Maluca", mas achou parecido com "gíria de bicha" e mudou para "Grilo na Cuca". Como na canção gravada por Simonal, a letra era outro amontoado de frases:

Grilo na cuca
Meu coração é uma bomba atômica
Minha canção é super-supersônica
Meu coração está pegando fogo

O Gordo tentou desenvolver a canção com o pessoal da "Black Rio", mas não conseguia ficar satisfeito. Até que Marquinho o apresentou a um cantor paulista que havia conhecido na Praia de Copacabana. Eduardo França havia chegado há pouco no Rio. Tinha lançado um compacto com músicas românticas e estava divulgando o disco na cidade. Imperial achou que ele tinha futuro, era boa pinta, algo que ajudava bastante na carreira. Além de ter boa voz. Mostrou "Grilo na Cuca" para Eduardo, que pegou o violão e colocou a melodia que até então não existia. Carlos havia encontrado o que queria. Em retribuição, decidiu investir no artista.

Imperial decidiu que Eduardo iria gravar "Grilo na Cuca". Desejava que o cantor adotasse um estilo mais dançante e voltado para o público jovem, queria relançá-lo. Na casa da Barra, onde o cantor passou a residir, Carlos lapidava sua imagem. Mudou todo o seu figurino, apostando numa linha mais esportiva que estava surgindo nos Estados Unidos. Além dos cuidados com a voz, a tarefa diária do cantor era ir à praia, tomar sol, fazer exercícios e manter o rosto impecavelmente barbeado. E como era de se esperar, escolheu novo nome artístico. Substituiu o formal Eduardo por Dudu França.

O desempenho de Marquinho como fotógrafo era cada vez mais elogiado. Além das fotos publicadas nas colunas do pai, também passou a colaborar com o jornal "O Pasquim". Mas a Hasselblad com que Imperial presenteara o filho não fez com que ele deixasse de "contestar o mundo". As discussões entre os dois eram frequentes. E não somente pelos baseados que o rapaz apertava. Claro, isso era o que mais incomodava ao Gordo. Mas aquela conhecida lei da eletricidade que diz que polos iguais se repelem explica muito bem o porquê da relação conflituosa. Eram parecidos por demais. Intensos, conquistadores e explosivos. Não havia como não sair faísca na convivência diária. Em busca de uma pausa nesse dia a dia belicoso, Marco foi passar uma temporada com a mãe em Fortaleza. Fazia algum tempo que Rose mudara-se para o Ceará, havia entrado para a Polícia Federal e fora transferida para lá.

"O gatão das gatinhas: Dudu França!"

Marcos Mainard havia produzido o primeiro compacto de Dudu ("Restos de Amor", em parceria com Paulo Coelho), e foi chamado à Polygram por Roberto Menescal, na época diretor da gravadora, para também produzir "Grilo na Cuca". A gravação foi feita no estúdio Gazeta, em São Paulo. Dudu gravou acompanhado pelo conjunto "Lee Jackson", do qual Mainard era o tecladista. Imperial apareceu por lá umas duas vezes para fazer algumas observações, além de contar algumas histórias.

O relançamento do cantor aconteceu no programa da TV Tupi. Em poucos dias o compacto já havia vendido 30 mil cópias. "Grilo na cuca" acabou entrando na trilha da novela da Globo, "Marrom Glacé". Dudu, juntamente com Gretchen, agora conhecida como a "rainha do bumbum", era a principal estrela do "Programa Carlos Imperial". A única parte desagradável na história do cantor é que sua colaboração em "Grilo na Cuca" não lhe foi creditada. Imperial considerava-se o único autor e, como dependia dele para ter sua carreira impulsionada, o cantor foi obrigado a aceitar.

Em maio de 1979, Imperial recebeu uma notícia que balançou suas aparentemente sólidas estruturas. Marquinho havia se metido numa briga num bar lá no Ceará, que acabou em tiroteio e com a polícia atrás dele. Sumiu da casa de Rose sem dar pistas. Por ironia, dias depois, Carlos foi convidado pelo apresentador Silvio Santos para participar do quadro "Jogo das Famílias" enfrentando a família da cantora cearense Miss Lene, uma assídua frequentadora de seu programa juntamente com a irmã Mary Jo. Levou Maria Luíza, seu irmão Francisco, um primo chamado Jorge e, no lugar do filho, seu amigo Carlos Alberto Pinheiro, apresentado como um primo por parte de pai.

Imperial disfarçava, mas estava preocupado. No "Plá", fazia um apelo ao filho: "Olha aí, Marco Antônio, liga urgente pra mim de onde você estiver". Mas nada do garoto aparecer. Os meses se passavam e nem sinal do filho. Ele se sentia culpado. Às vezes desabafava com Milda, a mãe da lebre Alda Valéria, que trabalhava para ele na agência na Djalma Ulrich. Com os olhos marejados dizia:

– Milda, se algum dia algum dos teus filhos tiver envolvimento com tóxicos, jamais o ponha para fora de casa. É melhor ele fazer essas coisas perto de você do que sabe lá Deus onde.

Depois de várias lutas, Imperial enfim conseguira obter quarenta significativos pontos de audiência. E tornou-se uma dor de cabeça para a rede Globo, que preocupada com a migração dos espectadores para a coirmã Tupi, procurava correr atrás do prejuízo. Uma das estratégias foi exibir o seriado americano "O Incrível Hulk". Os episódios eram alongados ao máximo para durarem o mesmo tempo que o programa do Imperial. Mas não adiantava, o púbico queria ver o Gordo, suas lebres e seus cantores. E ele também contra-atacava. Num dos bailes da Furacão 2000, havia um sujeito muito forte, que foi devidamente recrutado para aparecer pintado de verde no programa.

– Esta noite, no "Programa Carlos Imperial", não perca, o incrível Hulk!

No "Plá" ridicularizava o personagem das histórias em quadrinhos: "Hulk joga água fora da bacia!".

O problema maior de Imperial nem era a concorrência, mas a própria Tupi. Ele investia dinheiro, mas a situação da emissora estava péssima. Seus aborrecimentos aumentaram com a entrada de Walter Avancini como diretor artístico. Avancini simplesmente tirou o programa de sábado e passou para as quartas. Sua paciência acabou. Ele queixou-se muito disso na "Amiga", e terminou aceitando uma tentadora proposta da recém-criada TV Studios, do seu amigo Silvio Santos. O apresentador, agora dono de seu canal de TV, queria

Imperial trabalhando com ele. Oferecia todas as condições. Antes de partir, Carlos mandou um recado à Avancini no "Plá":

Vai, Avancini, segue tua triste sina de derrotado e fracassado. Num sábado próximo, bem próximo, sente-se diante da TVS, TV Nacional, TV Guaíba ou qualquer outra das 15 emissoras que compõem a rede que transmitirá meu programa e assista a um vencedor.

Vinheta do programa na TVS.

Imperial estreou na nova casa no dia 9 de junho de 1979. Foi uma maravilha. Silvio deu ótimas condições para se trabalhar. Houve até uma festa para comemorar a estreia na Boate Banana Power em São Paulo, onde o programa era gravado.

Todas as terças, às 7 da manhã, Imperial, suas lebres e Mário Jorge viajavam para São Paulo para gravar no mínimo dois programas. Retornavam ao Rio no último voo da ponte aérea. Ele centralizava tudo relacionado ao programa, desde a luz até as sandálias que as lebres usariam. Suas explosões aconteciam quando ele percebia que algo não estava funcionando como desejava. Numa ocasião, as meninas aderiram a uma nova moda: usar o collant bem cavado deixando à mostra a marquinha do biquíni obtida durante o bronzeado. Acharam que havia ficado muito bonitinho. Mas não na opinião do dono do programa.

– Para! Para! Para! Porrrrrrrrra, que babaquice!

Sobrou para Mário Jorge, que em vão tentou argumentar que não tinha como controlar a ida das meninas à praia. Ele disse que Mário era o diretor do programa, que tinha que ver isto, senão não precisava dirigir programa nenhum. Mandou chamar as garotas e deu-lhes um grande esporro.

Nessa fase do programa na TVS predominavam mais artistas de São Paulo: o romântico Gilliard; Pablo, um argentino de cabelo pajem que fazia mímicas no programa "Qual é a Música" de Silvio Santos; a paraguaia Perla, com suas versões para o português do grupo sueco ABBA; a dupla Jane & Herondy (o Fábio Marcelo, que inspirou Juancito a trocar de nome); Guilherme Arantes; Zé Rodrix;

Cláudio Di Moro; Paulinho Camargo; Arlete Moreira, uma loirinha linda com quem Imperial havia tido um romance tempos atrás; o conjunto Genghis Khan e Bianca, a "roqueira do Brasil", que aparecia cheia de atitude segurando uma guitarra e cantando "Vou Embora Morar com Meus Pais". Porém, na sua primeira apresentação no programa, a garota sofreu uma crise de pânico que a deixou paralisada. Problema resolvido por Luiz Adolpho, que depois explicou a Imperial a técnica empregada:

– Dei-lhe um porradão nas costas, que ela foi parar no meio do palco.

Também havia o grupo "Rabo de Saia", formado pelas lebres.

Em São Paulo, Carlos não deixava de se encontrar com Eduardo Araújo e Silvinha.

O sofrimento de Imperial com o desaparecimento de Marco Antônio teve fim quando Maria Luíza foi procurá-lo no Hotel Excelsior, em Copacabana, onde estava hospedado. Marquinho tinha acabado de telefonar para Dona Zezé. Após a confusão no Ceará, foi parar na Guiana Holandesa com a intenção de ir para Cuba. Mas seu plano não dera certo, e ficou vagando pela região Norte, até parar no Acre, onde encontrou o Colônia Cinco Mil, comunidade da doutrina do Santo Daime, sendo acolhido por seu líder, o Padrinho Sebastião. Durante sete meses conviveu com os moradores da aldeia, trabalhando na horta e participando da construção de casas. Ninguém sabia qual a sua identidade, era conhecido como "Carioca". Até que, do nada, o Padrinho lhe avisou de que sua avó queria lhe falar. No dia seguinte ele ligou para Dona Maria José.

– É você Marco?

– Sou eu, minha mãe.

– O seu pai está desesperado querendo te ver, ele disse que onde você estiver ele vai te buscar. Você não vai falar com ele?

– Não, eu ligo no domingo na hora do almoço, se ele estiver eu falo com ele.

Imperial aguardou impaciente o domingo chegar. Enquanto tomava a "canja da paz" com a família, o telefone tocou. Mal podia acreditar que estava voltando a falar com o filho. Disse que iria na mesma hora ao Acre para vê-lo. Tomou o primeiro avião. No aeroporto, Marco Antônio o aguardava. Fez uma festa ao reencontrar o filho, não cabia em si de felicidade. Os dois foram para a Colônia Cinco Mil, onde Imperial ficou surpreso ao ser reconhecido por seus habitantes. Foi apresentado ao Padrinho Sebastião e prometeu fazer o que pudesse pela aldeia para retribuir o que o ancião havia feito pelo seu filho.

Nos dois dias em que ficou na aldeia, Carlos tentou integrar-se à comunidade. Chegou a participar do ritual religioso quinzenal da colônia, baseado em princípios do catolicismo, espiritismo e rituais da cultura cabocla e indígena. Mas sentiu-se desconfortável com a vida simples do lugar, assim como com a reação que apresentou após ingerir a segunda dose do chá do Santo Daime durante a louvação. Vomitou bastante e teve de usar várias vezes o único banheiro da aldeia. Algo que também o desagradou foi perceber que a bebida havia provocado certa fuga da consciência.

Mas a razão da vinda de Imperial ao Acre não era tornar-se um habitante da Colônia Cinco Mil. Ele viera pensando em levar Marquinho de volta. Mas isso parecia impossível. O garoto queria ficar. Carlos ofereceu qualquer coisa que o filho desejasse: um apartamento no Leblon, mil dólares mensais, uma temporada na França para estudar cinema, e muito mais. Só conseguiu ouvir um sim depois de prometer comprar um trator e um caminhão para a colônia. Pegaram o avião, mas em vez do Rio, o destino de pai e filho foi Brasília. Na capital, Marquinho iria viver com seu tio, Francisco Manoel. Antes de voltar, Imperial deu de presente a Marquinho outro item que ele havia pedido durante a viagem, uma Kombi.

O programa vinha com uma audiência bem menor do que na época da TV Tupi, estava com 17 pontos. Na outra emissora eram 40, e isto incomodava Imperial. Até que saiu o índice dando 30 pontos. Moisés Weltman, diretor da TV Studios, que no passado fora o responsável pela estreia de Carlos como colunista da "Amiga", levou uma banda de música para os estúdios da Vila Guilherme a fim de comemorar a conquista histórica.

Mas os festejos não duraram muito. Em setembro, o Ibope enviou o seguinte comunicado aos principais jornais do país:

A presente é para comunicar aos assinantes dos serviços regulares da TV no Rio de Janeiro que devem considerar sem efeito os índices dos últimos seis sábados nesta praça.

"A rainha de todas as discotecas: Vera Garrido!"

Os resultados fornecidos referentes àqueles horários estão eivados de suspeição, conforme verificação posterior dos nossos fiscais. Quanto ao boletim mensal a ser editado, dele não constarão os resultados referentes a esses dias e horários. Assim procedendo, estamos, ainda uma vez, reiterando uma preocupação que é permanente na nossa empresa – a de espelhar a realidade sem distorção em qualquer modalidade de pesquisa.

Os horários sob suspeição eram os do "Programa Carlos Imperial". Desde aquela tarde em que fizera perguntas sobre os mecanismos do Ibope a Sérgio Gabriel, Carlos vinha maquinando a ideia de armar um esquema em cima do instituto de pesquisa. A audiência na TVS não ia tão mal para uma emissora nova, certamente aumentaria com o passar do tempo. Mas Imperial queria resultados imediatos. Com a ajuda de dez dos quinze fiscais do Ibope, montou um esquema para beneficiar seu programa. Os rapazes iam pesquisar e nas residências onde as TVs estivessem desligadas ou com defeito, colocavam como sintonizadas nos "Embalos de Sábado à Noite".

A fraude foi descoberta através de uma denúncia anônima. Os operadores foram pegos em flagrante numa reunião na casa de um deles. A polícia chegou ao local e levou todo mundo para a delegacia. Mas Imperial conseguiu tirá-los de lá por falta de provas. O Ibope demitiu os dez funcionários, que foram agregados à Cipal. Na TVS, Carlos foi chamado para conversar com Silvio Santos, que comunicou que devido a notícias publicadas nos jornais não tinha outra alternativa a não ser tirar o programa do ar.

Bastidores de “As Delícias do Sexo”, um sátiro entre ninfas.

28

OS SENTIDOS DO IMPERIAL

Imperial reuniu as lebres e o restante da equipe para avisá-los de que a TVS ia acabar com o programa. Mesmo assim, permaneceu pagando o pessoal por um tempo considerável. Esperava levar a atração para outra emissora, mas isso não aconteceu. Acabou montando um show na boate Capricornius, na Avenida Prado Júnior: "Blow Up, uma Explosão de Mulheres". Cecília Zalazar, com quem havia trabalhado em "Era uma Vez no Carnaval", era a coreógrafa do espetáculo, que contava com belas mulheres em números de dança, mímica e strip-tease.

Bianca Blonde, uma stripper que trabalhava em boates de Copacabana, estrelava um número em que surgia completamente nua na pista da Capricornius ao som de "The Age of Aquarius", do musical "Hair", e tinha o corpo completamente pintado pelo desenhista Jean Jacques num clima de "paz, amor e sensualidade". Anteriormente, Bianca havia se candidatado a uma vaga como lebre no programa da TV Tupi, mas não obtivera sucesso. Sua chance surgiu quando foi publicado o anúncio no jornal procurando por garotas para trabalhar no show da Capricornius.

A Cipal oferecia uma série de recursos para as meninas do show: aulas de dança, passarela, interpretação e etiqueta. Imperial observava as garotas que demonstravam maior empenho e as chamava para morar no seu novo apartamento, na Rua Miguel Lemos 9, já que grande parte delas morava no subúrbio e encontrava dificuldades para chegar em Copacabana. Bianca, moradora de Pilares, era uma dessas meninas. Ela aceitou o convite do produtor com o habitual receio das histórias que contavam sobre ele: obrigava todas as garotas a transar com ele, dava drogas a elas e as prostituía.

Assim que chegou ao apartamento, a loura tornou-se amiga de Maria do Carmo, a nova empregada de Carlos, que a tranquilizou de seus temores. Imperial realmente transava com algumas garotas, mas somente com as que correspondiam ao seu papo envolvente; tinha ojeriza a drogas, assim como a álcool e cigarro, e tirava sim seu sustento de mulheres, mas somente com seus filmes, fotos em suas colunas e agora com o show na boate. Por via das dúvidas, Bianca também tornou-se íntima de Marly Mendes, uma das estrelas de "Blow Up", que diziam ser a namorada oficial do Gordo. Achava que estar grudada à linda morena vinda do Rio Grande do Sul evitaria qualquer investida de Imperial.

O número de Bianca com o corpo pintado fazia muito sucesso, mas gerou um conflito entre Imperial e o francês de sotaque paulista, Jean Jacques. O pintor reivindicava crédito como autor. Algo com que Imperial não concordava.

– O show é meu, a ideia é minha. Eu sou Carlos Imperial! Quem manda aqui sou eu. Eu sou Carlos Imperial! Você está demitido!

– Não seja por isso!

Dias depois, Imperial percebeu que sem Jean Jacques não haveria como continuar com o número. Ligou pedindo para ele voltar, oferecendo o dobro do salário. O pintor que usava corpos nus no lugar de telas acabou voltando, e o show prosseguiu normalmente. Mas a autoria do número continuou sendo apenas de Carlos Imperial.

Carlos tinha o LP da montagem inglesa do musical "Evita" e concluiu que a loira Bianca poderia ter um número solo inspirado no espetáculo de Andrew Loyd Weber e Tim Rice. Ele a treinou durante semanas para fazer a mímica da canção "Don't Cry for Me, Argentina".

Apesar de Marly Mendes ser a namorada mais firme do Gordo, ele variava muito de mulher. Quando pretendia levar alguma nova conquista para seu apartamento, dava suas orientações à mineira Maria do Carmo:

– Esta noite vou trazer uma moça pra dormir aqui. Pela manhã ela vai dar as ordens, ela vai ser a dona da casa. Deixa. Vai ser só por uns três dias. Acate todas as ordens dela.

No dia seguinte, a menina se apresentava como a mulher de Carlos Imperial. Do Carmo agia como o patrão havia orientado. Três dias depois, já havia outra no lugar.

A maioria das meninas com quem Carlos se relacionava era de origem humilde, vindas do subúrbio. Ele as levava para um "banho de loja" nas principais butiques cariocas, deixando escolher o que quisessem. Mas decidia qual a roupa que acreditava cair melhor nelas. A palavra final era sempre dele.

Nos períodos de tédio, Imperial passava grande parte do tempo em seu quarto. Gostava de ficar deitado como um sultão nu e rodeado por várias menininhas lhe fazendo carinhos. As garotas que nada tinham com ele, aquelas que estavam hospedadas no apartamento apenas por causa do show na Capricornius, inicialmente ficavam chocadas com seus hábitos, mas depois acabavam acostumando.

Depois de passar alguns meses com seu tio em Brasília, Marco pegou a Kombi e voltou para o Rio de Janeiro. Estava aborrecido com o pai, que lhe dera o carro mas não o transferira para o seu nome, alegando que o filho iria vendê-lo e dar o dinheiro para a Colônia Cinco Mil. Tão logo Marcos chegou, voltaram as discussões entre ele e Imperial. O pai exigia que o filho devolvesse o automóvel. Dizia que Marquinho o usava apenas para passear com seus amigos maconheiros. A intransigência de Carlos irritava Marco Antônio, que também lembrava de sua promessa não cumprida de ajudar Padrinho Sebastião. Depois de tentar sem sucesso trocar a Kombi por uma boa quantidade de "manga rosa 12 anos" (os traficantes não aceitavam fazer algo contra Carlos Imperial), Marquinho decidiu devolvê-la ao pai. Mas à sua maneira.

Numa tarde, Marco levou o carro com o tanque cheio e estacionou na Rua Miguel Lemos, quase na porta do edifício em que o pai morava. Pediu a algumas pessoas que estavam ao redor para afastarem-se, pois ia atear fogo ao carro. Cinco minutos depois uma Kombi ardia em chamas numa das ruas mais movimentadas de Copacabana.

"Blow Up, uma explosão de mulheres", trouxe de volta a Imperial um gosto de vitória semelhante ao da época em que fora produtor teatral. Casa cheia de terça a domingo, com várias personalidades indo conferir o espetáculo. Eram artistas, jogadores de futebol, políticos e os bacanas da alta sociedade, que podiam contar com a privacidade de camarotes protegidos por vidros escuros, sugestão do Gordo a César e Vasco, respectivamente dono e administrador da casa. Numa noite, após seu número de dança em cima da canção "Dores de Amores" de Luiz Melodia, Cecília Zalazar recebeu no camarim a visita da tal figura de que Carlos havia feito mistério durante todo o show. Era o bailarino Mikhail Baryshnikov, que em turnê pelo Brasil foi levado para assistir ao show e quis lhe dar os parabéns por sua caracterização de Marilyn Monroe na concepção de Carlos Imperial.

O casamento de Maria Luíza e Rorion terminou depois de dois anos, pouco tempo depois do nascimento da segunda filha do casal. Mas quando a filha comunicou que iria se separar, Imperial não lhe fez sermão algum. Simplesmente acolheu a filha e as netas, que ficaram morando na antiga sede da Cipal, na Sá Ferreira 44. As duas meninas eram tudo para ele, que fazia todas as suas vontades. A princípio, foram criadas na doutrina do avô, Hélio Gracie, com suas comidas saudáveis e exercícios. Mas nos finais de semana, Imperial as levava para seu apartamento, onde as deixava tomar todo o sorvete que aguentassem.

– É um absurdo meninas com cinco anos de idade nunca terem tomado sorvete!

Com as netas Rose, Riane e Stephania, filha de Marco.

A mudança em sua vida provocada pela chegada de Rose e Riane o fazia comentar com os amigos:

– Fiz de tudo para ser um cara inteligente. Li Rabindranath Tagore, Beaumarchais, decorei o Rubaiyat de Omar Khayyam, tanta coisa. E agora virei um verdadeiro babacão nas mãos das minhas netas.

Preocupada em afastar alguns aproveitadores da Cipal, Maria Luíza começou a trabalhar na empresa. Seu amigo Conrado Nobile, que a acompanhava na administração da agência, acabou como sócio informal de Imperial, e não demorou muito para descobrir o porquê da constante instabilidade financeira que a agência atravessava. A Cipal era a vida do Gordo, mas ele ignorava completamente a parte burocrática, não queria saber se impostos tinham que ser pagos. Se lhe dissessem da necessidade de algum documento para realizar certo projeto, respondia:

– Não precisa de documento nenhum, eu vou lá e faço. Eu sou Carlos Imperial!

Era uma pessoa acima de preocupações com organização. Queria saber que no seu apartamento deveria ter sua cachorra bem tratada, a cama arrumada, a empregada para fazer sua comida e muitas lebres. Se tivesse que pagar qualquer coisa, pegava o talão de cheques e ia assinando.

Conrado e Luíza livraram Imperial das aborrecidas responsabilidades com a Cipal, e conseguiram torná-la novamente lucrativa. Também aproveitaram todo o potencial da agência, oferecendo cursos de modelo e manequim, e aulas de dança. Com isso, Carlos respeitava bastante as decisões dos dois.

Imperial guiava seu Corcel conversível sem importar-se com nada, além de seus projetos. Dirigia bem para ele, os outros carros que se preocupassem. Não dirigia mal, mas se tivesse que avançar um sinal na frente do guarda, fazia sem se preocupar. Que mandassem a multa. Se o guarda o parasse pedindo documentos, respondia:

– Eu não preciso de documento. Eu sou Carlos Imperial! O senhor sabe quem eu sou?

– Sei, sim senhor. Mas o senhor tem que me apresentar seus documentos.

– Não tenho não. Quem tem que me mostrar documento é o senhor. Eu não lhe conheço.

Em São Paulo, em 1967, quando participava do "Esta Noite se Improvisa", Carlos conheceu uma modelo chamada Ita Rauchfeld, uma loira de 1,80 m de altura e belos olhos azuis, que parecia uma deusa da mitologia nórdica. Os dois mantiveram um breve namoro. Nunca mais se viram. O tempo passou, Ita casou-se, teve dois filhos e, depois de dez anos de união, separou-se e foi morar no Rio de Janeiro, onde reencontrou Imperial. Começaram a sair. Ele a levava para jantar e assistir a várias sessões de "A Noite Americana", o filme de Françoise Truffaut pelo qual se encontrava encantado. Mas não era um namoro. Ita logo tomou conhecimento das meninas que Imperial hospedava em seu apartamento, e não aceitou toda aquela loucura. Ficou hospedada na casa da Barra, passando a conviver a maior parte do tempo com Maria Luíza, de quem se tornou grande amiga. Carlos achava que eram namorados, e a elogiava constantemente dizendo estar com uma mulher compreensiva que lhe dava liberdade. Justificava seu estilo de vida dizendo que o público se identificava com as loucuras que fazia, pois era tudo o que gostariam de fazer, mas não tinham coragem. Ele era quem dava vazão a esses desejos.

Imperial era um foco de luz com as mariposas em volta. As garotas sabiam que se fossem ao seu apartamento iriam encontrar comida e guarita. E ele precisava da casa cheia de mulheres, pois sua imagem fora construída assim. Aonde ia tinha que ser acompanhado por seu séquito de lebres. Ele se sentia bem com isso.

O Botafogo encerrava a década de 1970 em sérias dificuldades. Não ganhava um campeonato desde o estadual de 1968, e na administração de Rivadávia Corrêa, em 1976, perdeu sua sede, vendida para a companhia Vale do Rio Doce como forma de saldar dívidas acumuladas. Deixou General Severiano, indo parar em Marechal Hermes. Alguns torcedores, procurando fazer uma caipirinha daquele limão passado, diziam que a mudança era uma promoção. O alvinegro de general chegara a marechal. Mas botafoguenses históricos, como Sandro Moreira, não engoliam aquele chute nas glórias vividos na Avenida Venceslau Braz. O jornalista jurou jamais colocar os pés no novo endereço. Mesmo com todas essas vicissitudes, Imperial permaneceu um alvinegro fiel e apaixonado. Continuava indo a todos os jogos, sendo capaz de, em alguns deles, invadir o campo para correr atrás do juiz que considerasse ter prejudicado o Glorioso. Sua amizade com o atual presidente, Charles de Macedo Borer, o tornou uma eminência parda no clube, com trânsito livre entre os jogadores e dirigentes.

Durante um Botafogo e Americano, em Campos, Imperial chamou Luiz Adolpho para acompanhá-lo na viagem. Apesar de gostar de carros, o Gordo detestava dirigir por muito tempo. Queria que Luiz fosse guiando uma Brasília vinho que havia comprado para não castigar seu Corcel conversível em longas jornadas. A partida era no domingo à tarde, e os dois chegaram por volta de meio-dia na cidade, com Imperial indo direto à concentração do Americano, onde ficou circulando por um bom tempo, segurando uma pasta 007. Quinze minutos depois, todas as rádios começaram a noticiar:

– Carlos Imperial foi visto nas imediações da concentração do time do Americano portando uma mala preta. Dizem que ele trouxe dinheiro para comprar o time. O Americano vai entregar o jogo! O Americano foi comprado!

Na ameaçadora mala preta só havia roupa suja do Gordo. Mas o ardil do "rei da pilantragem" foi eficaz. Ao que parece, a equipe campista soube da notícia e entrou em campo visivelmente abalada. Seus jogadores não acertavam um único passe. Por outro lado, mesmo com a mãozinha dada por Imperial, o Botafogo parecia não saber qual o caminho do gol. Da cabine de rádio, onde assistia ao jogo, o Gordo ia ao desespero. No intervalo, comprou um maço de cigarros.

– Luiz, vou começar a fumar. Esse time está me deixando nervoso.

– Tu nem sabes tragar, vais é estragar os cigarros. Dá isso pra mim.

No segundo tempo, a história continuou a mesma. Até que Nilson conseguiu fazer um gol salvador quando o relógio já marcava 43 minutos. O magro 1 a 0 foi comemorado pela torcida alvinegra com vivas ao grande herói daquela tarde.

– IM-PERIAL! IM-PERIAL! IM-PERIAL!

Todo mundo acreditou que Carlos havia realmente comprado o time do Americano. Inclusive um grupo de campista revoltados, que tão logo ouviram o apito final partiram atrás dele e de Luiz Adolpho. A dupla precisou abandonar a cidade o mais rápido possível, para não protagonizar uma malhação de Judas fora de época.

No Maracanã, antes de um Botafogo e Vasco, o público que lotava o estádio foi pego de surpresa. No lugar da equipe botafoguense, surgiu do túnel um grupo de belas mulheres vestindo o uniforme alvinegro. Eram as foguetes, nova invenção de Carlos Imperial, inspirada nas chefes de torcidas americanas. Rose, sua netinha de cinco anos, era a mascote do escrete de beldades. A torcida vascaína ensaiou um coro de "Piranha!", mas foi desarmada pela doçura das meninas, que a presenteou com rosas amarelas. Alguns puristas do futebol criticaram mais esse espetáculo bolado pelo Gordo. Mas a edição de segunda-feira, dia 7 de julho de 1980, do "Jornal dos Sports" deu uma simpática palavra de apoio às beldades: "Cuidado com quem não gosta".

Contudo, a estreia de Imperial em um cargo de dirigente esportivo não se deu no Botafogo. Em 1978, durante alguns sábados, chegou a apresentar seu programa da TV Tupi diretamente do Olaria Atlético Clube. Tornou-se amigo do presidente Edmundo Sigarro, sempre aparecendo nos jogos no "alçapão da Rua Bariri" ou frequentando a piscina do clube, acompanhado por suas lebres. Até que, em 1980, Sigarro o nomeou vice-presidente de futebol.

Logo que assumiu o cargo, Carlos se aproximou do Diretor de Futebol do clube, Augusto Pinto Monteiro, o Pintinho, com quem compartilhava seus ambiciosos planos. Dizia que iria tornar o Olaria um time tão forte quanto o argentino Boca Juniors.

– Pintinho, vou tornar o Olaria um campeão igual ao Boca Juniors. O azul da nossa camisa é até parecido com o deles.

Para dar início a sua arrancada rumo à vitória, Imperial decidiu contratar um novo técnico. Sua primeira opção foi Luiz Mariano, que estava no Botafogo treinando o "time do camburão". O apelido dado pelo repórter Deni Menezes se devia ao fato de tanto Luiz quanto Hélio Vígio, seu preparador físico, serem delegados. Mariano não aceitou a proposta, mas indicou um colega da polícia que em 1979 havia trabalhado como auxiliar na Seleção Brasileira Amadora Pan-americana. Carlos foi à delegacia da Ilha do Governador, onde conversou com Antônio Lopes, a indicação de Jair Mariano. O delegado aceitou dirigir o "Boca Juniors brasileiro".

O relacionamento de Imperial com Lopes foi ótimo desde o início. Apesar do técnico precisar usar muito jogo de cintura para descartar algumas das técnicas de treinamento nada ortodoxas que o vice de futebol sugeria.

– Vamos treinar esses jogadores assim: quando eles forem bater o escanteio a gente coloca uns latões de lixo no gol e eles têm que acertar a bola neles. Outra coisa, treinamento com bola tem que ser com a mão. Tem que dar passe com a mão para ver se não erra.

Pintinho e Lopes ouviam as histórias que Imperial contava sobre ter sido artilheiro do Dínamo, imbatível time de futebol de praia de Copacabana. Mas acreditavam que, na realidade, ele jamais tinha jogado bola. Para eles, o Gordo não passava de um grande vibrador. Sua mais louvável virtude era a enorme capacidade de promover muito bem o Olaria.

O Gordo marcava presença em todos os jogos, acompanhado de um time de belíssimas lebres reeditando a ideia das foguetes. Fazia questão de confraternizar com os torcedores na arquibancada. Parava os vendedores de sorvete e distribuía picolés a todos.

No final do ano, Imperial deixou o Olaria para ser o vice de futebol do Botafogo. Com ele, o clube conquistou a taça Alfredo de Assis Curvelo, o torneio da morte, que possibilitou ao time da Rua Bariri disputar o campeonato estadual de 1981 entre as equipes da primeira divisão. Devido a sua excelente atuação como técnico do Olaria, Antônio Lopes, que Imperial considerava uma descoberta sua, acabou despertando a atenção do América, que o contratou.

Em agosto de 1979 entrou em vigência a Lei da Anistia, que permitiu a volta dos exilados ao país. A censura também começou a ficar mais frouxa. Peças como "Calabar" de Chico Buarque, eram liberadas, os adolescentes já podiam ver o nu frontal em revistas nacionais, e filmes há anos proibidos no país tinham suas primeiras exibições. Mas não com tanta facilidade. "O Império dos Sentidos", de Nagisa Oshima, que continha cenas de sexo explícito, foi submetido ao Conselho Superior de Censura, onde enfrentou uma batalha pela sua liberação. O que conseguiu, apesar da negativa de uma conselheira, que justificava seu voto contra alegando que o povo brasileiro não estava preparado para assistir ao filme.

Foi de olho nessa liberação que Imperial decidiu escancarar de vez. Comentava que iria fazer filmes nacionais com cenas de sexo explícito, pois nossas mulheres eram as mais belas do planeta. Iria realizar o seu "Império dos Sentidos".

"As Delícias do Sexo" foi o "Cidadão Kane" de Carlos Imperial. Produção, direção, argumento, roteiro, diálogos, montagem e música levavam seu nome. Fred Confalonieri, antigo fotógrafo na Cipal, que de 1976 a 1978 estudara cinema na França, era seu assistente de direção, função que havia desempenhado com bastante competência em "Chico Rei", de Walter Lima Júnior e "Fitzcarraldo", do alemão Werner Herzog.

Carlos propôs sociedade a Ita Rauchfeld na produção. Um tanto quanto insegura, ela aceitou. Mas pediu o auxílio de seu irmão, Raul, algo que deixou o Gordo magoado, pois considerou sua atitude como uma prova de desconfiança.

"As Delícias do Sexo", cujo título fora tirado de uma Bíblia que Marquinho havia lhe presenteado, contava a história de Toni e Tetê, um casal de jovens em dificuldades financeiras que é contratado por Fausto, um produtor cinematográfico, para entreter a ele e seus convidados numa festa de embalo. Ubirajara Alcântara, goleiro do Botafogo, eleito no Chacrinha o negro mais bonito do Brasil, fazia Toni, e a lebre Soninha Montenegro, Tetê. Imperial interpretava o produtor, que em dado momento entrava em transe e incorporava o sádico Dr. Wolf, que se satisfaz torturando Soninha no pau de arara ao som de relaxantes obras da música clássica, sua grande paixão além da tortura.

Outra cena contava com belas lebres com o figurino de ninfas gregas protagonizando uma enorme orgia sáfica. Mas apesar desse alto teor erótico,

Imperial exigia total profissionalismo. Não admitia promiscuidade no ambiente de trabalho. Para isso, encarregou Nilda de vigiar as garotas e evitar que se envolvessem com os homens da equipe. Ita aparecia nas locações ainda se perguntando se estava fazendo a coisa certa.

Soninha Montenegro, a próxima vítima do Dr. Wolf.

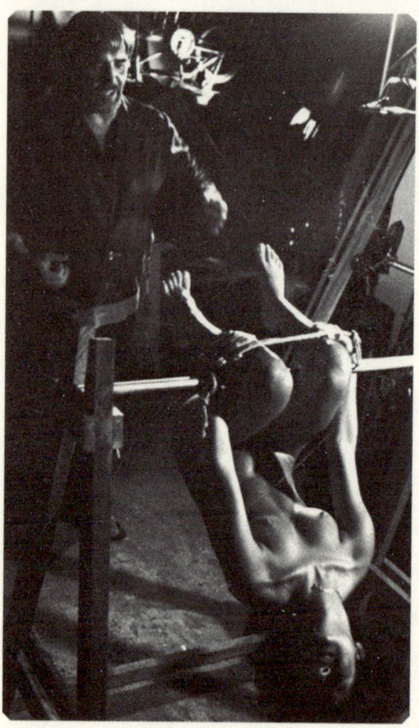

O sádico Dr. Wolf, ultrapassando os limites.

"As Delícias" foi montado, editado e sonorizado em apenas dezoito dias. Uma mansão na Estrada das Canoas, em São Conrado, foi usada como locação. Sérgio Gabriel, que passou a morar na Cipal, foi o assistente de montagem de Imperial. Mas Leovigildo Cordeiro, o Radar, montador da maioria dos filmes de Carlos, não aceitou muito bem isso. Numa ocasião, foi até a agência querendo dar uma surra em Sérgio. Estava bêbado e chorando muito. Dizia que o Gordo lhe havia tirado o emprego para dar a Sérgio. Quando o homem de quase dois metros, que diziam tinha ligações com o Esquadrão da Morte, partiu para cima do "neguinho do reco-reco", este lhe acertou com o prato da moviola na cabeça. Carlos apareceu e evitou que as coisas ficassem ainda piores. Adorava Radar, que chamava de "o mestre do sincronismo". Mas depois de ter sido abandonado pela mulher, o ator-montador havia mergulhado no alcoolismo, tornando-se cada vez mais difícil trabalhar com ele. Mesmo assim, o Gordo lhe pagou um salário e lhe deu o crédito como responsável pela edição de "Delícias".

Imperial, Fresca e Leovigildo Cordeiro, o Radar, ator e montador de cinema, o "mestre do sincronismo".

O filme foi concluído no início de janeiro de 1981. Apesar de Carlos ter pensado em fazer um "Império dos Sentidos", "As Delícias" não tinha cenas de sexo explícito. Mas também não era um filme "para toda a família". Depois de uma sessão somente para mulheres, a cantora Emilinha Borba deu sua opinião à "Amiga": "Ainda estou tonta com o que acabei de ver".

Imperial também reuniu os donos das equipes de som para assistir ao filme em seu apartamento. Rômulo Costa e seus amigos sentiram-se bastante privilegiados com aquilo. Eram um bando de rapazes vindos do subúrbio – Rômulo era de Anchieta – que poucas vezes haviam pisado na Zona Sul. Carlos era a primeira pessoa que abria as portas para eles. Ver de perto as atrizes dos filmes foi uma experiência indescritível para aqueles jovens.

Na madrugada de 18 de maio de 1981, data da estreia do filme, Imperial ligou para a Cipal e acordou Sérgio Gabriel.

– Eu sou um gênio! Eu sou um gênio! Deixa tudo preparado que estou indo pra aí. Vamos criar a Liga da Moral e da Decência.

Foram alugadas duas kombis, onde o Gordo enfiou vinte senhoras que foram para a porta do cine Vitória protestar com cartazes contra a estreia daquele filme repleto de imoralidades. Além disso, arranjou um jovem negro anatomicamente privilegiado, batizado de "Geraldão do Peru Grandão", para correr nu no meio da primeira exibição. No momento da entrada de Geraldão, Rose, que estava presente no evento nada recomendável à sua idade, foi advertida pelo avô:

– Fica quieta que o negão vai correr pelado.

Em "posição de sentido", o rapaz cruzou a sala, causando enorme confusão. Na mesma hora, o rebuliço foi noticiado nas rádios. As pessoas ouviam e iam ao cinema para conferir o tal filme mais pesado do ano. A bilheteria da estreia de "As Delícias" foi suficiente para pagar todos os custos. Quando acabou a última sessão, Imperial em estado de êxtase imitava o barulho das roletas:

– Catraque, catraque, catraque!

Além desse recurso da estreia, Imperial recorreu a seus amigos das equipes de som. Nos finais de semana, Rômulo Costa distribuía nos bailes da Furacão 2000 ingressos para as jovens frequentadoras. Elas arrastavam seus namorados ao cinema, e o resultado na bilheteria era ótimo.

Mas se "As Delícias do Sexo" foi sucesso de público, o mesmo não aconteceu com a crítica. No "Jornal do Brasil" do dia seguinte à estreia, Sheyla Souza Costa estraçalhava a película do ogro:

Num mundo já conturbado pela violência e a insanidade mental, esse filme contribui com o reforço negativo, apresentando uma enorme gama de taras sexuais, que vão do sadismo às relações anormais numa realidade suja e sem nenhuma sutileza.

O filme ainda provocou mais confusão, pois um dos cinemas que o exibiam era o Auto-cine Drive-in de Jacarepaguá, cuja tela podia ser vista tranquilamente por quem passasse pela Rua Cândido Benício e os moradores de um conjunto habitacional que ficava ao lado. Era uma festa, o carioca voltava exaurido de um dia de trabalho e, ao virar os olhos, podia relaxar vendo as menininhas do Imperial na tela do drive-in; o marido sem paciência de ficar com a esposa vendo Tony Ramos interpretar os gêmeos Quinzinho e João Vítor na novela "Baila Comigo", podia ir para a janela do apartamento fumar o seu cigarrinho e apreciar coisa mais interessante; sem esquecer dos adolescentes que traziam o sexo como único pensamento de seus dias e podiam descarregar toda energia contida enquanto assistiam à película da janela de seus quartos. Mas como o que é bom dura pouco, depois de três noites de exibição da película, um morador denunciou a sessão de cinema grátis à Divisão de Controle e Fiscalização de Censura e Diversões Públicas, que mandou fechar o cinema. A casa só poderia reabrir mediante a mudança da posição da tela ou a colocação de anteparos que impedissem que o filme fosse visto do lado de fora.

Imperial não deixou de dormir devido à crítica negativa nem pela perda de um ponto de exibição, continuou deitado em sua enorme cama rodeado por lebres. Sua mente agora estava voltada para o Botafogo, onde chegou trazendo um reforço para o time, Rocha, volante do Olaria, que havia se destacado durante o estadual. Com ele também voltaram as foguetes, que eram incumbidas de incentivar os jogadores antes dos jogos, principalmente a garotada do juvenil, que ficava doida ao receber beijinhos de musas como a lebre Soninha Montenegro. Enquanto isso, Imperial explicava a importância das foguetes.

– Isso é pra dar tesão na molecada e o meu fogão vencer.

Na segunda-feira na Cipal ninguém trabalhava. Era o dia em que Imperial reunia cinco ou seis amigos para discutir futebol.

A simpatia de Imperial conquistou todos os jogadores, que eram levados para visitar seu apartamento, e desfrutar ainda mais da companhia de suas belas lebres. O duro foi em abril ver o Botafogo ficar na 4ª colocação do Brasileiro, depois de ser derrotado por 3 × 2 numa semifinal com o São Paulo, no Morumbi, e em novembro presenciar o Flamengo devolver a goleada de 6 × 0 imposta pelo Glorioso em 1972.

Festa no cinema nacional: estreia do filme "O Segredo da Múmia", de Ivan Cardoso. A partir da esquerda: Ivan; o ator Felipe Falcão; Maria Gladys, a bailarina do Clube do Rock que virou musa do cinema marginal; Imperial; e o diretor Alex Viany. (Arquivo Ivan Cardoso.)

Para esquecer a decepção com o time, Imperial deu início à produção de outro filme erótico, "Mulheres", baseado em "Morire d'Amore", polêmico conto de Pier Paolo Pasolini. A história de Fausto, o próprio Imperial, que após a morte da esposa é visitado por ela em sonhos, onde fazem sexo sem nunca conseguirem atingir o clímax. O grande chamariz da produção foram as quarenta lebres, lindas e nuas, filmadas pela lente de José Rosa, prestigiado diretor de fotografia que trabalhou em vários dos seus filmes. Destaque para Soninha Montenegro, Marly Mendes, Elys Cardoso, uma professora transformada em estrela do filme, onde interpreta a esposa de Fausto, e Dália Drummond, com quem Carlos manteve um de seus rápidos romances.

À época do lançamento do filme, Imperial quis fazer uma exibição para amigos na cabine de cinema do Meridien, algo que sempre fazia com suas produções. Mas encontrou resistência de um dos responsáveis pelo hotel, que, ao que parece, não o conhecia muito bem.

– Eu vou mostrar o meu filme sim. Você é um francesinho de merda! Eu sou brasileiro, eu estou no meu país! Eu sou Carlos Imperial!

A sessão foi realizada. Após a exibição, o produtor Cris Rodrigues, um dos convidados, foi consultado pelo sucessor de Orson Welles.

– Imperial, você enlouqueceu?

– Por quê?

– Direção: Carlos Imperial; produção: Carlos Imperial; roteiro: Pier Paolo Pasolini e Carlos Imperial; trilha sonora: Zé Rodrix e Carlos Imperial.

– Cris, gênios estão sempre juntos.

"Mulheres", num cinema perto de você.

"Mulheres" estreou no dia 3 de maio de 1982. Para promovê-lo, durante um Botafogo e Flamengo, Imperial contratou um helicóptero, que pousou no meio do campo. De dentro dele saiu a esplendorosa Soninha Montenegro vestindo um biquíni menor do que o salário mínimo. Soninha também apareceu em uma nota na coluna da "Última Hora" em que Imperial declarava que a lebre havia gravado seu depoimento para os arquivos do Museu da Imagem e do Som, algo que ocasionou novo telefonema do diretor da instituição, Ricardo Cravo Albin, para se queixar com o Gordo.

– Ricardo, vá aos jornais e diga que eu sou um cafajeste, que eu não presto. Faça isso.

Em São Paulo, Carlos foi entrevistado na TV Globo pela jornalista Marília Gabriela, no programa TV Mulher.

– "Mulheres" é baseado num conto do Pasolini. Mas por ele ser homossexual, era todo feito com homens. Eu transformei os personagens em mulheres.

– Mas você não se sente constrangido em mexer no texto do Pasolini?

– Não. Ele também mexia no texto de todo mundo.

Na coluna "A Crítica do Leitor" do "Jornal do Brasil", a estudante Elizabeth Alves dava a sua opinião sobre a obra:

Filme feito para resolver a problemática sexual do produtor e ator. Carlos Imperial nu, faça-me o favor!!!

Apesar de toda promoção, "Mulheres" não rendeu tanto quanto "As Delícias do Sexo".

"Morire d'Amore", o polêmico conto de Pier Paolo Pasolini, jamais existiu.

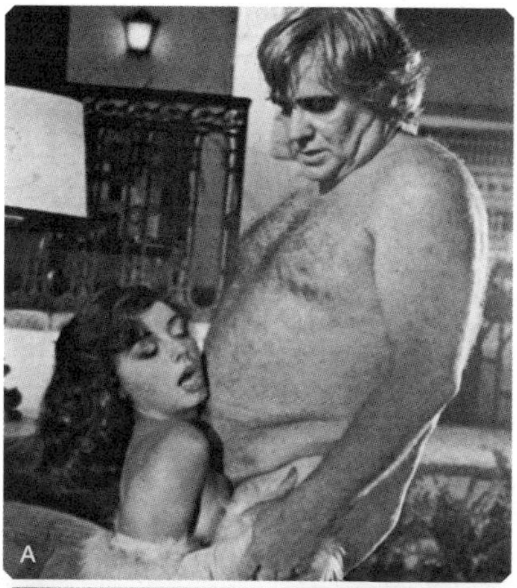
A

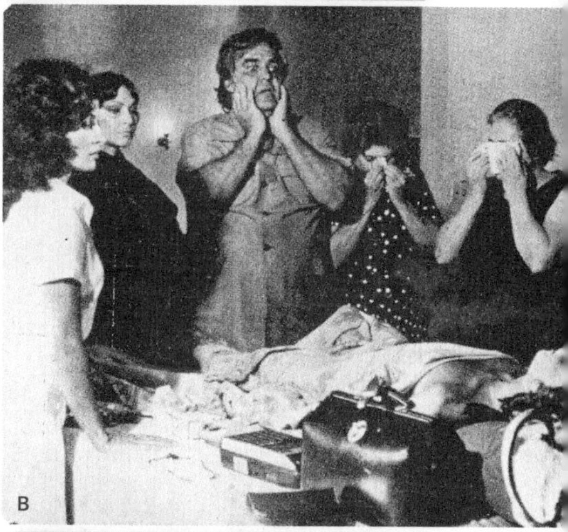
B

C

A. "Jornal do Brasil", Crítica do Leitor: "Filme feito para resolver a problemática sexual do produtor e ator. Carlos Imperial nu, faça-me o favor!!!" – Elizabeth Alves, estudante. (Acervo Beto Ismael.)

B. Cena de "Mulheres". Imperial como Fausto, prestes a realizar o último desejo da moribunda, mas ardente, Gilda (Elys Cardoso). Ao seu lado, Lia Farrel, como a governanta, e à esquerda, a médica, Dália Drummond. (Acervo Lia Farrel.)

C. "A coisa que sei fazer é mexer com mulher. É o que eu sei fazer. Se eu fizesse um filme infantil, seria um filme horrível" – entrevista a Marília Gabriela no programa "TV Mulher", maio de 1982. (Acervo de Beto Ismael.)

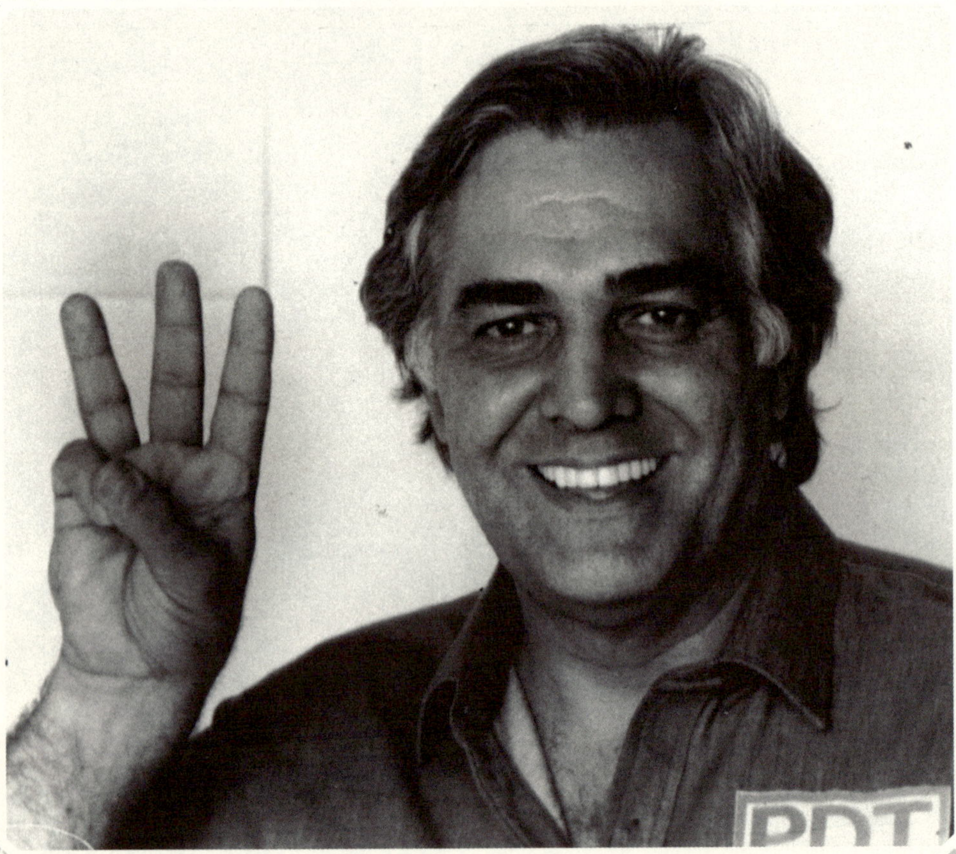

Saúde, paz e amor: a plataforma do candidato a vereador.

29
EXCELÊNCIA

– "Rádio Cruzeiro" informando de forma original como o seu dinheiro já virou mingau.

Inflação disparando, dívida externa idem, e a decisão de recorrer ao auxílio do Fundo Monetário Internacional (FMI). No terceiro ano de Figueiredo à frente da presidência, o Brasil se encontrava na penúria. Todas as segundas a "Rádio Cruzeiro", quadro do humorístico "Viva o Gordo", estrelado por Jô Soares e Paulo Silvino, fazia graça com o pandemônio em que a economia do país havia se transformado. Cada rima dita pela dupla lembrava o brasileiro de um mal que afligia seu bolso.

– Santo Onofre, ah, querido Santo Onofre, bota um dolarzinho no meu cofre!

Num programa do final de novembro de 1982, o "rei da pilantragem" foi a fonte de inspiração da equipe de redatores.

– Quando você ouvir: "Mas até o Imperial!", o seu salário vai mal.

Jô e Silvino davam início ao jogral:

– Mas até o Imperial!
– Mas até o Imperial!
– Mas até o Imperial!
– Mas até o Imperial!

A explicação para a piada vinha de fatos ocorridos meses antes.

Beneficiado pela Lei da Anistia, Leonel Brizola, o cunhado de Jango, ex-governador do Rio Grande do Sul, pôde retornar ao Brasil do exílio em Portugal. Com a volta do pluripartidarismo, tentou reativar seu antigo partido, o PTB (Partido Trabalhista Brasileiro), mas perdeu a disputa pelo registro junto ao Tribunal Superior Eleitoral para Ivete Vargas, sobrinha do presidente Getúlio. Criou o PDT (Partido Democrático Trabalhista), lançando-se candidato a governador do Estado do Rio de Janeiro na primeira eleição direta para o cargo no regime militar.

Mas, para assegurar que o seu partido, o Partido Democrático Social (PDS), saísse como grande vencedor do pleito, o governo surgiu com a Lei do Voto Vinculado, que obrigava o eleitor a votar somente em candidatos do mesmo partido para todos os cargos (governador, senador, deputados estaduais e federais, e vereador). A manutenção da fidelidade partidária foi usada como justificativa. Porém, o que se pretendia era beneficiar o PDS, a nova Arena, que governava a maioria dos estados e municípios do país. Contudo, Brizola, uma verdadeira raposa da política, tratou de se adequar a essa imposição. Arrebanhou para as fileiras do PDT todas as figuras que gozassem de forte apelo popular, a fim de lançar suas candidaturas na eleição. Nessa onda tornaram-se pedetistas o cantor Agnaldo Timóteo, o cacique Mário Juruna (candidato a deputado federal pelo Rio, sendo que sua aldeia ficava em Barra do Garças, Mato Grosso) e Carlos Imperial.

O jornalista Oséas de Carvalho era conhecido de Brizola desde antes do exílio. Depois da sua volta, continuaram a se relacionar, e durante uma conversa, o político lhe contou da sua busca por pessoas com popularidade para seu partido. Oséas falou em Imperial, que Brizola achou um nome interessante. Ao telefone, Carlos riu da conversa do amigo, dizendo que o gaúcho não teria a menor chance contra nomes como Miro Teixeira (PMDB) e Sandra Cavalcanti (PTB). Cinco minutos depois ligou de volta. Iria aceitar a proposta. Mas impôs uma condição: em hipótese alguma seria candidato a deputado federal. Nem em pensamento trocaria o Rio por Brasília.

O desejo de Carlos foi respeitado. O PDT o lançou como candidato a vereador pelo município do Rio de Janeiro. E tão logo a candidatura foi homologada, ele arregaçou as mangas. Com seu tio Manoel Maria como articulador, Imperial começou a reunir todos os amigos que pudessem ajudá-lo. Nisso, sua amizade com os representantes das equipes de som foi fundamental. Rômulo Costa, Sidinho Cambalhota e Ademir Lemos cederam carros de som para ele e durante os bailes faziam sua propaganda. Além disso, podia contar de segunda a sexta com a possibilidade de aparecer na televisão com o seu "Show do Imperial", um programa de entrevistas na emissora de Silvio Santos, que passada a confusão com o Ibope, o recebera novamente de braços abertos na TVS.

Quando entrevistado, Imperial usava sua prisão em 1969 durante o AI-5 como importante trunfo de campanha. Porém, ao falar do caso, afirmava ter enviado o cartão de Natal para o presidente Costa e Silva e todos os seus ministros militares. Com lágrimas nos olhos, relatava os momentos de tortura sofridos nos porões do Dops. De moço irreverente, virou herói da resistência.

– Enfrentei a polícia em 1969, levei um tiro na perna e meus dentes foram arrancados em torturas na prisão. Como jornalista da "Última Hora", fiz da máquina de escrever a minha arma.

Também mostrou ter a malícia de reverter o ardil governista do voto vinculado a seu favor. Seus cabos eleitorais distribuíam santinhos com a "chapa do Botafogo: Brizola governador, Saturnino Braga no senado, o botafoguense Aguinaldo Timóteo para deputado federal, o professor Juberlan de Oliveira para estadual e Imperial vereador.

No Olaria, foi organizado um show gratuito com a presença de vários cantores, com destaque para Gerson King Combo – o Gerson Cortes dos programas de Jair de Taumaturgo – e seus mandamentos Black, presença constante nos carros de som que faziam propaganda do Gordo. Também voltava à calçada do cinema Vitória, onde um ano antes havia protagonizado o arrazador lançamento de "As Delícias do Sexo". Sorridente, erguia três dedos da mão direita, o símbolo da sua "Legião Saúde, Paz e Amor" (expressão que pegou emprestada de seu amigo Luiz de Carvalho), enquanto lebres de shortinho, e com a camiseta com seu retrato, distribuiam seus folhetos de campanha.

A eleição em 15 de novembro de 1982 não foi nada fácil. Miro e Sandra, outrora favoritos, foram atropelados pelo rolo compressor dos Pampas, Leonel Brizola. Porém, apesar do "quem ganhar leva" dito com irritação por Figueiredo ao ser interpelado por um repórter, o governo jogou pesado a fim de assegurar a vitória de seu candidato, Wellington Moreira Franco. Durante a apuração, a "Rádio Jornal do Brasil" denunciou um esquema fraudulento praticado pela Proconsult, empresa de informática contratada para fazer a computação dos votos, que estava transferindo votos brancos e nulos para Moreira. O PDT deu início a uma apuração paralela que assegurou a vitória de Brizola. Além do governador, os demais integrantes da "chapa do Botafogo"

conseguiram eleger-se. Com 40.610 votos, Carlos Eduardo Corte Imperial foi eleito vereador pelo município do Rio de Janeiro.

– O vereador é a infantaria, é ele que combate corpo a corpo! Tem que captar as carências da região, deixar de pensar em sua individualidade para pensar como partido. Só tomarei atitudes dentro deste projeto de trabalho! Nunca bebi, nunca fumei na minha vida, nunca usei tóxico. Desde os 15 anos fui Congregado Mariano. Na verdade, a gente vive neste mundo, brinca, é sacana, mas tem que se sentir útil.

Para celebrar a vitória de Leonel Brizola e seu "socialismo moreno", Imperial compôs uma marchinha, que lançou em compacto pela Polydor, com produção do lendário Jairo Pires, produtor de vários discos de Tim Maia e Marcus Pitter. "Vamos Brizolar" era cantada por Carlos mesmo.

> Ai, ai, ai!
> Ô, ô, ô!
> Quá, quá, quá!
> Deu Brizola, meu amor

O labo B do disco trazia outra composição sua, "Vamos Furunfar", com Clóvis Bornay como intéprete.

> Eu quero é furunfar
> Eu quero é furunfar
> Eu quero é furunfar
> Quem quiser pode chegar

Apesar de todo o seu desembaraço em viradas de mesa e negociações no meio artístico, Imperial não entendia nada de política. A ajuda de seu tio,

Manoel Maria, foi de grande valia. Como seu chefe de gabinete, foi Manoel quem o aconselhou a candidatar-se a líder da bancada pedetista na Câmara, pois nesse cargo teria contato direto com o prefeito.

Seguindo novas orientações de Manoel Maria, Imperial marcou com seus colegas vereadores Maurício Azedo e Antônio Ferreira da Silva Filho, o Ferreirinha, uma reunião na Cipal a fim de discutir a atuação da bancada do PDT na Câmara, que elegera quinze vereadores numa bancada de 33.

– Eu sou o vereador mais votado, vou ser o líder da bancada. Maurício, que é o segundo mais votado da legenda, vai ser o presidente da Câmara, e você, Ferreirinha, vai ser o primeiro-secretário, o cargo de segunda maior relevância.

Maurício e Ferreirinha eram originários do "velho partidão", o Partido Comunista Brasileiro, e ainda militavam. Acreditavam ser remota a possibilidade de serem aceitos pelos demais vereadores.

– Imperial, dois comunistas na Mesa Diretora, você não acha que é demais?

– Não, Ferreirinha, não é não. Nós estamos em um novo tempo, é democracia.

– Mas Imperial, nós somos quinze entre 33, como é que vamos eleger uma Mesa Diretora com Maurício na cabeça e eu como primeiro-secretário?

– Vocês dois vão ser eleitos. Eles ainda não sabem, mas vão eleger vocês dois.

Imperial começou um trabalho de articulação primeiro junto à bancada promovendo uma série de reuniões antes da posse. Durante essas reuniões, alguns membros achavam que ao se declarar como líder da bancada, Imperial estava se impondo de maneira antidemocrática. Mas a articulação individual de Imperial foi bastante eficaz. Inicialmente podia não entender muito de política, mas sempre levava vantagem nas discussões com os outros vereadores. Falar era com ele mesmo.

Ivan Nery postulou a presidência da Câmara. Foram realizadas reuniões na sede do partido coordenadas pelo presidente do PDT, Doutel de Andrade, onde a proposta de Imperial terminou prevalecendo por uma votação relativamente apertada.

Imperial começou o entendimento com os outros partidos para assegurar a vitória da chapa Azedo / Ferreirinha. Revelou grande capacidade de articulação. Conseguiu aprovar a fórmula em que o partido que havia obtido maior votação e com maior número de vereadores fazia o presidente e o primeiro-secretário. Alegou que se o presidente não contasse com a lealdade do primeiro-secretário, a administração não seria boa e estaria sujeita a conflitos. Os demais cargos seriam cedidos aos outros partidos de acordo com o número de vereadores que elegeram. O PDT tinha quinze vereadores, o PDS oito, o PMDB quatro, o PTB dois e o PT um. Formou-se uma chapa com o PDT com o presidente e o primeiro-secretário, o PDS com a primeiro vice-presidente, o PMDB com o segundo vice-presidente, e o PTB com o segundo-secretário.

Para consolidar o acordo, Imperial estabeleceu o processo de provimento dos cargos da estrutura permanente da Câmara mediante indicação das bancadas por ordem de votação. Exemplo: o PDT faria a primeira indicação, o PDS a segunda, depois PMDB, PTB e PT. Novamente o PDT levou vantagem, ficando com os cargos de maior hierarquia. Mas havia motivo para brigas. Tinha cargo para todo mundo. Durante as discussões para o preenchimento das vagas, o vereador Leonel Trota, do PTB, aproveitou para fazer graça com o momento de partilha da situação:

– Tem um cargo das seis aí pairando no ar, de quem será?

Imperial comentou com Oséas de Carvalho que pretendia tomar posse vestindo camisa florida, calçando chinelos e rodeado de lebres de biquíni. Oséas disse que era muito óbvio e que ficaria mais em evidência se ele usasse um terno. Ele recusou, mas depois ligou mudando de ideia. Pediu para Oséas arranjar alguém que lhe desse um terno. Conseguiu com um amigo da Djalma Ulrich. O jornalista sugeriu que Imperial noticiasse que iria tomar posse de terno e gravata. Foi um sucesso, todo mundo comentou o fato até então inédito. Depois da posse, Oséas recebeu novo telefonema do Gordo.

– Consegui meu grande sonho: saí na primeira página do "Jornal do Brasil"!

Carlos herdou o gabinete de Dirceu Amaro, do PMDB. Em seu primeiro dia, reuniu os dez assessores do ex-vereador.

– Vocês têm para onde ir? Porque eu não estou trazendo ninguém comigo. Se quiserem, podem ficar trabalhando comigo.

Manteve todos os assessores de seu antecessor com ele. Mas foi substituindo aqueles que não se adequavam ao seu ritmo de trabalho. Elizabeth Rubim tornou-se a funcionária em quem depositava maior confiança. Nessa época, Imperial planejava abrir uma escola de modelos e manequins na Cipal e precisava de uma pedagoga para fazê-lo, pois desejava emitir diplomas registrados pelo MEC. Consultou Elizabeth, que indicou sua prima, Lenir de Almeida, diretora de uma escola do Município. Lenir era uma mulher de 40 anos, que assumiu a escola de modelos com pulso forte e experiência em formação de alunos. Como não houvesse trabalhado com moda. rapidamente procurou adquirir conhecimentos com profissionais da área. Queria realizar seu trabalho de maneira irrepreensível. E conseguiu, pois formou turmas de modelos que saíam da agência com boas propostas de trabalho. Entre suas alunas estava Roberta Close, uma jovem transexual, lutando para vencer preconceitos, que confundia muito machão com sua beleza e virou capa de revista.

Lenir também passou a fazer parte do gabinete do vereador. Nos primeiros dias quase desiste, devido aos ataques do Brucutu. Mas depois foi se acostumando, e tornou-se uma pessoa em que ele depositava toda confiança.

Por três anos, Aderbal Júnior dirigiu com muito sucesso a encenação da "Via Sacra" pelas ruas do centro do Rio. Com a posse de Brizola, às vésperas da Semana Santa, Aderbal foi comunicado de que ela não seria realizada. Mas, logo depois, a decisão foi reconsiderada sob a alegação de que a peça teria de ser encenada, para evitar alguma indisposição de Brizola com a Igreja, já que o evento havia se tornado uma tradição na cidade. Os organizadores acharam o tempo curto, mas com a insistência dos membros do governo, acabaram fazendo tudo usando a firma de Aderbal na contratação de todos os profissionais.

Quando já estava tudo encaminhado, o presidente da Rioarte, Gerardo Melo Mourão, comunicou que a verba havia sido bastante reduzida, o que inviabilizaria a encenação. A imprensa começou a dar destaque ao assunto. Atores que participaram das montagens anteriores apareciam chorando na TV. Aderbal, solidário com o desespero desses profissionais, terminou indo para a linha de frente do problema e declarou aos jornalistas que o contrato estava assinado na Rioarte. No dia seguinte, o diretor foi à entidade, para mostrar o documento, mas chegando ao local, ele havia desaparecido.

Mesmo com todas essas dificuldades, Aderbal levou a "Via Sacra" até o fim. Mas imediatamente após a encenação da peça, o PDT voltou-se contra ele, acusando-o de apresentar um orçamento superfaturado. Chamavam a atenção para o elevado preço de uma cruz cenográfica. Em contrapartida, a oposição dizia que o PDT estava contra o Cristo. Em reunião com integrantes do partido, Carlos surgiu com a ideia de realizar um protesto tendo a cruz como símbolo.

Na quarta-feira, dia 20 de abril, Carlos reuniu a imprensa na Ladeira da Misericórdia, centro do Rio, para denunciar que a cruz cenográfica utilizada na "Via Sacra" encontrava-se abandonada na calçada, podendo ser roubada a qualquer momento.

– Vejam, senhores jornalistas e povo da minha terra: a cruz que, segundo Aderbal Júnior, custaria Cr$ 800 mil, está jogada, abandonada. Ele nunca mais veio aqui para tomar conta da cruz. Isto é um absurdo com o dinheiro do povo. Esta cruz será confiscada pela comissão da Câmara que apura as irregularidades cometidas pela Rioarte.

Logo depois do discurso, colocou a cruz nos ombros e iniciou uma caminhada rumo à Câmara de Vereadores, na Cinelândia. Mas logo nos primeiros dez metros, começou a pôr a língua para fora. Os dez quilos de compensado equivaliam a uma tonelada para alguém como ele, completamente avesso a exercícios. O taxista Bonfim da Silva Nunes, dando uma de Simão Cirineu moderno, ofereceu-se para carregar a cruz em seu carro. Na esquina da Avenida Rio Branco com a Rua Almirante Barroso, Imperial recebeu seu fardo de volta e prosseguiu sua via crucis. Quando chegou à Cinelândia, estava completamente ensopado de suor. Mas ainda com bastante disposição para denunciar as "picaretagens do Aderbal".

Ovacionado por populares, subiu as escadarias da Câmara e cruzou o portão principal auxiliado por uma mendiga que o chamava de Jesus Cristo. Chegou ao plenário bem no momento em que estava inscrito para falar. Exibindo o que dizia ser o contrato da "Via Sacra" que havia desaparecido, iniciou um inflamado discurso com juras de fidelidade ao prefeito Jamil Haddad e Brizola. Em resposta ao aparte do vereador Fleming Furtado, que classificou a presença da cruz como sensacionalismo e reclamava da invasão do plenário, usou sua ironia habitual:

– Nobre Vereador Fleming Furtado, é a imprensa que está no plenário. E a imprensa não invade nada. Ela veio aqui para constatar um fato.

Palhaçada, falta de respeito e brincadeira de mau-gosto, foram alguns dos termos usados pelos vereadores dos demais partidos para classificar a atitude do líder do PDT. Henriete Amado, do PTB, defendia Aderbal, ressaltando sua honestidade e o modesto padrão de vida que o diretor levava para alguém acusado de corrupto. Mas Carlos Imperial não se intimidava. Rodeado de jornalistas, continuava com o ataque:

– Eu renuncio ao meu mandato de vereador mais votado do PDT se vocês encontrarem neste processo alguma assinatura do Aderbal Júnior. O Prefeito Jamil Haddad nunca prometeu pagar Cr$ 24 milhões pela encenação do espetáculo "Via Sacra". O que o Aderbal Júnior tentou, e não conseguiu, foi procurar uma manipulação do dinheiro do povo.

Voltando para casa num táxi, Aderbal ouvia o rádio dar notícias sobre o ato organizado por Imperial. Num dado momento, o motorista, sem saber quem ele era, fez um comentário:

– Mas esse tal de Aderbal é um tremendo ladrão.

Parecia que o mundo caía sobre a sua cabeça. Jamais poderia imaginar que uma peça sacra poderia transformar sua vida num inferno. O pior de tudo era ver Imperial à frente daquilo tudo. Justo o homem que havia lhe proporcionado tantas oportunidades quando ainda era um novato no Rio. Não conseguia entender o que levara Carlos a agredi-lo daquela forma. Embora não o visse há anos, ainda o considerava um amigo.

No meio da tarde, alguém ligou avisando: Carlos Imperial estava em "O Povo na TV" falando do caso. Aderbal pegou um táxi direto para São Cristóvão, onde ficava a TVS, a emissora que transmitia o programa. Diante das câmeras os dois discutiram acaloradamente. Imperial dizia que a cruz havia custado um milhão de cruzeiros. Aderbal, com uma pasta contendo todos os comprovantes dos gastos da peça, mostrava que, na verdade, eram dez cruzes, distribuídas pelas 15 estações da "Via Sacra", sendo que uma delas, na estação final, nos Arcos da Lapa, era mecânica, feita com um dispositivo que possibilitava a elevação do ator que interpretava o Cristo.

Quando, durante o intervalo comercial, Imperial chamou Aderbal para tentar encerrar a discussão:

– Diz que o prefeito não assinou o contrato que eu passo pro teu lado. Diz que não teve essa assinatura, negue essa assinatura.

A discussão foi encerrada. Mas não da maneira que Carlos desejava. Aderbal o olhou nos olhos e se retirou. Dias depois, Gerardo Melo Mourão e Jamil Haddad fizeram-lhe um desagravo. Sem muito estardalhaço, o prefeito tentou sem sucesso reaproximar os dois amigos.

Embora tenha perdido um amigo com o episódio, Imperial ficou ainda mais fortalecido no PDT, ostentando a imagem de defensor da moralidade no uso da coisa pública.

Por essa época, vítima de isquemia, morria em São Paulo Ângelo Antônio. Foi embora sem falar com Imperial, com quem havia brigado depois das filmagens de "Um Marciano em Minha Cama". Achava que desde o fim da "Turma da

Pesada", em 1971, Carlos havia abandonado todos os cantores que trabalharam com ele. Sua esposa insistiu para que fizesse as pazes, mas ele foi irredutível.

Além de protestos incomuns, Imperial demonstrou verdadeiro interesse em solucionar antigos problemas da cidade. Conseguiu desengavetar e aprovar a Lei de Zoneamento de Botafogo, que delimitou o gabarito do bairro, impedindo sua desfiguração. O projeto havia sido elaborado pela Associação de Moradores de Botafogo e apresentado pela vereadora Daisy Lúcidi, mas ficou esquecido na Câmara por um longo tempo. Já a lei que organizou as feiras livres foi totalmente criada por Carlos, que pessoalmente fiscalizou o seu cumprimento, fazendo visitas em que educadamente repreendia os feirantes que se comportavam de maneira irregular. Além disso, Brizola pediu que ele elaborasse o projeto de lei para a criação de um memorial para Getúlio Vargas na Cinelândia. Ele chamou Maurício Azedo para auxiliá-lo. Marcou uma audiência com Brizola no apartamento do governador, na Avenida Atlântica, antes de levar o projeto à Câmara. Convidou Maurício para acompanhá-lo.

– Maurício, você vai comigo levar o projeto, que é meu e teu.

– Não, o projeto é teu, o governador pediu a você.

– Não, porque você é o autor e um companheiro qualificado e o Brizola precisa te conhecer melhor.

No encontro, Azedo observou que Brizola, ao contrário do que diziam seus detratores, não era um homem ignorante. Ao analisar o projeto fez inclusive uma retificação de caráter estilístico num dos parágrafos, achando que caberia melhor uma determinada expressão. Imperial surpreendeu Maurício pela intimidade com que tratava Brizola, chamando-o por você, algo que apenas integrantes mais antigos do partido como José Frejat e Doutel de Andrade faziam.

Quando Maurício, de temperamento exaltado, perdia a paciência na Câmara, Imperial o chamava até o gabinete, onde se sentava frente a frente com ele pousando as mãos sobre seus joelhos e dizendo:

– Maurício, você tem que aprender a dizer não sorrindo.

Dizem que o Rei Salomão teve 700 esposas e 300 concubinas, e Carlos continuava com seu propósito de chegar a isso. Seu apartamento vivia com uma quantidade tão grande de mulheres, que necessitou de alguém para coordenar. Seu novo secretário, João Farias, o Russão, chefe da torcida botafoguense Folgada, entre outras incumbências, também ficou encarregado de evitar que o harém se transformasse num caos. Russão cuidava para que as lebres jamais brigassem entre si, além de avisar o patrão se alguma estivesse saindo da linha. O gigante de 1,90 m cumpria as determinações à risca, pois nutria profunda admiração por Imperial, que conhecera em 1974, durante uma invasão de campo comandada pelo Gordo num jogo em que o juiz fora acusado de meter a mão no Glorioso.

Imperial dava um cheque para Russão levar suas lebres até uma boutique para dar-lhes o costumeiro banho de loja. Também pagava o tratamento dentário das meninas, que iam sozinhas ao consultório. Mas volta e meia mandava Russão averiguar se elas estavam se comportando direito. Se alguma menina vacilasse, o secretário anotava o nome e entregava a Maria do Carmo, para que a empregada transmitisse a Imperial. Russão recebia ordem de colocar as malas da lebre infratora para fora do apartamento e impedir sua entrada. Sentia-se mal com isso, mas a fidelidade ao chefe estava em primeiro lugar.

– Eu não sou alcaguete e muito menos babá de vocês, mas eu entrego mesmo. Não vacilem perto de mim não. Eu não sou dedo-duro, mas vocês estão sob minha responsabilidade. É por isso que ele me traz com ele. Vocês querem sacanear ele, vão fazer isto lá em Miguel Couto, Belford Roxo ou Nova Iguaçu. Isto aqui é Copacabana.

Patrono do Baile de Debutantes do Clube Municipal do Rio de Janeiro.

As lebres infiéis expulsas por Imperial demoravam poucos dias para serem substituídas. Bastava ver alguma que lhe despertasse o interesse, para entregar seu cartão, insistindo para que ela não deixasse o lugar. Numa ocasião, quando foi tomar um cafezinho no balcão da lanchonete Palheta acompanhado de Russão, simpatizou com uma das garçonetes, procedendo como de costume. Na manhã seguinte, o secretário ficou surpreso ao encontrar a garota morando no apartamento do chefe.

De passagem por Pedra de Guaratiba, Paulo Fatah, homem dos sete instrumentos da Cipal, passou por um hotel desativado na Rua Barros de Alarcão que estava à venda. Comentou com Imperial, que ficou interessado no imóvel. Pedra de Guaratiba era um local de que sempre gostara, o "Esquadrão da Morte" fora todo filmado lá; quando Marquinho era pequeno, levava o guri com ele para brincar na praia enquanto lia Rabindranath Tagore; volta e meia ia comer um peixe no Cândido's. Foi bater os olhos na casa e ficar obcecado por ela. Em cada um dos 22 quartos por que passava, parava e imaginava qual de suas lebres ficaria instalada nele. Na volta para Copacabana, repetia a todo o momento para Fatah:

– Essa casa tem de ser minha!

No dia seguinte fechou o negócio. Deu um de seus carros, um Chevette ouro, para Fatah em agradecimento pela dica.

Tim, cada vez que passava por crises, recorria a Imperial. Uma vez ligou para o gabinete. Era uma ligação interurbana da dimensão paralela em que se encontrava naquele momento. Calhou de Lenir atender.

– Alou, aqui fala o Tim Maia do Brasil. Quem é você?

– Eu sou a secretária do vereador.

– Ainda vou chegar nessa fase... de ter uma secretária.

Sempre que podia, Carlos ajudava Tim. Por várias vezes providenciou sua internação no Hospital Silvestre para desintoxicação. Mas depois de alguns dias, ele acabava fugindo. Passado algum tempo, voltava a procurá-lo.

Nesse período, Imperial sofreu uma grande perda: Fresca, sua fiel companheira morreu de velhice. Ele ficou arrasado e procurou consolo com sua amiga e também grande protetora dos animais, Lady Francisco. Na Câmara, era visível seu abatimento. Voltando de férias, Lenir foi alertada pelos colegas de gabinete:

– Cuidado com a fera. A Fresca morreu e ele anda um porre.

O antropólogo Darcy Ribeiro, vice-governador e também secretário de cultura do Rio de Janeiro, procurou dar maior atenção ao carnaval carioca. Uma de suas atitudes foi terminar com o "monta e desmonta" das arquibancadas na Rua Marquês de Sapucaí, onde o desfile das escolas de samba vinha sendo realizado desde 1978. Encomendou ao arquiteto Oscar Niemeyer o projeto da Passarela do Samba, um local definitivo para o evento, que acabou sendo batizado por Darcy "sambódromo". Carlos Imperial foi designado para ficar à frente da Comissão de Carnaval. Criou o Projeto de Lei 293/1983, que dispunha sobre o desfile das escolas de Samba, estabelecendo normas, composição e ordem do desfile. O artigo 4º dos 58 do projeto causou polêmica, pois estabelecia que os direitos de transmissão e qualquer outra atividade lucrativa proveniente dos desfiles pertencia ao Poder Público Municipal. Os representantes das escolas, em geral bicheiros, seus presidentes de honra, protestaram. Mas Carlos não cedeu.

– Não estou aqui para discutir um projeto de setenta folhas. Lamento que as escolas não queiram. Desfilo há vinte anos na Portela, mas fui eleito para dar dinheiro ao Município e não para as escolas de Samba.

Apesar das críticas, o carnaval no Sambódromo foi realizado. Em 2 de março de 1984, uma sexta-feira, Leonel Brizola e Darcy Ribeiro deram por iniciado o primeiro carnaval da Era Sambódromo que, além da arquibancadas em concreto elaboradas por Niemeyer e do Arco da Apoteose, trazia como novidade a divisão do desfile das escolas do primeiro grupo em dois dias, domingo e segunda, com a disputa pelo "Supercampeonato" num desfile realizado no sábado. Houve muitas críticas à construção, diziam que engolia as escolas mais modestas do grupo 1-B e algumas do 1-A. A evolução na área da praça da Apoteose era considerada absurda. Chamavam o lugar de praça do Apocalipse ou centro das tradições gaúchas, em alusão ao estado Natal de Brizola. Mas na terça-feira pela manhã, a Mangueira, com seu enredo "Yes, Nós Temos Braguinha", que homenageava o autor de "Chiquita Bacana", após dar por encerrado o desfile oficial já com todos os seus integrantes na praça, deu meia-volta e convidou o público das arquibancadas para juntar-se a ela e refez todo o trajeto, dessa vez de maneira mais informal e democrática como o carnaval sempre pedira.

Durante todo o festejo de Momo, Carlos não parou durante um único minuto. Com a intenção de devolver o carnaval ao povo, já que a partir do final dos anos 1970 ele ficara restrito aos clubes, promoveu bailes populares nas ruas do Rio. Reencontrando seu antigo coreógrafo, Edson Far, comentou sua surpresa

No Sambódromo, visitando as obras da passarela do samba.

ao constatar o que conseguira fazer com a mesma verba que seus antecessores afirmavam ser insuficiente.

Na quarta-feira de cinzas, por volta da 17 horas, Imperial, guiado pelo leal Russão, dirigiu-se ao Maracanãzinho, onde seria realizada a apuração do carnaval de 1984. As notas seriam lidas por ele, que, pontualmente às 18 horas, deu início ao trabalho. O ginásio Gilberto Cardoso ficava bem próximo do morro da Mangueira. Por isso, os torcedores da Estação Primeira se encontravam em número muito maior que os demais. A escola já iniciou o primeiro quesito com nota máxima, o que fez com que Imperial optasse por improvisar uma mudança na forma como estava conduzindo a apuração. Decidido a mexer com a plateia, anunciou com sua garganta privilegiada:

– Estação Primeira de Mangueira: Dez! Nota dez!!!!

Os mangueirenses entraram em êxtase. Percebendo que a maneira diferente de anunciar o resultado da nota havia agradado, Imperial repetiu a fórmula com as notas máximas das demais agremiações. Simultaneamente, por toda a cidade, o que se ouvia naquele cair da tarde era um novo bordão que se alastrava como um vírus. Em todos os lugares as pessoas procuravam imitar a voz radiofônica de Carlos Imperial:

– Dez! Nota dez!

A apuração terminou com a Portela, de Imperial, e seu enredo "Conto de Areia", campeã do desfile de domingo, e a Mangueira como campeã de segunda. O Gordo deixou o Maracanãzinho como o coadjuvante que por alguns minutos roubou a cena, algo que sempre o agradava bastante. Na rua, as pessoas o reconheciam e gritavam:

– Lá vai o "Dez! Nota dez!".

À noite, foi convidado para uma edição especial do programa Canal Livre, na TV Bandeirantes, em que se discutiria o primeiro carnaval na administração Leonel Brizola. Um dos convidados era seu amigo Hilton Abi-Rihan, parceiro de incontáveis madrugadas no bar El Cid em Copacabana, na década de 1960. O locutor da Rádio Globo pediu a palavra a Ferreira Neto, que conduzia o programa, para fazer um denúncia:

– Eu queria dizer que o Imperial é um tremendo mentiroso e 171 qualificado. Ele diz que criou a Comissão de Carnaval, mas quem fez isso foi o Alan Caruso e quem deu a ideia fui eu. Ele está mentindo.

Pacientemente, Imperial aguardou Abi-Rihan terminar sua fala. Feito, perguntou para Ferreira Neto:

– Ô, Ferreira, quem é este rapaz? Eu não conheço.

Carlos nem precisou dizer mais nada. Daquele momento em diante, Hilton se sentiu um zero no programa. A total indiferença com que o "rei da pilantragem" se referiu a ele o deixou liquidado. Percebeu tarde demais que tentara medir forças com o sujeito errado.

Na saída da emissora, Abi-Rihan aguardava um táxi, quando Carlos passou de carro chamando por ele:

– Ô Hilton! Hilton! Vai pra aonde? Vem comigo. Tá zangado?

– Não, seu filho da puta.

No sábado, A Estação Primeira de Mangueira sagrou-se Supercampeã do Carnaval 1984.

Na madrugada de 26 de abril, por não alcançar os 320 votos, número mínimo para que fosse encaminhada ao Senado, a Emenda Dante de Oliveira foi rejeitada. Não adiantou a intensa campanha popular das "Diretas Já", em que o brasileiro foi para a rua expressar seu apoio à emenda que visava restabelecer eleições diretas para presidente. Foram 298 votos a favor, 65 contra e 3 abstenções. O agravante foi o fato de 113 deputados encontrarem algo mais importante para fazer do que comparecer à Câmara no dia da votação. Na verdade, tratava-se de mais uma estratégia do governo militar a fim de perpetuar-se no poder.

Milton Moraes, Carlos, Miguel Carrano, Íris Bruzzy e Berta Loran em matéria da revista "Amiga" sobre a peça "Viva a Nova República". (Foto Marco Antônio Imperial.)

30

UMA HORA AQUI, OUTRA ALI

A lua de mel de Imperial com o PDT terminou quando disfarçadamente incluiu uma emenda que favorecia o Botafogo, liberando a construção de um apart-hotel na sede do Mourisco com dois prédios de onze andares. Antes de serem submetidos a votação, os projetos e as emendas eram votados em bloco ou individualmente. Na discussão do bloco de emendas para rejeição e do bloco para aprovação, sem participar a ninguém, Carlos colocou no meio das aprovadas a sua emenda. Quando as emendas aprovadas foram publicadas no "Diário Oficial", a do Botafogo (que seria claramente rejeitada em votação) estava entre elas. Isto desencadeou uma rebelião na bancada, que se considerou traída pelo líder. Foi realizada no salão nobre uma reunião de emergência entre os vereadores do PDT. Imperial recorreu a seu amigo presidente da Câmara:

– Maurício, você precisa me salvar. Este pessoal está querendo me defenestrar.

Durante a reunião, Azedo foi o único a defender Imperial. Também era contra a emenda, mas argumentava que, até o episódio, Carlos não havia cometido deslize algum. Sugeriu que fosse aprovada uma moção de censura restrita à bancada, sem divulgação pública, permitindo que Imperial continuasse na liderança.

Por sua vez, Imperial defendia-se usando sua paixão pelo Botafogo como principal argumento.

Percebendo que a bancada não iria aceitar Carlos como líder, Maurício propôs:

– A bancada não quer mais Imperial como líder, então ele apresenta a sua renúncia. Nós aceitamos, escolhemos outro líder sem nenhum desmerecimento dele.

Imperial agarrou-se a essa proposta como tábua de salvação. Apresentou a renúncia e saiu. Foi substituído por Sidnei Domingues. A perda da liderança provocou seu desencanto pelo partido.

Um vereador na noite carioca, Carlos e a amiga Terezinha Sodré.

O "plano B" da oposição após a derrota da Emenda Dante de Oliveira foi lançar o governador de Minas Gerias Tancredo Neves, do PMDB, candidato a presidente no Colegio Eleitoral. Paulo Salim Maluf, ex-governador biônico de São Paulo, saiu como o representante do governo, uma candidatura que desagradou muitos políticos do PDS. Estes insatisfeitos, com as "barbas de molho" desde a campanha das "Diretas Já", terminaram apoiando Tancredo. Dessa união, o senador José Sarney, um dos pedessistas rebeldes, saiu como vice do mineiro. Num clima de "o último a sair que apague a luz", várias figuras que por anos engrossaram as fileiras da Arena, e posteriormente do PDS, aderiram à campanha "Muda Brasil". Em 15 de janeiro de 1985, Tancredo de Almeida Neves foi eleito presidente da República. Recebeu 480 votos contra 180 de Paulo Maluf e 26 abstenções. À noite, no Rock'n Rio, festival que colocava o Brasil no circuito internacional de shows, Agenor de Miranda Araújo Neto, o Cazuza, vocalista do conjunto Barão Vermelho, terminava a canção "Pro Dia Nascer Feliz" com uma frase que sintetizava a esperança do brasileiro em tempos de mudança:

– Que o dia nasça lindo pra todo mundo amanhã. Em um Brasil novo, uma rapaziada esperta.

Mas, na véspera da posse, Tancredo foi internado à pressas no Hospital de Base de Brasília, vítima de diverticulite de Meckel, uma inflamação no intestino delgado da qual até aquele momento ninguém ouvira falar antes. José Sarney assumiu a Presidência em 15 de março, aguardando que o presidente eleito se restabelecesse da cirurgia. Porém seu estado se agravou e ele foi transferido para o Instituto do Coração, em São Paulo. Após uma longa agonia, em que foi submetido a mais seis cirurgias, faleceu no dia 21 de abril, vítima de infecção generalizada.

A morte de Tancredo causou grande tristeza no país. Entre São Paulo, Brasília, Belo Horizonte e São João Del Rei, onde foi enterrado, mais de dois milhões de pessoas viram passar o corpo do presidente que jamais foi empossado. "Coração de Estudante", composta por Milton Nascimento para o documentário "Jango", de Sílvio Tendler, e posteriormente executada em todos os comícios que a campanha "Muda Brasil" realizou pelo país, transformou-se no tema de Tancredo Neves.

Já nos seus primeiros dias, o governo José Sarney passou a ser chamado de Nova República. Um nome não muito apropriado, uma vez que muitos dos seus integrantes, por anos a fio, haviam apoiado o governo militar. De novo mesmo, apenas o Partido da Frente Liberal (PFL), formado por aqueles que haviam abandonado o PDS ao perceber a água entrando no navio, por época da candidatura de Tancredo.

Imperial achou que poderia usar a comoção nacional pela morte de Tancredo a seu favor. Conversando com Paulo Fatah e o diretor de cinema Victor di Mello numa madrugada no La Fiorentina, revelou o novo rumo que pretendia dar à sua carreira política. Desde que perdera a liderança do PDT, seu encanto pela legenda havia acabado. Estava decidido: iria criar o próprio partido.

Tito Santos, o jornalista Ismael Abreu e o prefeito de Petrópolis, Paulo Rattes, reencontram Imperial anos depois do projeto "Férias Amorosas". (Acervo Tito Santos.)

Em 29 de junho de 1985, Imperial apresentou à executiva nacional do PDT sua carta de desligamento do partido. Transferiu-se para o PTN, Partido Tancredista Nacional. Em entrevista a um telejornal, explicou o nascimento e a doutrina do partido que criara.

– Como nasceu a ideia de criar o PTN?

– Durante a agonia de Tancredo, me surpreendi ajoelhado no meu quarto diante do aparelho de TV rezando. E pensei: assim como depois da morte de Cristo surgiu o cristianismo, após a morte de Tancredo surgiu o tancredismo.

– O senhor conheceu Tancredo?

– Não, eu não conheci Tancredo Neves. Eu nunca vi Tancredo Neves. Eu nunca toquei em Tancredo Neves. Mas também não conheci Jesus Cristo e isto não me impediu de ser cristão.

Em novembro ocorreria a primeira eleição direta para prefeito, após o golpe de 1964. Numa tarde, Imperial chegou à agência tocando sem parar a buzina do carro que acabara de comprar, um Monza azul transformado em conversível na Santo Amaro. Colocou oito meninas nele e saiu desfilando pela Avenida Atlântica. Na volta, comunicou a Lenir:

– Este é o início da minha campanha para prefeito do Rio de Janeiro.

Quem não gostou nada da novidade foi seu tio, Manoel Maria.

– Carlos, ser vereador é uma coisa, prefeito é completamente diferente. Você não vai se sair bem dessa.

Mas de nada adiantou o protesto de Manoel. No dia 21 de julho, a candidatura de Imperial foi oficializada, trazendo como vice Sidnei Domingues, seu sucessor na liderança da bancada pedetista. Aos jornalistas que cobriam o evento, o primeiro candidato oficial à Prefeitura demonstrou não estar muito preocupado com a acusação de oportunismo por parte da família de Tancredo Neves pela criação do PTN.

– Com o tempo a família de Tancredo vai ver que nós somos pessoas muito leais a sua pessoa.

Além da família do patrono do seu partido, Imperial também passava por problemas com a sua. Nada com Marquinho, pois após o incidente com a Kombi incinerada, voltara às boas com o pai. Estava fotografando novamente nas duas longevas colunas do Gordo, e também na revista "Manchete". Porém, Paulinho voltava a aprontar. Depois de trinta anos morando na Miguel

Lemos, o Dr. Gabriel e a Dona Zezé mudaram-se para uma casa na Rua Barão de Ipanema. O triplex foi dividido em quatro apartamentos. Três foram vendidos, e um ficou para o caçula dos Corte Imperial. Foi lá que, após denúncia dos vizinhos, incomodados com o forte cheiro de maconha, dois detetives da Delegacia de Entorpecentes o apanharam em flagrante. Estava apertando um baseado com o pedreiro que havia contratado para construir seu estúdio caseiro. Por terem encontrado 50 gramas de erva na residência, o compositor foi autuado por tráfico. Lembrando da época em que Imperial havia pedido a um amigo delegado para lhe dar um susto, cismou que a incursão da polícia também era uma armação do irmão.

Por essa época, estava em cartaz nos cinemas "Perdidos no Vale dos Dinossauros" coprodução Brasil / Itália dirigida por Michele Massimo Tarantini, em que Imperial participava como China, um inescrupuloso garimpeiro. A bela Suzane Carvalho era a estrela do filme. Ela conhecia Carlos desde criança, já que era filha da atriz Lia Farrel, sua amiga desde a época dos bailes de formatura na Copacabana dos anos 1950. Imperial chegou a dar em cima de Simone, a irmã mais velha da jovem. Mandou muitas flores para o apartamento da família, mas ela acabou casando com seu amigo, o diretor Cláudio Cunha. Depois que Suzane completou 18 anos, passou a assediá-la, mas também não foi bem-sucedido.

Durante as filmagens, Suzane reparou que Imperial havia se tornado um homem mais calmo. Não a olhava mais como um gavião mirando a presa. Seu companheirismo durante as filmagens apagara a imagem torta que tinha dele. Constantemente via Russão calçando as botas que Carlos precisava usar, com um carinho de filho para pai. Aquela forte devoção do chefe de torcida alvinegro, um homem de temperamento explosivo, daqueles de invadir gramado para peitar juiz, era algo que a jovem jamais poderia imaginar.

A capacidade que tinha de envolver-se simultaneamente em mais de uma atividade ao mesmo tempo possibilitou a Imperial, depois de onze anos, voltar à produção teatral mesmo empenhado em sua candidatura a prefeito. Após sondar vários autores, ligou para Jésus Rocha.

– Recebi mais de trinta peças, algumas "até boas", mas não eram bem o que eu tinha em mente. Você não teria alguma pra me mandar?

Jésus mostrou-lhe três sinopses. Imperial aprovou "Viva a Nova República", definida como um escracho político com muita sacanagem. Mas, passados alguns dias, Jésus não apresentou a peça pronta, e Carlos ligou cobrando.

Dona Zezé, Maria Luíza, Rose Gracie e Andréa, a "Nenenzona".

– Cadê a minha peça?

– Sei lá se você produz mesmo, Imperial. De repente pode ser só...

– Só pra agito na mídia, certo? Se fosse isso, eu teria escolhido peças que recebi de autores famosos, o que não é seu caso.

– Imperial, só posso escrever a peça se tiver um adiantamento.

– No Brasil, autor de teatro não pede adiantamento, pede é: "pelo amor de Deus, me monte". Mas diga, quanto de adiantamento?

– Cinco mil dólares...

– Vamos dizer que eu não goste da peça pronta, e não queira montar.

– Aí eu terei perdido meu precioso tempo, e você, seus preciosos dólares.

– Feito!

Meia hora depois, Russão bateu à porta de Jésus com o recibo e os 5 mil dólares. Dois dias depois, saía na coluna de Carlos Swann, em "O Globo":

O humorista Jésus Rocha muda as regras do jogo teatral no Brasil onde montar uma peça sempre foi mais difícil que escrevê-la. Ele acaba de receber 10.000 dólares por uma peça que ainda não escreveu, e que será produzida e dirigida por Carlos Imperial.

A peça ainda estava sendo finalizada, e Imperial participava Jésus da sua escolha de elenco:

– Sabe quem vai ser a Tina, a esposa? Íris Bruzzi.

– Excelente. O marido machão e sacana que eu estou "ouvindo" enquanto escrevo é o Milton Morais, na opinião da Bibi Ferreira o maior comediante do Brasil.

– Pode continuar ouvindo. Vai ser o Milton.

– Mas ele acabou de estrear uma peça.

– Não se preocupe.

Realmente não houve motivo para preocupação. Depois de receber três meses de salário adiantados, já que continuava levando a vida da mesma maneira que na época de "Um Edifício Chamado 200", Milton passou a integrar o elenco de "Viva a Nova República". A comediante Berta Loran faria sua sogra.

O único papel para o qual Imperial não conseguiu visualizar a atriz foi o de "Vivi", uma psicóloga de métodos avançados, recém-formada pela PUC. Jésus propôs Nina de Pádua, a quem havia assistido e gostado muito do trabalho na minissérie "A Máfia no Brasil". Apesar de não saber de quem se tratava, Imperial concordou. Jésus mostrou o texto a Nina, que leu e, apesar de um certo medo de ser chamada de "lebre do Imperial", aceitou participar da peça. Porém, passados alguns dias, a atriz ligou chateada para Jésus. Havia lido uma nota no jornal em que o produtor dizia estar fazendo testes com dezenas de atrizes para escolher Vivi.

– Pensei que eu estava no elenco, o que aconteceu?

Jésus ligou para Carlos a fim de saber o que havia acontecido.

– Eu concordei que Nina de Pádua é a Vivi?

– Concordou.

– Então, cara! Se eu concordei, vai ser ela.

– Mas saiu no jornal...

– Você sabia que Vivien Leigh já tinha assinado contrato para fazer Scarlett O'Hara em "E o Vento Levou", e David O. Selznick continuou fazendo testes com as maiores estrelas de Hollywood?

– Sabia.

– Então, tchau, que eu tenho cinco aqui na fila pra testar.

Os ensaios eram diariamente no apartamento de Carlos. Mas, na verdade, não havia ensaio algum. O elenco ficava conversando com ele na sua enorme cama. Ensaiavam uma cena, uma cena e meia e paravam. Ele dizia que era hora de comer. Na maioria das vezes, o que Imperial fazia era contar histórias sobre o Rio de Janeiro dos Anos Dourados. Às 19 horas dava por encerrado o trabalho. Nina, que era uma atriz de teatro, egressa do grupo Asdrúbal Trouxe o Trombone, achava aquilo tudo um tanto "nas coxas", mas depois concluiu que a despreocupação do diretor era justificada. A peça realmente não exigia grandes esforços, por ser mais descontraída. Passou a enxergar em Imperial a certeza do que queria fazer.

Enquanto as reuniões prosseguiam, Carlos continuava com a falsa busca pela atriz que faria Vivi: "Quem fará o papel de Vivi? Será Sônia Braga? Será Vera Fischer?". Muitas atrizes ligavam para ele pedindo para fazer um teste. E ele respondia com ar entediado:

– Ta bom querida, tem muita gente, mas eu vou tentar te encaixar.

Marcava um teste para o dia seguinte na agência, fazendo um lembrete a Marquinho.

– Aproveita pra tirar muitas fotos dela de biquíni pra publicar na coluna.

Na véspera da estreia, Imperial fez um pedido a Jésus. Queria que ele abrisse mão de seus direitos autorais nos três primeiros dias de espetáculo. O autor quis saber o porquê.

– Porque mandei fazer 3 mil convites para os três primeiros espetáculos.

– Tudo bem, eu aceito, mas o teatro tem 500 lugares. Não vai dar vazão.

– Deixa comigo.

No dia primeiro de agosto, "Viva a Nova República" estreou no teatro do Hotel Copacabana Palace. A polícia foi chamada para conter o tumulto que se formou na porta devido aos ingressos distribuídos em maior número do que a capacidade do lugar. Na bilheteria, Imperial atendia telefonemas de pessoas querendo confirmar preço e horário.

– Eu sou o produtor, quero que você e todos venham ver "Viva a Nova República". Mas, por favor, não venha hoje nem amanhã, quem sabe daqui a uns 10 dias. Porque parece que a cidade inteira quer ver a peça. O tumulto é uma loucura. Ouça... – direcionava o fone para o tumulto.

Durante 30 dias, houve no mínimo 20 cadeiras extras. As críticas foram péssimas, o respeitado Macksen Luiz, do "Jornal do Brasil", resumia:

"Viva a Nova República" com sua comicidade pesada e sem sutilezas corteja uma parcela de público que se compraz com palavrões e brincadeiras retrógradas em torno do sexo. Para essa plateia, o envólucro teatral é apenas uma circunstância

fortuita. No teatro, na pornochanchada do cinema, ou no livrinho comprado na banca de jornais da esquina, ele sabe o que deseja consumir. O produtor de "Viva a Nova República" também conhece essas preferências e investe nelas.

Apenas o figurino criado por Maria Luíza, e os cenários, por Mixel, que de volta ao Brasil reencontrara Imperial, receberam elogios. Mas o público não deu a menor importância; como disse Macksen Luiz, Imperial conhecia as preferências dele. Na lista dos "Campeões de bilheteria" da Revista de Domingo do "Jornal do Brasil", "Viva a Nova República" aparecia em primeiro lugar com 3 mil espectadores . Em segundo, "Assim é se lhe Parece", de Pirandello, com a metade.

Devido a esse ótimo resultado na bilheteria, no primeiro mês da peça, Imperial reunião todo o elenco e falou:

– Eu quero avisar que vocês agora passam a ganhar o dobro. Eu já paguei a produção, foi muito barata.

Havia uma enorme preocupação por parte de Carlos em dar o melhor tratamento a seus atores. Por não conhecer Nina de Pádua, não sabia que ela estava trabalhando em uma novela da Rede Globo, "A Gata Comeu". Só percebeu isso depois de ver a agitação que sua entrada em cena provocava. Chamou a moça e lhe comunicou:

– Quando eu te contratei eu não sabia direito quem você era, vou te confessar, e por isso te dei o salário que você está recebendo. Agora, eu sei que você tem uma grande importância e então vou te dar um aumento.

A plateia de "Viva a Nova República" era composta de muitas senhoras, que sempre se posicionavam na primeira fila do teatro. Imperial comprou todo o estoque de pênis de borracha de um sex shop de Copacabana para que a cada apresentação Íris Bruzzy os jogasse na direção das velhinhas. E elas não devolviam, o que dava uma deixa para a atriz, usando toda a sua experiência de ex-vedete, fazer piada com a situação:

– Olha aí, minha senhora, não vai devolver? Guardou na bolsa?

Havia uma cena da peça em que Nina ficava de sutiã e calcinha. Durante uma apresentação em que o time do Vasco, dirigido por sua descoberta, Antônio Lopes, estava na plateia, Imperial teve a ideia de a atriz usar uma calcinha com uma cruz de malta.

Devido a problemas de saúde, Berta Loran acabou substituída por Isa Rodrigues, atriz veterana de que Imperial gostava bastante.

Enquanto cuidava da estreia vitoriosa de sua peça, Imperial prosseguia na sua campanha para prefeito. Também em agosto, com a maioria das candidaturas oficializada, deu um depoimento a uma repórter de um telejornal em que falava de si e de seus adversários:

– Eu tenho uma vantagem sobre os outros candidatos, eu sou famoso. Será que o Rubem Medina (PFL) vai conseguir subir o morro com aquele salto carrapeta? Se você soltar o Saturnino (PDT) em Bonsucesso, ele não volta pra casa. O Fernando de Carvalho (PTB) não existe, só existe nos jornais. O Heitor Furtado (PDS) só faz obra em Jacarepaguá.

Com exceção de Marcelo Cerqueira, o candidato do Partido Comunista Brasileiro, novamente na legalidade, Imperial não poupava ninguém. Contudo, esmerava-se em seus ataques a Rubem Medina. Realmente não gostava do deputado pefelista, e vivia fazendo piadas sobre ele. Geralmente relacionadas à sua baixa estatura.

– Um homem que usa sapato de verniz com salto carrapeta não pode ser prefeito do Rio. Como ele vai subir a Rocinha?

Além disso, colocou em Rubem o apelido de "disco voador".

– Ele é baixinho, chato e ninguém acredita nele.

A eleição para prefeito era a primeira em que o horário eleitoral gratuito estava livre da Lei Falcão, que desde 1976 obrigava o candidato a aparecer na televisão apenas com o seu retrato e a voz de um locutor informando seu partido, número e propostas caso eleito fosse. Agora, o eleitor iria ver e ouvir o que cada um tinha a dizer. Para Imperial, um sujeito com 29 anos de TV, foi algo que veio muito a calhar.

– Cidade maravilhosa cheia de encantos mil... E vai ficar muito mais maravilhosa comigo na prefeitura! Vai dar zebra! Repete comigo: Vai dar zebra! Mais uma vez: Vai dar zebra!

"Zebra" era uma expressão usada no futebol para denominar aquele resultado inesperado em que um time pequeno derrota um dos grandes. E era essa imagem que Imperial, vestindo sua camisa listrada e repetindo o bordão, queria passar para o eleitor, a do candidato de um partido modesto que poderia derrotar poderosas legendas.

Durante sua propaganda na TV, continuava com os ataques aos adversários:

– O Saturnino, eu vou explicar pra vocês. Um dia, o Brizola me chamou e disse: "Ô Imperial, né verdade? Imperial, leva o Saturnino pra conhecer o

Rio de Janeiro que ele não conhece nada do Rio de Janeiro. Ele é de Niterói, Imperial!". Foi o Brizola que falou que ele é de Niterói...

Lógico que, com Rubem Medina, as pauladas eram sempre mais fortes. E nisso valia tudo, inclusive usar o Rock'n Rio, pois o festival fora uma iniciativa do irmão do pefelista, o empresário Roberto Medina.

– O Medina é o responsável pela chegada da Aids ao Brasil. Foi o Rock'n Rio que trouxe a "peste gay" para o país.

Imperial acreditava que seu adversário estava usando o sucesso do festival a seu favor e quis acabar com isso. Mas errou na mão. O Rock'n Rio nada teve a ver com a chegada da Aids (Acquired Immune Deficiency Syndrome), a síndrome da deficiência imunológica adquirida, no país. E referir-se à doença como "peste gay" reforçava o terrível preconceito que os homossexuais sofriam devido à maior incidência de casos serem entre eles. Muitos de seus amigos gays reclamaram. Jane Di Castro o abordou no Chico's Bar para tomar satisfações. Carlos tentou contornar a situação, explicou que era apenas uma brincadeira. Mas ela não aceitou e exigiu que ele parasse com a história. Carlos assegurou à amiga que não faria mais tais ataques. Porém, no programa seguinte, repetiu tudo. A amizade entre os dois terminou.

Quem não gostou da sua postura agressiva para com os demais candidatos foi o juiz do Tribunal Regional Eleitoral, Eduardo Mayr, que mandou tirar seu programa do ar por um dia. Quando voltou, ameaçou revelar a verdadeira história dos outros candidatos. Abriu a boca, mas na hora, uma gravação da marchinha "Cidade Maravilhosa" (André Filho), que usava como tema de campanha, abafou o som da sua voz. O que o expectador via em casa, morrendo de rir, era Imperial fazendo vários gestos que simbolizavam roubalheira, além de mostrar a capa de um exemplar da revista "Veja" tendo a Aids como tema.

Um fato que fez Imperial perder um pouco do seu bom-humor foi a desistência de seu vice, Sidney Domingues, que trocou o PTN pelo PFL de Rubem Medina.

– O Sidney embarcou no disco voador. Ele foi atrás das promessas do Medina.

Num de seus programas eleitorais, Imperial, alegando que não estava passando bem, mandou em seu lugar Cláudio Werner Polila, o Jiló, um dançarino de inferninhos da Praça Mauá, que aparecera como testemunha acusando, numa versão fantasiosa, o chefe da Agência Central do SNI, o general

Newton Cruz, pelo sequestro e morte do jornalista Alexandre von Baumgarten em 1982. Vestido com a camisa zebrada da campanha, Polila apareceu no horário destinado ao PTN dizendo um série de absurdos, inclusive que iria ser o vice-prefeito de Imperial.

Com Victor di Mello mais uma vez como seu coordenador de campanha, Imperial enchia várias Kombis com belas moças, as zebrinhas, para distribuir seus "santinhos" em vários pontos da cidade. A Cipal foi transformada em comitê. De vez em quando a molecada de 12 ou 13 anos aparecia por lá atendendo à convocação que o candidato tancredista fazia na TV para serem seus "patrulheiros mirins". Deixavam o prédio da Djalma Ulrich com o bottom do "Vai dar zebra" preso no peito, dispostos a denunciar tudo de errado que encontrassem.

As zebrinhas eram em sua maioria alunas do curso de modelo da Cipal. Uma delas se chamava Andréa Carla, uma morena de 17 anos e 1,80 m, que terminou o curso sem nunca ter esbarrado com Carlos. Quando recebeu o diploma, Lenir perguntou se a menina não queria trabalhar na campanha para prefeito. Precisando de trabalho, ela aceitou. Compareceu a uma reunião com todos os membros da equipe na casa de Pedra de Guaratiba, onde finalmente conheceu o candidato a prefeito.

Na televisão, durante propaganda eleitoral para a Prefeitura da cidade do Rio de Janeiro, sempre irreverente.

A beleza da jovem deixou Carlos embasbacado. Claro que não era nada de tão impressionante, já que toda mulher lhe provocava essa reação. Quem o conhecia já imaginava: "Mais uma para morar na Avenida Atlântica". Rose e Riane, que estavam passando o final de semana com o avô, foram usadas por ele a fim de ajudar a engatar as coisas com a garota. Seguindo suas orientações, a toda hora abraçavam Andréa, dizendo o quanto Imperial gostara dela. Lilian Vernont, sua lebre mais fiel, trabalhando com ele desde os "Embalos de Sábado à Noite" na TV Tupi, também exercia o papel de correio amoroso, fazendo propaganda das qualidades do chefe. Durante todas as refeições, Imperial sentava-se ao lado da menina para despejar sua lábia sedutora. No final do dia veio com seu habitual convite:

– Você quer morar comigo?

– Quero!

– E aí?

– Aí, que eu tenho que falar com minha mãe, buscar minhas coisas.

Andréa tinha acabado de completar 17 anos, não conhecia nada da vida de Carlos. Sabia que era um artista, mas não sabia da sua (má) fama. Não sentiu nada por ele, estava apenas envolvida pela situação, seu jeito sedutor e o sorriso cheio de dentes. Ele a atraiu pelas coisas diferentes que falava.

A garota podia não conhecer nada da vida pregressa de Imperial, mas sua mãe conhecia. E muito. Principalmente as histórias que os jornais espalhavam.

– Mãe, vou sair de casa pra morar com meu namorado.

– Quem é esse teu namorado?

– O nome dele é Carlos Imperial. É o candidato a prefeito, trabalho na campanha dele.

– O quê? Aquele homem é um louco, ele pega todas as meninas! Nem pensar!

As duas brigaram muito, Dona Carmen ameaçou ir à polícia para evitar que a filha saísse de casa. Mas não adiantou, Andréa acabou indo.

Porém, a mudança quase não aconteceu. Quando a jovem foi conhecer o apartamento da Avenida Atlântica onde iriam morar, descobriu quatro mulheres instaladas num dos quartos.

– O que é isso?

– São minhas amigas, eu as estou hospedando.

– Sinto muito, mas nessa situação eu não posso morar aqui.

– Mas não tem nada demais.

– Pra mim tem.

As pessoas da convivência diária não acreditaram quando o Gordo providenciou a mudança das quatro mulheres. Em apenas quatro dias, a garota conseguiu operar o milagre de transformar o antigo depósito de lebres num lar. O negócio era realmente sério.

Por sua vez, Imperial também provocou mudanças na vida da garota. Antes de conhecê-lo, ela fumava, mas ele a ajudou a parar, mostrando o quanto aquilo era prejudicial. Também estimulava sua independência delegando tarefas a ela. Andréa passou a tomar conta das contas no banco, e ser responsável pelo orçamento. E, lógico, também virou botafoguense. Ele sempre a levava ao Maracanã para assistir da tribuna de honra ao Botafogo jogar. Andréa ia uniformizada e usando boné do time. Suzane Carvalho, também fervorosa torcedora do Botafogo, juntava-se a eles na maioria das vezes.

Com uma grande festa em seu apartamento, em que estavam presentes vários amigos e o elenco de "Viva a Nova República", Imperial pediu à Dona Carmen a mão de Andréa em casamento. O ator Milton Morais foi o padrinho. A futura sogra, que após conhecê-lo melhor era toda felicidade, não escapou de um comentário espirituoso de Carlos:

– Minha senhora, eu acabei de fazer o pedido, e a senhora já está balançando a cabeça que sim.

Nos últimos dias da sua campanha na televisão, Imperial surgiu com mais uma novidade. Baseado no filme "Rede de Intrigas", em que o ator Peter Finch interpreta um jornalista enlouquecido que diante das câmeras incita o público a se rebelar contra tudo, o "rei da pilantragem" olhava firme para a câmera e começava:

– Chama o papai, chama o vovô, a vovó, o titio, a titia, pra todo mundo dizer bem alto: "Eu não aguento mais!". Mais alto: "Eu não aguento mais!". Abram a janela e gritem bem alto: "EU NÃO AGUENTO MAIS!".

Em de 15 de novembro, dia da eleição, Imperial não teve a menor chance. Saturnino Braga, o candidato do PDT, foi eleito o novo prefeito do Rio. Com a derrota, o PTN foi extinto, e Carlos voltou ao PDT de Brizola e prosseguiu com a vitoriosa carreira de "Viva a Nova República", agora com uma montagem em São Paulo e outra viajando pelo país.

Por essa época, decidiu casar-se com Andréa no papel. Quando pensara em fazer isto com Célia, era impossível, a condição de desquitado não permitia isso. A Lei do Divórcio descomplicou as coisas. Como estivesse enrolado com a montagem paulista de "Viva a Nova República", Imperial incumbiu Lenir e Andréa de verem toda a papelada necessária. O casamento foi no cartório da Djalma Ulrich. Mas Andréa não sabia que além deles dois também haveria outras pessoas. Quando chegaram havia muita gente na frente. Imperial ficou irritado, reclamou muito por ter vários compromissos naquele dia. Quase desistiu de tudo, mas conseguiu falar com alguém e furou a fila. Devido às suas reclamações, ele e Andréa permaneceram emburrados um com o outro o tempo todo diante do juiz.

A birra mútua não durou muito. No final daquele dia já estavam no clima de casal apaixonado que viviam. Andréa, que aceitara morar com Imperial como uma aventura de adolescente maluca, depois de algum tempo de vida em comum descobriu que o amava. Sentia muito ciúme dele, justificado por em todo lugar em que iam alguma mulher se insinuar para ele. Depois percebeu que ele sentia o mesmo. Com Andréa, Imperial redescobriu um lado mais inocente em suas relações amorosas, transformaram-se num casal de adolescentes que jamais se separava. Eram o Bebezão e a Nenenzona.

Carlos fez questão de apresentar Rose, sua ex-mulher, a Andréa:

– Vou te apresentar minha ex-mulher, ela é um amor. É uma porra louca.

As duas tornaram-se grandes amigas. Toda vez que vinha ao Rio, Rose ligava para Andréa pedindo que a menina fosse visitá-la. Sempre repetia em tom de brincadeira:

– Não sei como você aguenta o Carlos.

Para comemorar a oficialização da união com Andréa, Carlos quis fazer uma viagem. Foram para Miami. Não levaram bagagem alguma, pois ele achou melhor comprar tudo por lá mesmo. Quando chegaram, encheram-se de tênis, camisetas e shorts de tac-tell, tudo em cores berrantes, que faziam com que fossem vistos a quilômetros de distância. Visitaram a Disney World, de onde saíram com bonés de todos os personagens. A cada dia usavam um diferente. Depois foram participar de um cruzeiro em um navio de luxo. Logo na primeira noite, haveria a "Festa do Comandante", onde era obrigatório traje de gala. Porém, na bagagem do casal, o mais próximo disso era uma calça branca que Andréa comprara. Imperial nem isso tinha, mas não se abalou nem um pouco.

Ninguém conseguia desviar os olhos dos dois. Todos os convidados estavam de black-tie, e Imperial de bermudas, camisa estampada e boné do Mickey. Contudo, ele agia com a maior naturalidade. O que fez com que Andréa, a princípio constrangida, conseguisse descontrair.

31

VIDA NOVA

Varizes eram um mal que acompanhava Imperial há anos. Sentia fortes dores nas pernas, e seus pés ficavam bastante inchados. Calçar sapatos tornava-se um terrível suplício para ele. Era esta a principal razão de, na maioria das vezes, ser visto calçando chinelos minutos antes de entrar nas sessões da Câmara. Mas jamais permitiu que soubessem disso. Preferia vender a imagem de vereador desleixado à de um pobre enfermo. Comentava com Russão:

– Você pode estar morrendo em pé, mas não deixe isto transparecer para ninguém.

Após uma meteórica passagem pelo PFL, Imperial iria disputar uma vaga na Assembleia Legislativa pelo PMDB. Contudo, o sofrimento com as varizes chegou ao seu limite, e ele decidiu submeter-se a uma cirurgia para resolver o problema. Apesar do diabetes e da hipertensão, mais dois males que escondia de todos, a operação foi muito bem-sucedida. Durante sua recuperação, passava o tempo lendo os jornais, especialmente uma parte dos classificados em que fiéis de Santa Clara publicavam orações em agradecimento por graças obtidas. Um dia chamou Lenir para conversar.

– Lenir, eu estou com vontade de pautar a minha campanha para deputado estadual em Santa Clara.

– Como assim?

– Eu operei as varizes. Vamos montar uma história em cima disso. Que tal você ter recebido da tua avó, na hora da morte dela, um santinho de Santa Clara? E quando eu fui operar as varizes você botou essa Santa Clara toda amassadinha na minha mão e disse: "Carlos, vá com fé que a tua cirurgia vai ser um sucesso". E aí, a minha cirurgia foi realmente um sucesso.

– Mas Carlos, a minha avó era evangélica.

– Não tem problema.

Para que a secretária se inteirasse melhor da história da santa, mandou Russão levá-la ao mosteiro de Nossa Senhora dos Anjos, na Gávea, onde ela conheceu a abadessa irmã Maria Pacífica, que lhe deu um folheto com a oração de Santa Clara. Mandou imprimir panfletos de sua propaganda com a imagem de Santa Clara e no verso o relato de como foi salvo pela fé. Também criou a União dos Devotos de Santa Clara, que tinha Lenir como presidente registrada em cartório. Ela recebeu muitas cartas de fiéis que a tratavam por irmã Lenir, ou sóror. Mas outros ligavam para o mosteiro das clarissas indignados com a imagem da santa estar associada a uma pessoa de vida sabidamente devassa como a do "rei da pilantragem" Carlos Imperial.

E os métodos usados por Imperial para atrair o eleitorado se diversificavam cada vez mais. Numa tarde em Copacabana, Dona Luzia, mãe do compositor João Roberto Kelly, saiu do seu apartamento na Rua Aires Saldanha para visitar o filho, e passando pela Djalma Ulrich, topou com o candidato a deputado estadual em plena campanha. Imperial estava com uma bandeja de doces servindo a todas as senhoras que passavam pela calçada.

– A senhora não quer comer um docinho? – dizia com um sorriso.

Dona Alzira não resistiu e foi falar com o amigo de tantos anos de seu filho.

– O que é isso Imperial?

– Dona Luzia, que agradável surpresa! Toma também, come um docinho. São os docinhos do Imperial.

– Ô Imperial, eu não estou entendendo nada.

– Dona Luzia, eu sou candidato a deputado estadual. Estou adoçando a minha campanha.

A estratégia de usar a fé com o intuito de eleger-se deputado estadual não ajudou Imperial. Nem ela, nem os doces distribuídos às senhoras de Copacabana, e muito menos aparecer como o candidato da torcida do Botafogo. Era necessário muito mais, era necessário viajar por todo o estado, ir aos bairros mais distantes, coisa que ele não tinha a menor paciência. E, dessa vez, como em poucas em sua vida, o Gordo ficou abatido com uma derrota. Ele havia gastado mais dinheiro do que deveria, e a situação ficou apertada. Explicou isso a Andréa.

– Olha, algumas coisas nós vamos ter que mudar agora. Na parte financeira, a gente vai ter que mudar, porque senão eu não vou ter nada. Então, vamos voltar, dar um passo atrás? Vou precisar da tua ajuda, do teu apoio, pra sair dessa.

Andréa não titubeou em permanecer ao lado do marido também nos momentos difíceis, lhe deu todo o apoio que ele pediu. E não foi uma tarefa fácil, pois Carlos ficou realmente enfraquecido. Passava os dias dormindo e lendo revistas e jornais. Pouco saía, limitando-se a ir ao jornaleiro na esquina da Rua Santa Clara ou a jantar no restaurante Ettore, na Barra da Tijuca. Acabou recorrendo a um psiquiatra, que lhe receitou antidepressivos. Isso, mais o tempo, Andréa, Rose e Riane, ajudaram Império a reerguer-se.

A paixão de Imperial pelas netas não diminuiu nada com o casamento com Andréa. Ele continuava fazendo todas as vontades das meninas. Todas as sextas-feiras, mandava Russão apanhá-las no Mallet Soares, onde as duas estudavam, para passarem o fim de semana com ele e Andréa.

Numa ocasião, Rose e Riane ficaram em recuperação, e o colégio passou vários trabalhos para as duas fazerem. Mas o avô não demonstrou a menor preocupação com isso.

– Que trabalho que nada, venham aqui para casa que eu vou dar um jeito nisso.

As duas chegaram ao apartamento de Carlos, que já as aguardava para irem à praia. Rose tentou lembrá-lo dos trabalhos que ela e a irmã precisavam fazer, mas ele a tranquilizou:

– Daqui a pouco vai chegar um professor que contratei para fazer os trabalhos. Vocês vão esquecer isto tudo do mesmo jeito. Pra que se preocupar com isso? O mais importante que vocês devem fazer é ler os jornais. Leiam sempre os jornais para estarem sempre bem informadas.

Sempre que via alguém famoso na rua, Carlos mandava as netas irem até a pessoa e dizer:

– Eu sou neta do Carrrrlos Imperial!

Rose ficava envergonhada, até tentava convencer o avô a desistir da ideia, mas era impossível. Ele dizia:

– Meu amor querido, vá lá e diga que você é neta do Carrrrlos Imperial!

Rose e Riane também eram obrigadas pelo avô a imitar sua assinatura. Quando diziam não estarem interessadas, ouviam dele:

– Aprendam, minhas filhas, essas coisas vocês têm que saber. Em determinado momento isto pode ser necessário.

Carlos também deixava que as meninas ficassem com Dona Maria José e o Dr. Gabriel na casa em que os dois moravam na Rua Barão de Ipanema. Zezé levava as bisnetas à missa na Igreja de São Paulo Apóstolo, e as ensinava a rezar o terço, coisa que como católica fervorosa fazia todos os dias. As meninas faziam bonequinhas com as embalagens de madeira de queijo catupiri que depois tentavam vender na porta da casa a quem passasse pela rua. Sempre conseguiam vender todas as peças de seu "artesanato". Mas ao que parece, havia a intervenção do Dr. Gabriel, que arranjava fregueses.

Quase no final de seu mandato como vereador, Carlos sofreu novo problema de saúde. Ele, que nunca admitira ser diabético, comia tudo o que queria. Jamais abandonou seus sorvetes e pudins de leite condensado. Dieta era algo completamente fora de cogitação em sua vida. Pensava ser invencível, mas não era. Terminou com as pernas cobertas por feridas, era a erisipela causada pelo diabetes. Novamente "de bem" com Paulinho, foi procurar o dermatologista Dr. Walter Guerra Peixe, uma indicação do irmão. O médico constatou a gravidade do seu caso e o manteve afastado de qualquer atividade. Carlos deu entrada em um pedido de licença de quatro meses, mas não revelou o motivo. A imprensa procurou o médico, que por questão ética manteve o sigilo sobre o mal que afetava seu paciente. A partir daí, a versão de que Imperial havia se afastado da Câmara sem nada sofrer se espalhou. Mas em momento algum ele se preocupou em desmentir. À época da operação de varizes, havia se comportado de maneira semelhante, inventando que seu afastamento era apenas uma maneira de ajudar seu suplente, Márcio Guimarães, que se encontrava em dificuldades financeiras. Ficar novamente com fama de político espertalhão não iria lhe tirar o sono. Pilantra sim, doente jamais.

Depois de um mandato de seis anos, Carlos deixou a Câmara. Segundo dizia, não se candidatou à reeleição por absoluta falta de vontade. Antes de deixar a "Gaiola de Ouro", preocupou-se em manter Lenir empregada. Sua amiga, a atriz Neuza Amaral, havia sido eleita, e atendendo a seu pedido, integrou a ex-presidente da União dos Devotos de Santa Clara ao seu gabinete.

Carlos ainda dedicou-se por um período à escola de modelos, mas depois acabou encerrando as atividades da Carlos Imperial Comunicações. Depois de quase vinte anos, acabou com suas colunas na "Última Hora" e na "Amiga", há muito tocadas apenas pelo aguerrido Miro Lopes. Seus planos seguiam numa direção completamente oposta a qualquer manifestação artística. Pretendia dedicar-se ao mercado imobiliário.

O "canto de cisne" do Dr. Gabriel como homem de negócios, quando em 1984 conseguiu tomar posse de uma área de 40 mil metros quadrados na Barra da Tijuca, foi decisivo para o despertar do interesse de Carlos pelo mercado de imóveis. Passou a arrematar casas em leilões, que reformava e posteriormente vendia com bom lucro. Fundou a 13 Construtora, nome inspirado na fictícia história de suas treze prisões no governo militar.

Nessa nova fase, Imperial mudou-se para o condomínio Riviera dei Fiori, na Barra da Tijuca. Ali, Andréa, que graças a seus conselhos tornou-se uma apaixonada adepta da vida saudável, começou a correr diariamente. Não demorou para que o marido noticiasse nos jornais que sua jovem esposa era uma maratonista. Podia ser visto pelo bairro dirigindo a camionete que comprara, e onde mandou pintar na porta um enorme 13, símbolo da sua construtora.

Paulinho Imperial era um sujeito de vários talentos, letrista de mão cheia, um poeta que escrevia vários livros. Musicalmente era mais desenvolvido que Carlos. Estudara música na Berkeley School. O irmão sempre procurara impulsionar sua carreira. Toda vez que lhe perguntavam qual o seu compositor favorito, respondia sem titubear: "Depois de mim eu coloco o Fernando César e meu irmão Paulo Imperial". Foram parceiros em algumas canções. Mas, apesar de tantos talentos, Paulinho era "a vida inteira que podia ter sido e que não foi". Seu desleixo para com a carreira e consigo próprio o impossibilitaram de chegar a qualquer lugar. Havia obtido algum sucesso com a parceria com Fábio, mas depois disso nada mais acontecera. Era um homem de 45 anos que se comportava como um adolescente mimado.

Sua falta de parâmetros atingiu o ápice por época de uma viagem que Carlos e Andréa fizeram a San Francisco. Aproveitou que estava sozinho com os pais para interná-los numa casa de repouso e começou a torrar todas as economias do casal. De volta dos Estados Unidos, Imperial ficou sabendo o que o irmão havia aprontado. Tirou Dr. Gabriel e Dona Zezé da clínica e os levou para morar com ele. Depois desse incidente, Paulinho não existiu mais para ele.

Os sogros gostavam muito de Andréa. Dona Zezé a tratava por filha. E ela correspondia ao afeto dos dois, pois era muito preocupada com o bem-estar deles. Mas, infelizmente, a saúde do Dr. Gabriel não era das melhores. Sofria de arteriosclerose, já nem andava mais. O médico que o atendia aconselhou Imperial a mantê-lo num lugar com maior espaço. Como não quisesse internar o pai, mudou-se para uma ampla casa na Rua Desembargador Paulo Alonso, no Recreio, que adaptou totalmente para acomodar o pai. Mas, apesar de seus esforços, Gabriel faleceu pouco tempo depois.

Carlos redobrou a atenção que dispensava à mãe, bastante fragilizada pela perda do marido. Recebia constantemente na nova residência vários amigos para ver se distraía a cabeça de Dona Zezé.

Em outubro de 1989, Imperial arranjou uma briga com a W/Brasil. Acusava a agência de publicidade de ter usado "O Bom" num comercial sem a sua autorização e muito menos ter pago seus direitos autorais. Em São Paulo, Washington Olivetto, o publicitário responsável pelo anúncio, leu aquilo e não entendeu nada. Havia procurado Eduardo Araújo, coautor da canção, e acertado o preço para a utilização na campanha do pão Pullman sem nenhum problema. Agora surgia Carlos Imperial para arrumar confusão. Conhecia sua fama de encrenqueiro, sabia que o Gordo não era nenhum santo. Ligou para seu amigo, o produtor fonográfico André Midani, que o preveniu:

Após a morte do pai, Carlos Eduardo redobrou ainda mais suas atenções para com Dona Zezé. Na foto, os dois estão com Maria Luíza e sua filha Rose.

– Fica esperto porque ele vai querer se aproveitar de você estar em evidência. Pede pra alguém do jurídico conversar com ele.

Olivetto seguiu o conselho de André. A primeira providência tomada pelos advogados da empresa foi evitar que ele mantivesse qualquer contato com o Gordo. O rapaz estava muito exaltado com todo aquele absurdo, poderia acabar metendo os pés pelas mãos. Para piorar a situação, sua secretária veio transmitir um recado de Imperial:

– Ele ligou avisando que vai se internar numa clínica e convocar a imprensa para dizer que passou mal porque comeu pão Pullman estragado.

Washington ficou preocupado. Ele e muitas outras pessoas podiam conhecer as pilantragens que Imperial era capaz de aprontar. Mas e se o anunciante acreditasse em toda aquela maluquice? Olivetto poderia acabar com a reputação arranhada. Sua raiva do Gordo só fazia aumentar.

Ficou combinado um encontro com Imperial na sede da agência em São Paulo. No dia marcado, Olivetto foi mantido no andar acima de onde o Gordo estaria. A reunião foi marcada para as 10 da manhã. Washington estava impaciente, doido para saber o desenrolar da conversa. Às 11h40 o advogado responsável pela negociação veio tranquilizá-lo:

– Já está tudo resolvido. Mas ele tem uma exigência.

– Exigência? Qual?

– Ele está louco para almoçar contigo e quer que seja no La Tambouille.

– Mas o que ficou resolvido?

– Bem, devido ao dinheiro dos autorais ser muito pouco, ele tem por hábito registrar suas músicas em duas entidades arrecadadoras a fim de receber um pouco mais. Por isso havia armado toda esta confusão. Mas, ao que parece, percebeu que seria desvantajoso tornar-se inimigo de uma figura benquista pela mídia como você. Ofereci dez passagens de ponte aérea como compensação, o que ele aceitou no ato. Mas não abre mão de almoçar contigo.

O publicitário considerou o convite fora de cogitação. Ainda estava louco de raiva com toda a confusão aprontada por Imperial. Depois de muita insistência por parte do negociador, decidiu ir ao almoço. Pediu apenas alguns minutos para finalizar um trabalho e já o encontraria.

Quando chegou à sala em que Imperial estava, Washington deparou com o Gordo cantando "Vesti Azul" e batucando numa mesa. Ainda por cima tentava fazer com que o discretíssimo advogado o acompanhasse na cantoria.

– Grande Washington Olivetto, o maior publicitário do Brasil! Vamos almoçar?

Imperial havia escolhido o La Tambouille para o "almoço da paz" por tratar-se do restaurante mais badalado de São Paulo. Sabia que ali muitas pessoas iriam comentar que o prestigiado publicitário Washington Olivetto era seu mais novo amigo. Carlos rasgou-lhe todos os elogios possíveis e imagináveis e o convidou para ir ao Rio a fim de almoçarem e abaterem algumas lebres. Nem parecia o sujeito que dias atrás declarava na "Amiga" estar com vontade de cobrir o publicitário de porrada.

Por sua vez, Olivetto revelou a admiração que tinha pela astúcia do "rei da pilantragem". Corintiano, lembrou da época em que Carlos aparecia no "Esta Noite se Improvisa" vestindo a camisa do "Timão", assim como da grande sacada que foi fazer "A Praça" no rastro de "A Banda". Era um final feliz para uma história que havia começado muito mal.

O grau de encantamento de Carlos pelo publicitário era tamanho, que num dado momento resolveu lhe fazer um agrado:

– Washington, você sabia que sou autor de músicas que foram feitas antes mesmo de eu nascer?

– Como assim?

– É que registrei como minhas algumas músicas de domínio público. Como você demonstrou ser uma excelente pessoa, vou inclusive ceder os direitos de algumas para você. De hoje em diante, "Cai Cai Balão", "O Cravo Brigou com a Rosa" e "Se Essa Rua Fosse Minha" pertencem a você.

O Gordo pediu ao garçom uma folha de papel e redigiu um pequeno documento:

"Saibam tantos quantos acreditarem neste documento, que na data de hoje..."

Entregou a cessão de direitos autorais fajuta e despediu-se do seu mais novo "amigo de infância".

Ciclicamente, Carlos ligava para Olivetto a fim de reforçar o convite para abater lebres no Rio de Janeiro. Washington, já íntimo dele, apenas ria. Algumas vezes se perguntava: o que era mais complicado? Ser amigo ou inimigo de Carlos Imperial?

Em dezembro de 1989, Fernando Collor de Mello do Partido da Renovação Nacional, o PRN, torna-se o primeiro presidente da República eleito por voto direto após o Regime Militar. Venceu no segundo turno o ex-líder sindical Luiz Inácio da Silva, o Lula, do Partido dos Trabalhadores. Collor baseou sua campanha no combate à corrupção, principalmente aos funcionários detentores de altos salários, que chamava de "marajás". Também afirmava ter um compromisso com as camadas mais baixas da população, os "descamisados" e "pés no chão".

Um dos principais trunfos do "caçador de marajás" para derrotar Lula foi o pânico que causou ao afirmar que o petista iria confiscar as suadas economias dos brasileiros guardadas nas cadernetas de poupança. Porém, em 16 de março de 1990, um dia após sua posse, Collor anunciou o Plano Brasil Novo, um conjunto de medidas visando conter a hiperinflação herdada do governo Sarney e seus fracassados planos econômicos. Usava uma heroica metáfora para expressar o seu significado:

– Eu estou diante de um tigre com um rifle na mão e apenas uma bala nesse rifle. Nós temos que acertar este tiro de modo a liquidar a inflação.

A mais polêmica das medidas anunciadas pela ministra da Economia de Collor, Zélia Cardoso de Mello, foi o bloqueio por dezoito meses dos saldos das contas correntes, cadernetas de poupança e demais investimentos superiores a 50 mil cruzeiros. As pessoas só poderiam dispor dessa quantia e nada mais. O confisco que Collor atribuíra a seu adversário era um dos primeiros atos de seu governo. O cidadão que, na véspera do plano, por segurança guardara no banco a quantia necessária para fechar um negócio, foi pego de surpresa naquela sexta-feira com a notícia de que seu dinheiro estava bloqueado. Não foram raros os casos de enfarte do miocárdio. Uma pessoa, desesperada com a reviravolta que as mudanças na Economia causaram em sua vida, ameaçou cometer suicídio na porta do gabinete da ministra Zélia.

Trabalhando com a compra e venda de imóveis, Imperial precisava de dinheiro na mão. Os 50 mil cruzeiros liberados pelo governo iriam deixá-lo quebrado, seria um novo aperto depois do prejuízo sofrido com a desastrosa campanha para deputado estadual. Mas, para sua sorte, ele ainda continuava recebendo o dinheiro dos direitos autorais de suas músicas. Essa fonte de renda possibilitou sua sobrevivência nos primeiros dias do Plano Collor, como o Brasil Novo ficou popularmente conhecido.

Carlos soube de um sujeito desesperado para vender uma casa na Barra da Tijuca e quis comprar o imóvel, porém por um preço menor. Chamou Dudu

Castro, que estava morando próximo a ele, para lhe fazer companhia, e foi ao encontro do proprietário. Na porta da mansão, antes de sair da caminhonete da 13 Construtora, deu algumas orientações a Dudu:

– Toma este saco de papel aqui. Eu vou conversar com o cara, e toda vez que apontar pra você, mostra o saco de papel pra ele com cara bem séria. Entendido?

– Tudo bem, Imperial.

Dudu viu quando o homem abriu o portão da casa e começou a conversar com o sorridente Carlos. Num dado momento, conforme o combinado, Imperial apontou para o rapaz, que seguindo a risca a orientação do amigo, mostrou a sacola com cara de poucos amigos. A situação se repetiu por mais umas duas vezes, até Imperial despedir-se. No carro ele explicou o que se passava.

– O cara quer vender esta casa, mas está cobrando um preço que considero alto demais para a atual situação. Eu ofereci menos, mas disse que pago em dinheiro vivo, que está neste saco de papel.

Dudu abriu o saco e ficou espantado com o que viu.

– Mas Imperial, aqui só tem tuas bermudas velhas!

– É verdade, mas eu disse que estava com a grana na mão. E isto deixou ele balançado. Vai por mim, ele vai me vender esta casa por menos.

– E como é que você vai arranjar o dinheiro?

– Eu me viro.

No final da semana, Carlos era o novo proprietário da mansão.

Todos os anos Silvio Santos convidava Carlos para participar do júri do Troféu Imprensa, que elegia os melhores da televisão brasileira de cada ano. Andréa o acompanhava e percebia a importância que Silvio dava a Imperial. O apresentador e dono do SBT, a antiga TVS, dispensava ao amigo um tratamento de diretor da emissora. Cuidava para que ele recebesse as passagens de avião para São Paulo em casa, assim como hotel e camarim com tudo o que desejasse. Além da participação anual no Troféu Imprensa, a canção "A Praça" como tema do humorístico "A Praça é Nossa" era outra mostra da ótima relação de Imperial com a emissora.

Na edição de 1990 do programa, antes de dar seu voto numa das categorias, Imperial pediu a palavra a Silvio para dar um recado de Boni, o vice-presidente da Rede Globo:

– Silvio, no Rio de Janeiro, eu trabalho com publicidade, e o Boni é meu sócio. Quando soube que eu vinha participar deste programa, fez questão de que eu trouxesse esta garrafa de vinho para te presentear.

Carlos apanhou uma garrafa de vinho envolta em papel de presente e fez com que chegasse às mãos de Silvio Santos, que emocionado agradeceu diante das câmaras a gentileza do diretor da emissora coirmã.

José Bonifácio de Oliveira Sobrinho, o Boni, era conhecido por sua paixão por vinhos. Mas jamais foi sócio de Imperial em agência de publicidade.

Com o filho Marco Antônio e a neta Veraluz,
na casa de Pedra de Guaratiba.

32

LOGO AGORA

Numa tarde, enquanto almoçava no restaurante La Mole, na Barra da Tijuca, Imperial reviu um rosto do passado. Era Alberto de Castro, seu companheiro de rock sessions no Copa Golf, o rapaz que ensinara Oscarito a dançar rock. Fazia mais de vinte anos que Carlos não o via, queira muito que ele aparecesse em sua casa para um almoço. Mas Edith, a esposa de Beto, não estava muito disposta a ir. Como era de se esperar, tinha a pior impressão de Carlos Imperial. Acabou indo a contragosto, diante da insistência do marido, o tempo todo repetindo que o amigo não era nada daquilo que aparecia na televisão.

Bastaram apenas alguns minutos de contato com Imperial para Edith mudar totalmente a opinião que tinha dele. A maneira carinhosa com que tratava a ela e às suas duas filhas, e o zelo com o ambiente familiar da reunião fizeram com que o considerasse o mais perfeito dos cavalheiros. Beto e Carlos recordaram com saudade os tempos pioneiros do Copa Golf, o "Câmera Um" de Jacy Campos e as pontas em chanchadas que haviam feito juntos. Terminaram dançando o "Rock Around the Clock" de Bill Haley. Foi uma tarde muito feliz, algo de que Imperial precisava muito, já que recentemente, um ano depois da morte do Dr. Gabriel, Dona Zezé também havia partido.

Além das atividades na construção civil e no mercado de leilões, Imperial começou a criar cachorros da raça rottweiler, um deles, batizado de Marajá, numa ambígua homenagem ao presidente Collor, cujo governo ia de mal a pior. O cachorro foi inscrito em vários concursos e ganhou muitos prêmios, alguns obtidos através dos habituais ardis de seu dono. Carlos e Andréa viajavam por todo o Brasil exibindo o bicho. Ele mandou pintar um enorme retrato de um rottweiler no muro da sua casa na Desembargador Paulo Alonso. Adorava entrar na piscina com os cachorros.

Quem era seu vizinho na mesma rua era Tim, que sempre pela manhã ia visitá-lo em busca de alguns conselhos. Um dia convidou o Gordo para ver sua nova aquisição, havia comprado um casal de bezerros que estava criando no quintal de casa.

Com Andréa e o Marajá, durante mais um concurso vencido por seu rottweiler campeão.

Depois de ter sugerido que a "Manchete" fizesse uma matéria sobre o Padrinho Sebastião e o Santo Daime, Marquinho voltou a visitar a Colônia Cinco Mil pelo menos uma vez ao ano. Escreveu um livro sobre a seita, que Imperial leu, assim como assistiu a uma fita de VHS mostrando o dia a dia na aldeia. Carlos quis se inteirar melhor sobre a causa que o filho abraçara, foi a uma sede do Daime perto de onde morava, em Vargem Grande. Mas terminou por não se tornar um ferrenho opositor, afirmando que o chá que bebiam durante as cerimônias de louvação era um tóxico muito poderoso. Comentava que, quando bebeu no Acre, viu "Papai do Céu e os anjinhos". Deixou Marquinho morando na casa de Pedra de Guaratiba, mas vivia reclamando por ele hospedar o pessoal da Colônia.

O casamento com Andréa não ia bem. As discussões surgiam do nada. Carlos sugeriu que fizessem nova viagem aos Estados Unidos para tentar melhorar o clima entre eles. Não adiantou, continuaram brigando e decidiram separar-se quando chegassem ao Brasil. Porém, na volta, ele mudou de ideia e pediu mais um tempo para poder deixá-la com a vida organizada. Mas não conseguiram conviver durante muito tempo, e Andréa decidiu sair de casa.

A inocência da vida com Andréa deu lugar ao Imperial mundano da época do apartamento da Avenida Atlântica. Ele formou dupla com o também solteiro diretor Cláudio Cunha. Iam aos clubes do subúrbio participar do júri dos concursos de garotas do bairro. Imperial dizia para Cláudio que a verdadeira beleza feminina estava no subúrbio, pois as menininhas da Zona Sul aos 13 anos já estavam todas drogadas. Quando chegavam ao clube avisava:

– Olha, já que eu estou te trazendo, a prioridade é minha. Não sendo a garota em que eu estiver interessado, você pode chegar em quem quiser.

Sua técnica consistia em pedir para o promotor do evento trazer a mãe da candidata para que pudesse impressioná-la com elogios à sua filha e a promessa de uma carreira promissora para a aspirante a estrela. Perguntava:

– A sua filha tem namorado?

– Tem um namoradinho, sim.

– Mas não pode, ela tem que se casar com a carreira. O namoro atrapalha.

Quando a filha chegava, ele a cumprimentava discretamente e continuava adulando a mãe. Comentava com Cláudio:

– A mãe tem que estar junto. Tem que estar junto o tempo todo. A garota está tirando fotografia. A mãe tem que estar por perto para dar força. Você só não vai precisar da mãe na hora de comer a filha. Para as mães, se não tem droga nem bebida, não tem problema. Elas não querem é ver suas meninas dando para os maconheiros do bairro.

Cláudio ouvia tudo e depois concluía que o amigo estava certo nas suas observações. A mãe praticamente entregava a filha para o Gordo.

Em São Paulo, no programa do apresentador Ney Gonçalves Dias na Rede Bandeirante, onde era jurado, Imperial conheceu Luiz Mário Ladeira, o Jacaré, presidente do Movimento Machão Mineiro. Havia um debate entre Jacaré e uma líder feminista. O júri, composto de seis homens e seis mulheres, deveria votar em quem estava certo. O ator Jaime Perriard, ao lado de Carlos, um dos representantes da bancada masculina, não se mostrou simpático às colocações de Luiz Mário.

– Sobre estas coisas que você falou, eu não sei se eu não entendi direito ou se eu sou burro.

A resposta de Jacaré foi imediata:

– O senhor entendeu direito sim, está confuso porque é burro mesmo.

Mais adiante, Perriard classificou o livro "Centifólio do Machão", que trazia frases como "Casar é a melhor maneira de arranjar uma namorada" e "A mulher jamais esquece o machão que lhe deu um safanão", como de mau gosto, e que Jacaré estava querendo aparecer.

– Eu não sabia que mineiro para falar que era macho precisava escrever livro.

Jacaré respondeu que o ator realmente não havia entendido nada, que aquilo era como literatura de cordel, só que não tinha erros de português, pois havia sido escrito por ele, que teve muito cuidado ao fazê-lo. Não passava de uma brincadeira. Também falou que não estava querendo aparecer, pois quem tinha necessidade de aparecer era Jaime, que era artista.

– Fico imaginando a quantidade de portas que o senhor deve ter tomado na cara para poder fazer as pontinhas que faz na TV.

Jaime perdeu as estribeiras e quis partir para cima de Jacaré, dizia que iria processá-lo. Quando entraram os comerciais, os dois se embolaram por entre os microfones. Foi quando Imperial se levantou e falou para Jacaré:

– Deixa de ser bobo, deixa que eu bato nesse cara!

Quando a confusão terminou, Imperial, Jacaré e o cartunista São Salvador, responsável pelos desenhos do "Centifólio do Machão", saíram para jantar. Trocaram telefones e saíram de São Paulo com uma amizade sólida.

Por ocasião da vinda de Jacaré ao Rio para participar do programa "Sem Censura", na TVE, Imperial foi buscá-lo na emissora e não deixou que ele fosse para um hotel; fez questão de hospedá-lo em sua casa. A partir desse convívio surgiu a ideia de criar o troféu do "Machão do Ano", cujo primeiro agraciado seria o ex-ministro da Justiça de Collor Bernardo Cabral. A dupla de machões ficou sensibilizada por Bernardo ter dado o "Golpe do Dentista" em Zélia Cardoso de Mello – com quem manteve um romance extraconjugal que lhe valeu o cargo no governo collorido quando foi descoberto –, largando-a em um hotel em Paris com a desculpa de ir corrigir uma obturação no Brasil.

Foi realizada uma cerimônia para a entrega do troféu no Rio. Cabral foi oficialmente convidado para recebê-lo. A imprensa foi avisada que o ex-ministro havia confirmado presença. A ideia, como não poderia deixar de ser, era de Imperial. Obviamente Bernardo não compareceu, mas a cerimônia recebeu cobertura nacional. O ator Jece Valadão, Cláudio Cunha e Clóvis Bornay posaram como os representantes do movimento no Rio de Janeiro.

Quanto a Zélia, Imperial acreditava que ela merecia uma "homenagem" inteiramente sua. Comemorou bastante quando, em maio de 1991, ela deixou a pasta da Economia, uma vez que a considerava uma das grandes responsáveis pela quebradeira causada pelo Plano Collor. Aproveitando a história de que o romance proibido da ex-ministra com Bernardo Cabral viera a público depois que a imprensa testemunhara o casal dançando apaixonadamente um bolero na pista do Clube das Nações, em Brasília, na festa de aniversário de Zélia, Imperial compôs uma canção nesse gênero musical tendo a economista como musa inspiradora. A letra, um híbrido de espanhol e português, era a despedida de um amante prestes a deixar a mulher com quem vivera.

Adiós, se te vaya bien, querida
Sigue tus pasos cubriendo de amor tu vida
Não ficarei tão só, nem tu irás sozinha
Ficará comigo uma saudade tua, levarás contigo uma saudade minha

Carlos com os amigos do "Movimento Machão Mineiro", no Carnaval de Belo Horizonte em 1992.
Ao seu lado, Jacaré, fantasiado como Dona Olímpia, conhecida personagem da cidade.

Há muito Carlos vivia insistindo para que Erasmo frequentasse as reuniões do "Clube do Machão". Estava preocupado com o amigo, que havia ficado viúvo não fazia muito tempo. Achava que a agitação que estava provocando com Jacaré e os demais camaradas do Rio e de Belo Horizonte lhe faria bem. Compusera o bolero "Zélia" imaginando o "Gigante Gentil" como a figura ideal para interpretá-la. Pediu para Dudu França, seu parceiro na obra, levar a fita com a gravação para que o cantor ouvisse. Erasmo ouviu e até gostou, mas a estrofe final o deixou horrorizado:

E cuando mañana el sol a brillar
Tu sentirás vontade de voltar
Yo quiero decir que te amo
No importa lo que digas tu
Oh, Zélia, vá tomar no ...
uuuuh-uuuuh-uuuuh-uuuuh

Erasmo nem quis saber de ficar com a fita para não acabar se metendo em confusão. Diante da negativa, Dudu acabou gravando a canção. Ela e "O Corrupto", um reggae imperialesco que aproveitava a onda de denúncias de corrupção que surgiam em cima de Collor e seu ministério.

De que adiantou tirar dez em matemática?
Tirar dez em inglês, ai ai, em inglês
De que adiantou tirar dez em informática?
Tirar dez em francês, ai ai, em francês

Eu queria ganhar uma concorrência
Vou ganhar essa tal de licitação
Vou deixar de lado minha decência
Quero ser corrupto, vou meter a mão

Apesar de se encontrar em plena atividade e com uma farta variedade de lebres, Imperial não era feliz. Sentia muita falta de Andréa. Não conseguia viver longe dela. Inventava pretextos para mantê-la sempre por perto, pedindo que fizesse suas compras e pagasse suas contas no banco. Manteve a conta conjunta por um bom tempo. Só a separou a pedido dela. Mas da parte da jovem tudo o que restara era apenas amizade. Para tentar despertar seu ciúme, Imperial arrumou uma namorada amazonense de 14 anos, a quem batizou de Jana. Fez questão de apresentar a indiazinha à ex-esposa. Depois posou para a "Manchete" numa foto provocadora em que o casal aparecia na cama com a garota, abraçando uma boneca.

Em maio de 1992, decidiu passar por um radical processo de rejuvenescimento. Procurou o cirurgião plástico Wagner de Moraes para executar o que chamava de "Projeto Imperial". Queria tirar a gordura do abdômen e do pescoço. O médico não viu problema em operá-lo mesmo ele sendo diabético, pois seu nível de açúcar estava sob controle. A primeira cirurgia foi marcada, e ele pediu que Andréa o acompanhasse. Ela disse que tudo bem, iria com ele, mas antes tentou fazer com que ele desistisse da ideia.

– Bebezão, desiste dessa operação. Você acabou de fazer uma dieta, já emagreceu bastante. Pra que isso?

Não adiantou, ele fez mesmo assim. Ficou satisfeito com os trinta quilos de gordura que perdeu da barriga. Mas queria tirar muito mais. Seu amigo Adelino Bulhões, com quem costumava viajar a Miami, foi visitá-lo e ficou assustado com a maneira despreocupada com que tratava as cirurgias.

– Adelino, você vai ver. Agora eu vou tirar gordura do pescoço, depois dos braços. Vou virar garotão.

Enquanto se recuperava, recebeu em casa uma turma de estudantes da PUC. Passou uma tarde inteira contando várias histórias da sua vida. Falou do início das carreiras de Roberto Carlos e Elis, temperando com relatos fantasiosos do ano em que passou viajando pelos Estados Unidos com Elvis. Sentiu-se feliz por ter sido lembrado. Quando um dos pesquisadores perguntou sobre o pouco contato que mantinha com Roberto, respondeu:

– A conquista enobrece, a posse agride.

O caso com a indiazinha Jana não deu certo. Depois de uma discussão com a família da garota, acabou com tudo. Mas, logo depois, se meteu em outra relação conturbada. Quando encontrou com Betinho Bandeira, um amigo protético que havia transformado em ator em "O Esquadrão da Morte", contou como andava seu coração:

– Ah, Betinho, estou tão feliz! Realizei meu sonho, sou bígamo. Estou vivendo com as duas filhas do meu caseiro!

Rose, a neta de Carlos, desaprovava totalmente as novas namoradas do avô. A adolescente as considerava o oposto de Andréa, alguém que viveu com o avô por gostar dele de verdade. Vivia em atrito com as garotas.

Três meses após a primeira cirurgia, Carlos voltou à sala de operação. Seu próximo passo era livrar-se da papada. Sua silhueta mudara radicalmente, mas aquele queixo duplo o incomodava. Nada que o bisturi do Dr. Wagner não resolvesse. Devido ao diabetes, não recebeu anestesia geral, mas local em grande dose. Nenhum problema. Deixou a clínica em Niterói com o rosto fino e a recomendação de um comprimido de Valium para amenizar a dor das primeiras horas do pós-operatório.

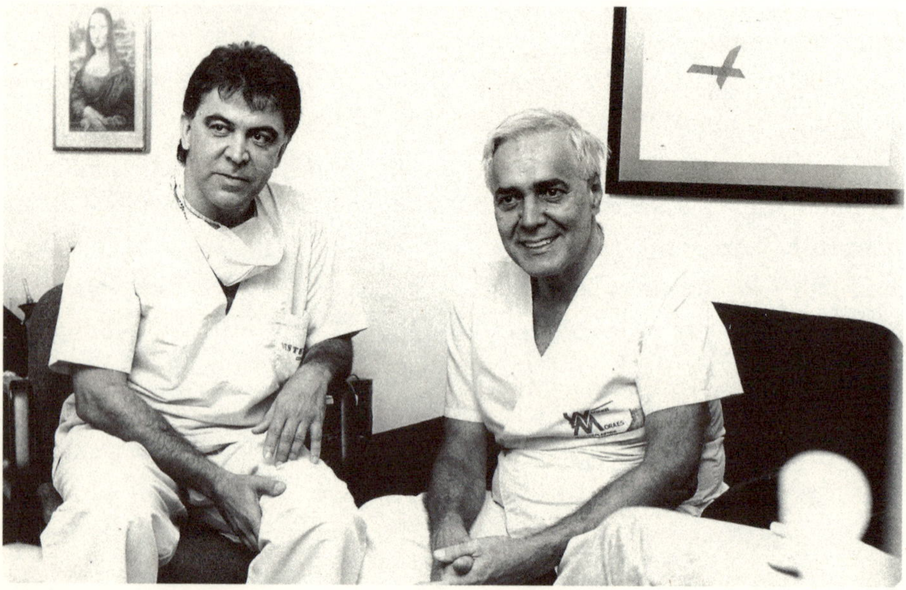

Com o Dr. Wagner de Moraes minutos antes da primeira cirurgia do "projeto Imperial".

Já completamente recuperado, jantava numa noite no restaurante Plataforma, com Wagner Moraes e Carlos Vereza. Os três, coincidentemente recém-separados, falavam de planos futuros. Imperial sentia-se mais jovem e cheio de planos. Estava decidido a morar em Miami, onde começara a investir na construção de casas em Boca Raton. Mas, antes, pretendia soltar "O Corrupto" nas rádios para aproveitar a onda de protestos que os estudantes estavam fazendo exigindo o impeachment do presidente Collor.

Quando foi engolir a comida sentiu certa dificuldade. Perguntou para o Dr. Wagner se não havia relação com a operação no pescoço. O médico respondeu que não, pois por não ter sido usada anestesia geral, não houvera intubação, o que em alguns casos costumava causar irritação na garganta. Quinze dias depois, convidado para um churrasco na casa do Recreio, Wagner se surpreendeu ao ver Carlos tomando apenas uma sopa.

– É, Wagner, estou com dificuldades de engolir. Só consigo ingerir líquidos.

Em Paris, para onde havia viajado, Maria Luíza recebeu um telefonema de Marquinho avisando que o pai quase morrera engasgado após tomar um simples cafezinho na loja de conveniência de um posto de gasolina. Estava internado e não se sabia o que era. Achavam que era o coração. Luíza voltou imediatamente para o Brasil.

O calmante Valium era contraindicado apenas para dois tipos de pessoas: grávidas e portadores de *miastenia gravis*, uma doença autoimune que leva à progressiva fraqueza muscular. Quando tomou o medicamento após a segunda cirurgia plástica, Imperial nem imaginava que sofria desse mal. Passou a apresentar dificuldade em falar, ingerir alimentos sólidos, suas pálpebras ficaram caídas, braços e pernas perderam a força. Depois de finalmente descobrirem do que sofria, os médicos lhe deram alta recomendando total repouso. Voltou para casa bastante enfraquecido.

Rose ficou cuidando do avô. Ela o acompanhava ao médico, lhe dava banho sentado numa cadeira, já que ele não tinha forças para manter-se em pé. Chorava bastante, enquanto Imperial, com a voz fraca, repetia:

– Que loucura. Que loucura.

Era uma provação grande demais para uma menina de 17 anos. O nervosismo tomava conta dela, que perguntava ao avô:

– Vô, você vai morrer?

– Não, não vou não, minha filha.

Imperial se isolou, tinha vergonha do estado em que se encontrava. Não queria que os amigos o vissem daquele jeito. Mas quando soube que Adelino Bulhões iria viajar, fez com que ele recebesse um bilhete:

"Adelino, pelo amor de Deus. Procure em algum lugar deste mundo um médico que possa me salvar. Porque as coisas de que mais gosto nessa vida eu estou perdendo. Uma é a voz e a outra é o paladar".

Carlos Vereza era um dos poucos amigos a quem Imperial permitia que o vissem. O ator era muito grato por tudo o que Imperial havia feito por ele. Não esquecia da ajuda que lhe dera quando sofrera um acidente de carro. Era o Gordo quem o levava à fisioterapia, e todos os domingos organizava um almoço em sua casa, convidando seus amigos cantores para distraí-lo e afastar a depressão que o atacava. Agora, Vereza procurava retribuir um pouco do que o amigo lhe fizera. Ficou ao seu lado nos momentos mais difíceis da doença, e o levou para conhecer a instituição espírita "Lar de Frei Luís". Ali, Imperial sentiu um pouco de paz. Começou a fazer preces em sua casa, vestia-se de branco juntamente com os empregados e rezava toda tarde.

Após uma busca incessante por uma forma de cura, Imperial descobriu a timectomia como tábua de salvação. Era a cirurgia para retirada do timo, uma glândula situada no tórax. A remoção era feita como uma tentativa de reequilibrar o sistema imunológico, bombardeado pela miastenia. Contudo, era bastante arriscada, principalmente pelo estado em que Carlos se encontrava. Além de enfraquecido pela doença, era diabético e hipertenso. Mas nada no mundo o faria desistir, não aguentava mais a vida do jeito que estava.

Marquinho ficou preocupado, tentou convencer o pai do perigo que iria correr. Mas ele se mantinha irredutível. O rapaz chegou a conversar com a irmã sobre a possibilidade de interditá-lo. Mas embora compartilhasse das preocupações do irmão, Luíza achava que não poderiam fazer isso. Cresceu vendo o pai tendo total controle de sua vida, tirar isso dele seria uma grande humilhação.

Na tarde do dia 19 de outubro de 1992, véspera da internação, Marco ainda tentou convencer o pai a desistir da ideia:

– Papai, nós podemos buscar uma opção de cura através da medicina natural. Eu tenho estudado muito o poder das plantas.

– Você sabe que não acredito nessas coisas.

Terminou de dizer isto e derramou um copo de requeijão sobre a travessa de sopa que ia tomar.

A cirurgia não correu bem. Imperial sofreu uma hemorragia pós-operatória e sofreu uma nova operação, durante a qual sofreu um enfarto. Maria Luíza ia diariamente visitá-lo na UTI do Hospital da Ordem Terceira da Penitência, na Tijuca, onde ele convalescia. Levava CDs de Sinatra para ele ouvir. Como não conseguisse falar, Carlos comunicava-se através de bilhetes. Escreveu pedindo que a filha trouxesse Andréa, que estava morando em Miami. A jovem mudara-se para lá, uma vez que havia conhecido outro rapaz, pois viver no Brasil ainda a mantinha muito ligada a Carlos, que insistia em reconquistá-la. Porém, tão logo foi avisada por Maria Luíza, pegou o primeiro avião para ficar ao lado do ex-marido. Logo que a viu, Imperial pegou papel e caneta e escreveu um novo pedido de casamento para ela.

Devido ao tempo em que estava deitado na cama do hospital, Imperial ficou com as costas cobertas por escaras. O médico que o atendia recomendou um colchão de espuma casca de ovo, que Andréa e Maria Luíza tiveram muito trabalho para encontrar. Por isso, acabaram perdendo o horário da visita. Carlos ficou muito nervoso em não vê-las. Arrancou o soro da veia e começou a se debater. A enfermeira que o atendia procurou acalmá-lo dizendo que iria melhorar. Mas ele balançava a cabeça negativamente.

Carlos Eduardo Corte Imperial faleceu às 10h10 do dia 4 de novembro de 1992. A família foi avisada ao meio-dia. Marco Antônio estava inconformado. Foi à 19ª Delegacia de Polícia registrar queixa contra o Dr. Antônio Ribeiro da Silva Neto, o cirurgião que operou seu pai, por negligência. O corpo foi levado para o Instituto Medico Legal para a autópsia.

À tarde, às 17 horas, no Estádio Caio Martins, em Niterói, Botafogo e Olaria jogaram pelo Campeonato Estadual. Foi feito um minuto de silêncio em homenagem a Imperial. Onde estivesse naquele momento, devia estar satisfeito em ser lembrado, mas era bem provável que iria preferir um minuto de estrondosa vaia.

33

PRA VIRAR CINZA MINHA BRASA DEMORA!

Dizem que enterro com chuva é sinal de que o morto leva saudades da vida que deixou. Naquela manhã do dia 5 de novembro, chovia a cântaros no Cemitério São João Batista. Coberto pela bandeira do Botafogo, o caixão com o corpo de Imperial era velado pela família e alguns dos vários amigos que fez. Rose e Riane não conseguiam evitar as lágrimas. Debruçavam-se sobre o avô, sem conseguir acreditar que a fortaleza que sempre as amparara havia partido. Andréa e Maria Luíza não se comportavam de forma diferente. Apenas Marquinho, apoiado em sua fé, conseguia manter-se mais firme, enquanto cantava as músicas do hinário do Santo Daime.

Ao todo, cerca de cem pessoas compareceram ao enterro. Nem chegava perto da quantidade de gente que o Gordo ajudara. Mas Russão, Luiz Adolpho, Carlos Alberto Pinheiro, Mauro Montalvão, Betinho Bandeira, Cacalo e Vereza estavam ali. Também compareceram algumas das várias meninas que passaram por sua vida, cada qual procurando exercer seu papel de viúva, algo que certamente deixaria o "homem que amava as mulheres" bastante satisfeito.

De Los Angeles, onde se encontrava, Roberto Carlos relembrou seu começo na vida artística ao lado de Imperial:

– Estou muito sentido. Ele me ajudou muito no início da minha carreira, na época do programa dele na TV Tupi. Foi ele quem me recomendou ao Chacrinha, que me deu força para gravar meu primeiro disco. Sempre tive um enorme agradecimento a ele por isso. O cirurgião Ribeiro Neto rebateu a acusação de negligência feita por Marco Antônio. Informou que foram feitos todos os exames no pré-operatório, mas que, infelizmente, Imperial sofrera uma segunda operação devido a uma hemorragia. Nessa nova cirurgia, sofreu um enfarto. O médico ressaltou que diariamente visitava Imperial na UTI pelo menos quatro vezes ao dia.

Uma semana depois da morte de Imperial, Erasmo deu um emocionado depoimento na revista "Manchete". Sentia tristeza por sua prematura partida, mas revelava que, ao receber a notícia, chegou a pensar tratar-se de mais uma das jogadas do "rei da pilantragem".

– Fui surpreendido com a notícia da morte dele. Pensei que era mais alguma das suas gozações. Imaginei: mais uma sacanagem do Imperial. Quando soube da veracidade dos fatos, fiquei chocado: aquele cara que tanto tinha me ajudado no início da carreira, que tinha me dado tantas roupas, não estava mais aqui. Uma grande figura, que, podes crer, bicho, vai fazer uma falta danada.

Vida que segue, Marco Antônio e Luíza ainda tinham muito que tratar. Precisavam saber qual a real condição financeira que o pai havia deixado, providenciar o inventário e outras coisas. Desistiram de qualquer ação contra a Ordem Terceira da Penitência e o Dr. Ribeiro Neto. Enquanto procurava ver por onde começar a agir, Marquinho recebeu um telefonema de um funcionário do pai na "13 Construtora". Durante seus últimos dias, Imperial namorava sua filha, uma menina de 17 anos. Marquinho sorria ao lembrar-se de seu comentário safado:

– Estou comendo com o aval da família.

O "sogro" de Carlos parecia realmente ter muito gosto no namoro da filha com um homem quarenta anos mais velho e com a saúde bastante debilitada. Marquinho via aquilo sem conseguir compreender. Chegou a conversar com o pai:

– Papai, como é que o pai dessa menina deixa ela ficar vivendo aqui com o senhor?

– Eu sou o Carlos Imperial.

– Mas papai, você está transando dessa maneira?

– Está mesmo meio difícil, mas ainda dou meu jeito. Sou Carlos Imperial.

Imperial passava seus dias na casa do Recreio dos Bandeirantes deitado na cama com a adolescente ao seu lado. Marquinho começou a ver com simpatia toda a situação. Apesar da doença, sentia que o pai estava feliz por ter uma bela mulher por perto.

No telefonema que deu para Marco Antônio, o pai da garota queria encontrá-lo para mostrar um documento que Imperial havia deixado com ele. Dizia que Carlos lhe pedira para entregar o papel ao filho somente depois de sua morte. Marco foi falar com o sujeito, que lhe deu um envelope lacrado endereçado a ele. Marquinho abriu e começou a ler:

Saibam tantos quantos acreditarem neste documento, que por motivo de grande debilidade e por não ter condição alguma de andar fiz este testamento em minha casa e quero que seja respeitado por meus filhos e minha esposa...

Tratava-se de um testamento beneficiando a filha de seu empregado com 25% de seus bens. Mas era um documento à moda Imperial, não tinha validade alguma. Era bastante parecido com a cessão de direitos autorais de canções de domínio público que redigira para Olivetto tempos atrás naquele almoço no La Tambouille. Marco se esforçou para segurar o riso diante da cara de bobo esperançoso do pai da adolescente, um olho-grande que havia vendido a filha para o moribundo, mas ainda cheio de fogo Carlos Imperial, na intenção de fazer seu pé de meia. Como seguro morreu de velho, Marquinho pegou o testamento e foi direto consultar o advogado da família. Quando terminou de ler o documento, o doutor não teve como evitar um comentário:

– Marquinho, esse Imperial era foda. Até na morte aprontou uma engraçada.

Imperial pela lente do amigo Ivan Cardoso.

AGRADECIMENTOS

Monica e Igor pelo amor e paciência durante todos esses anos; seu Monteiro, grande amigo; Chris, irmã em todas as horas; Lu; Rômulo; Leila; Dr. Cláudio Galvão, meu parâmetro; Maria da Graça e dona Herculana; João Pedro Lima Jr., o incentivador; Ricardo Pugialli, meu guia; Marcus André da Silva, verdadeiro irmão; Avilmar Von Arcosy, a mão amiga; Helio Tomassini; Valéria Zettel; o mestre José Louzeiro; Fred Falcão, consultor em tempo integral; Fernando Reski, o centro de todas as informações; Marco Antonio Alves e seus clássicos do cinema; Edyr de Castro, a frenética colaboradora; Edson Gray; Terezinha Sodré; Tetê Nahas; Pedrinho Aguinaga; Rose Di Primo; Fábio; Tony Bizarro; Jorjão Barreto; Kate Lyra; Elton Henrique (sempre Roberto Rei) e Fernanda Brito; a família Carnevale; a família Magdaleno; Marcelo Borges; Henrique Alves; Hamilton; Hyldon Souza; Pedrinho da Luz; maestro Leonardo Bruno; Geraldo Vespar; Tom Rocha; Luiz Magnelli; Monique Lafond; Tânia Scher; Lucyanne Mano (agencia JB); Marcello Pelliccione, o cérebro; José Paulo de Andrade (Radio Bandeirantes, SP); Hilton Abi-Rhian; Antonio Flavio Rocha; Murilo Simões Ré, o memorialista da vida boêmia; Valdir Siqueira, mestre vinil; Adeilton Alves, o filho do Mestre; Monique Lorenzutti, sempre perto; Marcelo Munhoz; Dudu Castro, o arquivo pop; Conrado Nobile; Sandra Escobar; Valéria Medeiros, o coração; Vagner Fernandes, a grande ajuda; Márcia Figueiredo e mosquito, anjos da Biblioteca da Funarte; Belinha (Maria Isabel Ceperuelo), Solange e Wendell, e toda equipe da UBC; Marcelo Madureira, parceria; Nelson Motta, a generosidade; Clóvis Bornay; Anselmo Duarte; Paulo César de Araújo, toda a gratidão por ter compartilhado comigo a tarde agradável que passou com Imperial; Bibi Ferreira; Ana Maria Kreisler; Gerson King Combo; Tony Tornado; Antonio Adolfo e Tibério Gaspar; Nonato Buzar; Olívia Pineschi, Tito Santos; Luzia Motta; Myriam Pérsia; Clarisse Messer, dividindo sonhos; Joaquim Ferreira dos Santos; André e Jorge Adler; Reginaldo Faria; Marcos Moran e Edson Bastos, The Dry Boys; Wilson Simoninha, Max de Castro, Patrícia e Teresa Simonal; Meire Bottura; Ronnie Von; Amaury Jr.; Nelson Rubens; João Loredo; João Roberto Kelly, meu compositor; Paulo Silvino, meu ídolo; Agildo Ribeiro, outro ídolo; Hernani Heffner; Vânia Romeu Tomás; Jason Vogel; Guilherme Amendoeira; Leandro Arraes; Ricardo Cravo Albin; Ary Tell, a carioquice; Paulo Lyra e Gegê, a "turma da Miguel Lemos"; Júnior Mendes; Arnaldo Niskier; Maurício Azevedo; Jamil Haddad; Roberto Reis; William Prado; Nicola Pesce; Erasmo e Léo Esteves, a bela parceria entre pai e filho; Maurício Valladares, meu Buda radiofônico; Ricardo Schott; Marcello Calazans; Vera Rezende; Célia e Celma, sempre belas; Maurício Mignone, o Sr. Cachoeiro de Itapemerim; Charles Fricks; Reyla, Robson e Karla Gracie; Carlos Vereza; Pedro Rovai; Ciro Pereira da Silva; Stênio Garcia; Edméa Silva; Maria do Carmo; Maurina; Nina de Pádua; Íris Bruzzy; Dona Célia e Wagner Brejeiro; Miro Lopes; Guilherme Correa; Mário Jorge; Mônica Rossi; Luiz de Carvalho; Jésus Rocha; Fernanda Freitas; Beto de Castro e Edith; Sérgio Tenius e Simone; Adriane Hartwig; Maria Gladys; Washington Olivetto; Regina Célia; Maria Alice Fontes, Ana Paula Mandino e Rita Marques (CEDOC TV Globo); Andréa Imperial; Lenir de Almeida; Remier Lion Rocha; Vera Garrido; Daniel Camargo; Fábio Vellozo; Raphael de Luna; Rubens Stone; Sérgio Augusto; Antonio Aguillar; Dácio Pinheiro; Léo Ladeira; Ludmila Pereira; Cláudio Caparica; Eduardo Araújo e Silvinha; Professor Manoel Maciel, Fernando Gomes e Evandro Moreira, a memória de Cachoeiro; Angélica Lerner; Ed Wilson e Marisa; Renato Barros; Jorge Tredler; Paulo Afonso Grisolli; Denise de Camargo e Sinhue; Arthur Bezerra de Meneses; Ney Costa, o síndico; André Lacerda; Edson Far e Hugo Vernon; Leonardo Lichote; Martha Jardim Gomes; Mariza e Lucas Imperial; Mixel Gantus; Fernando Amaral, o Fernando Barra; Antonio Leão da Silva Neto; Alberto Ismael (pornochancheiro); Armando Pitigliani, Márvio Ciribelli, Osmar Guarnelli; Antônio Lopes; Gastão Lamonier Jr.; Lola Soledade; José Roberto Oldies; Aninha Vieira, "flor de Clara"; Marcel e Sílvia Powell; Roberto Assaf; Carlos Wanderley (Canal Brasil); Aguinaldo Costa; Henrique

Kurtz; Bianca Ramoneda, inspiração; Lia Farrel; Suzane Carvalho; Ronaldo Ferreira Gomes; Celeste Dutra; Marcello Mallet Soares; Júlia Schnoor, a pesquisadora; Rizeth Garcia; Renato Barandier; Jerry Adriani, Alberto Chiamarelli, o Betinho Bandeira; Luiz Adolpho; Fernando Moreno; Benicío; Diogo Monteiro; Veraluz, Stephania, Rose e Riane; Gisele Gracie Imperial, Dr. Manoel Maria, Dona Dirce e Maria Clara; Francisco Imperial; Márcio Greyck; Braz e Yassir Chediak; Flávia Durante; Erik Malagrino; Juan de Bourbon; Luiz Mário Jacaré Ladeira; Matheus Trunk; João Luiz de Albuquerque; Ronald Alzuguir; Hector Lima; Lilian Knapp; José Marques Neto, o Gordo lhe agradece muito; Suely Fernandes; Moisés Fuks; Rodrigo Faour; Renato Terra, Ricardo Calil e Caroline Benevides; Raymundo Quadros; Reynaldo Rayol; Aloísio Teixeira de Carvalho; Maria Helena Gonçalves Mignone; Alfredo; Ivan Cardoso, mestre do terror; Marco e Luíza, sempre.

BIBLIOGRAFIA

AGUILLAR, Antônio, AGUILLAR, Débora e RIBEIRO, Antônio Carlos– Histórias da Jovem Guarda – Editora Globo, São Paulo, 2005.

ALBIN, Ricardo Cravo. O livro de ouro da MPB. Rio de Janeiro: Ediouro, 2003.

ARAÚJO, Paulo Cesar de – Roberto Carlos em detalhes – Planeta do Brasil – São Paulo, 2006.

BOTTURA, Meire – Quero tombo, não rasteira – A vida de Wilson Simonal – Lira Editora, 2007, São Paulo.

BUENO, Carlos Eduardo Barata e Cunha – Dicionário das famílias brasileiras, Edição do Auto, Rio de Janeiro, 2000.

CASTRO, Ruy – Chega de saudade : a história e as histórias da Bossa-nova – Companhia das Letras , São Paulo, 1990.

CASTRO, Ruy – Ela é Carioca – Companhia das Letras – São Paulo, 1999.

Dicionário da TV Globo, vol. 1: Programas de Dramaturgia & Entretenimento – Jorge Zahar Editor, Rio de Janeiro, 2003.

ECHEVERRIA, Regina – Furacão Elis – Editora Globo, São Paulo, 1994.

FAOUR, Rodrigo – Bastidores, Cauby Peixoto, 50 anos de voz – Editora Record, 2001, Rio de Janeiro.

FERNANDES, Vagner – Clara Nunes: guerreira da utopia – Ediouro, 2007, Rio de Janeiro.

GONÇALVES, Carlos Sandoval e Azeredo, Gil Gonçalves – Imagens de Cachoeiro / Gil Gonçalves – FCAA, 1999, Vitória.

IMPERIAL, Carlos – Memórias de um cafajeste – Cia Americana, Rio de Janeiro, 1973.

KNAPP, Lilian – Como um conto de Fadas – Qualigraph Editora, 2001, Rio de Janeiro.

LEÃO NETO, Antônio – Dicionário de filmes brasileiros – Futuro Mundo Gráfica e Editora Ltda, 2002. MELLO, Zuza Homem de – A era dos festivais: uma parábola – Editora 34, São Paulo, 2003.

LOREDO, Jorge – Era uma vez... a televisão – Editora Alegro, Rio de Janeiro, 2000.

MARCONDES, Marcos Antônio – Enciclopédia da Música popular brasileira: erudita, folclórica e popular. 2. ed – São Paulo: Art Editora / Publifolha, 1999.

MELLO, Zuza Homem de – A era dos festivais: uma parábola – Editora 34, São Paulo, 2003

MOREIRA, Evandro – Cachoreio, uma história de lutas vol 1 e 2 – Gracal Editora, Cachoeiro de Itapemirim, 2004.

MOTTA, Nelson – Noites Tropicais: improvisos e memórias musicais – Editora Objetiva, Rio de Janeiro, 2000.

MOTTA, Nelson – Vale Tudo, o som e a fúria de Tim Maia – Editora Objetiva, 2007, Rio de Janeiro.

PUGIALLI, Ricardo – No embalo da Jovem Guarda – Ampersand Editora, Rio de Janeiro, 1999.

PUGIALLI, Ricardo – Almanaque da Jovem Guarda – Ediouro, Rio de Janeiro, 2007.

SANTOS, Joaquim Ferreira dos – Feliz 1958, o ano que não deveria acabar – Editora Record, Rio de Janeiro, 1997.

SETÚBAL, Paulo – As maluquices do Imperador – Geração, São Paulo, 2008.

SEVERIANO, Jairo e HOMEM DE MELLO, Zuza. A canção no tempo vol. 2. São Paulo: Editora 34, 1998.

VELOSO, Caetano – Verdade Tropical – Companhia das Letras, 1997.

JORNAIS

A Noite (Rio de Janeiro)
A Notícia (Rio de Janeiro)
Correio da Manhã (Rio de Janeiro)
Diário Carioca (Rio de Janeiro)
Diário da Noite (Rio de Janeiro)
Diário de Pernambuco (Pernambuco)
Folha Carioca (Rio de Janeiro)
Folha de S.Paulo (São Paulo)
Jornal do Brasil (Rio de Janeiro)

O Dia (Rio de Janeiro)
O Estado de S. Paulo (São Paulo)
O Globo (Rio de Janeiro)
O Jornal (Rio de Janeiro)
O Pasquim (Rio de Janeiro)
Tribuna da Imprensa (Rio de Janeiro)
Última Hora (Rio e São Paulo)

REVISTAS

Amiga (Rio de Janeiro)
Cinelândia (Rio de Janeiro)
Fatos & Fotos (Rio de Janeiro)
Intervalo (São Paulo)
Isto É (São Paulo)
Joia (Rio de Janeiro)
Manchete (Rio de Janeiro)
O Cruzeiro (Rio de Janeiro)
Revista do Rádio (Rio de Janeiro)
Radiolândia (Rio de Janeiro)
Realidade (São Paulo)
Sétimo Céu (Rio de Janeiro)
Status (São Paulo)
Veja (São Paulo)

INTERNET

Dicionário Cravo Albin da Música Popular Brasileira disponível em: http://www.dicionariompb.com.br/
CliqueMusic: a música brasileira está aqui: http://cliquemusic.uol.com.br/

Este livro foi composto nas fontes Chaparral Pro
e Gobold e impresso pela RR Donnelley para a Editora
Planeta do Brasil, em fevereiro de 2015.